JOHN SCALZI

# DIE GESELLSCHAFT ZUR ERHALTUNG DER KAIJŪ-MONSTER

ÜBERSETZT VON
CLAUDIA KERN

cross cult

**Hinweis**
Dieser Roman nutzt Neopronomen, um Personen geschlechtsneutral zu bezeichnen. Verwendet wird hierbei das Xier-Pronomen nach Illi Anna Heger (annaheger.de).

Die deutsche Ausgabe von DIE GESELLSCHAFT ZUR ERHALTUNG DER KAIJŪ-MONSTER wird herausgegeben von der Cross Cult Entertainment GmbH & Co. Publishing KG | CROSS CULT; Verlagsleitung: Andreas Mergenthaler und Luciana Bawidamann; Teinacher Straße 72, 71634 Ludwigsburg. Übersetzung: Claudia Kern, Programmleitung Romane/Sachbücher: Markus Rohde; Lektorat: Katrin Aust; Korrektorat: André Piotrowski, Satz: Rowan Rüster; Layout: Sina Keller; Lizenzmanagement: Ruijing Qiu; Herstellung: Hannah Düser; Vertriebsleitung: Peter Sowade; Marketing: Cécile Béran; Druck: Printausgabe gedruckt von CPI Books GmbH, Leck.
Printed in the EU.

Titel der Originalausgabe: THE KAIJU PRESERVATION SOCIETY
First Published by Tom Doherty Associates (Tor Book)
Tor® is a registered trademark of Macmillan Publishing Group, LLC.



Dieses Werk wurde vermittelt durch die Literarische Agentur Thomas Schlück GmbH, 30161 Hannover.



Print ISBN: 978-3-98666-211-0
ISBN Collector's Edition: 978-3-98666-213-4
E-Book ISBN: 978-3-98666-212-7
April 2024

WWW.CROSS-CULT.DE

*Für Alexis Saarela,*
*meine Lieblingspublizistin,*
*und für Matthew Ryan,*
*der die Lieder schreibt*

# 1

»Jamie Gray!« Rob Sanders schob den Kopf aus der Bürotür und winkte mir grinsend zu. »Komm rein. Bringen wir's hinter uns.«

Ich stand von meinem Arbeitsplatz auf, nahm das Tablet mit meinen Notizen und grinste ebenfalls. Dann sah ich Qanisha Williams an, die mich mit einem Fistbump ermutigte: »Hau ihn von den Socken.«

»Werd ich«, sagte ich und betrat das Büro des CEOs. Mein Mitarbeitergespräch stand an, und in aller Bescheidenheit: Ich würde das Ding rocken.

Rob Sanders bat mich herein und zeigte auf seine »Gesprächshöhle«. So nannte er die vier riesigen, in Primärfarben gehaltenen Sitzsäcke, die rund um einen niedrigen Tisch standen. Der Tisch hatte eine Glasplatte, unter der eine magnetische Perle sich durch den gleißend weißen Sand bewegte, sodass geometrische Muster entstanden. Momentan erschuf die

Perle ein Muster aus Wirbeln. Ich entschied mich für den roten Sitzsack und ließ mich nur ein bisschen unelegant hineinfallen. Mein Tablet rutschte mir kurz aus der Hand, doch ich fing es auf, bevor es vom Sitzsack auf den Boden gleiten konnte. Ich sah zu Sanders auf, der sich noch nicht gesetzt hatte, und lächelte. Er erwiderte mein Lächeln, zog einen normalen Bürostuhl heran und setzte sich rittlings darauf. Er verschränkte die Arme auf der Rückenlehne und sah zu mir herunter.

*Oh, verstehe. Ein kleines Machtspielchen*, dachte ich. Sorgen machte ich mir deswegen nicht. Ich wusste, wie das Ego eines CEOs funktionierte und wie man damit umging. Dies war mein halbjährliches Mitarbeitergespräch, und wie schon gesagt, würde ich ihn von den Socken hauen.

»Sitzt du bequem?«, fragte mich Rob.

»Superbequem«, sagte ich. Dabei verlagerte ich mein Gewicht so diskret wie möglich, um weniger Schlagseite nach Steuerbord zu haben.

»Gut. Wie lange bist du schon hier bei Füdmüd, Jamie?«

»Sechs Monate.«

»Und wie gefällt es dir hier bei uns?«

»Ich bin froh, dass du das fragst, Rob. Ich fühle mich sehr wohl. So wohl, dass ich«, ich hob mein Tablet, »einen Teil dieses Termins damit verbringen möchte, dir Vorschläge zu machen. Nicht nur um die Füdmüd-App zu verbessern, sondern auch unsere Beziehung zu Restaurants, Lieferpersonal und Usern. Wir haben jetzt 2020 und die Lieferdienst-Apps sind ausgereifter. Wir sollten alles daransetzen, uns von anderen abzuheben, damit wir ernsthaft mit Grubhub, Uber Eats und all den anderen Anbietern in New York City und darüber hinaus konkurrieren können.«

»Du glaubst also, wir könnten besser sein?«

»Allerdings.« Ich versuchte, mich im Sitzsack vorzubeugen, was jedoch nur dazu führte, dass mein Hintern noch tiefer einsank. Ich beließ es dabei und zeigte einfach nur auf mein Tablet. »Hast du von dieser COVID-19-Sache gehört?«

»Sicher«, entgegnete Rob.

»Ich halte es für ziemlich wahrscheinlich, dass wir auf einen Lockdown zusteuern. Hier in der Stadt werden die Leute also noch mehr als sonst auf Lieferdienste zurückgreifen. Restaurants werden jedoch Probleme bekommen, da niemand mehr bei ihnen essen kann. Wenn Füdmüd ihnen eine Gebührensenkung anbieten würde, damit sie ihre Speisen exklusiv über uns vertreiben, würden wir uns nicht nur bei den Restaurantbesitzern beliebt machen, sondern auch an den anderen Apps vorbeiziehen.«

»Du willst, dass wir die Gebühren senken?«

»Ja.«

»Während einer möglichen Pandemie unsere Gewinnmarge schmälern?«

»Nein! Das ist es ja. Wenn wir schnell vorgehen und uns die beliebtesten Restaurants schnappen, werden unsere Einnahmen steigen, weil die Bestellungen zunehmen. Und nicht nur unsere Einnahmen. Unsere Lieferanten ...«

»Auslieferatoren.«

Ich rutschte im Sitzsack hin und her. »Was?«

»Auslieferatoren. So nennen wir sie ab jetzt. Clever, oder? Den Begriff hab ich mir ausgedacht.«

»Ich dachte, das wäre Neal Stephenson gewesen.«

»Wer?«

»Ein Schriftsteller. Er hat *Snow Crash* geschrieben.«

»Was soll das sein? Eine Fortsetzung von *Die Eiskönigin*?«

»Es ist ein Roman.«

Rob winkte ab. »Wenn er nicht von Disney ist, wird uns niemand deswegen verklagen. Wo waren wir gerade?«

»Unsere, äh, *Auslieferatoren* könnten auch davon profitieren. Wir könnten ihnen eine höhere Liefergebühr zahlen – natürlich nicht zu viel.« Ich sah, wie Rob an dieser Stelle die Stirn runzelte. »Nur so viel, dass wir uns von den anderen Apps abheben. In so einer Gig-Economy zählt jedes bisschen. Wir könnten dadurch Loyalität aufbauen, was wiederum den Service verbessern würde, womit wir uns weiter von anderen abheben könnten.«

»Du willst also auf Qualität setzen?«

»Ja!« Ich riss bestätigend den Arm hoch, wodurch ich noch tiefer im Sitzsack versank. »Wir sind bereits besser als die anderen Apps. Wir müssen den Vorsprung nur weiter vergrößern.«

»Es wird uns etwas mehr kosten, aber das holen wir wieder rein. Willst du das damit sagen?«

»Ich glaube schon. Irre, ich weiß. Aber darum geht es. Wir werden in völlig neue Sphären im Lieferapp-Geschäft vorstoßen. Und wenn die anderen merken, was wir vorhaben, *gehört* uns New York City bereits. Und das ist erst die Vorspeise.«

»Du hast mutige Ideen, Jamie«, sagte Rob. »Du scheust nicht vor Risiken und neuen Ansätzen zurück.«

Ich strahlte und legte mein Tablet hin. »Danke, Rob. Ich denke, du hast recht. Ich bin ein Risiko eingegangen, als ich mein Doktorandenprogramm aufgegeben habe, um bei Füdmüd zu arbeiten. Meine Freunde an der Universität von Chicago hielten mich für verrückt, als ich meine Sachen gepackt habe und nach New York gezogen bin, um für ein Start-up zu arbeiten. Aber es fühlte sich richtig an. Ich glaube, dass ich die Art und Weise, wie Menschen Essen bestellen, verändern kann.«

»Ich bin froh, dass du das so siehst. Weil ich mit dir nämlich über deine Zukunft bei Füdmüd sprechen möchte. Wo wir dich einsetzen sollten, damit du diese Leidenschaft optimal einbringen kannst.«

»Ich bin froh, dass *du* das so siehst, Rob.« Ich versuchte, mich im Sitzsack vorzubeugen, scheiterte und riskierte es, mich hochzustemmen. Dadurch verschob sich der Sitzsack, sodass ich nicht mehr ganz so eingeklemmt dasaß. Dabei rutschte jedoch das Tablet in die Lücke, die mein Körper hinterlassen hatte. Ich saß jetzt auf meinem Tablet. Ich beschloss, das zu ignorieren. »Sag mir, wie ich der Firma am besten dienen kann.«

»Mit Auslieferatur.«

Ich blinzelte. »Was?«

»Auslieferatur«, wiederholte Rob. »Das ist das, was unsere Auslieferatoren machen. Sie auslieferatieren. Also Auslieferatur.«

»Wie unterscheidet sich das von *Lieferungen*?«

»Lieferungen lässt sich als Begriff nicht schützen.«

Ich wechselte das Thema. »Du siehst mich also als Strategieleiter von Füdmüds Ausliefe…ratur?«

Rob schüttelte den Kopf. »Ich glaube, das würde dich zu sehr einschränken.«

»Wie meinst du das?«

»Ich meine, Jamie, dass Füdmüd jemanden wie dich an der Front braucht. Im Schützengraben. Am Puls des Geschehens.« Er zeigte aus dem Fenster. »Du wirst uns die ungeschminkte, nackte Wahrheit lieferatieren. Wie nur *du* es kannst.«

Ich brauchte einen Moment, um das zu verdauen. »Du willst, dass ich als Füdmüd-Lieferant arbeite?«

»Auslieferator.«

»Aber das ist keine Position innerhalb des Unternehmens.«

»Was nicht bedeutet, dass sie nicht wichtig *für* das Unternehmen ist, Jamie.«

Ich versuchte noch einmal, mich umzusetzen, und scheiterte erneut. »Was … was ist hier los, Rob?«

»Was meinst du?«

»Ich dachte, dass wäre mein halbjährliches Mitarbeitergespräch.«

Rob nickte. »In gewisser Weise ist es das.«

»Aber du sagst mir, ich soll als Liefer…«

»Auslieferator.«

»Mir ist scheißegal, wie du es nennst, weil es diese Stelle in der Firma nicht gibt. Du schmeißt mich raus.«

»Ich schmeiße dich nicht raus«, versicherte mir Rob.

»Was machst du dann?«

»Ich biete dir eine aufregende Möglichkeit: Du kannst die Füdmüd-Arbeitswelt auf eine ganz neue Weise kennenlernen.«

»Eine, bei der ich weder Urlaub *noch* eine Krankenversicherung *oder* ein Gehalt bekomme.«

Rob schnalzte missbilligend mit der Zunge. »Du weißt, dass das nicht stimmt. Füdmüd hat eine Vereinbarung mit Duane Reade getroffen, damit unsere Auslieferatoren bis zu zehn Prozent Rabatt auf ausgewählte Gesundheitsprodukte bekommen.«

»Schon klar. Ich bin raus«, erklärte ich. Ich hievte mich aus dem Sitzsack, fiel jedoch zurück auf mein Tablet. Das Display knackte. »Na toll.«

»Keine Sorge«, versicherte Rob und zeigte auf das Tablet, als es mir endlich gelang, mich aus dem Sitzsack zu befreien. »Das ist Firmeneigentum. Du kannst es einfach liegen lassen, wenn du gehst.«

Ich warf Rob mein Tablet zu. Er fing es auf. »Du bist ein echtes Arschloch«, sagte ich. »Nur damit du's weißt.«

»Wir werden dich in unserer Füdmüd-Familie vermissen, Jamie«, sagte Rob. »Aber vergiss nicht, dass du immer gern als Auslieferator zu uns zurückkommen kannst. Versprochen.«

»Nein, danke.«

»Deine Entscheidung.« Er zeigte zur Tür. »Qanisha hat deine Kündigung bereits vorbereitet. Wenn du in fünfzehn Minuten noch hier bist, wird der Sicherheitsdienst dir gern den Weg zur Tür zeigen.« Er stand auf, ging zu seinem Schreibtisch, warf das Tablet in den Papierkorb und nahm sein Telefon, um jemanden anzurufen.

»Du hast es *gewusst*«, sagte ich anklagend zu Qanisha, als ich auf sie zuging. »Du hast es gewusst und mir *trotzdem* Glück gewünscht.«

»Tut mir leid«, antwortete sie.

»Heb die Faust.«

Sie war verwirrt, tat es jedoch. Ich schlug leicht dagegen. »So«, sagte ich. »Damit habe ich den vorherigen solidarischen Fistbump zurückgenommen.«

»Verstehe.« Sie reichte mir meine Kündigung. »Ich soll dir auch sagen, dass ein *Auslieferator*-Konto in deinem Namen eröffnet worden ist.« Sie sprach *Auslieferator* so aus, als würde es ihr körperliche Schmerzen bereiten. »Du weißt schon, zur Sicherheit.«

»Ich würde eher tot umfallen.«

»Überstürz nichts«, warnte Qanisha. »Der Lockdown wird kommen. Und unser Duane-Reade-Rabatt wurde auf fünfzehn Prozent erhöht.«

*

»Das war also mein Tag«, sagte ich zu meinem Mitbewohner Brent. Wir saßen in unserer erbärmlich kleinen Wohnung im vierten Stock ohne Fahrstuhl in der Henry Street. Ich teilte sie mit Brent, Brents Freund Laertes und einer praktisch Fremden namens Reba, die wir fast nie sahen. Wenn sie nicht täglich lange Haare an der Duschwand hinterlassen hätte, wäre keiner von uns sicher gewesen, ob sie es sie wirklich gab.

»Das ist bitter«, kommentierte Brent.

»Jag den Laden in die Luft«, schaltete sich Laertes aus dem Zimmer ein, das er sich mit Brent teilte. Er zockte gerade ein Videospiel.

»Niemand jagt irgendwas in die Luft«, rief Brent Laertes zu.

»Noch nicht«, erwiderte Laertes.

»Du kannst nicht jedes Problem mit Sprengstoff lösen«, mahnte Brent.

»*Du* kannst das nicht«, rief Laertes zurück.

»Jag den Laden nicht in die Luft«, sagte Brent so leise zu mir, dass Laertes es nicht hören konnte.

»Hatte ich nicht vor«, versprach ich. »Obwohl es *verlockend* ist.«

»Also suchst du jetzt nach was Neuem?«

»Ja, aber es sieht nicht gut aus«, stöhnte ich. »In ganz New York herrscht Notstand. Alle machen zu. Niemand stellt Leute ein und die wenigen Jobs, die's gibt, werden für das hier zu schlecht bezahlt.« Ich zeigte auf unsere heruntergekommene Wohnung. »Die gute Nachricht – wenn man es so nennen will – ist, dass die Abfindung von Füdmüd meinen Anteil der Miete für ein paar Monate abdeckt. Ich werde vielleicht verhungern, aber wenigstens bis August oder so nicht obdachlos werden.«

Brent blickte unbehaglich drein. »Was ist?«, fragte ich.

Er nahm einen unbeschrifteten Umschlag vom Poststapel in der Mitte des Küchentischs, an dem wir saßen. »Dann hast du das wohl noch nicht gesehen.«

Ich öffnete den Umschlag. Darin befanden sich zehn Hundertdollarscheine und eine Notiz, die nur aus folgenden Worten bestand: *Ich hau ab aus diesem Seuchenloch. R.*

Ich warf einen Blick auf das Zimmer, das Reba bewohnt hatte. »Sie ist weg?«

»Ja, soweit sie überhaupt je hier war.«

»Sie ist ein Geist mit einer Kreditkarte«, rief Laertes aus dem anderen Zimmer.

»Das ist ja *ganz* toll«, sagte ich. »Wenigstens hat sie die Miete für den letzten Monat dagelassen.« Ich ließ den Umschlag, das Geld und den Zettel auf den Tisch fallen und vergrub das Gesicht in den Händen. »Ich hätte euch wohl alle in den Mietvertrag aufnehmen sollen. Ihr beide haut aber nicht ab, okay?«

»Was das angeht ...«, sagte Brent.

Ich sah ihn durch meine Finger an. »Nein.«

»Hör zu, Ja...«

»*Nein.*«

Brent hob die Hände. »Also, es ist so ...«

»*Nicht das noch*«, heulte ich und schlug mit dem Kopf auf den Tisch, was einen schönen lauten Knall verursachte.

»Mach nicht so ein Drama«, sagte Laertes aus dem Schlafzimmer.

»Sagt derjenige, der alles *in die Luft sprengen* will«, brüllte ich ihn an.

»Das ist nicht dramatisch, sondern revolutionär«, antwortete er.

Ich sah Brent an. »Bitte sag mir, dass ihr mich nicht im Stich lasst«, flehte ich.

»Wir arbeiten im Theater«, erwiderte Brent. »Und wie du schon sagtest, machen alle zu. Ich habe keine Rücklagen und Laertes auch nicht, wie du weißt.«

»Ich bin *komplett* blank«, bestätigte Laertes.

Brent verzog das Gesicht, als er das hörte, und fuhr fort: »Wenn es schlimmer wird – und es wird schlimmer werden –, können wir's uns nicht leisten hierzubleiben.«

»Wohin wollt ihr denn?«, fragte ich. Soweit ich wusste, hatte Brent keine Familie.

»Wir können bei Laertes' Eltern in Boulder bleiben.«

»Mein Kinderzimmer ist noch wie früher«, sagte Laertes. »Bis ich es sprenge.«

»Es wird nichts gesprengt«, warnte Brent, aber er klang nicht überzeugt. Laertes' Eltern wirkten wie ein sehr nettes, konservatives Ehepaar, sprachen Laertes jedoch ständig mit seinem Geburtsnamen an. Auf Dauer macht einen so etwas fertig.

»Ihr bleibt«, sagte ich.

»Fürs Erste«, stimmte Brent zu. »Aber wenn uns das Geld aus…«

»Ihr bleibt«, sagte ich bestimmter.

»Jamie, ich kann dich nicht um so was bitten«, erwiderte Brent.

»Ich schon«, meldete sich Laertes aus dem Schlafzimmer. »Ich hasse dieses verfickte Boulder.«

»Dann ist es entschieden.« Ich stand auf.

»Jamie …«

»Wir kriegen das hin.« Ich lächelte Brent an und ging in mein Zimmer. Es war so groß wie eine Briefmarke, aber wenigstens zugig und die Dielen knarrten.

Ich setzte mich auf mein klappriges Doppelbett, seufzte, legte mich hin und starrte eine gute Stunde lang die Decke an. Dann seufzte ich erneut, setzte mich auf und zog mein Handy aus der Tasche. Ich schaltete es ein.

Die Füdmüd-App erwartete mich auf dem Display.

Ich seufzte ein drittes Mal und öffnete sie.

Wie versprochen war mein Auslieferator-Konto eingeloggt und aktiviert.

# 2

»Hallo und vielen Dank für Ihre Bestellung bei Füdmüd«, sagte ich zu dem Typen, der die Tür der absurd schicken Eigentumswohnung in einem brandneuen Gebäude öffnete, das ich nur hatte betreten dürfen, weil der Portier wusste, dass ein Lieferant erwartet wurde und ich wahrscheinlich kein Räuber war. »Ich bin Jamie, Ihr Auslieferator. Ich brenne dafür, Ihnen Ihr ...« Ich warf einen Blick auf mein Handy. »Hühnchen mit sieben Gewürzen und die veganen Frühlingsrollen bringen zu dürfen.« Ich hielt dem Typen die Tüte hin.

»Zwingen sie dich, das zu sagen?«, fragte er, als er die Tüte entgegennahm.

»Tun sie«, bestätigte ich.

»Du brennst nicht wirklich für den Lieferdienst, oder?«

»Kein bisschen.«

»Verstehe. Das bleibt unser Geheimnis.«

»Danke.« Ich wollte mich umdrehen.

»Ich hoffe, du findest deine Samuraischwerter.«

Ich hielt inne. »Was?«

»Entschuldige, Insiderwitz«, sagte der Typ. »Du weißt, dass ›Auslieferator‹ aus *Snow Crash* ist, richtig? Dem Roman von Neal Stephenson? Der Protagonist ist nämlich ein Lieferant, der Samuraischwerter besitzt. Mir fällt sein Name nicht ein.«

Ich drehte mich ganz zu ihm um. »*Danke*«, sagte ich. »Ich liefere seit sechs Monaten Essen aus und du bist der Erste, der die Anspielung versteht. Der Erste.«

»Ist schon ziemlich offensichtlich.«

»Sollte man *meinen*, oder? Ist ja nur ein moderner Klassiker des Genres. Aber *niemand* kapiert das. Erstens *interessiert* es keinen«, ich machte eine ausladende Geste, die nicht nur die Kulturwüste der Lower East Side, sondern möglicherweise ganz New York City einschloss, »und zweitens denken diejenigen, die den Begriff kommentieren, dass er eine Anspielung auf *Terminator* ist.«

»Stimmt ja auch.«

»Ja, *schon*«, lenkte ich ein. »Aber inzwischen steht er ja wohl für sich.«

»Ich bin mir ziemlich sicher, dass ich jetzt weiß, wofür du brennst«, sagte der Typ.

Mir wurde auf einmal meine übertriebene Körpersprache bewusst, die vielleicht daher rührte, dass der Typ und ich Masken trugen, da New York City eine verseuchte Stadt in einem verseuchten Land war, während irgendwo anders immer noch mit einem möglichen Impfstoff experimentiert wurde. »Tut mir leid«, sagte ich. »Eigentlich wollte ich meine Doktorarbeit über utopische und dystopische Literatur schreiben. Wie du dir vorstellen kannst, gehört *Snow Crash* in die zweite Kategorie.« Ich nickte und drehte mich wieder um.

»Moment«, hielt mich der Typ zurück. »Jamie ... *Gray?*«

*Oh mein Gott*, brüllte mein Gehirn. *Geh einfach. Geh und leugne, dass jemand deine Auslieferator-Schande enthüllt hat.* Doch noch während mein Gehirn das brüllte, drehte sich mein Körper um, weil wir wie Welpen darauf konditioniert sind, das zu tun, sobald wir unseren Namen hören. »Der bin ich«, sagte ich. Die Worte entglitten mir und das letzte klang so, als würde meine Zunge verzweifelt versuchen, sich an den ganzen Satz zu erinnern.

Der Typ lächelte, stellte seine Tüte ab, trat aus meinem Atembereich und lüftete kurz seine Maske, damit ich sein Gesicht sehen konnte. »Ich bin Tom Stevens.«

Mein Gehirn wühlte in der primitiven LinkedIn-Version meiner Erinnerung und versuchte herauszufinden, woher ich den Typen kannte. Er half mir nicht. Offenbar hielt er sich für so denkwürdig, dass er sofort in meinem Kopf auftauchen müsste. Das tat er nicht, aber *dennoch ...*

»Tom Stevens, der mit Iris Banks zusammen war, der besten Freundin meines Mitbewohners Diego, als ich noch in dem Apartment auf der South Kimbark, knapp über der 53. Straße gewohnt habe, und der hin und wieder zu unseren Partys kam«, erinnerte ich mich.

»Genau der«, bestätigte Tom.

»Du hast Wirtschaft studiert.«

»Richtig. Stört dich hoffentlich nicht. War nicht sehr akademisch.«

»Aber«, ich wies auf die sehr schicke Eigentumswohnung, »ist doch gut für dich gelaufen.«

Er sah sich in der Wohnung um, als würde er sie erst jetzt bemerken – Arsch. »Irgendwie schon. Ich weiß noch, dass du auf einer dieser Partys über deine Doktorarbeit gesprochen hast.«

»Tut mir leid«, sagte ich. »Das habe ich damals sehr oft auf Partys getan.«

»Schon gut«, versicherte mir Tom. »Du hast mich dazu gebracht, *Snow Crash* zu lesen. Du hast mein Leben verändert.«

Darüber musste ich lächeln.

»Wieso hast du das Doktorandenprogramm abgebrochen?«, fragte mich Tom, als ich ihm das nächste Mal Essen brachte, ein äthiopisches Fleischgericht mit Injera.

»Ich hatte eine Quarterlife-Crisis«, erklärte ich. »Oder eine Achtundzwanzig-Jahre-Krise, was dasselbe, nur etwas später ist.«

»Verstehe.«

»Ich sah all diese Leute um mich, Leute wie *dich* – nichts für ungut ...«

Tom grinste unter seiner Maske. Ich sah es an den Falten um seine Augen. »Kein Problem.«

»... die ein Leben hatten und eine Karriere, die in den Urlaub fuhren und sexy Leute kennenlernten, und ich saß mit den gleichen sechzehn Leuten im Hyde Park, wohnte in einem beschissenen Apartment und stritt mich mit Studienanfängern darüber, dass sie ihre Hausarbeiten *pünktlich* einreichen müssen.«

»Ich dachte, du würdest gern Bücher lesen.«

»Das stimmt, aber wenn du Bücher nur liest, weil du *musst*, hört der Spaß schnell auf.«

»Aber mit einem Doktortitel hättest du Dozent werden können.«

Ich schnaubte. »Du sieht den akademischen Bereich deutlich positiver als ich. Ich starrte in die Mündung einer Hilfsprofessur, und das für den Rest meines Lebens.«

»Ist das was Schlechtes?«

Ich zeigte auf sein Essen. »Ich verdiene mehr, wenn ich dir Injera liefere.«

»Also hast du das sausen lassen, um Auslieferator zu werden?«, fragte Tom, als ich ihm sein koreanisches Hähnchen brachte.

»Nein«, erwiderte ich. »Ich hatte einen richtigen Job bei Füdmüd. Einen mit Aktienoptionen und Sozialversicherung. Dann wurde ich, als die Pandemie gerade losging, vom Arschkrampen-CEO gefeuert.«

»Das ist scheiße.«

»Weißt du, was richtig scheiße ist?«, sagte ich. »Nachdem er mich auf die Straße gesetzt hatte, setzte er meine Ideen mit Exklusivverträgen für Restaurants und einer besseren Bezahlung der Auslieferatoren um. Also, ein *paar* Auslieferatoren werden besser bezahlt. Dafür brauchst du über vier Sterne. Also gib mir bitte fünf Sterne. Ich bin kurz davor. Jeder Stern zählt, mein lieber Belieferator.«

»Belieferator?«

Ich verdrehte die Augen. »Frag nicht.«

Tom lächelte erneut, wie die Falten um seine Augen verrieten. »Lass mich raten. Der ›Auslieferator‹ stammt nicht von dir.«

»Oh Gott, nein.«

»Also, da du dort gearbeitet hast, kannst du mir vielleicht was erklären«, sagte Tom, als ich ihm seine Chicagoer Pfannenpizza brachte. Ich war überrascht, dass die innerhalb von New York City überhaupt erlaubt war, geschweige denn so nahe an Little Italy. »Was sollen die Umlaute?«

»Du meinst, wieso heißt es Füdmüd und nicht FoodMood, was logischer wäre?«

»Ja, genau.«

»Weil FoodMood schon besetzt war. Eine Lieferapp in Bangladesch heißt so und die wollten den Namen nicht verkaufen«, erklärte ich. »Wenn du also mal in der Nähe von Mymensingh bist, dann benutz die App, deren Name Sinn ergibt.«

»Ich war schon mal in Bangladesch«, sagte Tom. »Gewissermaßen.«

»Gewissermaßen?«

»Im Rahmen meines Jobs. Ist kompliziert.«

»Bist du ein Spion?«

»Nein.«

»Ein Söldner? Das würde die schicke Eigentumswohnung in diesem brandneuen Gebäude erklären.«

»Ich bin mir ziemlich sicher, dass Söldner in Schuppen irgendwo in den Wäldern von North Carolina leben.«

»Das würde ich auch behaupten, wenn ich Söldner wäre.«

»Ich arbeite für eine NRO, eine Nichtregierungsorganisation.«

»*Definitiv* ein Söldner.«

»Ich bin kein Söldner.«

»Ich werde mich an diese Worte erinnern, wenn ich dich während eines Putschs in Bangladesch auf CNN sehe.«

»Leider werde ich mir für eine Weile nichts mehr von dir liefern lassen können«, sagte Tom, als ich ihm seine Shawarma-Platte brachte. »Ich muss wegen meines Jobs weg und werde erst in ein paar Monaten zurückkommen.«

»Du wirst leider nie wieder eine Lieferung von mir bekommen«, entgegnete ich.

»Hast du gekündigt?«

Ich lachte. »Nein, das nicht.«

»Was meinst du dann?«

»Ach, du *weißt* es noch nicht«, sagte ich. »Füdmüd ist für vier Milliarden Dollar oder so von Uber aufgekauft werden und wird in Uber Eats integriert. Offenbar haben wir so gute Restaurants und Auslieferatoren, dass Uber beschlossen hat, es wäre einfacher, uns mit all diesen Exklusivverträgen aufzukaufen.«

»Also ist der CEO, der deine Ideen gestohlen hat ...«

»Rob Affenarsch Sanders.«

»... jetzt Milliardär.«

»Es ist zu achtzig Prozent Bargeld geflossen, also ja, kommt hin.«

»Und du willst nicht für Uber arbeiten?«

»Warte. Jetzt kommt das *Beste*«, sagte ich. »Uber hat eigene Lieferanten und wollte nicht *alle* Auslieferatoren übernehmen. Darüber wären ihre Leute ziemlich sauer gewesen. Also nehmen sie nur die mit vier Sternen und mehr.« Ich öffnete meine Füdmüd-App und zeigte ihm meine Bewertungen. »Drei Komma neun sieben fünf Sterne, Baby.«

»Ich hab dir immer fünf Sterne gegeben«, bemerkte Tom.

»Das weiß ich zu schätzen, Tom, auch wenn es mir jetzt nichts mehr bringt.«

»Was wirst du jetzt machen?«

»Auf lange Sicht? Scheiße, keine Ahnung. Ich komme so schon kaum über die Runden. Ich war der Einzige in meiner WG, der einen halbwegs sicheren Job hatte, weshalb ich die Miete, die Rechnungen und die meisten Lebensmittel bezahlt habe. Wir sind mitten in einer Pandemie, also gibt es keine offenen Stellen. Ich habe nichts zurückgelegt und keine anderen Möglichkeiten. Also, ja, keine Ahnung, so auf lange Sicht.« Ich hob einen Finger. »Aber auf kurze? Da werde ich eine Flasche billigen Wodka kaufen und sie in der Dusche austrinken. Dann können meine Mitbewohner die Sauerei, sollte es eine geben, leichter wegmachen.«

»Das tut mir leid, Jamie.«

»Ist nicht deine Schuld«, sagte ich. »Tut mir leid, dass ich dich damit belaste.«

»Schon gut. Wir sind schließlich Freunde.«

Darüber musste ich erneut lachen. »Ich würde es eher als rentables Dienstleistungsverhältnis mit einer dürftigen gemeinsamen Vergangenheit beschreiben. Aber danke, Tom. Ich hab dir gern Essen gebracht. Genieß dein Shawarma.« Ich wollte gehen.

»Warte«, hielt Tom mich zurück. Er stellte sein Shawarma ab und verschwand in den Tiefen seiner sehr schicken Wohnung. Eine Minute später kam er zurück und streckte die Hand aus. »Für dich.«

Ich starrte auf seine Hand. Darin lag eine Visitenkarte. Mein Gesicht zuckte.

Tom bemerkte es trotz der Maske. »Was ist los?«

»Ehrlich?«

»Ja.«

»Ich dachte, du wolltest mir Trinkgeld geben.«

»Das ist besser. Das ist ein Job.«

Ich blinzelte, als ich das hörte. »Was?«

Tom seufzte. »Die NRO, für die ich arbeite. Das ist eine Tierrechtsorganisation. Für große Tiere. Wir verbringen viel Zeit im Außeneinsatz. Ich gehöre zu einem Team. Wir sollen nächste Woche in den Feldeinsatz. Einer meiner Teamkollegen hat COVID und hängt momentan in einem Krankenhaus in Houston am Beatmungsgerät.« Tom sah, dass mein Gesicht erneut zuckte. »Er schwebt nicht mehr in Lebensgefahr und wird wieder gesund, wurde mir gesagt. Aber nicht, bis mein

Team vor Ort sein muss. Wir brauchen Ersatz für ihn. Das könntest du sein. Das ist die Karte unserer Rekrutierungsleiterin. Geh zu ihr. Ich sage ihr, dass du kommst.«

Ich starrte die Karte noch etwas länger an.

»Was ist jetzt noch?«, fragte Tom.

»Irgendwie habe ich dich schon für einen Söldner gehalten.«

Darüber musste er lachen. »Ich bin kein Söldner. Was ich mache, ist viel, viel cooler. Und interessanter.«

»Ich, äh ... bin nicht dafür ausgebildet. Für was auch immer du da tust. Diese Arbeit mit großen Tieren.«

»Du kriegst das schon hin. Und wenn ich ehrlich sein darf, brauche ich einfach nur jemanden, der Sachen tragen kann.« Er zeigte auf sein Shawarma. »Und ich weiß, dass du das kannst.«

»Und die Bezahlung?«, fragte ich und bereute es sofort, weil es mir vorkam, als würde ich einem geschenkten Gaul ins Maul treten.

Tom zeigte auf die sehr schicke Wohnung, als wollte er sagen: *Siehst du das?* Dann hielt er mir wieder die Karte hin.

Dieses Mal nahm ich sie. »Ich sage Gracia Bescheid, dass du sie aufsuchen wirst.« Tom sah auf seine Uhr. »Es ist jetzt dreizehn Uhr. Du kannst vielleicht heute noch zu ihr. Oder morgen früh. Aber dann wird es schon etwas eng.«

»Du brauchst so schnell eine Antwort?«

Tom nickte. »Das ist ja das Problem. Wenn Gracia einverstanden ist, gehört der Job dir, aber du musst leider *jetzt* entscheiden, ob du ihn willst. Ich weiß, dass das nicht cool ist. Aber ich stehe unter Druck und wenn du ihn nicht annimmst, muss ich sehr schnell jemand anders finden.«

»Also, ich habe jetzt *frei*«, sagte ich. »Du warst mein letzter Belieferator.«

»Okay, gut.«

»Tom …«

»Ja?«

»Warum? Also, *danke*, und das meine ich wirklich ernst. Vielen Dank. Du rettest mir gerade das Leben. Aber warum?«

»Zum einen, weil du einen Job brauchst und ich einen zu vergeben habe«, erklärte Tom. »Zum anderen, weil du *mir* gerade den Arsch rettest, denn ich brauche ein vollständiges Team für diesen Einsatz und ich möchte mich nicht auf jemanden verlassen müssen, den ich nicht kenne. Du hast recht, wir sind *keine* Freunde. Noch nicht. Aber ich *kenne* dich. Außerdem …« Tom lächelte erneut. »Sagen wir's so: Dass du mir vor ein paar Jahren *Snow Crash* empfohlen hast, hat mich dorthin geführt, wo ich jetzt bin. Also erwidere ich den Gefallen gewissermaßen. Also …« Er zeigte auf die Karte. »Die Adresse ist in Midtown. Ich sage Gracia, dass sie gegen halb drei mit dir rechnen kann. Geh.«

# 3

»Fangen wir gleich an«, sagte Gracia Avella zu mir. »Was hat Tom Ihnen über die GEK erzählt?«

Die Büros der GEK – der Name der Organisation, der auf Toms Visitenkarte stand – befanden sich in der 37. Straße, im fünften Stock eines Gebäudes, das auch das Konsulat von Costa Rica beherbergte. Die GEK teilte sich das Wartezimmer mit einer kleinen Arztpraxis. Ich verbrachte dort nicht einmal eine Minute, bevor Avella mich in ihr Büro mitnahm. Sonst waren alle GEK-Büros leer. Ich nahm an, dass die restlichen Mitarbeiter wie alle anderen auch von zu Hause aus arbeiteten.

»Er hat mir erzählt, dass das hier eine Tierrechtsorganisation ist«, sagte ich. »Dass es um einen Feldeinsatz geht und Sie Leute brauchen, die schwere Objekte tragen können.«

»Das sind wir, das tun wir und die brauchen wir«, stimmte Avella zu. »Hat er Ihnen gesagt, um was für Tiere es geht?«

»Äh, große Tiere?«

»Ist das eine Frage?«

»Nein, also, er sagte, große Tiere, ist aber nicht ins Detail gegangen.«

Avella nickte. »Wenn Sie an große Tiere denken, welche fallen Ihnen ein?«

»Ich würde sagen, Elefanten? Flusspferde. Giraffen. Vielleicht Nashörner.«

»Noch andere?«

»Na ja, auch Wale«, sagte ich. »Aber ich hatte nicht den Eindruck, dass Tom die meinte. Er sagte ›Feldeinsatz‹, nicht ›Seeeinsatz‹.«

»›Feldeinsatz‹ kann sich auch darauf beziehen«, erklärte Avella. »Aber ja, ein Großteil unserer Arbeit findet an Land statt.«

»Ich mag Land«, sagte ich. »Da ertrinke ich nicht.«

»Jamie ... darf ich Sie beim Vornamen nennen?«

»Bitte.«

»Jamie. Hier sind die guten Nachrichten. Tom hat recht: Wir brauchen jemanden für den nächsten Außeneinsatz, und wir brauchen diese Person sofort. Tom hat Sie empfohlen und ich habe Sie in der Zwischenzeit überprüfen lassen. Keine Verhaftungen, das FBI, die CIA und Interpol suchen Sie nicht, keine problematischen Posts auf Social Media. Sogar Ihre Kreditwürdigkeit ist gut. Zumindest so gut, wie sie bei jemandem mit Studiendarlehen sein kann.«

»Danke. Es geht doch nichts darüber, einen Masterabschluss abbezahlen zu müssen, der mir nie irgendwas nützen wird.«

»Apropos, Ihre Masterarbeit ist ziemlich gut.«

Ich blinzelte. »Sie haben meine Masterarbeit gelesen?«

»Überflogen.«

»Wie haben Sie die *bekommen*?«

»Durch Freunde in Chicago.«

»Okay, *wow.*«

»Ich will damit sagen, dass Sie keine offensichtliche Gefahr oder ein Problem für Ihre potenziellen Teamkollegen darstellen. Das reicht uns fürs Erste. Also, herzlichen Glückwunsch. Sie haben den Job, wenn Sie ihn wollen.«

»Das ist super«, freute ich mich. »Danke.« Ein ganzer Stressfelsen, den ich nicht mal bemerkt hatte, fiel mir plötzlich von den Schultern. Ich würde inmitten einer Pandemie nicht obdachlos werden und verhungern.

Avella hob den Zeigefinger. »Danken Sie mir noch nicht«, mahnte sie. »Der Job gehört Ihnen – aber ich muss mir sicher sein, dass Sie den Job wirklich verstehen und entscheiden können, ob Sie ihn wollen.«

»Okay.«

»Als Erstes sollten Sie wissen, dass die GEK eine Tierrechtsorganisation ist, die sich *aktiv* mit diesen Tieren beschäftigt – mit sehr großen, sehr wilden und sehr gefährlichen Tieren. Wir werden Ihnen den Umgang mit ihnen beibringen. Außerdem achten wir strikt darauf, dass alle Sicherheitsvorkehrungen stets eingehalten werden. Aber Sie könnten schwer verletzt werden und, wenn Sie nicht vorsichtig sind, sogar sterben. Wenn Sie das *zögern* lässt oder es Ihnen schwerfällt, Anweisungen *präzise* zu befolgen, dann ist das kein Job für Sie. Bitte versichern Sie mir verbal, dass Sie das verstehen.«

»Ich verstehe«, sagte ich.

»Gut. Zweitens werden wir Sie draußen in der Natur arbeiten. Also monatelang abgeschnitten von der Zivilisation. Das heißt, kein Internet. Das heißt, wenig Kommunikation mit der Außenwelt. Es kommen kaum Nachrichten rein oder raus.

Sie haben nur das, was Sie mitgenommen haben. Sie werden ein einfaches Leben führen, sich auf andere verlassen und es ihnen ermöglichen, sich auf Sie zu verlassen. Wenn Sie ohne Netflix, Spotify und Twitter nicht leben können, ist das kein Job für Sie. Das werden Sie da draußen alles nicht haben. Bitte bestätigen Sie das.«

»Könnten Sie das näher ausführen?«

»Natürlich.«

»Sie sagten ›von der Zivilisation abgeschnitten‹. Wie abgelegen ist das?«, fragte ich. »Heißt es, dass wir vom Rest der Welt abgeschnitten sind, aber feste Unterkünfte haben, oder dass wir in kleinen Zelten leben und in ein Loch kacken, das wir selbst ausgehoben haben?«

»Würde es Ihnen schwerfallen, in ein Loch zu kacken, das Sie selbst ausgehoben haben?«

»Ich habe das noch nie gemacht, aber ich werde es gern lernen.«

Avella lächelte, glaube ich. Hinter der Maske war das schwerer zu erkennen, als mir lieb war. »Es wäre möglich, dass Sie gelegentlich in ein Loch kacken müssen. Allerdings verfügt unsere Einsatzbasis über feste Gebäude. Und Sanitäranlagen.«

»Okay«, sagte ich. »Dann habe ich das verstanden.«

»Drittens: Was wir tun, ist vertraulich. Das bedeutet, dass Sie mit *niemandem* außerhalb der GEK darüber sprechen dürfen, was Sie tun oder wohin Sie gehen. Ich muss *ausdrücklich* betonen, dass Sicherheit und Geheimhaltung für unsere Tätigkeit und unsere Vorgehensweise extrem wichtig sind. Sollten wir herausfinden, dass Sie *irgendwelche* Informationen weitergegeben haben – auch an Familienmitglieder –, können und *werden* wir Sie im vollen Umfang des Gesetzes anklagen. Das ist keine leere Drohung. Wir haben das schon getan.«

»Heißt das, dass ich eine Verschwiegenheitserklärung unterschreiben muss?«

»Das hier *ist* Ihre Verschwiegenheitserklärung.«

»Aber ich weiß doch schon, was Sie tun.«

»Sie wissen, dass wir eine Tierrechtsorganisation sind.«

»Richtig.«

»Das ist so, als würde man die CIA als Datensammeldienst bezeichnen.«

»Also *sind* Sie Spione! Oder Söldner.«

Avella schüttelte den Kopf. »Weder noch. Wir gehen so vor, um die Sicherheit der Tiere zu gewährleisten, um die wir uns kümmern. Wenn wir das nicht täten, würden schlimme Dinge passieren.«

Ich dachte an die Geschichten, die ich über Wilderer und Jäger gelesen hatte. Sie benutzten die Geodaten von Touristenfotos, um gefährdete Tiere zu jagen. Ich verstand das Problem.

»Eine Frage«, sagte ich. »Man wird mich nicht bitten, gegen Gesetze zu verstoßen, richtig?«

»Nein«, versicherte Avella. »Das verspreche ich.«

»Okay. Dann verstehe und akzeptiere ich das.«

»Sehr gut.« Avella nahm ein Blatt Papier. »In dem Fall habe ich noch ein paar kurze Fragen an Sie. Erstens, besitzen Sie einen gültigen Reisepass?«

»Ja.« Ich hatte eigentlich vorgehabt, im Sommer nach Island zu reisen, bevor die Pandemie zuschlug und ich meinen Job verlor und den eingesperrten Bewohnern Manhattans ihr Essen bringen musste.

»Irgendwelche schwerwiegenden Körperbehinderungen?« Avella sah auf. »Ich sollte klarstellen, dass Dr. Lee Sie noch umfassend untersuchen wird. Das ist also nur eine grobe Einschätzung.«

»Keine Behinderungen und ich bin gesund.«

»Allergien?«

»Noch keine.«

»Wie kommen Sie mit Hitze und Feuchtigkeit zurecht?«

»Ich habe einen Sommer lang in Washington D. C. als Praktikant gearbeitet und bin nicht gestorben«, sagte ich.

Avella setzte zur nächsten Frage an, hielt aber inne. »Ich sollte Sie jetzt eigentlich fragen, was Sie von Science-Fiction und Fantasy halten, aber da ich Ihre Magisterarbeit gelesen habe, können wir das überspringen. Ich gehe davon aus, dass Sie sich in diesen Genres wohlfühlen.«

In meiner Magisterarbeit ging es um Biotechnik von *Frankenstein* bis zu den *Murderbot Diaries.* »Ja, obwohl das eine ziemlich willkürliche Frage ist.«

»Ist es nicht«, versicherte mir Avella. »Haben Sie ein Testament oder irgendwelche anderen Vorkehrungen für Ihr Ableben getroffen?«

»Äh, nein.«

Sie schnalzte vorwurfsvoll mit der Zunge und machte sich eine Notiz. »Irgendwelche Nahrungseinschränkungen?«

»Ich habe mich mal als Veganer versucht, aber ich konnte ohne Käse nicht leben.«

»Es gibt veganen Käse.«

»Nein, gibt es nicht. Es gibt geriebene orange-weiße Traurigkeit, die Käse und alles, wofür er steht, verhöhnt.«

»Da ist was dran«, räumte Avella ein. »Es würde Ihnen dort, wo Sie hingehen werden, ohnehin schwerfallen, vegan zu leben. Letzte Frage: Haben Sie ein Problem mit Nadeln?«

»Ich finde sie nicht toll, habe aber keine Phobie«, antwortete ich. »Warum?«

»Weil Sie gleich jede Menge davon sehen werden.«

*

»Bringen wir das hinter uns«, sagte Dr. Lee, bevor sie mir ein Wattestäbchen durchs Nasenloch bis ins Gehirn rammte. Das war der letzte Teil meiner Untersuchung, die ich, wie man mir sagte, bestanden hatte. Die Impfungen gingen jedoch erst los.

»Geiles Gefühl«, höhnte ich, als Dr. Lee fertig war.

»Wenn Sie auf so was stehen, möchte ich Ihnen nie privat begegnen«, kommentierte sie. Dann bereitete sie das Wattestäbchen für den Test vor. »Sie sehen nicht so aus, als wären Sie infiziert, aber anfangs sieht niemand so aus. Also gehen wir lieber auf Nummer sicher. In der Zwischenzeit können wir uns um die Impfungen kümmern.« Sie griff in einen Glasschrank und nahm ein Tablett voller Spritzen heraus.

»Was ist das alles?«

»Ihre Grundimmunisierung«, erklärte sie. »Nur das Übliche, neue Impfungen und Auffrischungen. Masern, Mumps, Röteln, Grippe, Windpocken, Pocken.«

»Pocken?«

»Ja, warum?«

»Die sind ausgestorben.«

»Sollte man meinen, oder?« Sie hielt eine der Spritzen hoch. »Die ist neu. COVID-Impfung.«

»Gibt's die schon?«

»Theoretisch ist sie noch im Experimentierstadium. Verraten Sie das Ihren Freunden nicht. Sonst werden sie neidisch. Also. Wie oft sind Sie international verreist?«

»Nicht oft. Ich war letztes Jahr bei einer Konferenz in Kanada. Und als Student in Mexiko.«

»Asien? Afrika?«

Ich schüttelte den Kopf. Dr. Lee schnaubte und griff nach einem weiteren Spritzentablett. Ich fing an zu zählen und wurde nervös.

Dr. Lee bemerkte es. »Ich verspreche Ihnen, dass die Impfungen besser sind als alles, wovor sie Sie schützen«, sagte sie.

»Das glaube ich gern«, erwiderte ich. »Das sind nur sehr viele.«

Sie tätschelte mir die Schulter. »Das sind nicht viele.« Sie streckte den Arm aus und nahm das letzte Tablett, auf dem mindestens zehn Spritzen lagen. »*Jetzt* sind es viele.«

»Heilige Scheiße.« Ich wich tatsächlich vor dem Tisch mit den Tabletts zurück. »Was zum Teufel ist das alles?«

»Man hat Ihnen doch gesagt, dass Sie mit großen Tieren arbeiten werden, richtig?«

»Ja, und?«

»Okay, die …« Dr. Lee zeigte auf die vordersten Spritzen auf dem neuen Tablett. »Die sind gegen die Krankheiten, die diese Tiere übertragen können.« Sie deutete auf die nächsten. »Die sind gegen Krankheiten, die deren *Parasiten* übertragen können.« Sie zeigte auf die letzte. »Und die ist gegen Krankheiten, die Sie einfach nur aus der Luft aufschnappen können.«

»Ach du Scheiße.«

»Sehen Sie es so«, meinte sie. »Wir schützen nicht nur Sie vor den Tieren. Wir schützen auch die Tiere vor Ihnen.«

»Können Sie mir nicht alle auf einmal in einem Tropf oder so geben?«

»Oh nein, das wäre nicht gut. Einige dieser Impfstoffe vertragen sich nicht gut miteinander.«

»Aber sie landen trotzdem alle in meinem Körper.«

»Ja, aber in einer sehr spezifischen Reihenfolge«, erklärte sie. »Damit Ihr Körper die ersten schon verdünnt hat, bevor die nächsten hinzukommen.«

»Sie verarschen mich, oder?«

»Aber sicher … Also fangen wir an«, sagte Dr. Lee. »Kurz noch zu den Nebenwirkungen. Sie werden ein paar Tage lang Gliederschmerzen haben und vielleicht erhöhte Temperatur. Das ist kein Grund zur Sorge, sondern völlig normal. Das zeigt uns, dass Ihr Körper die Krankheiten kennenlernt, die er bekämpfen soll.«

»Verstehe.«

»Ein paar dieser Impfungen werden starken Hunger auslösen. Essen Sie ruhig, so viel Sie wollen, aber vermeiden Sie übermäßig fette Speisen. Einer dieser Impfstoffe wird Ihrem Körper nämlich befehlen, Fett auf eine Weise loszuwerden, die Ihren Schließmuskel vor eine *große* Herausforderung stellen wird.«

»Das … ist weniger gut.«

»Ziemlich unangenehm. Im Ernst, denken Sie in den nächsten achtzehn Stunden nicht mal daran zu furzen. Das ist kein Furz. Und Sie *werden* es bereuen.«

»Ich mag Sie nicht.«

»Höre ich oft. Ach so, die Farbe Blau könnte in den nächsten Tagen einen Migräneanfall auslösen.«

»Blau?«

»Ja. Wir wissen nicht, warum das passiert, nur, dass es passiert. Wenn es dazu kommt, sehen Sie eine Weile einfach etwas an, das nicht blau ist.«

»Sie wissen schon, dass der *Himmel* blau ist, oder?«

»Ja. Bleiben Sie drinnen. Sehen nicht hoch.«

»Unglaublich.«

»Hören Sie, ich kann nichts dafür. Ich gebe Ihnen nur für die Injektionen, durch die Sie diese Nebenwirkungen bekommen. Bei der hier«, Dr. Lee zeigte auf eine der hintersten Spritzen auf dem längsten Tablett, »besteht eine Chance von eins zu zweihundertfünfzig, dass der Empfänger den Drang verspürt – wie sage ich das? –, extreme Gewalttaten zu begehen. So was wie: ›Ich bringe alle im Gebäude um und baue einen Scheiterhaufen aus ihren Schädeln.‹«

»Das kann ich nachempfinden«, beteuerte ich.

»Nein, das können Sie nicht«, versicherte sie mir. »Zum Glück gibt es die begleitende Nebenwirkung extremer Trägheit, die die meisten Leute davon abhält, diesem Drang nachzugeben.«

»Also so was wie: ›Ich möchte Sie töten, aber dafür müsste ich vom Sofa aufstehen‹?«

»Genau«, sagte Dr. Lee. »Wir nennen das *Kiffermordsyndrom.*«

»Das ist ein Witz.«

»Das ist *kein* Witz, mein Freund. Wir haben herausgefunden, dass bestimmte Nahrungsmittel den Drang zur Gewalt hemmen. Wenn Ihnen das passiert und Sie genug Energie zum Aufstehen und Herumlaufen haben, sollten Sie sich Speck braten oder eine Packung Eis oder ein paar Butterbrote essen.«

»Also fettige Nahrung?«

»Im Grunde ja.«

»Sie wissen noch, dass Sie mir eben geraten haben, fettige Nahrungsmittel zu *vermeiden*?«

»Ja.«

»Also habe ich die Wahl zwischen ›mörderischem Wahnsinnigen‹ und ›Kacktornado‹?«

»Ich würde es nicht ganz so ausdrücken, aber ja. Allerdings stehen die Chancen ziemlich gut, dass Sie von beiden

Nebenwirkungen verschont bleiben und sie erst recht nicht gleichzeitig bekommen werden.«

»Und wenn doch?«

»Würde ich Ihnen raten, Ihren Speck wutschnaubend auf der Toilette essen.« Dr. Lee nahm die erste Spritze. »Bereit?«

*

»Sind die Impfungen gut verlaufen?«, fragte Avella, als ich in ihr Büro zurückkehrte.

»Ich habe Dr. Lee nicht ermordet«, antwortete ich. »Aber das könnte daran liegen, dass ich meinen Arm kaum bewegen kann.«

»Danke, dass Sie unsere Ärztin verschont haben«, sagte sie und nahm ihre Maske ab. »Ich bin schon vor Wochen geimpft worden«, erklärte sie, als sie meinen Blick bemerkte. »Und da Sie jetzt auch geimpft sind, muss ich nicht mehr so tun, als wäre es nicht so. Aber ich kann sie wieder aufsetzen, wenn Ihnen das unangenehm ist.«

»Nein, das ist in Ordnung.« Ich dachte darüber nach, meine Maske abzusetzen, tat es aber nicht.

Avella legte die Hand auf eine Mappe auf ihrem Schreibtisch. »Sie müssen noch ein wenig Papierkram ausfüllen. Wir brauchen Informationen, damit wir Ihnen Ihr Gehalt überweisen und Ihnen Ihre Krankenversicherung und Zusatzleistungen zukommen lassen können. Wenn Sie möchten, können Sie uns auch eine eingeschränkte Vollmacht geben, damit wir uns um Dinge wie Ihre Miete und das Unidarlehen kümmern können.«

»Was?«

Avella lächelte. »Tom hat Ihnen das also nicht erzählt. Zusätzlich zu Ihrem Gehalt übernimmt GEK Ihre monatliche

Miete und alle Studiendarlehen, die Sie abzubezahlen haben. Sollten Sie Kreditkartenschulden oder Ähnliches haben, müssen Sie selbst dafür aufkommen, aber wir können sie entweder für Sie überweisen und von Ihrem Gehalt abziehen oder Ihnen bei der Erstellung eines Dauerauftrags behilflich sein, sollten Sie noch keinen haben.«

»Das ist fantastisch«, staunte ich.

»Wir werden sehr viel von Ihnen verlangen, Jamie. Und wir werden Sie von der Außenwelt abschneiden, wenn wir das tun. Wir sollten also wenigstens dafür sorgen, dass Sie einen Ort haben, an den Sie zurückkehren können. Apropos Gehalt, wir haben noch nicht über Zahlen gesprochen. Wenn Sie einverstanden sind, schlage ich ein vorläufiges Jahresgehalt von hundertfünfundzwanzigtausend Dollar vor.«

»Ja, äh, ist in Ordnung«, sagte ich benommen.

»Das schließt den Bonus von zehntausend Dollar, der die Zeit bis zur ersten Lohnzahlung überbrücken soll, nicht ein.«

»Natürlich nicht«, sagte ich wie ein Blödmann.

Avella zog einen gefütterten Umschlag aus ihrer Schreibtischschublade und reichte ihn mir.

Ich starrte ihn an. »Ist das …?«, setzte ich an.

»Zweitausend in bar und ein Bankscheck über den Rest«, erklärte sie. »Wir können Ihnen die achttausend aber auch per Venmo schicken, wenn Ihnen das lieber ist.«

»Kann ich …?« Ich hielt inne.

»Ja?«, hakte Avella nach.

»Ich wollte nur fragen, ob ich das an meine Mitbewohner weiterleiten kann, damit sie während meiner Abwesenheit die Ausgaben bezahlen können.«

»Das ist ein Geldbonus, Jamie. Sie können damit machen, was Sie wollen. Und wenn Sie sich Sorgen um Ihre

Mitbewohner machen, können wir ihnen während Ihrer Abwesenheit einen Teil Ihres Gehalts überweisen. Das machen wir oft. Wir sind eine internationale Organisation und viele unserer Mitarbeiter schicken Geld nach Hause. Das ist im Grunde nichts anderes.«

»Das ist *großartig*!«, stieß ich hervor. Unglaublich, wie schnell sich meine Probleme mit einer strategischen Anwendung von Geld lösen ließen.

»Es freut uns, dass Sie das so sehen«, sagte Avella und legte erneut die Hand auf die Mappe. »Hier drin ist ein Zugticket. Abreise ist in zwei Tagen. Das sollte reichen, um alles hier in New York City zu regeln. Die restlichen Formulare können Sie mir einfach per Kurier schicken und dann alles für eine lange Reise zusammenpacken. Machen Sie sich keine Gedanken über Kleidung. Sie brauchen nur die, in der Sie unterwegs sein werden. Ansonsten sollten Sie jedoch auf einen Aufenthalt von mehreren Monaten vorbereitet sein. Und vergessen Sie Ihren Pass nicht.«

Ich nahm die Mappe. »Wo geht es denn hin?«, fragte ich.

»Zuerst zum Flughafen Baltimore-Washington«, sagte Avella. »Alles andere … werden Sie dann schon sehen.«

# 4

Tom Stevens holte mich am Flughafenbahnhof ab, als ich aus dem Zug stieg, und warf einen Blick auf meinen kleinen Koffer und den Rucksack. »Mehr hast du nicht dabei?«

»Mir wurde gesagt, ich sollte nur Reiseklamotten mitbringen«, antwortete ich. »Abgesehen davon habe ich eine Menge eingepackt.« Ich zeigte auf den Koffer. »Hygieneartikel und Snacks.« Ich lenkte seine Aufmerksamkeit auf den Rucksack. »Meine ganze Elektronik und einige Terabytes Filme, Musik und Bücher. Sonnenbrille und Basecap. Ich dachte, die würde wahrscheinlich brauchen. War das falsch?«

»Nein, das ist völlig in Ordnung so«, sagte Tom. »Wir kümmern uns um den Rest. Schön, dich zu sehen, Jamie. Danke, dass du den Job angenommen hast. Du rettest uns echt den Arsch.«

»Na ja, du hast mir echt den Arsch gerettet, also sind wir quitt.«

»Wenn du meinst.« Er reichte mir ein Ticket. »Deine Reisedokumente.«

Ich warf einen Blick auf das Ticket. »Wo zum Teufel ist die Thule-Flugbasis?«, stutzte ich.

»In Grönland.«

»Wir fliegen nach *Grönland*?«, stieß ich hervor. »Werden wir mit Eisbären abhängen?«

Tom grinste hinter seiner Maske, die er wie ich nur zur Tarnung trug, wie ich jetzt wusste. »Komm, wir müssen ein Shuttle zum Flughafen nehmen. Dann checken wir dich ein. Wir fliegen erst um zwei Uhr morgens. Wir haben eine Lounge gemietet.«

*

»*Grönland*?«, sagte Brent im Video auf meinem Handy.

»Hammer, oder?« Ich saß in der Chesapeake-Club-Lounge, die wohl normalerweise von British-Airways-Passagieren vor ihrem Flug nach London genutzt wurde. Heute saßen jedoch einige Dutzend GEK-Mitarbeiter dort. Die meisten hingen wie ich am Handy und sprachen vermutlich mit Freunden und Verwandten, solange das noch ging.

»Da gibt's bestimmt Eisbären«, sagte Brent.

»Und Seehunde«, rief ich ihm ins Gedächtnis. »Die werden ziemlich groß.«

»Kann sein. Keine Ahnung. Ich hatte gedacht, dass sie dich nach Afrika schicken würden. Soweit ich weiß, haben sie da die ganzen großen Tiere untergebracht.«

»Damit verrätst du nur deine bigotte, koloniale Vergangenheit«, rief Laertes, der nicht zu sehen war.

»Gar nicht wahr«, rief Brent zurück, bevor er sich wieder mir zuwandte. »Na ja, wahrscheinlich doch.«

»Ich befürchte, dass ich nicht genug warme Kleidung dabeihabe«, sagte ich.

»Schlitz einen Eisbären auf und kriech rein«, rief der immer noch unsichtbare Laertes. »Wie in ein Tauntaun.«

»Spar dir die guten Ratschläge«, schoss Brent zurück. »Ich bin mir ziemlich sicher, dass sie dich nicht erfrieren lassen werden«, versicherte er mir.

»Das dachte Luke auch«, brüllte Laertes.

»Hör nicht auf ihn«, riet Brent mir.

Ich lächelte und wechselte das Thema. »Werdet ihr beide ohne mich zurechtkommen?«, fragte ich.

»Machst du Witze? Jamie, du hast uns den Arsch gerettet. Wir müssen nicht ausziehen und werden nicht verhungern. Ich könnte dich küssen.«

»Geil!«, rief Laertes.

»Nicht so kein Kuss«, wiegelte Brent ab.

»Ich versteh schon«, sagte ich. »Anscheinend rette ich heute viele Ärsche.«

»Auch geil!«, fügte Laertes hinzu.

»Du wirst seine Einwürfe in unsere Gespräche vermissen«, versprach Brent. »Und unsere Gespräche generell, nehme ich an.«

»Ich weiß. Ich halte euch auf dem Laufenden, wenn möglich.« *Falls möglich* wäre passender gewesen, aber das wollte ich in diesem Moment nicht sagen.

»Klingt gut. Lass dich von denen nicht verarschen, nur weil du der Neue bist. Und wenn sie dich verarschen wollen, sag uns Bescheid.«

»Wir haben Brandbomben!«, brüllte Laertes.

»Wir haben keine Brandbomben«, berichtigte ihn Brent. »Aber du weißt, dass wir welche besorgen können.«

Ich lachte und legte auf, wahrscheinlich zum letzten Mal für eine ganze Weile. Als ich den Kopf hob, bemerkte ich, dass eine junge Frau mich ansah.

»Tut mir leid«, sagte ich. »Ich hätte dieses Gespräch mit Kopfhörern führen sollen.«

»Nein, schon okay«, erwiderte sie. »Ist doch schön, dass Leute ein Leben außerhalb von dem hier haben.« Sie zeigte auf die Lounge und die GEK-Mitarbeiter. »Was auch immer *das hier* sein wird …«

»Ah«, sagte ich, als ich es kapierte. »Das ist auch dein erster Tag.«

»Ja«, gestand sie. »Hier sitzen noch ein paar andere Neue.« Sie zeigte auf zwei Personen, die wie Studenten aussahen und sich angeregt unterhielten. Dann wandte sie sich wieder mir zu. »Ich bin Aparna Chowdhury. Biologin.«

»Jamie Gray. Objektträger.«

Sie lächelte darüber. »Willst du dich zu uns setzen?«

Ich steckte mein Handy ein. »Gern«, sagte ich. Wir gingen zu den beiden, die wie Studenten aussahen.

»Ich habe noch einen Neuling gefunden«, sagte Aparna aufgeregt und zeigte auf mich. »Jamie kann Dinge tragen.«

»So ist es«, bestätigte ich etwas verlegen.

»Wenigstens kann sich einer von uns nützlich machen«, bemerkte der Typ, der mir am nächsten war. »Kahurangi.« Er zeigte neben sich. »Und das ist Niamh. Xier macht Astronomie und Physik, ich organische Chemie und ein bisschen Geologie. Wir sind Nerds.«

»Hi«, sagte Niamh winkend.

Ich winkte zurück. »Also, ich wollte meine Doktorarbeit über Science-Fiction-Romane schreiben, deshalb falle ich wohl auch in die Nerdkategorie.«

»Wow, allerdings«, kommentierte Kahurangi. »Und ich dachte schon, du wärst nur wegen der Fleischhydraulik hier.«

»Bin ich auch«, entgegnete ich. »Die gescheiterte Doktorarbeit ist nur ein Bonus.«

»Erzähl Jamie, worüber wir eben gesprochen haben«, sagte Aparna.

»Ach ja.« Niamh drehte sich zu mir um. »Grönland. Was zum Teufel?«

Ich wollte antworten, aber da klatschte jemand in die Hände und zog so die Aufmerksamkeit auf sich. Wir alle sahen auf und entdeckten eine sehr autoritär wirkende Frau, die sich gerade erhob. Alle hörten auf zu reden, steckten ihre Handys ein und konzentrierten sich auf sie. Einige Leute buhten scherzhaft.

»Ach, hört auf.« Sie tat so, als wäre sie darüber verärgert, was zu Gelächter führte. »An alle, die wieder hier sind: Schön, euch zu sehen. Für die Neuen ... Wer ist neu hier?«

Wir vier hoben die Hand.

»Ah, ihr hockt schon zusammen, sehr gut«, sagte sie, worauf erneut gelacht wurde. »Also, für die Neuen: Ich bin Brynn MacDonald, Kommandantin des Goldenen Teams der GEK-Basis, also euch allen hier.« Ihre Geste schloss den gesamten Raum ein. Einige klatschten oder johlten verhalten. »Beherrscht euch«, kommentierte sie trocken. Leute lachten. »Ihr Neuen habt bestimmt viele Fragen, vor allem ...« Sie nickte der Menge zu.

»Warum Grönland?«, brüllten alle außer den Neuen.

»Und das könnten wir euch jetzt verraten, aber das *werden* wir nicht«, sagte MacDonald. »Nicht weil wir gemein sind ...«

»Obwohl wir gemein *sind*«, warf jemand ein, worauf gelacht wurde.

»… sondern weil es Tradition ist, euch die Überraschung nicht zu verderben. Vertraut uns, es lohnt sich. In der Zwischenzeit solltet ihr nur wissen, dass wir alle hier das erst erfahren haben, als wir es mit eigenen Augen gesehen haben.

Damit hätten wir das abgehakt. Der Flug zur Thule-Flugbasis startet wie immer um zwei Uhr morgens und dauert sechseinhalb Stunden. Wir haben, ebenfalls wie immer, Zivilisten und Militärangehörige an Bord. Das bedeutet, dass ihr Masken tragen müsst …« Einige stöhnten auf. »… und euch *nicht* darüber beschweren werdet. Ihr seid geimpft, aber andere Leute nicht, und die könnt ihr immer noch infizieren. Also seid keine Arschlöcher.« Es wurde ein wenig gemurrt, doch dann beruhigten sich die Gemüter.

»Wir sollten alle zusammensitzen, aber es könnte trotzdem passieren, dass Leute, die nicht zur GEK gehören, sich mit euch unterhalten. Wenn jemand fragt, weshalb ihr zur Thule-Flugbasis fliegt, benutzt unseren üblichen Vorwand: Wir gehören zum Innenministerium und sollen eine geophysikalische Studie von Grönlands Gletschern erstellen. Für die Neuen: Wir benutzen diese Geschichte, weil sie so langweilig ist, dass seit Bestehen der GEK noch nie jemand nachgehakt hat.«

Gelächter brach aus.

»Ansonsten gelten die üblichen Regeln: Redet während des Flugs oder nach der Landung nicht über GEK-Angelegenheiten oder mit irgendjemandem, der nicht zur GEK gehört. GEK-Mitarbeiter werden uns abholen, bla bla bla, ihr wisst Bescheid. Ihr Neuen folgt uns einfach. Verlauft euch nicht, sonst müsst ihr den Winter in der Thule-Flugbasis verbringen. Und *das* wollt ihr garantiert nicht.« Mehr Gelächter.

»Das Wetter in Thule ist bewölkt, mit Temperaturen über dem Gefrierpunkt.« Daraufhin wurde ein wenig gejubelt.

»Der Wind weht schwach aus östlicher Richtung. Entspannt euch, telefoniert mit allen, mit denen ihr noch telefonieren wollt, schreibt eure letzten E-Mails und Facebook-Posts, denn damit ist es bald vorbei. Das war's!«

MacDonald setzte sich. Der Geräuschpegel nahm erneut zu und Leute griffen nach ihrem Handy.

Niamh gehörte auch dazu. »Okay, also eine Basis namens ›Tanaka‹ bringt uns nicht weiter«, sagte xier nach einem Moment. »Die ersten Google-Treffer beziehen sich auf einen Basketballspieler.«

»Ich bin auf Wikipedia«, ergänzte Kahurangi. »Offenbar ist Tanaka der vierthäufigste Familienname in Japan. Es gibt eine *Menge* bekannter Japaner, die so heißen oder hießen.«

»Also wissen wir nur, dass wir nach Grönland unterwegs sind«, fasste Aparna zusammen.

»Und dass wir wahrscheinlich irgendwas mit Eisbären machen werden«, merkte ich an.

»Oder Seehunden«, fügte Aparna hinzu.

»Darf ich euch was fragen?«, sagte ich. »Ich weiß, warum *ich* hier bin. Ich war pleite und verzweifelt, und ohne Job wäre ich obdachlos geworden und wahrscheinlich verhungert. Warum seid ihr hier?«

Die Neuen sahen einander an. »So ziemlich aus demselben Grund?«, antwortete Kahurangi.

»Da draußen wütet eine scheiß Pandemie, Kumpel«, bestätigte Niamh.

»Ich bin wegen einer ganz üblen Trennung hier«, sagte Aparna. »Und, na ja, wegen Geld.«

»Das ist wie eine Fremdenlegion für Nerds«, bemerkte ich und lachte. »Mit Eisbären.«

»Oder Seehunden«, fügte Aparna hinzu.

*

Einige Stunden später verließen wir Neulinge mit dem Rest der GEK-Mitarbeiter den Chesapeake-Club und stiegen in ein Charterflugzeug. Wie versprochen saßen wir alle zusammen, aber der Sitz neben mir war leer. Ein junger Gefreiter setzte sich und fragte mich, wieso ich nach Thule unterwegs sei. Ich erzählte ihm die Geschichte, dass ich vom Innenministerium käme. Ich habe noch nie zuvor gesehen, wie das Interesse von jemandem so schnell erlosch. Er setzte sich Kopfhörer auf und ich schlief ein.

Sechseinhalb Stunden später erreichten wir die Thule-Flugbasis. Ich fragte, wie lange wir dortbleiben würden. Die Antwort lautete, solange wir bräuchten, um das Flugzeug zu verlassen, uns von GEK-Mitarbeitern aufsammeln und in zwei Hubschrauber verfrachten zu lassen, bei denen es sich, wie ich später erfuhr, um für die Kälte modifizierte Chinook-Helikopter handelte. Sie würden starten, sobald alle an Bord wären, und ins Landesinnere fliegen.

»Wo geht's denn hin?«, fragte ich Tom Stevens, der mich heranwinkte, damit wir im Hubschrauber nebeneinandersitzen konnten. Wir mussten uns zueinanderbeugen, um etwas zu verstehen. »Ich weiß zwar nicht viel über Grönland, aber ich bin mir sicher, dass es im Landesinneren nur Gletscher und Kälte gibt.«

»Das ist ziemlich cool«, sagte Tom. »Es gab dort eine US-Basis namens Camp Century, die offiziell in den 1960ern geschlossen wurde. Dort wurden militärische Forschungen betrieben. Sie hatte sogar einen eigenen Atomreaktor, der sie mit Energie versorgt hat. Der wurde abgeschaltet, als man die Basis aufgegeben hat. Klar?«

»Ja.«

»Aber das ist gelogen«, fuhr Tom fort. »Eine Verschleierung. Camp Century wurde nie aufgegeben. Und der Reaktor läuft immer noch. Die GEK benutzt ihn heute. Dort fliegen wir hin.«

»Wir fliegen zu einer geheimen Nuklearbasis in Grönland?«, hakte ich nach.

»Ich hab ja gesagt, dass es cool ist.«

»Okay, aber wie hält man eine Nuklearbasis geheim?«, fragte ich und zeigte nach oben. »Ich weiß nicht viel über Physik, nur dass die Russen und Chinesen Spionagesatelliten besitzen. Ich bin mir ziemlich sicher, dass denen, weiß nicht, *Neutronen* oder so nicht entgehen würden.«

»Du wirst schon sehen«, sagte Tom. Die herablassende Geheimniskrämerei der GEK ging mir auf einmal wahnsinnig auf die Nerven.

Etwas über eine Stunde später setzten wir in Camp Century auf und wurden von den Hubschraubern zu Transportlastwagen und weiter zu einem werkstattähnlichen Areal gebracht, das hinter uns verschlossen wurde. Ein GEK-Mitarbeiter sagte uns, wir sollten alle Koffer, Rucksäcke und persönlichen Gegenstande auf ein Fließband legen, das mich an die Gepäckausgabe am Flughafen erinnerte. Ich sah Tom fragend an.

»Schon in Ordnung«, versicherte er. »Alles wird desinfiziert. Du bekommst es zurück.« Ich zuckte mit den Schultern und legte mein Gepäck auf das Fließband.

Dann stellten wir uns vor mehreren Tischen in einer Reihe auf. Als ich vorne ankam, erhielt ich in Plastik eingeschweißte Kleidung, Schuhe und eine Tasche und wurde in einen Duschbereich geschickt.

»Die alten Schuhe und die Kleidung kommen in die Tasche. Dazu gehört auch der Inhalt der Hosentaschen und abnehmbarer Schmuck. Die Tasche kommt dann in die Sammeltonne«, wies der GEK-Mitarbeiter uns an. »Duschen Sie sorgfältig mit der zur Verfügung gestellten Seife. Benutzen Sie die überall, inklusive der Haare, und schrubben Sie bis runter auf die Kopfhaut. Wenn Sie fertig sind, machen Sie das noch mal, genauso sorgfältig. Wenn Sie nicht sicher sind, ob Sie sorgfältig genug waren, machen Sie's noch mal. Ziehen Sie dann die neue Kleidung an und begeben Sie sich zum Wartebereich hinter dem Duschraum.«

Ich ging hinein, zog mich aus und duschte. Die Seife roch nach Chlor und Himbeeren, eine Mischung, die ich liebend gern nie wieder gerochen hätte. Die neue Kleidung bestand aus einer Art grauem Overall mit elastischen Bündchen am Hals, den Handgelenken und Knöcheln. Die Schuhe waren seltsam, eine Art leichte Stiefel. Es gab zweckmäßige Unterwäsche und Socken. Ich zog alles an und folgte den Schildern zum Wartebereich. Schließlich tauchten auch Aparna, Niamh und Kahurangi dort auf.

»Ich habe keinen Spiegel, also brauche ich euch«, sagte Kahurangi und warf sich in Pose. »Steht mir das?«

»Total«, beteuerte ich.

»Das ist lustig, weil es an dir echt beschissen aussieht.«

Ich lächelte darüber.

Ich hörte meinen Namen, drehte mich um und sah, dass Tom mich heranwinkte. Ich entschuldigte mich bei den Neuen und ging zu ihm. »Bleib in meiner Nähe«, sagte er.

»Okay«, antwortete ich. »Warum?«

»Weil ich dein Gesicht sehen will, wenn es passiert.«

Ich warf ihm einen säuerlichen Blick zu. »Dieser Geheimhaltungsschwachsinn geht mir echt auf den Zeiger.«

»Ich weiß, ich weiß«, beschwichtigte er. »Glaubst du mir, dass es sich lohnen wird?«

»Das hoffe ich sehr.«

An der Rückseite des Raums ging ein Licht über einer Tür an. Die Tür glitt nach oben wie ein Garagentor. »Kommt«, sagte Tom und führte uns in den neuen Raum und bis zum zweiten Garagentor an dessen Rückseite. Andere traten hinter uns ein, bis der Raum voll war mit Leuten, die alberne graue Overalls trugen. Das Tor hinter uns glitt herab.

»Ich komm mir vor wie jemand, der gleich verarscht wird«, raunte ich Tom zu.

»Das ist keine Verarsche«, versicherte er.

Das Licht ging aus.

»Bist du sicher?«, erwiderte ich in der Dunkelheit.

»Weißt du noch, was ich dir über den Atomreaktor gesagt habe?«

»Was meinst du?«

»Dass wir ihn jetzt benutzen.«

»Wofür?«

Ein gewaltiges, kreischendes Dröhnen erklang. Instinktiv kauerte ich mich hin. Hinter mir schrien und brüllten ein paar Leute überrascht.

»Dafür«, sagte Tom.

Ich wollte erwidern, dass ich ihm eine verpassen würde, wenn das Licht wieder anging, doch da hob sich das Tor vor uns. Dabei drang Luft von draußen herein, heiße, schwüle Luft, die so dunstig war, dass sie das Licht verzerrte.

Das Tor öffnete sich komplett.

Draußen war ein Dschungel.

Ich keuchte auf.

»*Das* wollte ich sehen«, sagte Tom.

Ich ignorierte ihn und betrat einen breiten Pavillon, der offensichtlich für Neuankömmlinge gedacht war. Ich ging bis zum Rand. Der Ankunftsbereich war rund zehn Meter über dem Boden. Darunter befand sich eine Art Basis, die von offensichtlich unzähmbaren Grünpflanzen überwuchert war. Man konnte sie für eine Weile stutzen, aber sie kehrten schneller und noch grüner zurück. All das Grün wucherte am Rand der Basis empor und bildete einen hoch aufgeschossenen, ausufernden Wall aus Vegetation, der alles überstieg, was ich je mit eigenen Augen oder in Dokumentationen gesehen hatte. Dagegen sah der Amazonas-Regenwald wie ein Parkplatz aus.

Ich atmete ein. Es kam mir vor, als würde ich reinen Sauerstoff in mich aufnehmen.

Ich sah nach links und entdeckte die anderen Neuen neben mir. Auch ihnen stand der Mund offen.

»Okay, wo zum Teufel sind wir hier?«, fragte Niamh.

»Grönland«, sagte Tom hinter uns.

Niamh drehte sich zu ihm um. »Alter, das ist *nicht* Grönland. Das ist ... *grün.*«

»Ich verspreche euch, dass es Grönland ist.« Tom hob die Hand, um Einwänden zuvorzukommen. »Nur nicht das, das ihr kennt. Ich verspreche euch, dass es eine vernünftige Erklärung dafür gibt. Der Orientierungskurs wird euch aufklären.«

»Du könntest es auch jetzt erklären«, hielt ich dagegen.

»Na gut. Das ist Grönland. Nur auf einer etwas anderen Erde.«

Niamh zeigte aufgeregt auf das ganze Grün. »*Etwas* anders?«

»Ich zweifle wie Niamh an deiner Definition von ›etwas‹«, sagte Kahurangi.

»Ja, okay, *sehr* anders«, räumte Tom ein.

»Wie anders?«, hakte Aparna nach.

Tom zeigte auf das Grün. »Also das ist nicht der heftigste Unterschied.«

»Was meinst du?«, stutzte ich. Dann bemerkte ich den Schatten, der über mich, die anderen Neuen, Tom und den Ankunftspavillon fiel.

Wie alle anderen sah auch ich nach oben und entdeckte etwas, das wie eine lässig mit den Flügeln schlagende 747 am Himmel entlangzog.

»Ist das ... ein *Drache?*«, fragte Aparna nach einer scheinbar endlosen Minute.

»Streng genommen kein Drache«, erwiderte Tom.

»*Streng genommen?*«, stieß Niamh hervor.

Kahurangi nickte. »Und wieder spricht Niamh meine Gedanken aus.«

»Wenn das kein Drache ist, was dann?«, fragte ich.

»Das ist ein Kaijū«, sagte Tom.

»Ein *Kaijū*?«

»Ja.«

»Ein scheißrealer Kaijū?«, wiederholte ich. »Wie die japanischen Filmmonster.«

»Fast genauso«, entgegnete Tom. »Hey, ich hatte ja gesagt, dass wir mit großen Tieren arbeiten.«

»Alter, ich dachte, du meinst *Eisbären.*«

Tom lachte und schüttelte den Kopf. »Nee. Scheißreale Kaijū, wie du es gerade formuliert hast. Deshalb ja der Name.«

»Was?«, sagte ich.

»GEK«, antwortete Tom. »Das steht für Gesellschaft zur Erhaltung der Kaijū-Monster. Das sind wir, Jamie. Deshalb sind wir hier. Das machen wir.«

Aus einiger Entfernung hallte ein tiefes, dröhnendes Brüllen zu uns herüber. Ich drehte mich um und sah zu, wie sich ein kleiner Berg am Horizont erhob und in unsere Richtung blickte.

# 5

»Das ist also die Tanaka-Basis«, sagte ich zu Tom, nachdem ich meine Kinnlade vom Boden des Pavillons aufgesammelt hatte.

Er schüttelte den Kopf. »Dies ist die Honda-Basis«, berichtigte er. Als er meinen Blick bemerkte, fügte er hinzu: »Ich verspreche dir, dass sie nicht nach dem Autohersteller benannt ist, sondern nach Ishiro Honda. Er führte 1954 beim ersten *Godzilla*-Film Regie. Alle nordamerikanischen Basen sind nach Leuten benannt, die an dem Film beteiligt waren. Tanaka-Basis, Chuko-Kita-Basis, Nakajima-Basis und so weiter. Tanaka ist der Name des Filmproduzenten. Es waren allerdings auch noch andere Tanakas dabei. Das ist ein gängiger Name.«

»Der vierthäufigste in Japan«, fügte Kahurangi hinzu.

»Jemand war wohl vor der Abreise auf Wikipedia«, bemerkte Tom.

»Die Basen nach *Godzilla*-Filmemachern zu benennen ist nicht gerade subtil«, sagte Niamh zu Tom.

»Stimmt«, räumte Tom ein. »Aber wir stehen dazu. Das müssen wir auch, oder? Man kann ja nicht so tun, als wäre einem das *nicht* klar. Und das bezieht sich nicht nur auf Kaijū-Filme. Ihr habt keine Ahnung, *wie* schwer es mir gefallen ist, eben nicht ›Willkommen im Jurassic Park‹, zu sagen.«

»*Jurassic Park* ist für keinen gut ausgegangen«, merkte ich an. »Weder im Buch *noch* im Film.«

»Ja, aber die waren auch nachlässig«, entgegnete Tom. »Wir sind nicht nachlässig. Und wir sind nicht fiktiv. *Das* ist real.«

»Aber wie kann das sein?«, staunte ich. »Wie ist es möglich, dass wir im eisigen Grönland einen Raum betreten und in einem Dschungel rauskommen?«

»Mit Drachen«, fügte Aparna hinzu.

»Streng genommen sind das keine Drachen«, sagte Tom zu ihr und wandte sich der gesamten Gruppe der Neulinge zu. »Kommt. Essen wir zu Mittag. Dabei werde ich euch alles erklären.«

*

Der Speisesaal war so groß wie ein Kleinstadtmarkt und verfügte über eine Salatbar und ein Büfett. Wir Neulinge blieben unsicher davor stehen.

»Was ist los?«, fragte Tom, der sich bereits einen Teller genommen hatte. »Ihr haltet alles auf.«

»Wir kommen gerade aus einer Welt, in der es keine Salatbars und Büfetts mehr gibt«, rief ich ihm in Erinnerung.

»Schon okay. Siehst du?« Er ging um mich herum und schaufelte sich den Teller voll.

»Das ganze Obst und Gemüse ist so ... langweilig«, sagte Niamh. »Das bekommt man in jedem zivilisierten Land.«

»Du fragst dich, wo die regionalen Lebensmittel sind?«, fragte Tom.

»Ja.«

»Die meisten würden dir nicht schmecken.«

»Warum nicht?«

»Weil unser Obst und Gemüse seit Jahrhunderten so kultiviert wird, dass es uns schmeckt«, erklärte Aparna Niamh. »Das Obst und Gemüse hier hat sich unabhängig von uns entwickelt.« Sie sah Tom an. »Richtig?«

Tom nickte. »Das Obst und Gemüse wird hier in Gewächshäusern gezogen. Es *stammt* nur nicht von hier. Aber wenn ihr mutig seid, könnt ihr die da mal probieren.« Er zeigte ans Ende der Salatbar.

Wir folgten seinem Finger. »Alter, die sehen wie Kotfossilien aus«, entfuhr es Kahurangi.

»Deshalb nennen wir sie auch *Kackfrucht*«, sagte Tom.

»Du solltest dich mal mit deinem Marketingteam unterhalten«, bemerkte ich.

»Sie schmecken besser, als sie aussehen.«

»Schlechter geht ja auch kaum.«

Einige Minuten später setzten wir uns an einen hölzernen Picknicktisch im Speisesaal, weil wir schon nach ein paar Minuten in Dschungel-Grönland ausgelaugt waren. Tom sagte uns, dass man uns und alle anderen Mitglieder des Goldenen Teams nach dem Mittagessen zur Tanaka-Basis bringen würde.

Doch zuerst war es Zeit für einige Erklärungen.

»Ich bin kein Wissenschaftler«, sagte Tom zu uns, während wir aßen. Niemand hatte sich an die Kackfrucht herangewagt. »Aber ich weiß, dass *ihr* das seid ... also die meisten.« Er nickte mir zu. »Und der einzige Nichtwissenschaftler ist ein

Science-Fiction-Experte. Deshalb werde ich die wissenschaftlichen Details anderen überlassen. Ich werde euch nur sagen, was mir gesagt wurde, als ich an eurer Stelle war.«

»Zum Beispiel, wieso dieser Ort überhaupt existiert«, warf ich ein.

»Genau. Zu Anfang gleich das *Offensichtliche.*« Tom machte eine Geste, die den ganzen Planeten einschloss. »Es gibt diese alternative Erde. Theoretisch, so wurde mir gesagt, gibt es unendlich viele davon, aber diese ist die einzige, zu der wir Zugang haben. Bisher jedenfalls.«

»Und sie ist wie unsere?«, fragte ich.

»Na ja, ein paar Unterschiede sind dir ja schon aufgefallen.«

»Du sagtest vorhin: ›Nordamerikanische Basen.‹ Das impliziert, dass es Nordamerika gibt.«

»Oh, ich verstehe, worauf du hinauswillst. Sehr grob gesagt, ja. Die Kontinente dieser Erde entsprechen vom Prinzip her unseren, aber es gibt signifikante Unterschiede, da es auf dieser Version viel wärmer ist. Es gibt keine Polkappen, daher also kein Florida oder das, was wir als Ostküste der Vereinigten Staaten kennen. Alles von Boston bis Savannah liegt unter Wasser. Oder würde es, wenn es diese Städte gäbe. Und nein, es gibt sie nicht. Wir wissen außerdem, dass diese Erde ungefähr im selben Raumzeitmoment wie unsere existiert.«

»Woher wisst ihr das?«, fragte Kahurangi.

Tom zeigte auf Niamh. »Das weißt du bestimmt.«

»Ich wette, dass die Sterne gleich sind«, sagte Niamh zu ihm und sah dann uns andere an. »Wenn wir am Himmel die gleichen Konstellationen wie zu Hause sehen und sie nicht verzerrt sind, sind wir am selben Ort im Universum. Jedenfalls in *diesem* Universum.« Xier wandte sich wieder

Tom zu. »Und du sagst, sie sehen so aus, wie du erwartet hast.«

»Na ja, ich kenne nur den Großen Wagen und Orion, das war's«, gestand Tom. »Aber die sind genau da, wo ich sie erwartet hätte. Andere Astronomen, die wir hierhergebracht haben, konnten den Rest bestätigen.«

»Wieso ist das Klima so anders?«, fragte Aparna Tom.

»Es gibt viele Theorien darüber, aber die gängigste ist, dass es wahrscheinlich keinen Chicxulub-Einschlag auf dieser Erde gegeben hat. Ihr wisst schon, der Meteor, der die Dinosaurier ausgerottet hat.«

Wir sahen ihn ungeduldig an.

»Uuuund *ihr* wusstet natürlich, was der Chicxulub-Einschlag war, und *ich* komme euch vor wie ein ungebildeter Idiot, weil ich den Namen nicht kannte, als ich hierherkam.« Tom klang nur eine Spur verbittert.

»Aber du sagtest gerade, dass wir am selben Ort in der Raumzeit existieren«, wandte sich Aparna an Niamh. »Wieso ist der Asteroid hier nicht eingeschlagen?«

»Dass die Sterne am richtigen Ort sind, bedeutet nicht, dass jede einzelne Interaktion im All gleich abläuft«, erwiderte Niamh. »In unserem Sonnensystem gibt es acht große Planeten, Dutzende Zwergplaneten und Monde und ungefähr hunderttausend Objekte, die größer als einen Kilometer sind. Alle interagieren miteinander. Und dabei lasse ich noch die Oortsche Wolke außer Acht.«

»Man sollte nie die Oortsche Wolke ausklammern«, sagte ich gespielt ernst.

Niamh ignorierte mich. »Es herrscht zu viel Chaos im System, um Ereignisse in einer Größenordnung von Asteroiden und Planeten perfekt vorhersagen zu können. Daher ist es absolut vorstellbar, dass der Asteroid, der unsere Erde vor fünfundsechzig Millionen Jahren getroffen hat, diese Erde verfehlt hat … falls es ihn hier je gab.«

»Dinge, die uns in unserem Universum verfehlt haben, könnten diese Erde aber auch getroffen haben«, erwiderte Kahurangi. Er wandte sich an Tom: »Was sagt das Gestein? Welche Abweichungen gibt es?«

»Das musst du die richtigen Wissenschaftler fragen«, sagte Tom. »Aber ja, das ist die Grundtheorie. Ein paar Aussterbeereignisse sind hier ausgeblieben, aber dafür gab es vielleicht andere.«

»Du glaubst also, dass diese Monster von Dinosauriern abstammen?«, fragte Aparna. Sie runzelte die Stirn, als wüsste sie bereits, dass sie gleich etwas hören würde, das sie als Biologin für fundamental falsch hielt.

»Nein«, antwortete Tom. »Soweit ich weiß, sind die Kaijū biologisch ganz anders aufgebaut. Streng genommen sind sie nicht mal Tiere.«

»Was sind sie dann?«, hakte ich nach. »Echt wütende Pflanzen? Rachsüchtige Pilze?«

»Nichts davon«, sagte Tom. »Ihre Biologie unterscheidet sich von allem in unserer Welt. Sogar sehr. Versucht nicht, sie ins Tier- oder Pflanzenreich einzuordnen. Betrachtet sie lieber als eigene biologische Systeme. Jeder einzelne ist praktisch ein eigenes Ökosystem.« Er sah Aparna an. »Ich kann dir leider nicht mehr sagen. Das fällt nicht in meinen Zuständigkeitsbereich.« Aparna schien mit dieser Antwort sehr unzufrieden zu sein.

»Und wofür *bist* du zuständig?«, erkundigte sich Kahurangi.

»Mein offizieller Titel lautet Basisbetriebsmanager«, sagte Tom. »Inoffiziell bin ich ›der Typ, der die Termine plant und alles wieder gradebiegt, wenn irgendein Scheiß passiert‹.« Er zeigte auf mich. »Jamie wird mir Arbeit abnehmen.«

»Ich trage Sachen«, bestätigte ich.

»Wie lange läuft das schon?«, fragte Niamh.

»Ich bin seit drei Jahren bei der GEK.«

»Ich meine das alles hier«, verdeutlichte Niamh mit einer ausladenden Geste.

»Ach so. Also, das fing an, als Godzilla auf unsere Erde kam.«

»*Was?*« Aparna bekam es als Erste heraus, aber wir alle hatten dazu angesetzt.

»Denkt dran, kein Wissenschaftler«, rief Tom uns in Erinnerung.

»Das ist uns klar«, sagte ich ungeduldig.

»Kernspaltung und Kernfusion erzeugen nicht nur Energie, sie machen auch die Barriere zwischen Universen durchlässiger.« Alle Wissenschaftler holten tief Luft, um ihm zu widersprechen. Tom hob die Hand. »Ja, ich *weiß*. Das klingt sogar für mich schwachsinnig. Aber es lässt sich wissenschaftlich belegen. Ich habe die Beweise nur nicht immer dabei. Also, als wir anfingen, auf unserem Planeten Atombomben zu zünden, spürten die Kaijū auf *diesem* Planeten die Explosionen und strömten dorthin.«

»Warum?«, fragte Aparna.

»Weil sie für sie wie Nahrung aussahen.«

»Was ...?« Aparna unterbrach sich, als ihr einfiel, dass Tom kein Wissenschaftler war. »Red weiter«, sagte sie grimmig.

Tom nickte. »Im Mai 1951 zündeten die USA an einem Ort namens Enewetak-Atoll den Prototyp einer Wasserstoffbombe. Das ist eine der Marshall-Inseln. Zwei Tage später durchquerte ein Kaijū an der Explosionsstelle die Barriere.«

»Der scheißreale Godzilla«, folgerte Kahurangi.

»Der, nur um das klarzustellen, kein bisschen wie der Godzilla aus den Filmen aussah und sich auch völlig anders verhielt«, führte Tom aus. »Er war nur riesig und hungrig und stapfte auf der Suche nach Nahrung ein bisschen herum, bis die US-Navy ihn nervös machte und er im Ozean verschwand.«

»Was geschah dann?«

»Er schwamm drei Tage vor der Navy her. Dann starb er und versank mitten in den japanischen Schifffahrtslinien. Deswegen haben wir Godzilla. Japanische Matrosen sahen, wie die US-Navy etwas Großes verfolgte, und berichteten davon, als sie zurück nach Japan kamen. Irgendwie schnappten die Filmemacher diese Geschichte dann auf.«

»Ich möchte offiziell meine Skepsis über diese Godzilla-Entstehungsgeschichte äußern«, erklärte ich.

»Das ist okay«, erwiderte Tom. »Jedenfalls passierte das immer wieder. Die USA erlebten das noch viermal, einmal in der Wüste von Nevada. Bei den Sowjets passierte es dreimal. In Frankreich und Großbritannien mindestens einmal. Das wurde zu einem so großen Problem, dass es 1955 ein geheimes Treffen der Atommächte gab. Sie wollten herausfinden, wie sich das verhindern ließe. Sie kamen auf die Idee, ein Projekt zu finanzieren, bei dem Leute *hierhergeschickt* werden sollten, um diese Wesen davon abzuhalten, in unsere Welt zu kommen.«

»Die Gesellschaft zur Erhaltung der Kaijū-Monster«, sagte ich.

»Beziehungsweise unser Vorgänger. Damals ging es ihnen weniger um den Erhalt der Kaijū als darum, sie daran zu hindern, durch die von unseren Bomben gerissenen Löcher im universalen Zaun zu schlüpfen, bis sie sich wieder geschlossen hatten.«

»Und wie haben sie das gemacht?«, fragte Kahurangi.

»Mit einer Menge Bombardierungen«, sagte Tom.

»Wir führen keine Atomtests mehr durch«, merkte ich an.

»Nein, tun wir nicht«, stimmte Tom zu. »Unter anderem – und das steht natürlich in keinem Abkommen –, weil die Kontrolle über die Kaijū so schwierig war, dass sich die Atommächte nicht mehr damit befassen wollten. Man machte sich auch Sorgen, dass nach einem Atomkrieg fünfzig Stockwerke große Monster durch den multidimensionalen Riss strömen und die Überlebenden jagen würden.«

»Na, wie schön«, höhnte Niamh. »Es ist okay, wenn *wir* ganze Städte in nukleare Asche verwandeln, aber Monster, die anschließend ein bisschen an uns knabbern wollen? Das geht *gar nicht.*«

»Ich wollte damit sagen, dass heute keine Gefahr mehr besteht, dass die Kaijū zu uns kommen«, erläuterte ich und zeigte auf unsere Umgebung. »Also, *warum* das alles?«

»Warum wir noch hier sind?«, entgegnete Tom.

»Ja.«

»Zum einen natürlich wegen der Forschung.« Tom nickte den anderen Neulingen zu. »Deine neuen Freunde werden hier an Dingen arbeiten, an denen noch nie jemand gearbeitet hat. Das ist buchstäblich eine neue Welt und wir haben erst an der Oberfläche gekratzt. Wir können hier Dinge tun, die noch nie jemand getan hat … und nie jemand tun wird. Das ist fantastisch.«

»Aber wir können unsere Erkenntnisse mit niemandem teilen«, wandte Aparna ein. »Diese Forschungen finden in einem Vakuum statt.«

»Ihr könnt sie teilen«, berichtigte Tom, »aber erst mal nur mit einigen wenigen Wissenschaftlern. Das wird sich irgendwann vielleicht ändern. In dem Fall werdet ihr alle zu Rockstars in eurem Forschungsbereich. Das wird ziemlich geil.« Er wandte sich wieder mir zu. »Daraus beziehen wir heutzutage auch einen Großteil unseres Budgets. Regierungen unterstützen uns zwar noch, aber deutlich weniger als früher. Doch die Milliardäre, die sich gerade ein Wettrennen zum Mars liefern, finanzieren uns großzügig, weil sie hoffen, dass sich etwas, das wir hier erforschen, zu Hause anwenden lässt, und zwar am besten so, dass es nicht so wirkt, als käme es von einem anderen Planeten.«

»Oder sie finanzieren uns, damit sie irgendwo hinkönnen, wenn zu Hause alles den Bach runtergeht«, merkte Niamh an.

»Ich bin mir sicher, dass einigen dieser Gedanke gekommen ist«, sagte Tom. »Ich glaube allerdings nicht, dass sie sich hier wohlfühlen würden. Auf dem Mars wären sie besser aufgehoben.«

»Warum?«

»Zum einen gibt es dort deutlich weniger Raubtiere.«

»Aber es geht nicht nur um Forschung, oder?«, versuchte ich, das Gespräch zum Thema zurückzulenken.

»Nein«, bestätigte Tom. »Wir nennen uns nicht Gesellschaft zur Erhaltung der Kaijū-Monster, weil es so gut klingt. Es hat sich nämlich rausgestellt, dass die Kaijū unsere Hilfe brauchen.«

»Wozu brauchen Kreaturen, die so groß wie ein kleiner Berg sind, menschliche Hilfe?«, stutzte Kahurangi.

»Ich verspreche euch, dass ihr das bald rausfinden werdet«, sagte Tom. »Aber wir sorgen hier nicht nur dafür, dass die Kaijū auf ihrer Seite des Zauns bleiben. Wir halten auch andere *fern.*«

»Was soll das heißen?«, hakte ich nach.

»Wie ich schon sagte, macht Atomenergie die Dimensionsbarriere durchlässig.« Tom zeigte in Richtung der Honda-Basis. »Wir lassen Camp Century laufen, weil die Basis aus Gründen, die ich nicht verstehe, ideal positioniert ist. Dadurch lässt sich das Tor zwischen unseren Welten vorhersehbar öffnen und schließen. Die Basen hier und an einigen anderen Stellen der Welt, die von den Unterzeichnern des Kaijū-Verteidigungs-und-Schutzabkommens betrieben werden, sind die einzigen offiziellen Wege zur und von der Kaijū-Erde. Sie werden streng kontrolliert und gesichert. Deshalb konnten wir das alles so lange geheim halten.«

Nach einem Moment fuhr Tom fort: »Aber nichts ist mehr *wirklich* geheim. Regierungen und Firmen wissen, dass es die Kaijū-Erde gibt. Das *muss* sein, sonst bekämen wir kein Geld und könnten unsere Aufgaben nicht erfüllen. Wir kontrollieren die Tore zu dieser Welt. Aber mit genügend Ehrgeiz kann man sich an den Wachen vorbeischleichen. Oder ein Loch in den Zaun sprengen. Man muss nur wissen, *wie.* Und wenn das passiert – und es *ist* schon passiert –, gefährdet das beide Welten. Kaijū stellen eine Gefahr für Menschen dar, das ist klar. Aber andersrum ist es genauso.«

»Wenn sie auf uns treten, bemerken sie das doch nicht mal«, höhnte Kahurangi.

»Moskitos bringen jedes Jahr mehr Leute um als alle anderen Tierarten zusammen«, hielt Tom dagegen, »und das schließt andere Menschen ein. Und um den Spieß umzudrehen: Die Menschen haben auf unserer Version der Erde fast alle Tiere ausgelöscht, die größer als wir selbst sind. Wir jagen sie, bis sie aussterben, und dringen in ihre Territorien ein. Größe spielt keine Rolle. Hat sie noch nie.«

»Also fungieren wir auch als Monsterpolizei«, sagte ich zu Tom.

»Richtig«, erwiderte er. »Die Frage ist nur, wer die Monster sind.«

»Du weißt schon, dass diese Frage in jedem Monsterfilm gestellt wird? Das ist inzwischen schon ein Klischee.«

»Ich weiß«, bestätigte Tom. »Aber was sagt es über uns aus, dass diese Frage trotzdem jedes Mal relevant ist?«

# 6

Wir Neulinge dachten es alle, aber dieses Mal fand Niamh die Worte zuerst. »Wir fliegen *damit*?«

*Damit* bezog sich auf ein riesiges Luftschiff, das aussah, als hätte ein Kaijū-großer Leonardo da Vinci es im 15. Jahrhundert konstruiert. Seitdem schien es kaum gewartet worden zu sein. Alle anderen aus vom Goldenen Team der Tanaka-Basis gingen über die Rampen an Bord, als wäre das etwas ganz Normales.

»Was hast du denn erwartet?«, fragte Tom, der uns zum Flugfeld gebracht hatte, Niamh.

»Etwas deutlich Stabileres.«

»Sie ist stabil.«

»Alter, das Ding schreit Alternativwelt-Tetanus.«

»Wir sind geimpft«, wandte Kahurangi ein.

»*Dagegen* gibt's keine Impfung«, konterte Niamh.

»Die *Shobijin* ist völlig sicher«, versicherte Tom. »Sie ist sogar das sicherste Luftschiff, mit dem du je fliegen wirst.«

»*Überzeug* mich«, forderte Niamh. »Das Ding sieht aus, als würde es *Hindenburg*-mäßig hochgehen, wenn ich es zu lange anstarre.«

»Erstens fliegt es mit Helium, nicht mit Wasserstoff«, sagte Tom. »Ein Wasserstoff-Luftschiff wäre hier eine schlechte Idee. Also wird es nicht *explodieren.* Zweitens«, er zeigte auf den Rahmen des Luftschiffs, »besteht es hauptsächlich als hiesigen Baustoffen, die es hier in Mengen gibt, nämlich Glockenholz und Kaijū-Leder. Glockenholz wächst so schnell wie Bambus, ist wahnsinnig leicht, stabil und außerdem feuerfest.«

»Wie feuerfest?«

»Wenn du ein Scheit davon ins Feuer legst, geht das Feuer aus. Und was das Kaijū-Leder angeht ... da geht nicht viel durch. Das Helium bleibt im Inneren. Der Rest draußen. Also ja, die *Shobijin* wirkt billig zusammengeschustert, aber wenn man hier große Entfernungen zurücklegen muss, gibt es nichts Besseres.«

»Das überzeugt mich nicht«, beharrte Niamh, ging jedoch trotzdem auf das Luftschiff zu.

»Woher bekommt ihr das Helium?«, fragte Kahurangi Tom unterwegs. »Aus natürlichen Gasvorkommen?«

»Wir benutzen hauptsächlich ein Luftfilterungsverfahren.«

»Das ist nicht sehr effizient.«

Tom deutete auf die dichte Luft. »Es ist hier effizienter. Es gibt mehr Atmosphäre und Helium kommt häufiger vor als zu Hause.«

»Und das Kaijū-Leder?«, fragte Aparna. »Wie bekommt ihr *das*?«

»Willst du wissen, ob wir die Kaijū jagen?«

»Das habe ich mich gefragt.«

»Einen Kaijū zu jagen wäre äußerst ambitioniert«, sagte Tom, »um es mal sehr euphemistisch auszudrücken. Also nein. Kaijū sterben, so wie alles andere auch. Wenn sie das tun, holen wir uns den Kadaver.«

»Wie denn?«

»*Sehr* vorsichtig.« Wir gingen die Rampe hinauf zum Passagierbereich des Luftschiffs.

*

Das Äußere der *Shobijin* sah zwar nach verrottendem Steampunk aus, doch die Passagierkabine war wirklich gemütlich. Moderne Flugzeugliegesessel standen in breiten, einander zugewandten Reihen. Der Platz zwischen ihnen reichte aus, um herumzulaufen und aus den großen Fenstern zu blicken. Am Bug und am Heck gab es kleine Aufenthaltsbereiche, ein Bad und Snacks, allerdings nicht im gleichen Raum. Niamh schien das Innere deutlich mehr zu beruhigen als das Äußere. Wir suchten uns Sitze und verstauten unsere kleinen Koffer in Fächern über uns.

»Willkommen zurück, Kollegen vom Goldenen Team der Tanaka-Basis«, sagte eine Stimme aus den Lautsprechern der *Shobijin.* »Hier spricht euer Pilot, Roderigo Perez-Schmidt. Begleitet werde ich wie immer von meinem Co-Piloten Mattias Perez-Schmidt. Wir sind nicht verwandt, nur verheiratet.« Darauf folgte ein genervtes Stöhnen. Ich nahm an, dass Roderigo diesen Witz bei jeder Durchsage machte. »Heute ist ein sehr schöner Reisetag und wir freuen uns, diesen Flug mit euch unternehmen zu dürfen. Unser Ziel ist die wunderschöne Tanaka-Basis auf der malerischen, lieblichen Labrador-Halbinsel, südlich von uns und gerade einmal zweitausendsechshundertfünfzig Kilometer entfernt. Für die Amerikaner unter euch: Das sind ungefähr eintausendsechshundertfünfzig Meilen, und das ist das letzte Mal, dass ihr imperiale Maßeinheiten hören werdet, denn auf der Kaijū-Erde benutzen wir wie im Rest des zivilisierten Universums Maßeinheiten, die Sinn ergeben.«

Ein weiteres Stöhnen folgte, aber sehr leise, da nicht viele Amerikaner an Bord waren. Außerdem waren die meisten Wissenschaftler ohnehin an metrische Maßeinheiten gewöhnt.

»Wenn wir unsere Reiseflughöhe erreicht haben und von schlechtem Wetter und Kaijū-Angriffen verschont bleiben ...« Wir Neuen sahen uns besorgt an, aber niemand sonst ließ sich von dem ablenken, was er gerade tat. »... werden wir mit angenehmen hundertzwanzig Stundenkilometern zu unserem Ziel fliegen. Die Honda-Basis hat mir verraten, dass sich Betsy im Nordosten befindet, also werden wir auf zweihundert bis dreihundert Höhenmetern bleiben, bis wir das Meer erreichen. Euch Neue heiße ich willkommen. Leider verläuft unsere Route hauptsächlich über die Baffin-Bucht und die Labradorsee, sie wird also nicht so malerisch sein, wie ihr euch vielleicht erträumt hattet. Trotzdem hoffe ich, dass ihr eine schöne Zeit auf der *Shobijin* verbringen werdet. Wir werden die Tanaka-Basis in ungefähr zweiundzwanzig Stunden erreichen.« Perez-Schmidt gab einige Anweisungen, die für die Besatzung der *Shobijin* bestimmt waren, und beendete die Durchsage.

»Betsy?«, stutzte Kahurangi Tom, der sich zu uns gesetzt hatte.

»Die örtliche Kaijū«, sagte Tom. »Ihr habt sie bei eurer Ankunft gesehen. Sie ist die, die wie ein kleiner Berg aussieht.«

»Du hast die Kaijū *Betsy* genannt?«, fragte ich.

»Ich nicht, irgendjemand. Gefällt dir *Betsy* nicht?«

»Weiß nicht. Ich hatte was Japanisches erwartet oder einen Namen wie *Hammerfaust.*«

»Offiziell bezeichnen wir die Erwachsenen nur mit Nummern. Aber diejenigen, die in der Nähe der Basen leben, bekommen Spitznamen. Und sie bekommen Namen, die man sich leicht merken kann. Wie Betsy.«

»Hammerfaust kann man sich leicht merken«, sagte Niamh.

»Wenn du einen Kaijū benennen darfst, kannst du dir aussuchen, was du möchtest.«

»Was, wenn jemand schon so heißt?«, fragte Kahurangi.

»Hammerfaust?«

»Klar, aber ich dachte eher an Betsy.«

»Wir leben im 21. Jahrhundert. Niemand heißt mehr Betsy«, entgegnete Tom. »Aber selbst wenn, wäre das im Kontext kein Problem. Wenn du sagst: ›Betsy hat die Laborergebnisse‹, ist wahrscheinlich der Mensch gemeint. Wenn du sagst: ›Betsy ist stinksauer und hat zwanzigtausend Acre Dschungel niedergebrannt‹, dann ist wahrscheinlich die Kaijū gemeint.«

»Ich dachte, wir benutzen keine imperialen Maßeinheiten mehr«, wandte Niamh ein.

»Ich weiß nicht, was zwanzigtausend Acre in metrischen Maßen sind.«

»Ungefähr achttausend Hektar«, sagte Aparna.

Tom starrte sie an. »Echt? *So* schnell?«

Aparna zuckte mit den Schultern. »Das ist nur Mathe.«

Tom drehte sich zu mir um. »Hast du das gewusst?«

»Nein«, versicherte ich ihm.

»Danke.«

»Ich trage Dinge.«

»Hey, wohin führt diese Straße?« Niamh, dier sich einen Sitz am Fenster ausgesucht hatte, zeigte auf einen breiten, gewundenen Pfad. Er wurde sichtbar, als wir sanft und leise aufstiegen.

»Das ist keine Straße«, sagte Tom, »sondern ein Kaijū-Pfad. Sie erschaffen sie beim Laufen.«

Wir alle streckten uns, um den Pfad zu betrachten.

»Himmel, ist der breit«, sagte Kahurangi.

»Bleiben sie auf den Wegen?«, fragte Aparna.

»Größtenteils«, antwortete Tom. »Aus dem gleichen Grund, aus dem wir auf Gehsteigen bleiben und nicht durchs Gestrüpp laufen. Und noch ein Fun Fact: An Orten, die an der gleichen Stelle liegen wie menschliche Siedlungen zu Hause, spiegeln die Kaijū-Pfade häufig unsere großen Straßen wider.«

»Sie folgen dem topografischen Weg des geringsten Widerstands«, folgerte Kahurangi.

»Bingo.«

»Wohin führen diese Pfade denn?«, erkundigte ich mich.

»Alle erwachsenen Kaijū haben ihr eigenes Territorium. Sie roden Bereiche, in denen sie sich gern aufhalten.«

»Und die entsprechen unseren Städten?«

Tom lächelte. »Manchmal.« Er zeigte auf den Pfad. »Betsys Weg führt jedoch mehr oder weniger kreisförmig um die Honda-Basis herum. Sie scheint wissen zu wollen, was wir hier tun. Oder sie versucht, den Atomreaktor zu finden. Meistens stört sie uns allerdings nicht.«

»Meistens?«, hakte Niamh nach.

»Sie jagt ab und zu Luftschiffe.«

»*Was*?«

»Ganz ruhig, sie hat noch keins erwischt.« Tom hielt inne. »Also keins mit Menschen an Bord. Nur ein paar Drohnen.«

Niamh starrte Tom an und schnallte sich betont sorgfältig an.

*

Wir flogen gerade über die Labrador-Halbinsel und waren nicht mehr weit von der Tanaka-Basis entfernt, als Lärm durch die Kabine der *Shobijin* hallte. Alle wurden still.

Der Lärm erklang erneut, allerdings viel näher.

»Sagt mir, dass das nicht das ist, was ich glaube«, sagte Niamh.

Roderigo Perez-Schmidt meldete sich über Lautsprecher: »Achtung, Goldenes Team. Wir haben einen verirrten Kaijū. Wiederhole: Ein verirrter Kaijū. Bitte wartet.«

Alle schwiegen weiter. Dann meldete sich Perez-Schmidt wieder. »Achtung, Goldenes Team. Korrektur: Zwei verirrte Kaijū. Steigen auf.«

Der Lärm explodierte förmlich in der Kabine und alle liefen zu den Fenstern.

Ein sehr großes Wesen starrte zum Luftschiff herauf. Es war zu nah und unsere Flugbahn brachte uns noch näher heran.

»Ach du *Scheiße*«, stöhnte ich und wich sogar zurück.

»Da ist noch einer«, rief Kahurangi von einem Fenster auf der anderen Seite. Ich ging zu ihm und blickte in die Richtung, in die er zeigte.

Der andere Kaijū war ebenso unvorstellbar groß. Er sah uns kurz an und wandte seine Aufmerksamkeit dann wieder dem ersten Kaijū zu. Er war ebenfalls zu nah, und wir kamen ihm noch näher.

Um genau zu sein, führte unser Kurs zwischen ihnen hindurch. Mitten hinein in das, was sie einander oder uns antun wollten.

»Okay, das sieht *böse* aus«, sagte ich zu Kahurangi. Ich drehte mich um und rief Tom zu: »Ich dachte, wir wollten aufsteigen!«

»Wir steigen auf!«, rief er zurück.

*Nicht schnell genug*, wollte ich sagen, doch da schrie einer der Kaijū so laut wie tausend gleichzeitig gezündete Jettriebwerke und nahm uns die Fähigkeit, je wieder irgendwas zu hören.

Wenigstens bis der Kaijū auf der anderen Seite des Luftschiffs ebenso laut antwortete. Ich hatte nicht gewusst, dass man in Stereo taub werden konnte.

Die Schreie brachen ab – dachte ich zumindest. Möglicherweise waren meine Trommelfelle einfach nur gerissen. Dann dröhnte es, erneut in Stereo. Jemand in der Kabine schrie. Ich sah wieder aus dem Fenster. Der Kaijū auf dieser Seite des Luftschiffs stapfte auf uns zu, zuerst langsam, doch dann viel schneller, als es ihm bei seiner Größe hätte möglich sein sollen.

Ich wollte die Leute auf der anderen Seite der Kabine warnen, sah jedoch, dass der zweite Kaijū ebenso schnell auf uns zulief.

Obwohl es albern war, duckte ich mich.

Donner krachte, dann ging ein Ruck durch die Kabine und ich war mir sicher, dass sie aufreißen würde, was jedoch nicht geschah. Der Lärm kam von unter uns. Es war das Geräusch zweier aufeinanderprallender Kaijū. Wir waren tatsächlich so hoch gestiegen, dass sie uns verfehlt hatten.

Erst nach ein paar Sekunden erkannte ich, dass sie uns nicht umbringen wollten. Sie wollten sich gegenseitig umbringen.

Die *Shobijin* drehte leicht nach Südwesten ab und an der Steuerbordseite des Luftschiffs konnte man den spektakulären Anblick zweier wolkenkratzergroßer Kreaturen genießen, die sich prügelten. Kahurangi und ich sahen zu. Die anderen Neulinge und Tom gesellten sich zu uns.

»Was zum Teufel ist gerade passiert?«, fragte ich Tom. Ich zeigte auf den Kaijū-Kampf. »Wie konnte den Piloten *das* entgehen?«

»Wir haben die erwachsenen Kaijū mit Peilsendern ausgestattet«, erklärte Tom. »Manchmal verlieren wir das Signal. Also tauchen die Kaijū an Stellen auf, wo wir sie nicht erwarten.«

»Zum Beispiel direkt neben unserem *scheiß Luftschiff*«, zischte Niamh.

»Sie sehen wie die Landschaft aus, bis sie es auf einmal nicht mehr tun.« Tom zeigte auf einen der beiden. »Das ist Kevin.«

»Echt jetzt?«, fragte Niamh. »*Kevin*?«

»Er lebt hier. Ich weiß nicht, wer der andere ist. Vielleicht ein neuer Erwachsener, der sich ein Territorium erobern will.«

»Also ist das ein Revierkampf«, folgerte Kahurangi.

Ich hatte noch nie jemanden so angespannt mit den Schultern zucken sehen wie Tom in diesem Moment. »Vielleicht. Könnte auch ein Paarungsritual sein.«

Ein riesiges Stück Kaijū flog durch die Luft und zog Eingeweide hinter sich her. Ohrenbetäubende Schreie dröhnten durch die Kabine.

»Vielleicht auch nicht«, fügte Tom hinzu, als wir wieder etwas hören konnten.

Der Kaijū, der nicht Kevin war, stolperte nun von Kevin weg und brach durch die Bäume in Richtung der *Shobijin.*

»Oh nein, nein, nein, lauf in die *andere Richtung*, du dämlicher Felsbrocken«, flehte Niamh.

»Schon gut«, beruhigte ihn Tom. »Kevin wird den anderen nicht verfolgen.«

»Okay, aber was ist *damit*?«, fragte Aparna und zeigte aus dem Fenster.

Wir sahen alle hin. Kevin hatte ein parkgroßes Stück aus dem Boden gerissen und holte nun mit seinem riesigen Arm aus.

»Werkzeugnutzer«, flüsterte Aparna fast schon zu sich selbst. Ich starrte sie an. Es beeindruckte mich ein wenig, dass sie in diesem Moment an Wissenschaft denken konnte.

Die Lautsprecher knackten. »Äh, ich würde jetzt Sicherheitsgurte empfehlen«, meldete sich Roderigo Perez-Schmidt.

Wir sprangen in unsere Sitze.

Als ich mich anschnallte, sah ich, wie Kevin den kleinen Park in Richtung des anderen Kaijū warf – und damit auch in unsere Richtung. Der gewaltige Klumpen löste sich im Flug auf. Ein großes Stück raste direkt auf uns zu.

*Da sind Bäume dabei*, warnte mein Gehirn und dann wurde die ganze Kabine schwer erschüttert. Ein Schauer aus Erde, Gestein und Bäumen traf die *Shobijin* von der Seite, bevor er der Schwerkraft anheimfiel.

Wir wurden kein Opfer der Schwerkraft. Wir blieben am Himmel. Und flogen weiter.

»Wieso leben wir noch?«, fragte Niamh und sprach erneut für uns alle. »Wir wurden von *Bäumen* getroffen.«

»Ich hab doch gesagt, dass dieses Ding stabil ist«, erwiderte Tom.

Ich sah mich in der Kabine um. Einige Fenster waren gesprungen, saßen aber noch in ihren Rahmen. Koffer waren aus ihren Fächern gefallen. Eine Frau hatte es nicht rechtzeitig zu ihrem Sitz geschafft und hielt sich nun die Schläfe. Blut tropfte aus einer Wunde. Sonst schien niemandem etwas passiert zu sein. Tom hatte recht. Die *Shobijin* sah zwar marode aus, hatte den Angriff aber überstanden.

Also gut, sie hatte es überstanden, zwischen zwei kämpfende Kaijū zu geraten, aber näher wollte ich einem tatsächlichen Kaijū-Angriff nun wirklich nicht kommen.

»Sag mir, dass es nicht immer so läuft«, flehte ich Tom an. »Ich meine, dass wir von Kaijū mit Bäumen beworfen werden.«

»Das ist mir gerade zum ersten Mal passiert«, versicherte mir Tom.

Die Lautsprecher wurden erneut eingeschaltet. »Goldenes Team, wir haben die Tanaka-Basis gerade kontaktiert. Es wird euch freuen, dass Kevins Peilsender noch funktioniert und sein Signal aus achtzig Kilometern Entfernung übermittelt«, sagte Perez-Schmidt. »Wir vermuten, dass einer seiner Parasiten den Sender irgendwie gelöst hat. Ein paar von euch werden bestimmt eine neue Mission im Terminplan haben, nämlich die, ihm einen neuen Sender zu verpassen. Die Überraschung tut mir leid. Wenn wir das gewusst hätten, wären wir schon auf See höher gestiegen. Die gute Nachricht ist, dass wir weiterhin pünktlich sind und keine weiteren Überraschungen zwischen hier und der Basis erwarten.« Er beendete die Durchsage.

»Niemand erwartet Überraschungen«, sagte Kahurangi. »Deshalb sind es ja Überraschungen.«

Irgendwo weit entfernt erklang der klagende Schrei eines schmerzerfüllten Bergs.

# 7

Ungefähr fünfzehn Minuten vor unserer Ankunft ging ein Mitglied des Goldenen Teams durch die Kabine und verteilte Handschuhe und Kappen. Alle nahmen welche, also taten wir das auch. Die Handschuhe sahen verdächtig klein aus, ebenso die Kappe, die rundum mit einem Schleier versehen war.

»Das sieht wie eine Qualle aus«, sagte ich. »Eine sehr kleine.«

»Sie dehnt sich«, versprach Tom. »Die Handschuhe auch. Zieh sie an. Den Schleier könnt ihr mit Klettstreifen mit eurem Anzug verbinden. Seid dabei sorgfältig.« Er wandte sich Aparna und Kahurangi zu, die beide lange Haare hatten. »Die Haare schiebt ihr am besten unter die Kappe.«

»Das ist mal ein Fashion Statement«, kommentierte Niamh, als wir unsere Accessoires angezogen hatten.

»Es geht bestimmt um Insekten«, vermutete Aparna. »Stechmücken.«

»Damit liegst du nicht falsch«, sagte Tom.

»Wie schlimm sind sie?«

Tom lächelte. »Die gute Nachricht ist, dass sie nur bis zur eigentlichen Basis ein Problem darstellen. Die schlechte Nachricht ist, dass der Weg zweihundert Meter lang ist.«

»Seht mal.« Niamh zeigte aus dem Fenster. »Ich glaube, wir sind da.«

Hinter den Bäumen befand sich eine Lichtung, die entweder auf natürliche Weise entstanden oder von Menschenhand geschaffen worden war. An einer Seite stand auf Pfeilern ein riesiger hölzerner Hangar, der rechts und links von kleineren Hangars umgeben war. Ich nahm an, dass der große für die *Shobijin* reserviert war und die kleineren Hubschrauber oder nicht ganz so große Luftschiffe beherbergten. Dieser Verdacht bestätigte sich, als ein Zweisitzer-Hubschrauber auf eine benachbarte Plattform gezogen wurde. Etwas entfernt gab es eine zweite Plattform, auf der überraschenderweise eine Raffinerie stand. Noch weiter weg gab es eine Plattform mit Solarpaneelen und drei sich langsam drehenden, vertikalen Windrädern.

Die Anlegestelle der *Shobijin* befand sich hinter alldem. Daneben führten bewegliche Rampen zu einer Plattform über der Wiese. Von dort konnte man auf einem Steg über ein kleines Wäldchen mit einer mammutbaumartigen Vegetation gehen. Zwischen den Bäumen gab es Holzplattformen, Stege und Gebäude. Alles war mit feinmaschigen Netzen und anderen Abdeckungen gesichert.

»Das ist die Tanaka-Basis?«, fragte ich.

»Ganz genau.«

»Ist es Absicht oder Zufall, dass sie wie ein Ewok-Dorf aussieht?«

»Genau genommen ist Tanaka ein paar Jahrzehnte älter. Also sieht das Dorf der Ewoks wie unsere Basis aus.«

»Weiß George Lucas das?«

»Vielleicht.«

Die *Shobijin* manövrierte zu ihrem Anlegeplatz und die Rampen wurden ausgefahren. Wir waren offiziell gelandet. Leute standen auf und holten ihr Gepäck.

»Bereit?«, fragte Tom.

Die Türen öffneten sich. Wir schlurften durch den Ausgang auf die Rampe und wurden sofort von sämtlichen kleinen Fluginsekten umschwärmt, die es in der Geschichte des Universums je gegeben hat.

»Himmel«, fluchte Kahurangi und schlug nach ihnen.

»Schlag nicht nach ihnen«, riet ihm Tom. »Damit stachelst du sie nur an.«

»Sie wollen mich fressen.«

»Nimm's nicht persönlich. Sie wollen jeden fressen. Geh einfach weiter.«

»Ist das normal?«

»Es sind sogar weniger als sonst«, sagte Tom. Er zeigte auf die Tanaka-Basis, auf die wir alle zueilten. »Jetzt weißt du, warum alles hier abgeschirmt ist.«

»Eine Warnung, dass ich in den ersten fünf Minuten hier ausbluten könnte, wäre schön gewesen«, bemerkte ich.

»Es wird besser«, versprach er. »Sieh mal.« Er zeigte auf den langen, komplett abgeschirmten Steg, der in die Basis führte. Als wir näher kamen, hörte ich Ventilatoren, die die Luft kraftvoll vom Eingang des abgedeckten Stegs wegbliesen und damit auch den Schwarm vertrieben. Nach zehn Schritten auf dem Steg war die Anzahl der Fluginsekten von besorgniserregend auf nervtötend gesunken. Nach fünfundzwanzig Schritten waren fast alle weg.

Ich genoss das Fehlen blutdürstiger Kreaturen. »Nett.«

»Die großen Gebläse schalten sich ein, wenn die Sensoren melden, dass sich jemand nähert«, sagte Tom. »Aber die Ventilatoren laufen ständig und sorgen für eine leichte Brise, die von Tanaka wegweht. So ein Blutsauger muss schon sehr hartnäckig sein, um hier durchzukommen.«

»Und wenn ihm das gelingt?«

»Dann kommen natürlich die Frösche.«

»Was?«

Tom ignorierte die Frage und zeigte auf meine verschleierte Kappe. »Draußen in der Welt hält euch das die meisten kleinen Insekten vom Leib. Die größeren, die in der Nähe von Gewässern vorkommen, sind gefährlicher. Sie riechen euren Atem und fliegen euch direkt ins Gesicht.«

»Wie groß sind sie?«, fragte Aparna.

»Nach den größeren schlägst du nicht einfach. Du versetzt ihnen einen *Faustschlag.*«

»Ich weiß nicht, ob du Witze machst«, sagte Aparna nach einem Moment.

»Die Luft ist hier dichter und hat mehr Sauerstoff als zu der Zeit auf unserer Erde, als Insekten eine Flügelspannweite von bis zu einem Meter hatten«, erklärte Tom. »Du bist die Biologin, also sag du mir, ob ich Witze mache.«

Aparna seufzte. »Faustschläge gegen Insekten. Okay, verstanden.«

Die ersten Mitglieder des Goldenen Teams betraten Tanaka bereits. Wir hörten Jubel und sahen Tom an.

»Das ist das Rote Team«, informierte er uns. »Die Leute, die wir ersetzen. Sie freuen sich, uns zu sehen.«

Wir überquerten den Steg und stießen auf einige Dutzend uns zujubelnde Menschen. Sie trugen bunte Hemden über ihren Overalls und Strohhüte. Einige spielten Ukulele oder

Gitarre, während andere Getränke in der Hand hielten. Das war vermutlich das Rote Team.

Als das komplette Goldene Team die Basis betreten und seine Insektenkappen abgenommen hatte, wurde mit theatralischem Zischen um Ruhe gebeten. Brynn MacDonald trat vor einen Mann, der ein besonders buntes Hemd und einen besonders ausgefransten Strohhut trug und ein besonders großes Getränk in der Hand hielt.

»Brynn MacDonald, Kommandantin des Goldenen Teams der GEK-Tanaka-Basis, löst das Rote Team der GEK-Tanaka-Basis hiermit offiziell ab«, sagte sie.

»Joao Silva, Kommandant des Roten Teams der GEK-Tanaka-Basis«, erwiderte der Mann mit dem bunten Hemd und dem furchtbaren Hut. »Erleichtert, abgelöst zu werden!«

Silva nahm seinen ausgefransten Hut und setzte ihn MacDonald auf den Kopf. Beide Lager jubelten laut. Silva und MacDonald umarmten sich, dann zog Silva sein schrecklich buntes Hemd aus und reichte es MacDonald. Sie zog es an, womit die Kommandoübergabe vollzogen war.

Daraufhin stürmten die Mitglieder des Roten Teams auf uns zu und begrüßten uns, indem sie uns Hüte, Hemden und Musikinstrumente reichten, allerdings keine Getränke. Ein freundlicher Typ gab mir eine Ukulele, einen steifen Strohhut und ein mit Papageien bedrucktes Polyesterhemd. »Das schreit nach dir«, versicherte er mir. Dann umarmte er mich und ging.

»Weißt du, wie man die spielt?«, fragte Kahurangi. Er trug ein oranges Hemd mit weißen, aufsteigenden Pferden und einen kleinen Strohhut.

»Ich hab keine Ahnung«, entgegnete ich.

»Darf ich?«

Ich reichte ihm die Ukulele. Er fing an, darauf zu spielen, als würde er das schon sein ganzes Leben tun, was wahrscheinlich auch stimmte. Er lächelte, als er meinen Blick bemerkte. »Ich hatte erwogen, meine mitzubringen, mich aber letztlich dagegen entschieden. Das habe ich seit unserer Abreise bereut.«

»Dann bin ich ja froh, dass sie hier eine haben.«

»Nicht nur eine, würde ich sagen. Ich kann dir beibringen, wie man sie spielt, wenn du magst. In unserer bestimmt großzügig bemessenen Freizeit.«

»Sehr gern«, sagte ich. Kahurangi grinste und schlenderte Ukulele spielend davon.

Ich drehte mich zu Tom um, der mit einem Sombrero und einem bunten, mit Katzen bedruckten Hemd ausgestattet worden war. »Es gibt also zwei sich abwechselnde Teams in der Tanaka-Basis?«

Tom schüttelte den Kopf. »Drei Teams. Jedes Team bleibt sechs Monate, immer um drei Monate versetzt zu den anderen Teams.« Er zeigte auf das mittlerweile hutlose Rote Team. »Das Rote Team war sechs Monate hier und bleibt jetzt drei Monate zu Hause.« Sein Blick wanderte tiefer in die Basis hinein, wo ich anderes GEK-Personal entdeckte. »Das Blaue Team ist vor drei Monaten eingetroffen, um uns abzulösen, damit wir unsere dreimonatige Pause machen konnten, und wird noch drei Monate hierbleiben. Dann wird das Rote Team zurückkehren und es ablösen. Jedes Team arbeitet also jeweils drei Monate mit den anderen zusammen. Auf diese Weise ist Tanaka immer voll besetzt und es gibt eine gewisse Kontinuität.«

Ich zeigte auf Toms Katzenhemd. »Und das? Machen wir das auch alle drei Monate?«

»Hast du was gegen bunte Hemden und hässliche Hüte?«

»Deine sind vielleicht bunt und hässlich. Meine sind sehr geschmackvoll.«

»Wir machen das bei der Ankunft und der Abreise. Das mittlere Team kümmert sich um den Betrieb der Basis, während die beiden anderen die Übergabe vollziehen. Das macht das Blaue Team gerade.«

Ich strich über mein Hemd. »Und, ähm, behalten wir das Hemd und den Hut?«

Tom lächelte. »Wenn du möchtest. Aber normalerweise wandern sie zurück ins Lager. Die Musikinstrumente sind auch Gemeinschaftseigentum. Wir unterschreiben normalerweise, wenn wir uns eins holen. Teilen und Gemeinschaft werden hier großgeschrieben. Was mich daran erinnert, dass du sagtest, du hättest Bücher und Filme auf Festplatten dabei. Wenn du unseren IT-Leuten Bescheid sagst, können sie sie auf den Plex-Gemeinschaftsserver laden.«

»Okay.«

»Du hast Lizenzen für das ganze Zeug, richtig?«

»Äh.«

»War nur ein Witz. Wir sind vertraglich gegen Urheberrechtsverletzungen abgesichert.«

»Wirklich?«

»Ja. Offenbar wurde entschieden, dass Leute, die auf eine andere Erde geschickt werden und jederzeit von hundertfünfzig Meter hohen Kreaturen plattgetrampelt werden könnten, das Recht haben sollten, E-Books untereinander zu tauschen und *Stranger Things* zu gucken.«

»Klingt fair.«

»Ist jedenfalls gut für die Psyche. Besser als nur Ukulele.« Jemand rief Toms Namen. Er drehte sich um und winkte der Person zu.

»Du musst nicht auf mich aufpassen«, sagte ich zu ihm. »Verabschiede dich ruhig von Leuten.«

»Okay, danke«, erwiderte er. »Brynn MacDonald wird dich und deine Freunde gleich einsammeln und einweisen. Morgen wirst du richtig angelernt. Du weißt schon, für deinen eigentlichen Job.«

»Ich trage Sachen«, bestätigte ich.

»Du wirst wirklich Sachen tragen«, stimmte Tom zu, »aber das ist bei Weitem nicht alles.«

Ich ahmte dramatische Musik nach. »Dun dun *dunnnnn.*«

Tom lachte und ging. Ich drehte mich um und sah zu, wie sich zwei Gruppen von Freunden, die kommende und die gehende, in diesen wenigen Stunden über all das unterhielten, was in den letzten drei Monaten in ihrem Leben passiert war.

*

»Ich möchte euch zuerst mitteilen, dass ich ein bisschen betrunken bin, deshalb werde ich es kurz machen«, sagte Brynn MacDonald. Sie hielt ein Glas mit vermutlich alkoholischem Inhalt in der Hand.

Wir Neuen, die sich vor ihr auf der Hauptstraße der Tanaka-Basis versammelt hatten, warteten höflich. Einige von uns waren auch angetrunken. Die Abschiedsparty des Roten Teams war heftiger ausgefallen als erwartet.

»Zuerst heiße ich euch herzlich willkommen. Ich bin Brynn, aber das wisst ihr ja schon. Ich weiß, wer ihr seid, weil ich eure Akten kenne, aber da ich, wie gesagt, ein bisschen betrunken bin, werde ich nicht so tun, als hätte ich mir schon eure Namen gemerkt. Das werde ich bis morgen geschafft haben, versprochen. Apropos morgen …« Sie zeigte auf eine einfache Holzbaracke ein Stück die Straße hinunter. »Kommt alle nach dem Frühstück um neun ins Verwaltungsgebäude. Da findet eure Einarbeitung statt. Ich versuche, sie so kurz wie möglich zu halten, damit ihr mit der Arbeit anfangen könnt. Ich weiß, dass ihr alle Wissenschaftler seid ...« Sie hielt inne und sah mich an. »Abgesehen von dir, unserem neuen Mädchen fürs Grobe.«

Ich warf mich in die Brust.

»Jedenfalls habt ihr alle eure Aufgaben und seid intelligent, deshalb werden wir das schnell abhaken. Wenn ihr euch fragt, wo ihr heute Nacht schlaft ...« Sie zeigte in die andere Richtung. »Ihr werdet alle in derselben Kasernensuite untergebracht. Die ist da hinten. Keine Sorge, eure Nachnamen stehen auf der Tür, der Schlüssel liegt drinnen. Da findet ihr auch frische Overalls. Ihr schafft das schon. Ihr seid schlau. Aber wenn es Probleme gibt, fragt *irgendwen.* Sie werden euch helfen, weil wir keine Arschlöcher sind. Also ein paar von uns *schon*, aber selbst die werden euch helfen. Wenn nicht, verfüttern wir sie an die Stechmücken. Die habt ihr ja gesehen. Hey, habt ihr auch die Frösche gesehen?«

Wir nickten. Wir hatten die Frösche gesehen. Sie lebten in hübschen kleinen Teichen auf der Basis. Sie waren nicht nur die einzigen Haustiere in der Tanaka-Basis, sondern fraßen auch alle möglichen Fluginsekten, die sich auf diese Seite des Netzes verirrten. Die Insekten spürten das Wasser, wollten es trinken und wurden von den Fröschen erwischt. Natürliche Insektizide. Und niedliche. Unsere Biologin Aparna fragte, ob sie von hier stammten oder von unserer Erde, aber wir waren auf einer Party, deshalb wurde die Frage nicht beantwortet. Außerdem war Aparna etwas betrunkener als wir anderen und hätte sich die Antwort wahrscheinlich ohnehin nicht gemerkt.

»Wir lieben die Frösche«, sagte MacDonald. »Ihr wisst bereits, wo das Gemeinschaftszentrum ist, nämlich *da vorne.*« Sie zeigte auf ein Gebäude direkt neben dem Steg, der zum Flugfeld führte. »Kommt heute Abend dort vorbei. Beim Goldenen Team gibt es eine Tradition, nämlich die, dass wir am ersten Abend zusammen Filme ansehen. Heute ist unsere Wahl auf – ihr werdet es nicht glauben – *Godzilla* und dann *Pacific Rim* gefallen. Ihr könnt euch denken, warum.« Zur Antwort verwiesen auf die Welt um uns herum. »Und bei *Godzilla* handelt es sich um die ungeschnittene japanische Fassung, nicht um die schwachsinnige amerikanische Version mit Aaron Burr.«

»Raymond Burr«, korrigierte ich.

»Ach ja, richtig.« MacDonald tippte sich an die Schläfe. »Tut mir leid. Hier drin dudelt gerade *Hamilton.* Außerdem bin ich ein bisschen betrunken. Noch Fragen?«

Es gab keine. MacDonald entließ uns, oder besser gesagt, sie hob kurz ihr Glas und schlenderte davon.

»Ich weiß nicht, was ich von diesem Ort halten soll«, meinte Aparna, während sie ihr nachsah.

»Mir gefällt's hier«, sagte Kahurangi. Er spielte geistesabwesend ein paar Akkorde auf der Ukulele.

»Finden wir erst mal diese *Kasernensuite*«, schlug Niamh vor. »Ich bin echt gespannt, wie die aussieht. Wenn es Etagenbetten gibt, schlafe ich oben.«

Es gab keine. Bei der Kasernensuite mit unseren Namen handelte es sich um ein frei stehendes Häuschen in einer Reihe anderer frei stehender Häuschen, die einen Holzpfad säumten und wohl den Wohnbereich der Basis bildeten. Die Suite bestand aus einem kleinen Gemeinschaftsraum mit einer Couch, einem Tisch mit Stühlen und Bücherregalen. Zwischen den Regalen stand ein Monitor, auf dem ein Screensaver lief. In den Regalen lagen mit unseren Namen beschriftete Päckchen – wahrscheinlich die neuen Overalls.

Zwei kurze, schmale Gänge rechts und links des Gemeinschaftsraums führten zu den Schlafzimmern. Auf jeder Tür stand ein Name. Das Zimmer war groß genug für ein Doppelbett, an dem vorbei man zu einem Kleiderschrank und einem winzigen Schreibtisch mit Stuhl gelangte. Über dem Schreibtisch hing ein kleines Regal. Über dem Bett gab es ein kleines Fenster. Zum Bett gehörten eine Matratze, ein Kopfkissen und zwei Garnituren Bettzeug. Auf dem Schreibtisch lag eine Mappe mit der Aufschrift *Leitfaden für die Tanaka-Basis.* Im Regal lag ein Umschlag, auf dem *Neuer Bewohner* stand. Daneben sah ich eine Pflanze in einem kleinen Topf. Ich ging zum Schreibtisch in meinem Zimmer und nahm den Umschlag in die Hand.

»Wo ist die Küche?«, hörte ich Aparna fragen.

»Vergiss die Küche, wo ist das verdammte *Klo*?«, erwiderte Niamh.

»Sieh in den Leitfaden«, rief ich zurück.

»Den was?«

»Der liegt in deinem Zimmer«, sagte ich und öffnete den Umschlag. Darin steckte ein Brief.

*Lieber Neuankömmling,*

*hier ist es üblich, den Neuankömmlingen eine Notiz und ein kleines Geschenk zu hinterlassen, wenn sie in unser altes Zimmer einziehen, und ihnen viel Glück bei ihrem Einsatz zu wünschen. Dieses Mal ist das für mich eine bittersüße Angelegenheit, denn dies ist mein letzter Einsatz. Das weiß noch niemand. Nur dir habe ich das bisher gesagt.*

Ich hielt inne und las dann weiter.

*Es ist bittersüß, denn wenn wir diese Welt verlassen, verlassen wir alles in ihr. Wir können nichts mitnehmen und niemandem von ihr erzählen. Drei Jahre meines Lebens – vier Einsätze! – und ich habe nur Erinnerungen vorzuweisen. Das ist einer der Gründe, warum ich gehe. Es ist zwar wunderbar hier, aber so viel in meinem Leben kommt mir surreal vor. Erfunden. Vielleicht geht das nur mir so, aber selbst dann ist die Zeit für mich gekommen, in die reale Welt zurückzukehren und ein reales Leben zu führen.*

*Ich habe bei diesem letzten Einsatz etwas Dummes getan. Ich habe beschlossen, dass mein Zimmer mit etwas Grün schöner wäre, also habe ich einen Ableger mitgebracht und auf dem Fensterbrett in einen Blumentopf gepflanzt. Als meine Abreise näher rückte, erkannte ich, dass ich ihn nicht mitnehmen konnte. Also hinterlasse ich ihn dir als Geschenk. Ich hoffe, dass du dich so gut um ihn kümmern wirst wie ich und dass er dir so viel Freude machen wird wie mir. Und vielleicht wirst du ihn, wenn du in sechs Monaten abreist, der nächsten Generation hinterlassen, die dieses Zimmer bewohnt. Vielleicht wird es sogar mein Ersatz sein.*

*Viel Glück und alles Gute. Denk ab und zu einmal an mich in unserer anderen Welt. Ich werde auch an dich denken, wer immer du bist.*

*Alles Liebe*

*Sylvia Braithwhite*

Ich legte den Brief hin und stellte den kleinen Blumentopf wieder auf das Fensterbrett.

»Wer auch immer mein Zimmer bewohnt hat, hat mir einen großen Haufen Kackfrüchte auf den Schreibtisch gelegt«, rief Niamh. »Geht's noch?«

# 8

Brynn MacDonald zeigte auf Aparna. »Okay«, sagte sie. »Du bist die neue Biologin. Sag es.«

»Was soll ich sagen?«, fragte Aparna.

»Was dich seit dem ersten Anblick eines Kaijū beschäftigt.«

Wir saßen alle um kurz nach neun in einem (sehr) kleinen Konferenzraum im Verwaltungsgebäude und wurden wie versprochen eingearbeitet. Brynn MacDonald, die wir zuletzt ein bisschen betrunken erlebt hatten, war definitiv nüchtern und hatte sich sogar unsere Namen und Aufgaben in der Basis gemerkt. Wir saßen gemeinsam an einem (sehr) kleinen Holztisch auf (normalgroßen) Holzstühlen und ich fragte mich, ob sie in der Basis angefertigt worden waren. MacDonald stand neben einem Bücherregal. Momentan starrte sie Aparna an und wartete auf eine Antwort.

»Also gut«, sagte Aparna. »Diese Kaijū sind zu groß. Es dürfte sie nicht geben.«

»Wegen des Quadrat-Kubik-Gesetzes«, erwiderte MacDonald.

»Unter anderem.«

»Sind alle mit dem Quadrat-Kubik-Gesetz vertraut?«, fragte MacDonald. Alle nickten. Niamh und Kahurangi waren Wissenschaftler und ich ein Nerd, daher wussten wir alle, dass bei Dingen, wenn sie größer wurden, das Volumen in der dritten Potenz zunahm, während die Oberfläche jedoch im Quadrat anstieg. MacDonald wandte sich wieder an Aparna: »Also verfügen die Kaijū über ein viel zu großes Volumen. Ihre Muskeln sollten reißen, ihre Lunge sollte ihnen nicht genug Sauerstoff liefern, sie sollten sich selbst nicht ausreichend Energie durch Nahrung verschaffen können, ihr Nervensystem sollte zu langsam sein, um sie herumlaufen zu lassen, und ihre Knochen sollten zersplittern. Laut den uns bekannten Naturgesetzen sollten sie wie ein Fleischberg stöhnend daliegen, bis sie sterben.«

»Sie würden nicht stöhnen, weil sie ihre Lunge nicht füllen könnten, aber der Rest trifft es«, entgegnete Aparna.

MacDonald nickte, drehte sich um, zog einen dicken Aktenordner aus dem Regal und ließ ihn mit einem Knall vor Aparna auf den Tisch fallen.

»Was ist das?«, fragte diese.

»Deine Hausaufgaben«, erklärte MacDonald. »Eine Zusammenfassung von unserem momentanen Verständnis der Kaijū-Biologie.«

Aparna starrte auf den dicken Ordner. »Das ist eine *Zusammenfassung*?«

»Ganz genau«, bestätigte MacDonald und sah uns andere an. »Ihr müsst das nicht lesen, aber ihr solltet, weil es faszinierend ist. Wenn ihr keine Lust dazu habt, müsst ihr nur wissen, dass die Biologie der Kaijū sich mit nichts vergleichen lässt, was wir zu Hause haben. Wirklich mit nichts. Die Kaijū brechen die Naturgesetze nicht, weil man Naturgesetze nicht brechen kann. Das Quadrat-Kubik-Gesetz trifft auf sie genauso zu wie auf jedes andere Wesen. Doch ihre einzigartige Biologie ermöglicht ihnen, so groß zu werden und sich dennoch zu bewegen. Einzigartig für uns, meine ich. Hier ist diese Biologie recht verbreitet.«

»Tom Stevens hat gestern erklärt, wir sollten sie nicht als Tiere betrachten. Dass sie eher Systeme oder Biotope seien«, sagte ich zu MacDonald.

Sie zeigte auf den Ordner. »Er zitiert das hier«, entgegnete sie. »Sehr gut. Ich dachte, er hatte das nur überflogen. Doch selbst diese Vorstellung ist zu beschränkt.« Sie zeigte auf mich. »*Du* bist schließlich ein System und ein Biotop ... Rein numerisch betrachtet gibt es auf und in deinem Körper mehr nichtmenschliche als menschliche Zellen. Bakterien, Pilze, Protisten, sogar winzige parasitäre Milben, die in deinem Gesicht leben.«

»Ich würde sehr gern nie wieder über winzige Hautmilben reden«, sagte ich.

»Sie kommen raus, wenn du schläfst. Wusstest du das?«

»Jetzt weiß ich es. Schönen Dank auch.«

»Warte, bis du Kaijū-Parasiten siehst«, konterte MacDonald. »Die sind der Hammer. Ich will damit sagen, dass die Metaphern, die wir benutzen, um Tiere und andere Geschöpfe bei uns zu Hause zu verstehen, nicht vernünftig vermitteln können, was die Kaijū sind.«

»Gib uns ein Beispiel«, bat Niamh.

MacDonald sah Niamh mit zusammengekniffenen Augen an. »Physik, richtig?«

»Ja, Physik und Astronomie.«

MacDonald holte einen weiteren Aktenordner aus dem Regal und knallte ihn vor Niamh. »Kaijū beziehen ihre Energie aus Atomreaktoren.«

Niamh starrte zuerst den dicken Ordner an, dann MacDonald. »Wie bitte?«

»Atomreaktoren«, wiederholte MacDonald.

»Woher ... bekommen sie einen Atomreaktor?«

»Er wächst.«

»Wie zur Hölle geht *das* denn?«

Aparna schob Niamh ihren Biologieordner hin. »Den solltest du lesen«, sagte sie.

MacDonald schob den Ordner zurück zu Aparna und wandte sich wieder Niamh zu. »Wie wächst dein Gehirn? Oder, wenn du über eine Gebärmutter verfügst, wie wächst darin ein kompletter Mensch?«

»Das ist was *anderes*«, beharrte Niamh.

»Wirklich?«

»Du behauptest also, dass sie Atomreaktoren *ausgebildet* haben«, sagte Kahurangi zu MacDonald.

»Das nehmen wir an, ja.«

»Ich will nicht wiederholen, was Niamh gesagt hat, aber ergibt das überhaupt Sinn? Was findet sich in den Fossilien? Gibt es Hinweise auf Proto-Kaijū mit Übergangsorganen, die sich irgendwie zu funktionstüchtigen Atomreaktoren entwickelt haben?«

»Ah, der Geologe.« MacDonald drehte sich erneut zum Bücherregal um.

»Ach Scheiße«, stöhnte Kahurangi in Erwartung eines weiteren dicken Aktenorders. Doch die Mappe, die MacDonald herauszog, war so dünn, dass sie sie Kahurangi mit einer Hand reichen konnte. Er nahm sie ein wenig enttäuscht entgegen. »Das ist alles?«

MacDonald nickte. »Verglichen mit diesen beiden«, sie zeigte auf Aparna und Niamh, »sind die Erkenntnisse in der Geologie und Paläontologie, auf die du zugreifen kannst, wesentlich geringer. Das hat praktische Gründe, da die Arbeit vor Ort schwieriger ist.«

»Ah«, sagte Kahurangi. »Und warum?«

»Weil die Wahrscheinlichkeit, getötet und gefressen zu werden, proportional größer ist.«

»Okay, das kann einem schon die Lust an der Forschung nehmen.«

»Der letzte Geologe des Goldenen Teams hat gekündigt, nachdem wir ihm eine Gliedmaße praktisch wieder annähen mussten. Zum zweiten Mal.«

»Oh.«

»Moment, das ist nicht ganz korrekt. Es war nicht dieselbe Gliedmaße, sondern eine andere.«

»Da... Darüber bin ich nicht informiert worden«, stammelte Kahurangi.

»Die Tanaka-Basis wurde aus gutem Grund in den Bäumen gebaut«, erklärte MacDonald. »Der Dschungelboden ist nicht sehr gemütlich. Was mich zu der Frage bringt, wer von euch an Waffen ausgebildet wurde.«

Wir alle starrten ins Leere.

»Hm.« MacDonald schien sich eine geistige Notiz zu machen. Sie wandte sich wieder Kahurangi zu. »Um deine Frage kurz zu beantworten: Die Übergangsorgane lassen sich nur schwer beweisen, weil unsere Forschungen so großen Einschränkungen unterliegen. Du kannst also noch viel Pionierarbeit leisten.«

»Solange ich nicht gefressen werde, bin ich dabei«, sagte Kahurangi.

»Aus den wenigen geologischen Proben, über die wir verfügen, lässt sich schließen, dass die Evolution des Lebens hier völlig anders abgelaufen ist.«

»Wie anders?«, fragte Aparna.

»Wir sind auf diesem Planeten zum Beispiel die einzigen Säugetiere«, antwortete MacDonald. »Es haben sich keine entwickelt. Das trifft auch auf Vögel zu. Es gibt Reptilien, aber sie sind als biologische Klasse nicht so erfolgreich wie bei uns zu Hause. Wir haben hier natürlich Vergleichbares. In seiner Entwicklung füllt das Leben früher oder später alle Nischen aus. Aber biologisch unterscheiden sich diese Klassen erheblich.«

»Es gibt allerdings Frösche«, merkte ich an.

»Ja. Nicht dieselben Spezies wie zu Hause, aber Frösche und andere Amphibien. Viele Fische, Insekten und Wirbellose.«

»Also ist das, was hier anders ist, ungefähr zu dem Zeitpunkt ausgelöst worden, als Amphibien und Reptilien entstanden sind.«

MacDonald zeigte auf die dünne Mappe. »Sag du es uns. Wichtig ist nur, dass alles nicht so einfach ist. Es gibt hier zum Beispiel Blütenpflanzen, die sich, soweit wir wissen, genauso entwickelt haben wie zu Hause. Es ist kompliziert.«

»Ist es immer«, sagte Kahurangi.

»Was mich daran erinnerst, dass du auch Chemiker bist«, erwiderte MacDonald und warf Kahurangi einen riesigen Aktenordner hin, bevor er reagieren konnte. »Darüber wissen wir eine Menge.«

»Offensichtlich«, kommentierte Kahurangi mit einem Blick auf den neuen Ordner.

»Ein großer Unterschied ist der höhere Actinoidanteil auf dieser Version der Erde. Dazu gehören auch Uran und Thorium. Anders als zu Hause werden diese hier von Lebensformen genutzt.«

Etwas in meinem Gehirn machte klick. »Also produziert hier alles Uran. Und die Kaijū haben sich so entwickelt, dass sie es nutzen können.«

»Das ist verrückt«, sagte Niamh.

»Das ist Evolution«, korrigierte Aparna.

»Vielleicht«, fügte Kahurangi hinzu.

MacDonald sah mich an. »Du bist unser neues Mädchen fürs Grobe.«

»Ich trage Sachen«, bestätigte ich.

MacDonald nickte, drehte sich um und nahm den dicksten Aktenordner aus dem Regal.

»Und daran könnte ich mir einen Bruch heben«, stöhnte ich.

»Die Systeme und Abläufe auf der Tanaka-Basis«, erläuterte MacDonald. »Wäre ja unfair, wenn du keine Hausaufgaben bekämst.«

*

»Das ist faszinierend, ganz ehrlich«, sagte ich beim Mittagessen zum Rest der Neuen, während ich den Aktenordner durchblätterte.

»Du bist so ein Nerd«, kommentierte Kahurangi.

Wir saßen zusammen im Speisesaal der Basis. Es war das offizielle Mittagessen, eine der vier Mahlzeiten, die vom Personal zubereitet wurden, doch es gab auch ein rund um die Uhr gefülltes Büfett und einige Küchenzeilen, die man jederzeit benutzen durfte.

»Hör nicht auf ihn«, sagte Niamh. »Mach dein Ding. Sag uns, was so faszinierend an diesem Ort ist.«

»Wir gewinnen Treibstoff und Plastik aus der Luft«, sagte ich.

»Wie machen wir das?«, erkundigte sich Aparna.

»Habt ihr hinten beim Flugfeld dieses Gebäude gesehen, das an eine Raffinerie erinnert?« Sie nickten. »Da saugen sie Kohlendioxid und Wasserdampf aus der Luft und katalysieren beides. Je nach Vorgang entsteht dabei Plastik oder Treibstoff.«

»Na toll, wir verschmutzen eine zweite Erde«, schnaubte Niamh.

»Wenn du das aus der Luft holst, ist es $CO_2$-neutral«, erklärte Kahurangi.

»Daran werde ich dich erinnern, wenn du das nächste Mal Auspuffgase einatmest.«

»Wozu werden hier denn Treibstoff und Plastik verwendet?«, fragte Aparna. Sie hielt ihre hölzernen Essstäbchen hoch und klopfte damit gegen ihre Holzschale. »Ich sehe kaum welches. Und mir wurde gesagt, dass die Basis größtenteils mit Solar- und Windenergie betrieben wird.«

»Die Luftschiffe brauchen den meisten Treibstoff. Das Plastik benötigen sie zur Reparatur von Dingen, die wir mitbringen, zum Beispiel Laptops und Tablets und noch ein paar Sachen.« Ich zeigte auf die Netze, von denen die gesamte Basis umgeben war. »Dieses Zeug.« Ich zupfte an meinem Overall. »Und der auch.«

»Ja, was sollen diese Overalls eigentlich?«, fragte Kahurangi. »Mir kommt es vor, als hätte uns jemand in diese Dinger gesteckt, der zu viele Science-Fiction-Filme aus den Siebzigern gesehen hat.«

Ich blätterte den Aktenorder durch. »Zum einen halten sie Krabbeltiere fern. Außerdem beschleunigen sie das Verdampfen von Körperschweiß in heißen, feuchten Gebieten, wie man sie auf diesem ganzen verdammten Planeten findet.«

»Kein Witz«, sagte Aparna. »Ich fühle mich, als würde ich schwimmen.«

»Du fühlst dich, als würdest du schwimmen, ich, als würde ich stinken«, konterte Niamh und schlug sich auf den Overall. »Am liebsten würde ich alle fünfzehn Minuten duschen. Was mich zu der Frage bringt, warum wir zum Duschen und Scheißen zu einem Gemeinschaftssanitärgebäude laufen müssen. Warum haben wir so was nicht in der Hütte?«

Ich blätterte zu dem Abschnitt, der die Duschen behandelte. »Erleichtert hauptsächlich das Verlegen der Rohre«, erklärte ich.

»Was für ein Schwachsinn. Ich protestiere.«

»Bitte kack nicht in unsere Hütte«, sagte Aparna.

»Werd ich nicht«, versicherte Niamh. »Aber du weißt, dass ich recht habe.«

»Das zentrale Sanitärgebäude erleichtert nicht nur das Verlegen der Rohre, sondern auch das Sammeln von Fäkalien«, fuhr ich fort. »Sie werden sterilisiert und für einfache Herstellungsprozesse verwendet, außerdem als Dünger für die Pflanzen, die wir essen.«

Wir alle hielten inne und betrachteten unser Essen. »Ganz *toll*«, sagte Niamh.

»Hier wird alles recycelt«, erwiderte ich. »Und was wir nicht recyclen können, bringen wir zurück zur menschlichen Erde. Wir sollen hier nicht den geringsten ökologischen Fußabdruck hinterlassen.«

»Was ist mit Fleisch?«, fragte Kahurangi und hielt etwas von seinem Teller hoch, das wie Fleisch aussah. »Ist das wirklich Rind?«

»Wahrscheinlich«, sagte ich eine Minute später, nachdem ich es nachgeschlagen hatte. »Wir haben Aquakulturtanks für verschiedene Arthropoden und Fischbestände und wir bringen Nahrung rüber, die sich hier schlecht anbauen lässt. Alles, was mit Fleisch, Milchprodukten und Getreide zusammenhängt. Zucker und einige Gewürze. Kaffee und Tee. Die *Shobijin* transportiert vor allem Vorräte und Ausrüstung. Lebensmittel, Medikamente, Technik.«

»Das klingt teuer«, bemerkte Kahurangi und schluckte sein (vermeintliches) Fleisch hinunter.

»Soweit ich das sehen kann, ist hier alles teuer«, sagte ich. »Oder wäre es, wenn wir die Kosten bedenken müssten, was anscheinend nicht nötig ist.«

»Das ist ja ein sozialistisches Paradies!«, schwärmte Niamh.

»Ich meinte nur, dass es wahrscheinlich einfacher wäre, ein paar Hühner mitzubringen«, entgegnete Kahurangi.

Aparna schüttelte den Kopf. »Sie wollen nicht mehr fremde Spezies als unbedingt nötig herbringen.«

Kahurangi grinste schief. »Jedes Huhn, das aus dieser Basis entkommt, wird nicht lange überleben.«

»Es geht nicht nur um das Huhn, sondern um alles, was dieses Huhn in sich trägt«, sagte Aparna. »Mikroben. Parasiten. Viren. Das Leben hier ist zwar anders, aber bestimmt nicht *so viel* anders. Nicht am unteren Ende der Skala. Und die Kreaturen hier können sich nicht gegen das wehren, was ein Huhn vielleicht an sich hat. Eine Vogelgrippe könnte sie alle auslöschen.« Sie sah mich an. »Ich vermute, dass die

Gewächshäuser die biologisch am besten gesicherten Gebäude in der Basis sind.«

Ich blätterte zum Gewächshausabschnitt vor. »Damit liegst du richtig«, bestätigte ich. »Luftschleusen, Luft- und Wasserfiltrierung und Handbestäubung.«

»Jemand hat die Aufgabe, den Blumen einen runterzuholen?«, stutzte Niamh.

»Um genau zu sein«, sagte ich, während ich zu einer anderen Seite umblätterte und den Ordner hochhielt, »haben die *meisten* hier irgendwann diesen Job. Alle füllen zwei Primärrollen aus, aber wir sind hier nur hundertfünfzig Leute und es gibt viel zu tun. Also bekommt jeder abgesehen von seinem Vollzeitjob kleine Aufgaben, die er erledigen und abhaken lassen muss.« Ich nahm mein Handy heraus, das mit dem örtlichen WLAN verbunden war. »Dafür gibt's eine App.«

»Viel Spaß beim Bestäuben«, sagte Aparna zu Niamh. Xier bewarf sie daraufhin mit einem Crouton.

»Was ist mit den Kaijū?«, fragte Kahurangi.

»Was soll mit denen sein?«

»Wir sind an einem Ort, an dem Monster frei rumlaufen«, erwiderte Kahurangi, »und vieles, was Menschen noch nie gesehen haben. Und was machen wir? Wir tragen Plastikhosen, machen Hausaufgaben«, er klopfte auf seine beiden Mappen, »und kriegen zu hören, dass wir Hilfsarbeiten verrichten müssen.«

»Du willst wissen, wann du endlich mit den Kaijū spielen darfst«, sagte ich.

»So würde ich es nicht formulieren, aber ja.«

»Dein Vorgänger hat mit den Kaijū gespielt und ihm wurde zweimal eine Gliedmaße abgerissen«, rief ihm Niamh ins Gedächtnis.

»Es waren zwei Gliedmaßen, die je einmal abgerissen wurden«, berichtigte sie Aparna.

»Jedenfalls hatte er nicht *so* viel Spaß auf Planet Kaijū.«

»Ich will ja nicht zu einem hingehen und mich als Mittagessen anbieten«, sagte Kahurangi. »Aber diese Organisation nennt sich Gesellschaft zur Erhaltung der Kaijū-Monster. Wann können wir denn endlich Kaijū erhalten?«

Wie sich herausstellte, lautete die Antwort darauf: am nächsten Tag.

# 9

»Ach, da bist du ja«, sagte Tom zu mir, als ich den Speisesaal betrat. Ich wollte mir dort ein kaltes Getränk holen. Er kam mit einer dampfenden Tasse heraus, in der sich wahrscheinlich Kaffee befand.

»Da bin ich«, bestätigte ich und zeigte auf seinen Kaffee. »Wie kannst du das trinken?«

»Das ist … Kaffee«, erwiderte er. »Es ist zehn Uhr morgens und mein Gehirn ist noch nicht ganz wach.«

»Es sind neunzig Grad oder so.«

»Dreißig Grad«, berichtigte mich Tom. »Wir benutzen das metrische System.«

»Ich will damit sagen, dass es *heiß* ist.«

»Nach ein paar Einsätzen gewöhnst du dich dran. Mir fällt das kaum noch auf.«

Ich schwitzte in meinem Overall so stark, dass das Material den Schweiß nicht ausreichend abtransportieren konnte. »Kann's kaum erwarten.«

»Das wird schon«, versprach Tom. »Wie läuft der erste Arbeitstag?«

»Ich trage Sachen«, sagte ich. Nach dem Aufwachen hatte ich die Basis-App geöffnet und entdeckt, dass ich sehr, sehr gefragt war. Meine Aufgabenliste bestand aus fünfzehn Tätigkeiten, die sich größtenteils auf Dinge bewegen, Dinge hochheben und Dinge von A nach B bringen beschränkte. Die Tanaka-Basis war zwar nicht so riesig wie die Lower East Side, aber ich kam trotzdem ins Schwitzen. »Es stört mich ein bisschen, dass ich nach Füdmüd besser auf diese Welt vorbereitet bin, als ich es nach zehn Jahren Hochschuldbildung gewesen wäre.«

»Lustig, dass du das sagst. Ich hab dir gerade eine dringende Aufgabe auf die Liste gesetzt. Einige Kanister müssen aus dem Chemielabor zum Hubschrauberlandeplatz gebracht werden. Da wirst du auch unseren Helipiloten Martin kennenlernen. Das wird spaßig, der Typ ist der Kracher.« Ich hörte ein leises *Ping* von meinem Handy, als Tom das sagte. »Das ist bestimmt die Benachrichtigung.«

»Ist es so dringend, dass ich nicht zuerst etwas trinken kann?«

»Ganz und gar nicht. Trinken hat immer Vorrang. Danach kannst du zum Chemielabor gehen. Genieß dein Getränk.« Er prostete mir mit seinem unangenehm heißen Kaffee zu und ging.

Ich betrat den Speisesaal und betrachtete die Auswahl. Es gab Wasser, Tee, Kaffee und etwas, das wie Orangensaft aussah, aber auch von einer Kackfrucht hätte stammen können. Es gab auch einen Limonadenspender, in unserer Basisanleitung stand allerdings, dass wir ihn sparsam verwenden sollten, da ansonsten die Sirupsorten zu schnell aufgebraucht wären. Die Anleitung schlug pro Tag ein Glas mit null Komma zwei Litern gefärbtem Zucker vor. Ich entschied mich dagegen. Ich wollte meine beängstigende Cola-Light-Sucht mit der alten Welt hinter mir lassen, und abgesehen davon gab es im Spender eh nur Pepsi-Produkte. Neuer Planet, neues Leben.

Ich tank schnell zwei große Gläser Wasser und überprüfte die Basis-App. Toms dringende Aufgabe war tatsächlich schon drin, ebenso eine lange Reihe anderer Tätigkeiten, für die man mich angefragt hatte. Zum Glück arbeitete nicht nur ich die Liste ab. Val, mein Gegenstück im Blauen Team, half ebenfalls mit. Sie sah aus, als könnte sie mich wie eine Hantel stemmen, ohne sich anstrengen zu müssen. Ich hatte sie am frühen Morgen getroffen, als ich einen Kompostbehälter vom Gebäude für Abwasser und Recycling abholen und zu Gewächshaus C bringen sollte. Das war ein Job für zwei Personen, außer man wollte, dass der Kompost auseinanderbrach und sich in der ganzen Basis verteilte, was wir definitiv nicht wollten.

Ich hakte Toms Aufgabe in der Liste ab, damit Val wusste, dass ich mich darum kümmern würde, und teilte dem Chemielabor mit, dass ich auf dem Weg sei. Dann räumte ich mein Glas weg und ging durch die Basis zu meinem Ziel. Auf dem Weg holte ich mir beim Wartungsgebäude noch einen Transportwagen.

Kahurangi und Dr. Pham Bian, seine Kollegin vom Blauen Team, waren im Labor. »Ich weiß jetzt, wofür wir Chemie hier auf der Kaijū-Erde brauchen«, sagte er.

»Für Meth«, vermutete ich.

»Noch besser.«

»Was könnte denn besser als Meth sein?«, stutzte ich.

»Pheromone«, sagte Dr. Pham und klopfte auf einen Druckkanister, den ich vermutlich abholen sollte.

»Nicht irgendwelche Pheromone«, fügte Kahurangi hinzu. »*Kaijū*-Pheromone.«

»Wow«, sagte ich. »Okay. Cool. Und *warum* genau brauchen wir die?«

»Damit sie tun, was wir wollen«, erklärte Dr. Pham. »Man kann nicht mit ihnen reden. Also teilen wir ihnen unsere Wünsche auf diese Weise mit. Zum Beispiel: ›Achtung, Gefahr!‹, oder: ›Dieses Territorium ist vergeben.‹«

»Und sie hören zu?«

»Manchmal.«

»Diese Einschränkung würde mich nervös machen.«

»Wir müssen mit dem arbeiten, was wir haben«, erwiderte Dr. Pham.

»Stimmt.« Ich zeigte auf den Kanister. »Und was sagen diese Pheromone?«

»›Gehen wir zu mir oder zu dir?‹«, witzelte Kahurangi.

Ich dachte darüber nach. »Eine Kaijū-Verabredung zum Sex in einem Kanister.«

Kahurangi grinste. »Cool, oder?«

»Schön, dass du an deinem ersten Arbeitstag schon so produktiv bist.«

»Nee, Dr. Pham hat die schon vor einer Weile angesetzt. Ich werde aber am nächsten Schwung arbeiten.«

»Du bist bestimmt schon aufgeregt.«

»Du meinst das sarkastisch, aber es *stimmt*«, entgegnete Kahurangi.

»Dr. Lautagata hat sich heute Morgen schon sehr enthusiastisch über diese Arbeit geäußert«, sagte Dr. Pham. Ich verstand erst nach einem Moment, dass sie Kahurangi meinte. Ich kannte ihn seit drei Tagen, hatte aber seinen Nachnamen nie gehört. Und wusste auch nicht, dass er einen Doktortitel hatte.

»Das würde doch jedem so gehen, oder?«, meinte ich. »Wie viele Kanister soll ich denn mitnehmen?«

»Die vier da«, sagte Dr. Pham. »Und Martin wird dir noch weitere mitgeben. Die haben aber keine Eile, weil wir sie nicht sofort brauchen. Dr. Lautagata wird dich begleiten.«

»Gut«, antwortete ich. »Dann wird Dr. Lautagata mir bestimmt auch helfen, die Kanister zum Wagen zu tragen.«

Kahurangi grinste erneut und hob den ersten an.

*

»Sind das die Babymacher?«, fragte Martin Satie und zeigte auf die Kanister. Er klang wie jemand aus Québec, was streng genommen bedeutete, dass er näher an seiner Heimat war als wir anderen.

»Ganz genau«, bestätigte Kahurangi. Er schlug nach den winzigen Fliegen, die tapfer versuchten, sein Gesicht zu fressen, aber am Netz scheiterten. Wir standen zu dritt auf einem der Hubschrauberlandeplätze der Basis, auf dem ein Hubschrauber startbereit stand.

Satie nahm das schnaubend zur Kenntnis und ging in Richtung des Hangars hinter dem Flugfeld. Dann blieb er stehen und drehte sich zu uns um. »Na, kommt schon«, sagte er. »Bauen wir das Ding zusammen.«

Wir warfen einen verwirrten Blick auf den Hubschrauber. »Wie bitte?«, hakte Kahurangi nach.

»Glaubt ihr, ich fliege rauf zu einem Kaijū, kurbele das Fenster runter und bewerfe ihn mit einem Kanister?«, fragte Satie. »Natürlich nicht. Kommt und helft mir mit dem Gerüst.« Er ging erneut los. Kahurangi und ich sahen uns an, zuckten mit den Schultern und folgten Satie in den Hangar.

Bei dem fraglichen Gerüst handelte es sich um eine Kohlenstoffaserstruktur, die über den Frachtraum hinter der Hauptkabine passte. Wir trugen sie zum Hubschrauber, wo Satie sie befestigte und uns zeigte, wie man die Kanister zuerst mit dem Gerüst und dann mit einem Gerät verband, das den Kanisterinhalt ausschütten würde. Der Hubschrauber sah nun aus, als sollte er Felder besprühen.

»Tretet lieber zurück«, warnte uns Satie. Wir befolgten den Rat. Satie stieg in die Hauptkabine und betätigte zweimal kurz hintereinander einen Kippschalter. Ein winziges bisschen Kaijū-Pheromone spritzte heraus.

»Pfui Teufel!«, stieß ich hervor.

Kahurangi stöhnte, bedeckte sein Gesicht und wandte sich ab.

Satie lachte. »Angenehm, oder?«

»Nicht wirklich.«

»Beschreib mir den Geruch.«

»Meinst du das ernst?«

»Ja, ich will es hören.«

»Als wäre eine Familie in einem Müllcontainer an Hitzschlag gestorben und jemand hätte die fermentierten Überreste destilliert.«

»Hm«, machte Satie. »Ich sage immer, das riecht wie Malört, aber deine Version gefällt mir auch.« Er zeigte auf uns. »Okay, dann steigt mal ein.«

»Was?«, stutzte ich.

Satie sah uns an. »Wer von euch ist Dr. Lautagata?« Kahurangi hob die Hand. »Du musst mitkommen, alles beobachten und Dr. Pham Bericht erstatten.«

»Was soll ich denn berichten?«

»Wie gut dein Parfüm wirkt«, antwortete Satie. »Und du.« Er zeigte auf mich. »Du musst das Zeug verspritzen, wenn ich's dir sage.«

»Kannst du das nicht selbst machen?«, fragte ich. »Ist doch nur ein Schalter.«

»Hast du schon mal einen Hubschrauber rund um einen in Wallung geratenen, liebestollen Kaijū geflogen?«

»Nein«, gab ich zu.

»Okay.« Er musterte uns. »Seid ihr schon mal in einem Hubschrauber geflogen?«

»Ich schon«, sagte Kahurangi.

»Wie lief das?«

»Ich musste kotzen.«

Satie zeigte auf die Rückwand der Hauptkabine. »Du sitzt hinten.«

*

»Ich weiß, dass ich das hätte fragen sollen, bevor ich in den Hubschrauber gestiegen bin«, sagte ich über das Headset, das Satie mir gegeben hatte, »aber … *warum* machen wir das?«

»Du meinst, warum fliegen wir hundert Kilometer und besprühen ein Monster mit Aufgeilsaft?«, fragte er.

»Ja, genau.«

»Du weißt doch, dass es an dem anderen Ort Pandas gibt, richtig?«

»Von denen hab ich schon gehört«, erwiderte ich und dachte darüber nach, wie schnell der Ort, an dem ich bis vor drei Tagen mein ganzes Leben verbracht hatte, »der andere Ort« geworden war.

»Pandas sind niedlich, aber nicht gerade superschlau und manchmal vergessen sie, wie man sich paart. Deshalb müssen Menschen ihnen beim Liebesspiel helfen. Kaijū sind die größten und dümmsten Pandas, die dir je begegnen werden.«

»Kaijū vergessen, wie *Sex* geht?«, hakte Kahurangi nach.

»Sie vergessen eine Menge, das kannst du mir glauben«, sagte Satie. »Sie stehen hier zwar an der Spitze der Evolutionsleiter, aber die Evolution hat auf diesem Planeten nicht nach Gehirnleistung selektiert. Alles hier ist dumm wie Brot. Der Herr, den wir heute besuchen, ist sogar noch dümmer als ein gewöhnlicher Kaijū. Ein Tal von ihm entfernt wohnt eine Dame, die seit einem Jahr versucht, seine Bekanntschaft zu machen. Jedes Mal, wenn sie vorbeikommt, will er gegen sie kämpfen. Heute wollen wir seine Meinung ändern.«

»Okay, aber warum interessiert uns das?«, fragte ich.

»Warum interessieren wir uns für Pandas?«

»Weil sie niedlich sind«, meinte Kahurangi. »Das ist der einzige Grund.«

»Du liegst nicht ganz falsch, aber ich dachte eher, weil sie eine bedrohte Tierart sind. Das sind Edward und Bella auch.«

»Edward und Bella?«, wiederholte ich. »Du hast diese Kaijū nach so 'nem Scheiß wie *Twilight* benannt?«

»Nicht *ich*«, entgegnete Satie. »Wenn's nach mir gegangen wäre, würden sie jetzt Sid und Nancy heißen. Passt besser zu ihrer Persönlichkeit. Aber mich hat ja keiner gefragt. Einer von euch Millennials war das.«

»Millennials ruinieren die Kaijū-Namensgebung«, sagte ich zu Kahurangi.

»Wir sind einfach furchtbar«, stimmte er zu.

»Ed und Bell sind in diesem Teil des Kontinents die Einzigen ihrer Art. Normalerweise tauchen sie nördlich des vierzigsten Breitengrads nicht auf und es gibt auch nicht viele südlich davon. Deshalb versuchen wir, sie dazu zu bringen, sich zu vermehren. Wir sind die Gesellschaft zur Erhaltung der Kaijū-Monster. Das ist unsere Aufgabe.«

»Und wie läuft das bisher?«, fragte Kahurangi.

»Nicht gut. Das ist der fünfte Versuch.« Satie deutete mit dem Kinn auf die Kanister hinter ihm. »Dr. Pham ist noch beim Feinschliff der Formel. Deshalb bist du hier, Dr. Lautagata. Du wirst ihr sagen, wie Ed auf diese Version reagiert.«

»Wie hat er die ersten vier Male reagiert?«

»Angepisst, würde ich sagen.«

»Das ist nicht gut.«

»Stimmt, aber ich bin ein guter Pilot. Der Hubschrauber wird normalerweise nicht beschädigt.«

»Normalerweise«, bemerkte Kahurangi trocken und sah mich an.

»Die letzte Version war dicht dran. Der Doc sagte, sie hätte Hinweise auf eine Kloakenschwellung gesehen.«

Ich lachte.

»Was ist denn so komisch?«, fragte Satie.

»Ich dachte gerade, dass ›Edwards Kloakenschwellung‹ ein toller Bandname wäre.«

»Natürlich für eine Emo-Band«, sagte Kahurangi.

»Ihr erstes Album war spritzig, aber das zweite eher schlaff.«

»Das dritte Album war ziemlich beschissen.«

»Du Konkurrenz war aber auch wirklich hart.«

»Ihnen fehlte einfach das Stehvermögen.«

Ich wollte diesen furchtbar dämlichen Wortspielen noch etwas hinzufügen, aber da flogen wir über einen Hügel und erhaschten unseren ersten Blick auf Edward.

»Heilige Scheiße«, entfuhr es mir.

Satie grinste. »So niedlich wie ein Panda, oder?«

Kahurangi stieß den Atem aus. »Alter, wenn du den für niedlich hältst, bist du schon zu lange auf diesem Planeten.«

»Seh ich auch so«, sagte ich. »Das Vieh sieht aus eine von H. P. Lovecrafts Panikattacken.«

Satie nickte. »Wartet ab, bis ihr seine Kloake seht.«

»Wir werden seine Kloake nicht *wirklich* sehen, oder?«, fragte Kahurangi.

»Wenn wir hier fertig sind, wird es wenig von Edward geben, was wir *nicht* gesehen haben.«

»Wie nah kommen wir ihm denn?«, wollte ich wissen.

»Ziemlich nah.«

»Ist das wirklich nötig?«, hakte Kahurangi nach.

»Habt ihr Raketen voller Pheromone mitgebracht?«, entgegnete Satie.

»Nein.«

»Dann ist das wirklich nötig. Keine Sorge, Doktor. Ihm nah zu kommen ist leicht. Wieder wegzukommen, das wird schwer.«

# 10

»Wieso frisst er uns nicht?«, fragte ich. Da wir Edward nun so nah gekommen waren, hielt ich die Frage nicht für völlig unwichtig.

»Er schläft«, antwortete Satie.

Ich warf ihm einen Blick zu. »Er schläft?«

»Ja, die können schlafen.«

»Woher weißt du, dass er schläft?«

»Zum einen, weil er uns nicht frisst«, sagte Satie. »Zum anderen, weil man seine Augen nicht sieht.«

Ich betrachtete Edward. »Er hat *Augen*?«

»Wir nennen sie Augen. Jemand hat euch bestimmt schon erklärt, dass alles hier etwas komplizierter ist. Glaubt mir, wenn ihr die Augen seht, werdet ihr sie erkennen.«

»Keine echten Augen, aber eine richtige *Kloake*«, kommentierte Kahurangi von hinten.

»Ich hab sie nicht entworfen, ich fliege nur zu ihnen«, erwiderte Satie.

»Okay, lasst uns das Vieh mit Pheromonen besprühen, damit wir abhauen können«, sagte ich mit einem Blick auf den nicht wachen Edward. Ich war mir ziemlich sicher, dass ich die Kontrolle über meinen Schließmuskel verlieren würde, *wenn* er erwachte.

Satie schüttelte den Kopf. »So funktioniert das nicht. Wenn wir ihn jetzt besprühen, wird er einfach weiterschlafen. Dann kann Dr. Lautagata nichts berichten und Dr. Pham wird sauer auf euch sein.«

»Ich hab kein Problem mit Lügen«, sagte Kahurangi.

»Heute ist dein erster Arbeitstag, deshalb verrat ich dir was, das du noch nicht weißt«, erklärte Satie. »Leg dich nicht mit Dr. Pham an. Sie wird dich bis in deine Träume verfolgen, Junge. Den Tipp kriegst du gratis von mir.«

»Sie kommt mir ziemlich nett vor.«

»Sie ist nett. Tolle Frau. Und wenn du ihr Lügen über diese Pheromone erzählst, wird sie dich ausweiden und den Baumkrebsen überlassen.«

»Es gibt *Baumkrebse*?«, fragte Kahurangi.

Satie ignorierte ihn. »Wir müssen ihn wecken«, sagte er zu mir.

»Und wie machen wir das?«, erkundigte ich mich.

Satie brachte den Hubschrauber näher an Edward heran. Viel näher.

»Whoa, whoa, *whoa*«, entfuhr es Kahurangi.

»Ganz seiner Meinung«, stimmte ich zu.

»Normalerweise bemerkt er mich, wenn ich ihm so nah komme«, sagte Satie.

»Du hast das schon mal gemacht?«

»Klar.«

»Und du hältst das für *klug*?« Ich zeigte auf den Kaijū-Fleischberg, der nur noch wenige Meter von uns entfernt war.

Satie schnaubte. »Wären wir schlau, würden wir diesem Planeten fernbleiben.«

»Hey, was ist das?« Kahurangi zeigte auf den Kaijū-Fleischberg. Ich folgte seinem Finger zu einer Stelle auf Edward, auf der etwas wimmelte. Ein besseres Wort fiel mir nicht ein.

»Parasiten«, erklärte Satie.

»Die sind so groß wie *Rottweiler.*«

»Wenn wir hierbleiben, werdet ihr größere sehen.«

»Ich glaube, ich hab schon erwähnt, wie ich zum Hierbleiben stehe.«

»Sieht nicht so aus, als würde er aufwachen«, sagte ich zu Satie. Edwards Parasiten bewegten sich zwar, er aber nicht.

Satie verzog das Gesicht. »Also gut, einen Trick hab ich noch auf Lager.« Er flog an dem Berg namens Edward empor, bis wir über ihm schwebten. Dort gab es so viel Platz, dass wir hätten landen können, wenn wir das gewollt hätten. Ich hoffte sehr, dass wir das nicht wollten.

»Bist du am Schalter?«, fragte mich Satie.

Ich legte die Hand darauf. »Ja.«

»Okay, ich mache jetzt was und dann werde ich bis drei zählen. Bei drei wirst du den Schalter umlegen, bis fünf zählen und abschalten.«

»Wir lassen es nicht einfach laufen?«

»Warum sollten wir?«

»Hör zu, Martin«, sagte ich. »Anscheinend muss ich dich, warum auch immer, daran erinnern, dass ich das zum ersten Mal mache und *keine Ahnung habe.*«

»Fünf Sekunden reichen«, erklärte Satie. »Um den Rest kümmern wir uns danach. Bereit?«

»Wofür?«, fragte ich.

»Dafür«, antwortete er und landete hart auf Edward. Dessen Haut wurde eingedrückt wie ein Pudding mit einer harten Kruste. Satie schwebte mit dem Hubschrauber ein paar Meter über der Stelle, an der er Edward angestupst hatte.

Dieser Bereich leuchtete langsam auf.

»Eins«, sagte Satie.

Das Leuchten wurde zu einem extrem hellen Kreis von drei Metern Durchmesser.

»Äh, ich glaub, ich hab das Auge gefunden«, meinte ich.

»Zwei«, sagte Satie und rammte den Hubschrauber in die hell erleuchtete Oberfläche.

Edward brüllte.

»Drei!«, sagte Satie und zog senkrecht nach oben. Ich betätigte den Schalter und fing an zu zählen, während ich das Auge beobachtete. Ich war schon bei vier, als wir uns endlich davon entfernten. Edward hatte uns nach oben verfolgt.

»Aus!«, rief ich Satie zu. Er riss den Hubschrauber herum und weg von Edward, dessen Schlag uns knapp verfehlte. Mit was er nach uns schlug, lässt sich schwer beschreiben, aber *Tentakel* traf es nicht mal ansatzweise.

»Seht ihr ihn noch?«, fragte Satie. Kahurangi und ich bestätigten das. »Achtet auf seine Augen!«

»Auf was genau?«, sagte Kahurangi.

Edward brüllte nicht mehr. Nun strahlten vier breite Lichtkreise an ihm, die wir für Augen hielten. Wir starrten sie an.

Auf einmal zogen sie sich zusammen. Die neuen sonnenähnlichen Punkte richteten sich auf uns.

»Ach du Scheiße«, entfuhr es Kahurangi.

Ebenso plötzlich tauchten Flügel auf.

»Ach du *Scheiße*«, wiederholte Kahurangi.

»Dieses Scheißvieh hat *Flügel*?«, schrie ich fassungslos.

»Allerdings«, bestätigte Satie.

»Vor einer Minute hatte er die noch nicht!«

»Doch«, sagte Satie, »aber ihr habt nur auf die Augen geachtet.«

Edward erhob sich schwerfällig.

»Ach du Scheiße ach du Scheiße ach du Scheiße«, stammelte Kahurangi.

»Wir müssen *weg*«, drängte ich Satie.

Er wendete den Hubschrauber und entfernte sich von Edward.

»Okay, es gibt gute und nicht ganz so gute Nachrichten«, sagte Satie. Er drückte mit der linken Hand auf einen Kopf, der einen Bildschirm aktivierte. Er zeigte uns die Bilder der Heckkamera. Darauf war außer Edward momentan wenig zu sehen. »Der Kopfstoß hat ihn wütend gemacht, deshalb wollte er uns wahrscheinlich umbringen, aber dann hat er die Pheromone gerochen, und seitdem will er uns nicht mehr umbringen.«

»Bist du sicher?«, fragte Kahurangi.

»Sind die Augen geweitet?«

Wir nickten.

»Das ist das Zeichen.«

»Wenn er uns nicht töten will, wieso verfolgt er uns?«

»Weil stattdessen was anderes mit uns machen will.«

»Ein Kaijū will uns *ficken*?«, brüllte Kahurangi, während er versuchte, das zu verarbeiten.

»Das sind die guten Nachrichten.«

»Was ist daran *gut*?«

»Solange er sich mit uns paaren will, will er uns nicht töten«, sagte Satie. Er ging tiefer und kam dabei den Baumwipfeln gefährlich nah. Edward war einen Moment verwirrt, ging dann aber ebenfalls tiefer. »Was bedeutet, dass er uns *verfolgen*, aber nicht *angreifen* wird. Wir wollen, dass er uns verfolgt, weil wir ihn zu Bella führen.«

»Und wenn er Bella sieht, wird er uns für sie sitzen lassen«, vermutete ich.

»Mal sehen. Das ist der Plan.«

»Was sind die nicht so guten Nachrichten?«

»Die Pheromone verfliegen schnell. Deshalb müssen wir ihn bis zu Bella noch ein paarmal besprühen.«

Ich dachte darüber nach. »Also müssen wir ihm nah genug bleiben, um ihn mit den Pheromonen zu treffen.«

»Ja.«

»Weil er uns sonst angreift und wir sterben.«

»Ja.«

»Aber wenn wir das tun und unvorsichtig sind, wird er uns packen und versuchen, den Hubschrauber zu ficken. Und dann sterben wir.«

»Ja.«

»Und das machst du *ständig*?«

»Ja«, sagte Satie. »Gewissermaßen. Weiter sind wir noch nie gekommen.«

»Wow, der ist ganz schön nah.« Kahurangi zeigte auf den Bildschirm.

»Besprüh ihn noch mal«, wies mich Satie an. »Zähl bis fünf.«

Ich betätigte den Schalter und zählte bis fünf. Edward bekam das Spray mitten ins Maul. Er schien zu würgen und zu spucken, dann verschwand er.

»Was zum Teufel?«, stieß Kahurangi hervor.

»Äääääh«, sagte ich und sah aus den Hubschrauberfenstern.

»Das passiert«, bemerkte Satie.

»Dass er verschwindet?«

»Ja.«

»Das ist hundertfünfzig Meter großer verdammter Albtraum. Wie kann der einfach verschwinden?«, brüllte Kahurangi.

»Also …«, erwiderte Satie, da stürzte Edward von oben herab, landete direkt vor uns und streckte uns die Gliedmaßen entgegen.

Wir alle schrien und Satie machte irgendwas und der Hubschrauber machte irgendwas und irgendwie kamen wir an Edward vorbei, aber bevor das geschah, bot sich mir ein Anblick, der mich bis ins Grab verfolgen wird.

Edwards Kloakenschwellung.

Als ich meine Fassung wiedererlangte, drehte ich mich zu Kahurangi um. Er saß mit offenem Mund und starrem Blick da.

»Du hast es auch gesehen«, sagte ich.

Kahurangi nickte. »Wenn wir zurückkommen, besaufe ich mich.«

»Bin dabei.«

»Gott, Jamie. Was ist nur *los* mit diesem Planeten?«

»Er ist wieder hinter uns«, sagte Satie zu mir. »Besprüh ihn noch mal.«

»Bist du sicher?«, fragte ich.

»Wenn er nicht so auf das Zeug abfahren würde, wären wir schon ein Trümmerfeld am Dschungelboden«, entgegnete Satie. »Also ja, ich bin sicher. Dieses Mal sechs Sekunden lang.«

*

Wir besprühten Edward noch dreimal, dann erreichten wir Bellas Tal. Sie war wach, breitete die Flügel aus und war vielleicht sogar noch beängstigender als Edward.

»Als hätte sie gewusst, dass wir kommen«, sagte ich.

»Sie hat es gewusst«, bestätigte Satie. »Sie hat Ohren. Gewissermaßen.«

»Jetzt können wir wegfliegen, oder?«, fragte Kahurangi.

Satie schüttelte den Kopf. »Wir müssen noch eine Sache machen.«

Ich sah Bella an. »Lass mich raten.«

»Wenn er den Pheromonen folgt, müssen sie zu ihr führen«, erklärte Satie.

»Und wie findet *sie* uns?«

»Sie ist schon seit einer Weile scharf auf Edward. Hoffentlich konzentriert sie sich auf ihn.« Satie gab Gas.

Wir flogen direkt auf Bella zu. Edward war hinter uns. Bella blieb stehen.

»Das könnte eine *äußerst* unangenehme Sandwichsituation werden«, kommentierte Kahurangi.

»Mach die Kanister auf«, sagte Satie zu mir. »Schalte sie aber auf jeden Fall ab, sobald wir an Bella vorbei sind.«

Ich nickte und betätigte den Schalter. Ich verstand, was Satie vorhatte.

»Ganz schlecht«, stammelte Kahurangi. »Ganz, ganz, ganz, ganz, ganz schlecht.«

Edward schrie. Bella schrie zurück. Wir fielen in das Geschrei ein, auch wenn das sinnlos war, und Satie flog knapp über das hinweg, was man als Bellas Schulter hätte bezeichnen können. Ich schaltete die Kanister ab, als wir über ihr waren, und dann gab es eine Explosion aus Erde und Kaijū, als Edward gegen Bella krachte. Die beiden rollten über den Boden und zerbrachen dabei Baumstämme, als wären es Eisstiele. Wir wichen Erdklumpen von der Größe eines Mini Coopers aus und stiegen in den Himmel.

Als wir hoch und weit genug weg waren, wendete Satie den Hubschrauber, damit wir uns das Nachspiel unserer Mission ansehen konnten.

»Also, äh, das ist mal ein Anblick«, sagte Kahurangi. »Den Dr. Pham zu beschreiben wird nicht ganz leicht.«

»Keine Sorge, ich hab die Kameras die ganze Zeit laufen lassen«, entgegnete Satie.

»Was?« Kahurangi starrte ihn an. »Ich dachte, ich wäre hier, um ihr alles zu berichten.«

»Ich habe nie behauptet, dass ich kein Video davon machen würde.«

»Ich hätte in Tanaka bleiben können!«

Satie zeigte auf die kopulierenden Kaijū. »Dann hättest du das verpasst.«

»Wir wären beinahe *gestorben.*«

»Ach was«, sagte Satie. »Ich weiß, was ich tue.«

Kahurangi starrte ihn weiter an und nahm dann sein Headset ab. Offenbar wollte er eine Weile nicht mehr mit Satie reden.

»Er wird's überleben«, sagte Satie zu mir.

»Müssen wir uns das ansehen?«, fragte ich.

»Machst du Witze? Das ist Wissenschaft pur.«

»Kommt mir eher wie Kaijū-Pornhub vor.«

»Wir haben die Paarung dieser Spezies noch nie beobachtet«, erklärte Satie. »Wenn ich die nicht aufnehme, werden die Biologen in der GEK mich umbringen. Nein, wir bleiben noch ein bisschen, wenn's dir nichts ausmacht.«

»Ich finde, dass wir fliehen sollten, solange es noch geht«, sagte ich. »Vielleicht bekommen sie Hunger, wenn sie fertig sind.«

Satie dachte einen Moment darüber nach. »Weißt du was? Ich glaub, wir hatten genug Wissenschaft für einen Tag«, entschied er und wendete den Hubschrauber, damit wir nach Hause fliegen konnten.

In dem Moment knackte das Funkgerät. »Tanaka-Chopper zwei, bitte kommen«, sagte jemand von der Basis. Die Stimme klang nach MacDonald, aber ich war mir nicht ganz sicher.

»Hier ist Tanaka-Chopper zwei, wir hören«, antwortete Satie.

»Chopper zwei, ihr müsst euch einen ungechipten Kaijū vierzig Kilometer südwestlich eurer Position ansehen«, erwiderte die Basis.

Satie warf einen Blick auf seine Instrumente. Offenbar beanspruchte eine Verfolgungsjagd mit einem Kaijū einen Hubschrauber ziemlich. »Basis, worum geht es?«, fragte er. »Finden und identifizieren?«

»Negativ, Chopper zwei. Wir glauben, dass wir ein Entladungsproblem haben.«

Satie hielt inne. »Bitte wiederholen, Basis.«

»Ich glaube, dass wir ein Entladungsproblem haben, Chopper zwei. Erbitte visuelle Bestätigung und Einschätzung der Stärke. Verstanden?«

»Verstanden. Wir machen uns auf den Weg.« Er drehte sich zu mir um. »Scheiße.«

»Ist das ein Problem?«, erkundigte ich mich.

»Hoffentlich nicht.« Satie bedeutete Kahurangi, das Headset wieder aufzusetzen.

»Was ist los?«, fragte dieser.

»Wir haben gerade eine Notfallmission reinbekommen. Wir müssen vierzig Kilometer nach Südwesten fliegen.«

Kahurangi zog die Augenbrauen zusammen. »Werden wir dabei wahrscheinlich auch sterben?«

»Eventuell.«

»Eventuell?«

»Ich kann dich hier rauslassen, wenn du möchtest«, sagte Satie. »Du könntest nach Hause laufen.«

Kahurangi verdrehte die Augen und nahm sein Headset wieder ab.

Satie sah mich an und lächelte. »Er wird's überleben«, sagte er und flog los.

Wir entdeckten den Rauch noch vor dem Kaijū. Er stieg spiralförmig in den Himmel und hing in der dichten, trägen Luft. Der Rauch war nicht nur über einer Stelle zu sehen. Dunkle Schwaden bildeten eine Spur, die zu dem Wesen führten.

»Setzen sie normalerweise ihre Umwelt in Brand?«, fragte ich. Satie schüttelte den Kopf. »Warum macht der es dann?«

»Er kann nichts dafür.«

»Da ist er«, sagte Kahurangi, als wir um einen Hügel herumflogen. Er hatte während der Reise sein Headset wieder aufgesetzt. Er zeigte ans Ufer eines relativ großen Sees. Das Wesen stand reglos da und wirkte irgendwie so, als müsse es zu Atem kommen. Hinter ihm brannte einiges.

Satie hielt den Hubschrauber von der Rauchspur fern, bis wir ungefähr einen Kilometer von dem Kaijū entfernt innehielten.

»Wir fliegen nicht näher ran?«, fragte ich.

»Nur wenn es unbedingt sein muss«, antwortete Satie.

Kahurangi schnaubte. »Ist ja was *ganz* Neues.«

»Allerdings«, stimmte ich zu. »Wieso halten wir uns dieses Mal zurück?«

»Wir sollen uns ansehen, ob er sich entlädt«, sagte Satie. »Wenn er sich entlädt, sollten wir weit weg von ihm sein.«

»Was heißt ›entladen‹?«, hakte Kahurangi nach.

Satie antwortete nicht gleich. Stattdessen warf er einen Blick auf die Smartwatch an meinem Handgelenk. »Hat das Ding eine Stoppuhr?«

»Klar.« Meine Smartwatch hatte eine Menge Funktionen, von denen ich, wie die meisten Leute, neunzig Prozent nicht nutzte. Die Stoppuhr gehörte dazu.

»Ruf sie auf.« Satie sah Kahurangi an und deutete mit dem Kinn auf eine Konsole zwischen seinem Sitz und meinem. »Da drin liegen ein paar Ferngläser. Hol eins raus und benutze es.«

Kahurangi nickte.

»Die Stoppuhr ist bereit«, sagte ich. »Wozu brauche ich die?«

Satie deutete mit dem Kopf in Richtung des Kaijū. »Wenn das Vieh sich das nächste Mal entlädt, startest du die Uhr, sobald es aufhört, und lässt sie laufen, bis es wieder anfängt.«

»Wird die Entladung leicht zu sehen sein?«

Der Kopf des Kaijū spaltete sich. Ein gleißend heller Lichtstrahl schoss heraus, traf den See und verdampfte ihn.

»Ja, ist leicht zu sehen«, bemerkte Satie.

Der Lichtstrahl verging und ich startete die Uhr. »Das Vieh hat Feueratem.«

Satie schüttelte den Kopf. »Das ist abgefahrener. Es handelt sich um einen ionisierten Partikelstrahl. Ein Plasma. Er ist ein paar Tausend Grad heiß.«

»Ich kann verstehen, dass du nicht näher ranfliegen möchtest.« Wenn so ein Plasmastrahl den Hubschrauber träfe, würde unser Tag nicht gut enden.

»Wie hält der Kaijū eine solche Hitze aus?«, fragte Kahurangi. Er hatte das Fernglas herausgeholt und richtete es auf den Kaijū.

»Auf Dauer gar nicht«, erwiderte Satie.

»Hey, ich erkenne diesen Kaijū«, sagte Kahurangi. »Ich erinnere mich an ihn. Er hat gegen Kevin gekämpft.«

»Bist du sicher?«, hakte ich nach.

Er reichte mir das Fernglas. »Sieh ihn dir an.«

Ich richtete das Fernglas auf den Kaijū. An sein Gesicht konnte ich mich nicht erinnern, aber an das große Kaijū-Stück, das während des Kampfs durch die Luft geflogen war. Diesem Kaijū fehlte ein großes Stück im Bauchbereich. »Du hast recht, das ist er«, sagte ich und gab Kahurangi das Fernglas zurück. »Er hat inzwischen eine ziemlich große Strecke zurückgelegt.«

»Er hat auf die Fresse bekommen und läuft seitdem weg.« Kahurangi hielt sich das Fernglas wieder vor die Augen.

»Ihr habt das Vieh kämpfen sehen?«, fragte uns Satie.

»Ja«, bestätigte Kahurangi. »Wir waren fast mittendrin. Wir wurden mit Bäumen beworfen.«

»Und der hier wurde verletzt?«

»Er hat ziemlich große Brocken Fleisch verloren. Wieso?«

»Weil …« Satie hielt inne, als der Kaijū einen weiteren Plasmastrahl ausstieß. Dieser raste am Seeufer entlang und brachte dabei Bäume zur Explosion. Ich hielt die Stoppuhr an. Satie drehte sich zu mir um. »Wie lange?«

Ich sah nach unten. »Zwei Minuten, acht Komma drei acht Sekunden«, sagte ich.

»Okay, das ist seltsam und eklig«, bemerkte Kahurangi. »Da fällt irgendwas von dem Kaijū.«

»Wie sieht es aus?«, fragte Satie.

»Schwer zu beschreiben. Wie Haarschuppen, aber so groß wie kleine Tiere.« Kahurangi sah Satie am Fernglas vorbei an. »Sind das seine Parasiten?«

»Wahrscheinlich«, sagte Satie.

»Warum fallen sie ab?«

»Aus dem gleichen Grund, aus dem Ratten ein sinkendes Schiff verlassen.« Satie öffnete einen Funkkanal. »Basis, hier wie Chopper zwei.«

»Chopper zwei, was gibt es?«

»Wir haben den ungechipten Kaijū gefunden und können bestätigen, dass er sich entlädt. Das Intervall beträgt zwei Minuten und die Parasiten entfernen sich. Over.«

»Verstanden, Chopper zwei. Empfehle NWW-Protokoll.«

»Verstanden, Basis. Initiiere NWW-Protokoll.« Satie trennte die Verbindung. Er sah Kahurangi an. »Du kannst das Fernglas weglegen.«

»Was ist das NWW-Protokoll?«, erkundigte ich mich.

»Das steht für *Nichts wie weg*«, sagte Satie und wendete den Hubschrauber.

»Nichts wie weg, weil ...?«

»Weil der Kaijū wahrscheinlich gleich hochgeht.«

»Definiere ›hochgehen‹«, bat Kahurangi.

»Euch wurde erklärt, dass die Kaijū Atomkraft benutzen?«

»Ja. Ich bin mir allerdings immer noch nicht sicher, wie das funktionieren soll und ob ich es glaube.«

»Glaub es. Sie benutzen Atomkraft, was an sich kein Problem ist – bis es zu einem wird. Ein Kaijū kommt in die Pubertät und hat einen schlecht ausgebildeten Bioreaktor oder gerät in einen Kampf, bei dem der Reaktor beschädigt wird. Und dann wird das Problem sehr, sehr schnell sehr, sehr groß.«

Mir ging ein Licht auf. »Die Entladungen. Er speit diesen Plasmastrahl nicht absichtlich aus.«

Satie schüttelte den Kopf. »Nein. Er versucht, damit seinen Reaktor wieder unter Kontrolle zu bringen.«

»Funktioniert das?«

»Manchmal. Man erkennt an der Häufigkeit der Entladungen, wie schlimm es ist. Wenn er sich alle paar Stunden entlädt, kann er überleben.«

»Bei dem hier passiert das alle zwei Minuten«, sagte ich.

Satie zuckte mit den Schultern. »Das überlebt man nicht so gut.«

»Woher wissen die Parasiten das?«, fragte Kahurangi. »Die hauen doch nicht ab, weil sie die Intervalle zählen.«

»Nein«, stimmte Satie zu. »Sie hauen ab, weil sie zu verbrennen drohen.«

Kahurangi öffnete den Mund, um etwas zu sagen, schloss ihn und öffnete ihn erneut. »Ich werde jetzt eine sehr dumme Frage stellen ...«

»Ja, der Kaijū ist eine wandelnde Atombombe«, sagte Satie. »Das war deine Frage, richtig?«

»Eigentlich wollte ich noch etwas wegen der Parasiten fragen, aber, ähm, ist egal. Weil ... *eine scheiß Atombombe*?«

»Wieso überrascht dich das?«, stutzte Satie. »Darüber reden wir doch die ganze Zeit.«

»Uns wurde gesagt, dass diese Viecher einen Reaktor hätten!«

»Und?«

»Ein Atomreaktor ist etwas völlig anderes als eine Atombombe! Zum Beispiel gibt es in einem Reaktor *Sicherheitsvorkehrungen*!«

»Da hat er recht«, sagte ich.

»Nein, hat er nicht«, widersprach Satie. »Diese Viecher wurden nicht *gebaut*. Sie haben sich *entwickelt*. Die Evolution bringt nur das Nötigste hervor. Die biologischen Atomreaktoren der Kaijū funktionieren. Das reicht. Bis sie nicht mehr funktionieren.«

»Und dann löschen sie alles Leben im Umkreis von hundert Kilometern aus«, meinte Kahurangi kopfschüttelnd.

»So groß sind die Explosionen nicht«, sagte Satie.

Kahurangi wollte etwas erwidern, aber ich hob die Hand. »Wie groß sind sie *denn*?«

»Ein normaler Kaijū explodiert wie eine Bombe mit zehn bis fünfzehn Kilotonnen«, antwortete Satie.

»Das kann ich nicht einordnen«, entgegnete ich.

Satie überprüfte seine Instrumente. »Das bedeutet, wenn der Kaijū *in diesem Moment* hochginge, wären wir außerhalb des Explosionsradius.« Er warf einen kurzen Blick auf Kahurangi. »Was heißt, dass wir überleben würden. Die Elektronik und die Instrumente des Hubschraubers sind abgeschirmt, also müssen wir uns keine Sorgen um elektromagnetische Impulse machen. Wir sehen nicht zum ersten Mal einen sich entladenden Kaijū. Mit jeder Minute entfernen wir uns weiter von ihm.«

»Außer er beschließt, uns zu jagen«, hielt Kahurangi dagegen.

Satie schüttelte den Kopf. »Der wird gar nichts mehr jagen. Er ist zum Sterben hierhergekommen.«

»Woher weißt du das?«

»Wenn Kaijū erkennen, dass sie sterben, versuchen sie, zum Wasser zu gelangen. Am besten zum Ozean, aber eine größere Wasserfläche tut es auch. Fragt mich nicht, warum.

Ich bin nur Pilot. Aber es ist so. Die GEK hat das auf die harte Tour rausgefunden.«

»Was soll das heißen?«, hakte Kahurangi nach.

»Diese Tanaka-Basis ist nicht die erste Tanaka-Basis«, sagte Satie. »Die erste befand sich rund vierzig Kilometer weiter östlich auf einer Halbinsel. Das war in den Sechzigern. Ein junger Kaijū mit einem kaputten Reaktor kam dorthin, ging zur Basis und explodierte. Achtzig Leute starben, ohne auch nur was davon mitzubekommen.«

»Wieso kam er denn zur Basis?«, fragte ich.

»Ich bin kein Kaijū. Ich weiß nicht, warum sie etwas tun. Aber jetzt achten wir darauf, dass wir keine Basen in der Nähe von großen Wasserflächen bauen, und«, er nickte in Kahurangis Richtung, »Dr. Pham und jetzt du stellen Pheromone her, die die Umgebung der Basen als unser Territorium kennzeichnen.«

»Und das klappt?«, sagte ich.

»Das ist bei den Kaijū immer so eine Sache«, entgegnete Satie. »Es klappt, bis es nicht mehr klappt.«

Die Welt vor uns wurde viel heller, was bedeutete, dass die Welt hinter uns noch heller geworden war. Der Kaijū war explodiert.

»Jetzt wird es richtig holprig«, warnte uns Satie. »Dr. Lautagata, wenn du kotzen musst, nur zu.«

*

»Ich habe nicht gekotzt«, sagte Kahurangi beim Abendessen, als er Aparna und Niamh die Ereignisse des Tages schilderte. Er und ich hatten ein stundenlanges Meeting mit Brynn MacDonald, Jeneba Danso, ihrem Gegenstück vom Blauen Team, Tom Stevens und den Leitern des Biologie- und des

Physiklabors hinter uns. Wir waren den gesamten Hubschrauberflug durchgegangen. Martin Satie hatte nicht teilgenommen, weil er sich um seinen Helikopter kümmern musste. Offenbar sollte er bald wieder losfliegen.

»Nein, durch deinen Körper ist nur so viel Strahlung gejagt worden, dass du spontan zu einem Tumor geworden bist«, konterte Niamh.

»Ich bin mir ziemlich sicher, dass das so nicht funktioniert«, erwiderte Kahurangi.

»Genau das würde jemand sagen, der gerade spontan zu einem Tumor geworden ist.«

Kahurangi wandte sich an Aparna: »Du bist hier die Biologin. Hilf mir.«

»Ich will nicht behaupten, dass du ein intelligenter Tumor bist«, sagte Aparna. »Aber ich müsste zuerst ein paar Tests durchführen.«

Kahurangi zeigte auf mich. »Jamie saß im selben Hubschrauber! Wieso wird er nicht beschuldigt, ein Tumor zu sein?«

»Ich bin definitiv größtenteils ein Tumor«, wandte ich ein.

»Ich dachte, wir wären Freunde«, sagte Kahurangi und sah mich aus zusammengekniffenen Augen an.

»Tumore haben keine Freunde«, erwiderte ich. »Mal was anderes. Ich habe heute erfahren, dass Kahurangi einen Doktortitel hat.«

»Na ja, wir haben alle Doktortitel.« Aparna zeigte auf sich. »Dr. Chowdhury.« Sie zeigte auf Niamh. »Dr. Healy.«

»Lustig ist, dass *Healy* auf Gälisch ›wissenschaftlich‹ heißt«, sagte Niamh. »Ich bin Dr. Wissenschaftlich. Du darfst dich jetzt verneigen.«

»Ich darf, aber ich tu's nicht«, schoss ich zurück.

»Och, der Tumor ist neidisch, weil er nur einen Master hat.«

»Bin ich nicht. Okay, vielleicht ein bisschen.«

»Wir mögen dich trotzdem«, versicherte Aparna.

»Und mit *mögen* meinen wir ›bemitleiden‹«, fügte Niamh hinzu.

»Wenn du dich dann besser fühlst, kann ich dir sagen, dass du uns jede Menge neue Arbeit aufgehalst hast«, sagte Aparna.

»Das freut mich«, erwiderte ich. »Wie hab ich das gemacht?«

»Eigentlich warst das nicht du, sondern der arme explodierende Kaijū«, korrigierte Niamh. »Und nicht nur uns, sondern allen. Anscheinend explodieren Kaijūs nicht so oft in erreichbarer Nähe.«

»Für *uns* schon«, merkte Aparna an.

»Ja, wenn man nach der Wahrscheinlichkeit geht, passiert uns vieren das deutlich öfter als den meisten Leuten hier«, stimmte Niamh zu. »Heute haben wir uns schon ausgiebig mit den Daten befasst, die ihr beiden Tumore mitgebracht habt, plus dem Material, das wir von den Aerostaten bekommen haben.«

Ich nickte. Wir benutzten hier Aerostaten statt Satelliten, mit Instrumenten ausgestattete Ballons, die so hoch flogen, dass die Kaijū weder versuchten sie zu bekämpfen noch sie zu fressen. So hatten wir überhaupt erst von dem Kaijū erfahren. Ein Aerostat hatte die Strahlung seiner Entladungen aufgezeichnet.

»Siehst du?« Kahurangi zeigte mit seiner Gabel auf mich. »Sie hätten uns *doch* nicht dort gebraucht. Ein Aerostat hätte ihnen dieselben Informationen übermittelt.«

Aparna schüttelte den Kopf. »Nein. Euer Kaijū-Video ist nützlich. Die Perspektive ist viel besser. So konnten wir uns die fliehenden Parasiten ansehen.«

»Gebracht hat denen das bestimmt nichts«, sagte ich. »Es ist schwer, vor einer Atomexplosion davonzulaufen.«

»Ihr habt es geschafft«, merkte Niamh an.

»Wir sind davongeflogen, nicht gelaufen.«

»Und nur knapp entkommen«, fügte Kahurangi hinzu.

»Jetzt *hör* auf«, fuhr Niamh ihn an. »Du nörgelst zu viel. Du bist heute vor einem geilen Kaijū *und* einem Atompilz geflohen. Wenn dir das keinen Spaß macht, kann ich dir auch nicht helfen.«

»Danke übrigens für die Aufnahmen der beiden geilen Kaijū«, sagte Aparna. »Die waren … interessant.«

»Die Liveshow war noch besser«, entgegnete ich.

Aparna nickte. »Das kann ich mir vorstellen. Leider müssen wir uns erst mal um den explodierten Kaijū kümmern. Der stellt eine gewaltige Störung des Ökosystems da.«

»Das haben Atomexplosionen so an sich«, bemerkte Kahurangi trocken.

Aparna schüttelte den Kopf. »Ja, *schon*, aber nicht so, wie du meinst. Die Kreaturen hier haben eine andere Beziehung zu Strahlung wie die Tiere und das Leben an sich bei uns zu Hause. Sie bringt unsere DNA durcheinander und ist in hohen Dosen tödlich.«

»Verwandelt uns in Tumore«, ergänzte Niamh und zeigte abwechselnd auf mich und Kahurangi.

»Hier *benutzt* das Leben sie«, fuhr Aparna fort. »Sie stellt keine Gefahr für Lebewesen dar. Wenn es zu einem nuklearen Zwischenfall kommt, begibt sich alles, was nicht umgekommen ist, zum Explosionsort.«

»Wozu?«, fragte Kahurangi.

»In erster Linie zur Nahrungssuche. Ein explodierender Kaijū ist hier ein normaler Teil des Lebenszyklus.«

»Also machen sich Kreaturen auf den Weg *zum* Krater?«

»Definitiv. Angefangen von kleinen Insekten bis zu anderen Kaijū. Alle setzen sich in Bewegung.«

»Das bringt uns zu etwas anderem«, sagte Niamh. »Uns wurde doch erklärt, dass bei Atomexplosionen die Membran zwischen dieser Realität und unserer durchlässiger wird, richtig?« Kahurangi und ich nickten. »Gerade gab es eine ziemlich große Atomexplosion und momentan ist die Barriere an dieser Stelle so dünn wie ein Taschentuch.«

»Was befindet sich auf unserer Seite an dieser Position?«, fragte ich.

»Offenbar gar nichts«, antwortete Niamh. »Es ist ein kanadisches Naturschutzgebiet. Keine Menschen und nichts, was größer als ein Elch wäre, wobei mir jeder Elch leidtut, der sich hierher verirrt. Aber auf dieser Seite haben wir Kaijū. Jede Menge. Den verdammten Kevin und Bella und Edward und noch ein paar andere. Alle ziehen in diese Richtung. Sie könnten versehentlich auf unsere Seite gelangen. Bis sich die Barriere festigt, ist es also unsere Aufgaben, die Kaijū fernzuhalten. Was bedeutet, dass du«, sie zeigte erneut auf Kahurangi, »einen Großteil deiner Zeit damit verbringen wirst, Abschreckungspheromone herzustellen, und *du*«, sie zeigte auf mich, »wirst einen Großteil deiner Zeit damit verbringen, sie den Kaijū von Hubschraubern aus ins Gesicht zu sprühen.«

# 12

Folgendes passiert, wenn ein Kaijū mit der Kraft einer Atombombe explodiert.

Zuerst haben wir die Explosion und ihre unmittelbaren Folgen.

Es fängt mit einem Feuerball an, der einen Durchmesser von zweihundertfünfzig Metern hat und alles in seinem Inneren verdampft, einschließlich des betroffenen Kaijū. Dabei entsteht ein beeindruckender Krater am Ufer dieses namenlosen Sees, der sich schnell mit Wasser füllt, eben weil er sich am Ufer befindet.

Dahinter gibt es eine schwer beschädigte, einen Kilometer breite Zone, die buchstäblich zu einem qualmenden Trümmerfeld aus zerfetzten, brennenden Bäumen und zu Kohle verbrannten Tieren besteht.

Die nächsten vier Kilometer gibt es abgeknickte Bäume und so viel ionisierte Strahlung, dass wir auf unserer Erde von einer tödlichen Dosis sprechen würden. Wie Aparna erklärt hat, sind die Bewohner der Kaijū-Erde widerstandsfähiger, was aber nicht heißt, dass die innerhalb dieser Zone *glücklich* wären, da wir auch die Thermalstrahlung bedenken müssen. Alle Lebewesen dort tragen entweder tödliche oder schwere Brandwunden davon.

Der Kaijū ist nahe der Oberfläche explodiert und der Atompilz hat gewaltige Mengen Staub und Trümmer Tausende Meter hoch in die Luft geschleudert. Sie werden vom Wind als Fallout davongetragen. Dieser Fallout wird sich schließlich über eintausend Quadratkilometer der Labrador-Halbinsel ausbreiten.

Die Atmosphäre der Kaijū-Erde ist dichter und sauerstoffreicher als die zu Hause, was die Explosionsschäden beeinflusst. Die ursprüngliche Schockwelle hatte mehr Druck und sorgte für einen größeren Zerstörungsradius und der zusätzliche Sauerstoff lieferte den Flammen mehr Nahrung. Auf der anderen Seite explodierte der Kaijū mitten in einem sumpfigen Dschungel und die Bäume auf der Kaijū-Erde haben eine bessere Feuerfestigkeit als die auf der Erde entwickelt. Was bedeutet, dass der Feuersturm nach der Explosion relativ kurz und konzentriert verlief. Ein Sturm, der an diesem Abend von Westen heranwehte, milderte ihn zusätzlich ab.

Die Explosion und ihre Folgen gefährdeten die Tanaka-Basis zu keinem Zeitpunkt. Das alles spielte sich rund hundert Kilometer südöstlich der Basis ab, und da der Wind in dieser Gegend normalerweise in Richtung Osten weht, wurde der Fallout von der Basis weggetrieben. Wir waren okay. Alles war okay.

Das fühlte sich … *seltsam* an.

»Natürlich fühlt sich das seltsam an«, sagte Niamh am Tag nach der Explosion zu mir, als ich meine Gefühle darüber eingestand. »Zu Hause stellt eine Atomexplosion eine existenzielle Bedrohung dar. Hier ist sie nur ein normaler Dienstag.«

»Heute ist Montag«, hielt Aparna dagegen. Sie saß auf der Couch und las den Bericht über die Ereignisse des Tages.

»Also ein normaler Montag«, korrigierte sich Niamh, bevor xier sich zu Aparna umdrehte. »Bist du sicher, dass heute Montag ist?«

»Ziemlich sicher.«

»Fühlt sich wie Dienstag an.«

»Ich glaube, hier fühlt sich jeder Tag wie ein Dienstag an.«

Niamh schnippte mit den Fingern. »Das ist es ja gerade. Was ich *eigentlich* sagen wollte«, sie wandte sich wieder mir zu, »ist, dass du Jahrzehnte der kulturellen Angst über Atomexplosionen und Atomkraft aufgesogen hast. Zu Hause ist das was ganz Schlimmes.« Xier zeigte auf Kahurangi, der auch etwas las. »Sein ganzes verdammtes Land ist eine atomfreie Zone.«

»Weiter so, Aotearoa«, sagte Kahurangi und reckte die Faust, ohne aufzusehen.

»Jetzt bist du hier«, fuhr Niamh fort, »und hier ist das nicht nur nichts *Schlimmes*, sondern Teil des Ökosystems. Wenn hier ein Kaijū explodiert, ist das wie ein sinkender Wal bei uns.«

»Ein was?«

»Ein sinkender Wal«, sagte Aparna vom Sofa. »Wenn ein Wal stirbt, sinkt seine Leiche auf den Meeresboden, wo sie die gesamte Umgebung für Monate oder sogar Jahre mit Nahrung versorgt.« Sie sah zu Niamh auf. »Keine perfekte Metapher, aber einigermaßen zutreffend.«

»Danke für die halbherzige Zustimmung«, erwiderte Niamh und meinte dann zu mir: »Das fühlt sich seltsam an, weil es dich zwingt, dieses schreckliche Ereignis auf eine völlig neue Weise wahrzunehmen, als etwas Positives für die Welt, in der wir hier leben. Gleichzeitig kannst du deine Meinung über ein solches Ereignis in *unserer* Welt nicht komplett über Bord werfen, weil es zu Hause schrecklich wäre.«

»Eine Atombombe kann dir den ganzen Tag versauen«, zitierte Kahurangi den alten Autoaufkleber aus den Achtzigern.

»Genau. Du erlebst eine kognitive Dissonanz, Jamie. Zwei widersprüchliche, aber in ihrem jeweiligen Kontext angemessene Gedanken zum gleichen Thema. Und Menschen *hassen* so eine Scheiße. Und zwar abgrundtief. Die schlimmste Antwort auf eine beliebige Frage lautet: *Hängt davon ab.*«

»Du hast viel darüber nachgedacht«, stellte ich nach einem Moment fest.

»Alter, ich hab mich in meinem ganzen Berufsleben auf die eine oder andere Weise mit Atomenergie befasst«, sagte Niamh. »Also klar hab ich darüber verdammt noch mal viel nachgedacht. Und nun kreist unser *aller* Berufsleben darum. Die kognitive Dissonanz, die du gerade erlebst, ist erst der Anfang.«

Das geschah also als Erstes. Als Nächstes bekamen alle in der Tanaka-Basis richtig viel zu tun.

Wie Niamh bereits erklärt hatte, explodieren Kaijū nicht jeden Tag, und noch seltener tun sie das so nah einer Basis, dass sich dieses Ereignis wissenschaftlich verwerten lässt. Terminpläne wurden gestrichen, Projekte verschoben und Ressourcen neu verteilt, damit diese Gelegenheit genutzt werden konnte. Ich wusste das, weil ich viel Zeit damit verbrachte, Material und Ausrüstung aus dem Lager in die Biologie-, Chemie- und Physiklabore zu bringen. Einmal musste ich Material, das Val gerade verladen hatte, wieder ausladen, weil das Chemielabor seinen Projektplan doch noch einmal umgeworfen hatte. Kahurangi war das ein bisschen peinlich, als ich durch die Tür kam, die Val gerade geschlossen hatte.

Martin Satie und Yeneva Blaylock, die Pilotin von Chopper eins, wurden mit Fluganfragen für Beobachtungen und Experimente überschwemmt. Alle waren empört, weil die *Shobijin* von ihrem Flug mit dem Roten Team noch nicht zurückkehrt war und anschließend gewartet werden musste, bevor sie wieder aufbrechen konnte. Die Verwaltung musste einschreiten und die Flugzeitenplanung übernehmen, weil sonst die unterschiedlichen Wissenschaftsabteilungen übereinander hergefallen wären, um auf der Warteliste weiter nach oben zu kommen. Als Notlösung wurde provisorisch ein Aerostat über dem Krater platziert, damit das Gelände konstant aus der Luft überwacht werden und Satie und Blaylock schlafen und sich um die Wartung ihrer Hubschrauber kümmern konnten.

Diese Notlösung enthüllte etwas, das einige Missionen über den Haufen warf und andere ins Leben rief.

»Bella nistet am Explosionsort«, sagte Ion Ardeleanu, ein Biologe vom Blauen Team, bei einer Versammlung der Wissenschaftler und Verwaltungsmitarbeiter der Tanaka-Basis vier Tage nach der Explosion. Ich war dort, weil ich das Catering übernommen hatte. Das bedeutete, dass ich Tabletts mit Brötchen und Keksen und Karaffen mit Wasser und Tee, zusammen mit Tellern und Servietten, hereinbrachte und sie am Ende der Versammlung wieder abräumen würde.

Ardeleanu warf Bilder von seinem Laptop, die der Aerostat aufgenommen hatte, an die Wand. Auf dem momentanen Bild sahen wir, wie Bella durch die zerstörte Landschaft des Seeufers streifte. Als Nächstes setzte sie sich direkt an den Rand des schmalen Zuflusses zwischen See und Krater.

»Das ist nicht gut«, bemerkte Angel Ford, eine Physikerin des Blauen Teams.

»Hängt davon ab«, sagte Ardeleanu.

»Eine flugfähige Kaijū hat beschlossen, sich an dem Ort niederzulassen, an dem die Barriere zwischen unseren Welten momentan am durchlässigsten ist«, erwiderte Ford. »Genau so ist es in der Vergangenheit zu Überschreitungen gekommen. Also was daran könnte *gut* sein?«

»Dass sie nichts überschreiten will«, erklärte Aparna. Sie saß neben Ardeleanu und sollte ihn offensichtlich bei dieser Versammlung unterstützen.

Ford musterte Aparna. »Du bist neu«, sagte sie.

»Ich bin neu«, stimmte Aparna zu. »Irgendwann waren wir alle mal neu hier.«

»Ich will damit sagen, dass du vielleicht nicht verstehst, wie einfach es für diese Kaijū wäre, in unsere Welt zu gelangen, und wie schlimm es wäre, würde ihr das gelingen.«

»Ich verstehe es durchaus«, erwiderte Aparna, »das ist schließlich nur Physik.« Darüber schmunzelten einige. Es war recht dreist von Aparna, Ford so abzuschmettern. Sie zeigte auf den Bildschirm, auf dem in Endlosschleife ein Video lief, in dem sich Bella hinsetzte und es sich bequem machte. »*Das* ist Biologie, und hier geht einiges vor, was nicht offensichtlich ist.« Sie hielt inne und sah Ardeleanu an. »Darf ich?«

Der wirkte leicht amüsiert. »Nur zu«, sagte er.

»Ja, ich bin neu, aber ich kann lesen und forschen«, erklärte Aparna. »Nachdem es uns gelungen war, Edward und Bella zur Paarung zu bringen, habe ich in der GEK-Datenbank nachgesehen, was wir über diese Spezies und ihr Paarungsverhalten wissen. Dabei stellte sich heraus, dass der männliche Kaijū nach der Paarung keine Rolle mehr spielt.

Das war's für ihn. Das Weibchen sucht jedoch sofort danach einem Ort für ein Nest. Und da diese Spezies sich ein bisschen um ihre Jungen kümmert, die andere Kaijū als Snack betrachten, wird das Weibchen extrem territorial. Noch mehr als sonst, meine ich.«

Sie zeigte erneut auf das Bild. »Der Explosionsort ist gut für ein Nest geeignet. Zum einen wird die Strahlung ihren Nachkommen nicht schaden. Zum anderen hat jedes Lebewesen im Umkreis von hundert Kilometern die Explosion gespürt und ist auf dem Weg dorthin, um sich von ihr und dem Fallout zu ernähren. Sie wird gegen jeden Kaijū kämpfen, der auftaucht, einschließlich Edward. Sie hat ihn längst abserviert.« Erneut wurde geschmunzelt. »Die kleineren Kreaturen sind Futter für sie und ihre Brut.« Sie sah zu Ardeleanu auf. »Zeig ihnen das Parasitenvideo.«

»Das ist ziemlich fies«, warnte Ardeleanu und rief das nächste Video auf. Darin stand Bella reglos wie eine Statue da, während ein Schwarm von Kreaturen von ihr kroch und durch einen neuen ersetzt wurde.

»Sie frisst«, sagte Aparna.

»Ich dachte, die Kaijū wären atombetrieben«, wandte ich ein, bevor mir einfiel, dass ich nur für das Catering zuständig war.

»Das stimmt, aber sie haben auch biologische Komponenten«, erläuterte Aparna. »Sie sind zu groß, um die meisten Kreaturen selbst zu jagen. Das machen ihre Parasiten. Sie lösen sich von ihr, gehen auf die Jagd, töten und fressen ihre Beute, kommen zurück, verbinden sich wieder mit Bella und teilen die Nährstoffe, die Bella wiederum benutzt, um ihre Eier auszubilden. Die Parasiten erhalten Schutz, sie Nahrung für ihre Babys.« Sie wandte sich an Ford: »Deshalb wird sie nicht in unsere Welt kommen. *Hier* hat sie alles, was sie braucht. Sie bleibt hier, und solange sie hier ist, wird sie keinem anderen Kaijū erlauben, sich der Dimensionsbarriere zu nähern.«

Ford gab nicht so leicht auf. »Aber die Explosion ...«

»Ist auf *dieser* Seite passiert«, sagte Aparna.

»Das ist *egal.*«

»Das stimmt, es ist egal«, räumte Aparna ein, »*wenn* man Physiker ist. Aus dieser Perspektive wird die Barriere zwischen unseren Welten durchlässiger, also konzentriert man sich darauf. Aber ein Kaijū wird nicht von der Barriere angezogen, sondern von der Explosion. Dort gibt es Energie. Dort gibt es Nahrung. *Deshalb* durchqueren sie die Barriere. Um zur Explosion zu gelangen.« Aparna zeigte ein letztes Mal auf das Video. »Bella hat das bereits geschafft. Sie wird keinem anderem erlauben, dort hinzukommen. Und sie wird ihre Kinder nicht unbewacht lassen. Sie wird sie erst allein lassen, wenn sie groß genug sind, und zu diesem Zeitpunkt wird die Dimensionsbarriere sich längst geheilt haben.«

Ford sah Aparna mit zusammengepressten Lippen an und wandte sich an Ardeleanu: »Stimmst du dem zu?«

»Das tue ich«, bestätigte Ardeleanu. »Aber ich hätte es netter formuliert.«

»Oh Gott, Leute, Aparna hat sie so abgekanzelt«, sagte ich abends in der Hütte, als ich von der Versammlung erzählte. »Das war genial.«

»War es wirklich genial?«, fragte Niamh Aparna.

»Es war nicht schlecht«, sagte Aparna. »Ich wollte nicht schnippisch werden. Aber dann fing sie an mit ›Na ja, du bist neu hier‹, und ich wusste, dass das immer so weitergehen würde, wenn ich nicht sofort einschreite.«

»Jetzt hast du eine Nemesis«, staunte Kahurangi. »Ich bin echt neidisch. Ich wollte schon immer eine Nemesis haben.«

»Ich kann deine Nemesis sein«, schlug ich vor.

»Danke, Jamie, das ist nett. Aber eine Nemesis muss man sich ehrlich erkämpfen.«

»Ich könnte dir eine knallen, wenn du willst.«

»Verlockend, aber nein.«

»Das Angebot steht.«

»Hört auf«, sagte Niamh und wandte sich Aparna zu. »Er hat nicht unrecht. Sie wird dich wahrscheinlich für den Rest des Einsatzes hassen. Also ihres Einsatzes.«

»Keine Sorge«, erwiderte Aparna, »ich backe ihr ein paar Kekse. Dann ist alles vergeben und vergessen.«

»Das müssen aber wirklich tolle Kekse sein«, wandte ich ein. »Ich war dabei. Du hast sie heftig abgekanzelt.«

»Die Kekse haben schon mal funktioniert.«

»Du hast so was schon mal gemacht?«

»So oft, dass ich mittlerweile echt gute Kekse backe.«

»Verdammt noch mal, Aparna«, sagte Niamh beeindruckt. »Du bist ab jetzt mein Vorbild.«

»Halt die Klappe, das weiß ich doch«, konterte Aparna nicht unfreundlich.

»Jetzt will ich Kekse«, sagte Kahurangi.

»Du kennst den Preis«, erwiderte ich.

»Das wäre es wert. Allerdings sollte eigentlich ich Kekse für Aparna backen. Nach eurer Versammlung wurde mir mitgeteilt, dass ich keine Abschreckungspheromone mehr brauen muss, weil Bella sich um das Problem kümmert. Darüber bin ich sehr froh, denn dieses Zeug stinkt.«

»Schlimmer als die Komm-her-Pheromone?«, fragte ich.

»Das kannst du dir nicht mal *vorstellen.* Aber jetzt muss ich sie nicht mehr machen, oder wenigstens nicht so viele, und *du*«, er zeigte auf mich, »du musst keine Kaijū mehr besprühen.«

»Kannst du dir meine Enttäuschung vorstellen?«, fragte ich.

»Du findest bestimmt einen anderen Grund, um im Hubschrauber mitzufliegen«, sagte Kahurangi.

Womit er recht hatte. Denn die Explosion eines Kaijū zog noch eine dritte Konsequenz nach sich:

Touristen.

# 13

»Wie bitte?«, sagte ich.

»Touristen«, erwiderte Tom.

»Es gibt hier *Touristen*?«

Einen Tag nachdem Aparna Angel Ford bei der Versammlung abgekanzelt hatte, saßen wir zusammen im Speisesaal und aßen zu Mittag. Aparna war ebenfalls im Speisesaal, und zwar *mit* Angel Ford. Sie saßen einen Tisch von uns entfernt und lachten. Beide aßen Kekse. Aparna bemerkte meinen Blick, hob die Augenbraue, winkte mit ihrem Keks und richtete ihre Aufmerksamkeit wieder auf Ford. Das mussten wirklich verdammt gute Kekse sein.

»*Tourist* klingt vielleicht zu abwertend«, räumte Tom ein. »Lass mich das anders formulieren: Es gibt bestimmte Menschen und Organisationen, denen die GEK verpflichtet ist und denen wir uns gelegentlich auf unterschiedliche Weise erkenntlich zeigen. Dazu gehören auch Besuche auf dieser Welt.«

»Genau *so* definiert man Tourist, Tom«, sagte ich.

Tom seufzte. »Also gut. Es sind Touristen.«

»Was für welche?«

»Wahrscheinlich die, an die du gerade denkst. Politiker, Wissenschaftler, die Milliardäre, die uns finanzieren. Würdenträger. Ein paar andere.«

»Du versuchst, den peinlichen Teil mit *ein paar andere* unter den Teppich zu kehren, oder?«

»Hak lieber nicht nach.«

»Vergiss es. Raus damit.«

»Letztes Jahr sind die reichen, erwachsenen Söhne eines bestimmten Präsidenten hier gewesen.«

Ich kniff die Augen zusammen. »Nicht. Dein. Ernst.«

»*Doch*«, bestätigte Tom. »Wir hatten keine Wahl.«

»Und?«

»Sie wollten einen Kaijū jagen.«

»Ihr hättet das zulassen sollen.«

»Es war verlockend«, sagte Tom. »Und sie waren nicht mal die Ersten, die darum gebeten haben. Ein Mitglied des Vereinigten Generalstabs wollte sogar mal einen M1 Abrams für die Jagd rüberbringen.« Ich sah ihn nur ausdruckslos an. »Das ist ein Panzer«, fügte Tom hinzu.

»Ich weiß, was das ist«, erwiderte ich. »Ich frage mich nur, wieso er geglaubt hat, dass das funktionieren würde.«

»Als er erst mal hier war, wurde ihm klar, dass das keine so gute Idee war. Das ist einer der Gründe, aus denen wir sie herkommen lassen. Damit sie die Welt und das, was wir in ihr tun, verstehen.«

»Von wie viele Touristen reden wir hier?«

»Global oder nur Nordamerika?«

»Beides?«

»Aus Nordamerika kommen jedes Jahr ein paar Dutzend her. Ich glaube, das trifft auch auf andere Kontinente zu.«

»Also besuchen mindestens einige Hundert Menschen, die nicht zur GEK gehören, pro Jahr die Kaijū-Erde.«

»Das sollte hinkommen. Viele kommen mehrfach, aber ja.«

Ich verzog das Gesicht. »Wie … wie kann all das dann *geheim* bleiben?«

»Fast alle Besucher haben eine Sicherheitsfreigabe. Sie wissen, wie das läuft.«

Ich starrte Tom fassungslos an. »Reiche. Erwachsene. Söhne«, meinte ich nur.

»Und was die anderen angeht: Was sollen sie denn sagen? Dass sie in einer anderen Dimension waren, in der es Godzilla-große Kreaturen gibt? Das glaubt kein Mensch.«

»Mit Selfies und Videos vielleicht schon.«

»Wir nehmen ihnen vor dem Übergang die Handys ab«, sagte Tom. »Und selbst wenn sie eins hineinschmuggeln würden, du hast die Qualität der Fotos und Videos, die wir machen, ja selbst gesehen. *Schockierend* schlechte Spezialeffekte. Die Aufnahmen sehen aus wie etwas, das ein Schüler mit Photoshop und After Effects produzieren würde.«

»Ihr verlasst euch schon sehr auf beschissene Videoqualität, Tom.«

»Nein, wir verlassen uns auf Unwahrscheinlichkeit. In der Beziehung sind wir wie Area 51.«

Ich blinzelte. »Moment. Area 51 gibt es wirklich?«

Tom wirkte genervt. »Keine *Ahnung*. Ich will damit nur sagen, selbst *wenn* es Area 51 gäbe, ist sie bereits so sehr in unserer Popkultur verankert, dass die reale Version von der fiktiven überschrieben werden würde. Du wurdest beim Vorstellungsgespräch doch gefragt, was du von Science-Fiction hältst, richtig?«

»Ja.«

»Wir stellen diese Frage, weil Menschen, die Filme wie *Godzilla* und *Jurassic Park* kennen, deutlich besser auf diesen Ort vorbereitet sind. Unser Gehirn hat bereits ein Modell davon angefertigt, deshalb drehen wir nicht durch, wenn wir hierherkommen. Man kann den Spieß aber auch umdrehen. Wenn du so sehr an die fiktionale Version von etwas gewöhnt bist, fällt es leichter, die Existenz der realen Version zu leugnen.«

»Das sind ganz schön krasse Verschwörungstheorien, Tom.«

Tom nickte. »Stimmt. Das menschliche Gehirn neigt zu einem solchen Unsinn. Aber aus diesem Grund ist dieser Ort praktisch unsichtbar. Wir müssen natürlich auch andere Vorkehrungen treffen. Wir können nicht alles, was wir brauchen, über die Thule-Flugbasis anliefern lassen, weil irgendwann trotz unserer Abkommen mit einigen Nationen klar werden würde, dass in diesem angeblich verlassenen Lager mitten in Grönland eine Menge los ist. Und das ist nur ein Beispiel. Aber größtenteils klappt die Geheimhaltung. Die Vorstellung ist einfach zu abgefahren, um wahr zu sein.«

»Ein Reverse Lampshade«, sagte ich.

»Ich versteh nicht, was ›Lampenschirm‹ in diesem Kontext bedeuten soll oder wieso er ›umgedreht‹ wird.«

»Das ist ein literarischer Begriff. So nennt man es, wenn der Autor die Aufmerksamkeit auf etwas Unwahrscheinliches lenkt, im Text gesteht, dass es unwahrscheinlich ist, und dann einfach fortfährt.«

»Und das funktioniert?«

»Öfter, als man meinen sollte.«

»Kann ich mir sogar vorstellen«, bemerkte Tom. »Jedenfalls gibt es hier Touristen. Ja, es wäre vielleicht besser, wenn es keine gäbe. Aber da das keine Option ist, sollten wir den Umstand zu unserem Vorteil nutzen. Deshalb sitzen wir hier, Jamie.«

»Oh Mann«, stöhnte ich.

»Als ich darüber nachgedacht habe, dir den Job anzubieten, war ich auf deinem LinkedIn. Dein offizieller Titel bei Füdmüd lautete ›Marketingleiter‹ oder so, richtig?«

»Stellvertretender Leiter der Abteilungen Marketing und Kundenbindung«, sagte ich. »Was bedeutet, dass ich meistens in Meetings saß und anderen Leuten zugehört habe. Als ich schließlich meine eigenen Ideen vorgestellt habe, wurde ich gefeuert.«

»Das war nicht deine Schuld«, versicherte mir Tom. »Nach unserem Gespräch habe ich mir Füdmüds CEO mal angesehen. Ich kenne ihn.«

»Du kennst Rob Sanders?«

»Flüchtig. Wir haben beide in Dartmouth studiert, aber er war ein paar Jahre über mir. Er hatte schon damals den Ruf, schmierig und hinterhältig zu sein. Vor ihm hatten schon drei Generationen aus seiner Familie da studiert. Die Familie verdient ihr Geld hauptsächlich mit Waffenlieferungen. Ich glaube, die Finanzierung für Füdmüd lief über den Venturecapital-Fonds der Familie.«

»Muss nett sein.«

Tom nickte. »Es hat Vorteile, ein reicher Sohn zu sein. Daher glaube ich nicht, dass du wegen Inkompetenz gefeuert wurdest. Was gut ist, weil Marketing und Kundenbindung genau das sind, was wir …«

»Sag's nicht«, warnte ich ihn.

»... von einem Touristenbabysitter erwarten.«

»Ich trage Sachen«, widersprach ich.

»Ich weiß«, beschwichtigte Tom. »Und nach allem, was ich gehört habe, machst du das sehr gut. Sogar Val mag dich, und es laufen Wetten, wann sie jemanden aus den Bäumen werfen wird.«

»Ach was, sie ist toll.«

»Sie *ist* toll. Aber sie wird dich trotzdem aus den Bäumen werfen, wenn du ihr blöd kommst.«

»Was läuft an diesem Ort falsch, dass alle toll sind, dich aber auch umbringen werden, wenn du ihnen blöd kommst.«

»Man braucht bestimmte Charaktereigenschaften, um sich hier wohlzufühlen«, sagte Tom.

»Aber wenn Val mich mag, dann sollte ich *weiter* Sachen tragen«, entgegnete ich. »Hast du keinen anderen, den du damit nerven kannst?«

»Hatten wir, aber sie war im Roten Team und hat die GEK dieses Jahr verlassen.«

»Sylvia Braithwhite?«, fragte ich.

Tom warf mir einen seltsamen Blick zu. »Du kennst sie?«

»Ich habe ihr Zimmer übernommen«, sagte ich. »Sie hat mir einen sehr netten Willkommensgruß hinterlassen und mich gebeten, auf ihre Topfpflanze zu achten.«

»Normalerweise kommen keine Touristen zur Tanaka-Basis«, erklärte Tom. »Die Honda-Basis ist größer und besser ausgestattet. Es gibt auch deutlich weniger blutsaugende Fliegen da. Aber ab und zu kamen welche, um die Sylvia sich dann gekümmert hat. Sie hat für Unterhaltung gesorgt, verhindert, dass sie gefressen wurden, und so weiter. Wir möchten, dass du das jetzt übernimmst.«

»Das legt den Verdacht nahe, dass Touristen auf dem Weg hierher sind.«

»Ein Kaijū ist gerade explodiert. Diese Nachricht ist zur Erde gelangt. Wir werden mit Anfragen überschüttet. Und mit ›Anfragen‹ meine ich Forderungen. Das Pentagon. Das Energieministerium. Die NASA. Ein paar Senatoren. So ziemlich alle Milliardäre. Und das sind nur die aus den USA.«

»Wie wählt ihr aus?«

»Gar nicht. Das machen die Leute zu Hause. Und sie sind sehr schlau vorgegangen. Sie haben gesagt, dass sie drei kleine Gruppen im Abstand von je einer Woche und angefangen in zwei Wochen herbringen können. Dann müssen sie das Tor der Honda-Basis für ein paar Wochen schließen, damit es gewartet werden kann.«

»Ist das normal? Also das Tor zu schließen, meine ich.«

»Ja. Normalerweise machen sie das etwas später im Rotationsprozess, aber das ist nicht völlig ungewöhnlich. Und es hat den Vorteil, dass sie in ein paar Wochen die Anfragen ausdünnen können. Wenn wir drei Wochen hintereinander Gäste haben, schadet das unserer Arbeit. Die Zeit und die Ressourcen, die wir für sie opfern, fehlen an anderer Stelle. Aber so ist das nun mal, wenn man eine NRO ist und offiziell nicht existiert.«

Ich seufzte. »Also muss ich drei Wochen lang den Kreuzfahrtdirektor spielen.«

»Ja. Genauer gesagt, an jeweils zwei Tagen dieser drei Wochen. Jedes Mal für eine Gruppe von sechs Touristen. Sie kommen auf der *Shobijin* hierher und wir fliegen drei von ihnen mit Chopper zwei zum Krater, während es sich die anderen gemütlich machen. Einen Tag später zeigen wir ihnen die Labors und du machst mit ihnen einen Ausflug.

Dann fahren sie nach Hause. Was mich daran erinnert, dass du Bodentraining brauchst.«

»Was ist Bodentraining?«

»Das bedeutet nur, dass du dazu befugt bist, am Dschungelboden zu arbeiten. Du und der Rest der Neuen solltet eh dafür ausgebildet werden, aber erst in ein paar Wochen. Ich werde Riddu sagen, dass sie dich vorziehen soll.« Tom tippte etwas in sein Handy, hielt inne und tippte weiter. »Waffentraining kann auch nicht schaden.«

»Waffentraining wird normalerweise von Kreuzfahrtdirektoren nicht verlangt«, wandte ich ein.

»Keine Sorge«, sagte Tom. »Wirst du den Job machen?«

»Na ja, hab ich eine Wahl?«

Tom legte sein Handy hin. »Ja, du hast eine Wahl, Jamie. Ich bitte dich um etwas, das außerhalb deines vereinbarten Tätigkeitsbereichs liegt, hauptsächlich weil ich glaube, dass du das kannst. Aber auch weil, und nimm mir das nicht übel, alle anderen, die ich fragen könnte, gerade wissenschaftlich arbeiten. Wenn ich *sie* bitte, das zu übernehmen, könnte Wissen verloren gehen. Wenn *du* das übernimmst, muss Val in den nächsten drei Wochen ein paar Tage lang mehr Sachen tragen.«

»Du könntest das übernehmen«, konterte ich.

»Stimmt, aber ich bin ein Arschloch«, entgegnete Tom. Ich lächelte darüber. »Außerdem muss ich die Laborpräsentationen und andere Dinge koordinieren. »Keine Sorge, ich pass auf dich auf.«

»Also gut«, sagte ich. »Ich mach's.«

»Danke.«

»Nichts zu danken. Versprich mir nur, dass Val mich nicht aus den Bäumen werfen wird, wenn sie erfährt, dass sie mehr arbeiten muss.«

»Sie wird das verstehen«, versicherte Tom. »Und wenn nicht, sage ich ihr, wenn du den Job abgelehnt hättest, hätte ich als Nächstes sie gefragt.«

*

»Ich werde nicht zulassen, dass dir irgendwas passiert. Glaubst du mir das?«, fragte mich Riddu Tagaq, als wir im Foyer des Dschungelbodenaufzugs standen. Das Foyer und der Aufzug selbst waren offen, aber durch Netze geschützt. Der Fahrstuhl und die im Zickzack nach unten führende Treppe neben ihm, die zur Stützkonstruktion gehörte, stellten die einzige direkte Verbindung zwischen Basis und Dschungelboden dar. Es gab nur noch einen Aufzug draußen auf dem Flugfeld. Beide waren so groß, dass sie Fahrzeuge transportieren konnten, und wurden mit einer Hydraulik betrieben, die ich nicht mal ansatzweise verstand. »Glaubst du mir das?«

»Äh, klar?«, sagte ich.

Tagaq nickte und zeigte auf etwas, das wie ein dicker, gefütterter Imkeranzug aussah. »Zieh den an. Ruhig über die Kleidung.«

Ich zögerte. »Darin wird mir schnell ziemlich heiß werden.«

»Du wirst nicht lange drin bleiben«, versprach Tagaq.

»Definiere *lang*.«

»Nur so lange, bis du etwas verstehst.« Tagaq wartete schweigend. Ich hob die Schultern und zog den Imkeranzug an.

Wie erwartet, fing ich sofort an zu schwitzen. »Das Ding bringt mich um«, sagte ich zu Tagaq.

»Im Gegenteil«, erwiderte sie und führte mich zum Aufzug. Ich stieg ein. Sie folgte mir und drückte auf den Knopf, der uns nach unten bringen würde.

Riddu Tagaq arbeitete in der Basis als Betriebs- und Sicherheitsleiterin. Momentan fungierte sie als Letzteres. »Du weißt, warum unsere Basis in den Bäumen gebaut wurde«, sagte sie in einem Tonfall, der deutlich machte, dass das keine Frage war.

»Ja«, antwortete ich. »Am Dschungelboden ist es gefährlich.«

»Es ist gefährlich«, stimmte Tagaq zu. »Aber das rational zu begreifen und es emotional zu begreifen sind zwei unterschiedliche Dinge. Ich weiß, dass du es hier verstehst.« Sie zeigte auf meinen Kopf. Dann zeigte sie auf mein Herz. »Jetzt wirst du es hier verstehen lernen.«

»Schon gut, ich glaub's ja«, versicherte ich.

Tagaq schüttelte den Kopf. »Noch nicht.«

Der Fahrstuhl hielt an. Wir hatten den Dschungelboden erreicht.

»Was jetzt?«, fragte ich.

Tagaq zeigte nach vorn. »Geh ein bisschen spazieren.«

»Kommst du mit?«

»Gleich. Geh vor.«

Ich musterte sie zweifelnd durch das undurchdringliche Plastikvisier meines Helms. Sie erwiderte den Blick mit einem Gesichtsausdruck, der deutlich machte, dass sie so lange warten würde, bis ich tat, was sie verlangte, und wenn in der Zwischenzeit ganze Berge der Korrosion zum Opfer fallen würden. Ich seufzte und verließ den Fahrstuhl.

Sofort umschwärmten mich jede Menge kleiner Insekten. Damit hatte ich natürlich gerechnet. Ich ging weiter und warf währenddessen einen Blick auf meine Stiefel. Sie sanken bei jedem Schritt leicht ein. Der Dschungelboden war feucht, fast schon nass. Bei jedem Schritt krabbelten Kreaturen aus dem

Dreck. Einige flogen aufgeschreckt davon, andere hüpften über oder auf meine Stiefel. Ein paar entschieden, dass ich ein gutes Fitnessgerät war, und kletterten an meinem Anzug nach oben. Sie schienen es, so kamen es mir jedenfalls vor, auf meine Augäpfel abgesehen zu haben.

»Oookay, das ist wirklich ganz furchtbar«, rief ich Tagaq zu, die darauf nicht antwortete. Etwas Großes landete auf meinem Plastikvisier und nahm mir die Sicht. Ich fluchte und wischte es weg, wobei ich stolperte. Ich griff nach dem nächstbesten Baum und hielt mich an ihm fest.

Etwas Großes und Blasses krabbelte um den Baum herum auf meine Hand zu.

Ich zog die Hand so schnell zurück, als hätte ich etwas Heißes angefasst.

Das Krabbelvieh hielt an und wedelte mit seinen Antennen herum. Ich betrachtete es und suchte nach einem passenden Vergleich. Nach einem Moment fiel mir ein, an was es mich erinnerte: an einen Kokoskrebs, diese bis zu einem Meter groß werdenden Monster aus dem Pazifik, die schlau genug sind, Kokosnüsse von Bäumen zu werfen, um sie zu öffnen.

*Aber du bist hässlicher*, dachte ich. *Viel hässlicher.*

Das Vieh richtete all seine Antennen auf mich, als könnte es meine Gedanken lesen.

»Scheiße«, sagte ich laut.

Es zwitscherte, was so klang, als würde man eine gurrende Taube erwürgen.

»*Scheiße*«, sagte ich erneut.

Einige andere Kreaturen krabbelten um den Baum herum.

»Scheiße!« Es war Zeit, zum Aufzug zurückzukehren. Als ich mich umdrehte, sprang das erste Vieh auf mich zu und krallte sich in meinen Anzug.

Ich versuchte, es abzustreifen, scheiterte, sah hoch und stellte fest, dass fast jeder Baum nun von diesen Viechern wimmelte. Alle sahen zu, wie ich weglief. Oder zumindest kam es mir so vor.

Ich stolperte. Natürlich stolperte ich. Und wurde sofort überrannt. Natürlich wurde ich das. Ich sah hinter meinem Plastikvisier in dem Moment auf, als aus der Körperöffnung eines dieser Dinger etwas Gezacktes und Dorniges schoss und das Visier traf. Irgendeine Flüssigkeit spritzte heraus. Ich war mir ziemlich sicher, dass es sich um Gift handelte. Ich hörte weitere Angriffe dieser Dornenzungen, auch wenn ich sie nicht spürte. Sie machten auf dem Stoff meines Anzugs Geräusche, die wie *Sssip* klangen. Früher oder später würde bestimmt eine durchkommen.

Ich versuchte aufzustehen, konnte aber nicht sehen, wo ich hinlaufen sollte. Die Kreaturen umschwärmten mich. Ich wusste nicht mal, wo ich meine Hand aufstützen sollte, um mich hochzustemmen. Ich fing an zu hyperventilieren. Ich würde hier sterben.

Jemand packte mich und zog mich vom Dschungelboden hoch. Dieser Jemand riss auch die Viecher von mir und schleuderte sie weg. Das war natürlich Tagaq.

»Halt still«, sagte sie, während sie die Kreaturen von mir löste und wegwarf, als wögen sie nichts. Die meisten liefen an diesem Punkt davon. Einige versuchten jedoch, mich ein zweites Mal anzugreifen. Tagaq trat den Großteil weg und versetzte einem, das auf mich zusprang, sogar einen Faustschlag in der Luft. Das wäre ziemlich cool gewesen, wenn ich mich nicht gerade eingenässt hätte und sie nicht diejenige gewesen wäre, die mich in diese Lage gebracht hatte.

Wenige Minuten später standen wir allein auf dem Dschungelboden.

»Dir nichts passiert«, versicherte Tagaq mir.

Ich schrie sie an.

»Dir ist nichts passiert«, wiederholte sie und berührte meinen Anzug. »Wattierte Kohlefaser. Sie hätten jahrelang so weitermachen können, ohne je durchzukommen.«

»Das hättest du mir sagen können!«

»Das hätte ich«, stimmte sie zu. »Aber du musstest es in deinem Herzen *fühlen*. Das, was du gerade fühlst.«

Ich wollte sie erneut anschreien, riss mich aber zusammen. »Okay, erstens: *Fick dich*«, sagte ich. »Das ist eine ganz beschissen asoziale Methode.« Tagaq erwiderte nichts darauf, sondern sah mich abwartend an. »Zweitens: Fick dich, du hast recht. Ich versteh's jetzt.«

»Gut«, sagte Tagaq. »Das ist nämlich noch nicht alles. Die Baumkrebse, die dich gerade angegriffen haben, sind die harmlosesten Kreaturen, die dir hier auf dem Dschungelboden begegnen werden. Schlimmer sind die, die sich von den Baumkrebsen ernähren, und von denen gibt es eine Menge. Noch schlimmer sind die, die sich wiederum von denen ernähren. Und am allerschlimmsten sind die Kaijū-Parasiten.«

»Nicht die Kaijū?«

Tagaq schüttelte den Kopf. »Denen sind wir egal. Doch ihre Parasiten finden uns hochinteressant.«

Ich wollte etwas fragen, hielt aber inne. Ich sah zuerst Tagaq an, dann betrachtete ich die Umgebung. »Warum werden wir nicht angegriffen?«

Tagaq zog etwas aus ihrem Overall und zeigte es mir. »Ultraschall«, erklärte sie. »Die Baumkrebse können das nicht leiden.«

»Und die Viecher, die die Baumkrebse fressen? Und die, die wiederum *die* fressen?«

»Für die haben wir anderes Zeug. Das werde ich dir zeigen.« Tagaq sah sich um. »Ich weiß, dass du Touristen babysitten sollst. Sie wollen den Dschungel immer aus der Nähe sehen. Sie wollen das Gefühl bekommen, die wahre Welt hier erlebt zu haben. Wenn wir ihnen diese wahre Welt zeigen würden, würden sie alle sterben. Weißt du, warum?«

»Weil sie es nicht im Herzen fühlen«, antwortete ich.

»Und wir nicht die Zeit haben, ihnen dieses Gefühl zu vermitteln.« Tagaq zeigte auf die Stelle, an der wir standen. »Also bringen wir sie hierher, an diese Stelle, und behaupten, dass dies das wahre Gesicht dieser Welt ist. Sie sollten froh sein, dass wir das tun und dass wir sie das glauben lassen.« Sie zeigte auf mich. »Aber du darfst das nie glauben. Nie. Weil du an andere Orte auf dieser Welt gehen wirst. Und die würden dich verschlingen, bevor du schreien kannst. Verstanden?«

»Ja«, sagte ich und meinte es auch.

»Wie fühlst du dich?«

»Ganz ehrlich? Ich glaub, ich hab mich vollgepisst.«

Tagaq nickte. »Wir gehen zurück, damit du dich umziehen kannst, und dann fangen wir von vorne an.« Wir machten uns auf den Weg zurück zum Fahrstuhl.

»Ist es dir auch so ergangen?«, fragte ich sie währenddessen. »Als du das erste Mal hier auf dem Dschungelboden warst?«

»Ja.«

»Was ist passiert?«

Sie sah mich an. »Ich hab mich beim Wegrennen eingeschissen.«

»Jetzt ... fühl ich mich besser.«

Sie schnaubte. »Sorgen machen mir die, denen das nicht passiert.«

# 14

»Ein aufregender Tag bei der Kaijū-Mutterbeobachtung«, verkündete Aparna der Gruppe, als sie die Hütte nach ihrer Laborschicht betrat. Sie hatte ihre Arbeit als Letzte beendet. Wir anderen warteten auf sie, damit wir zum Abendessen gehen konnten.

»So aufregend, dass wir das Essen verschieben mussten?«, fragte ich. Es war mein zweiter Bodentrainingstag mit Riddu, also war ich sehr hungrig.

»Sag du's mir.« Aparna öffnete ihren Laptop, der daraufhin aus seinem Ruhemodus erwachte und das zeigte, was zuletzt auf seinem Bildschirm zu sehen gewesen war. Es handelte sich um ein Foto, das der Aerostat über Bella gemacht hatte und das sie von hoch oben zeigte. Wir starrten es an.

»Bella hat sich vollgeschissen«, sagte Niamh nach einem Moment.

»Hat sie *nicht*«, erwiderte Aparna genervt.

»Bist du sicher?«, fragte ich. »Ich würde Niamh recht geben wollen. Das sieht schwer nach Scheiße aus.«

»Stimmt, sieht aus wie Vogelscheiße«, schaltete sich Kahurangi ein. »Der größte Möwenschiss aller Zeiten.«

»›Mächtiger Möwenschiss‹ ist ein guter Bandname«, merkte ich an.

»Ist es *nicht*«, widersprach Aparna. »Und das ist keine Scheiße. Bella hat gerade ihre Eier gelegt.«

»Indem sie sich vollscheißt«, sagte Niamh. »Ich könnte mir was Besseres vorstellen, aber okay.«

Aparna schnaubte verärgert. »*Das ist keine Scheiße*, okay? Das ist Kaijū-Natalgelee. Ein nährstoffreicher Träger für ihre befruchteten Eier, und das ist *faszinierend.*« Sie zeigte auf den Haufen, bei dem es sich angeblich nicht um den größten Möwenschiss aller Zeiten handelte. »Dieser Gelee enthält alles, was die Embryonen, die sich in ihrem Ovum befinden, für ihre Entwicklung benötigen. Nährstoffe werden zugeführt, Fäkalien abgeführt. Das hat was von einer Gebärmutter. Aber es erfüllt noch mehr Zwecke.«

»Es verfeinert jeden Nachtisch«, scherzte ich.

»Damit liegst du nicht ganz falsch«, sagte Aparna. »Okay, eigentlich ist das *so* falsch, dass du dich schämen solltest. *Aber* du hast trotzdem recht, denn es ist etwas, das andere Kreaturen als Nahrungsquelle unwiderstehlich finden. Es soll sie anlocken.«

Kahurangi war verwirrt. »Wieso will Bella das? Dann werden ihre Eier gefressen.«

»Ein paar schon. Aber da drin gibt es Tausende. Zehntausende. Die werden eh nicht alle überleben. Wenn Kreaturen sich nähern, die sie fressen wollen, tauchen Bellas Parasiten auf und töten sie. Und sie benutzt die Nährstoffe der Parasiten, um weitere Eier zu produzieren.«

»Wird sie sich wieder mit Edgar paaren wollen?«, fragte ich. Ich erinnerte mich an das letzte Mal und freute mich nicht gerade darauf, noch mal Amor zu spielen.

Aparna schüttelte den Kopf. »Sie bewahrt sein Sperma in sich auf.«

Niamh verzog das Gesicht. »Eklig.«

»Biologisch betrachtet kommt das häufiger vor, als du glaubst.«

»Biologie ist eklig. Grundsätzlich. Aber vor allem dieses Lagern von Sperma im eigenen Körper, als wäre man eine Wichsdose.«

»›Wichsdose‹ ist ein guter Bandname«, sagte Kahurangi. Ich belohnte seine Mühe mit einem High-Five.

Aparna verdrehte die Augen. »Was ich damit sagen will, ist, dass wir dieses Verhalten im Laufe der nächsten paar Wochen noch drei- bis viermal erwarten können. Das wurde bei ihrer Spezies bereits beobachtet.« Sie zeigte auf die zähflüssige Eierpampe. »Aber wir haben die Frühentwicklung ihrer Spezies noch nie aus dieser Nähe mitverfolgen können. Und das ist aufregend.« Sie klappte den Laptop zu. »Aber ihr Idioten versteht das offensichtlich nicht. Ihr seid furchtbar und ich hasse euch.«

»Wir sind die Schlimmsten«, stimmte ich zu. »Können wir jetzt essen gehen?«

»Wartet, ich kann Eierpampe toppen«, sagte Niamh und griff nach xiesem Laptop.

»Abendessen? Hallo?«

»Mein Gott, Jamie, du wirst schon nicht verhungern.«

»Irgendwann schon.«

»Dann iss Kahurangi.«

»Lieber nicht.«

»Danke«, sagte Kahurangi.

»Aber das könnte sich ändern, wenn wir nicht bald essen gehen.«

»Ich beeil mich.« Niamh zeigte uns stumme Nachtaufnahmen eines Waldes. Eine Drohne oder ein Hubschrauber kreiste über einem Teil davon. Nichts daran wirkte besonders interessant, dann kam es zu einer kleinen Störung. »Da!«

»Das war's?«, fragte ich.

»Was meinst du mit ›Das war's?‹?«

»Das sind Bäume.«

»Es geht nicht um die Bäume, du dämlicher, streitsüchtiger *Löffel.*« Niamh spulte das Video zurück. »Es geht um den Blitz.«

»Was für einen Blitz?«, fragte Aparna.

»Den hier!« Niamh streckte den Finger aus, als die Störung sichtbar wurde.

»Das war's?«

Niamh sah Aparna aus zusammengekniffenen Augen an.

»Ich weiß, dass wir gerade Niamh foltern, aber ich würde wirklich gern wissen, was das Besondere an diesem Blitz ist«, sagte Kahurangi.

»*Danke*«, erwiderte Niamh. »Das Video stammt von einer kanadischen Drohne zu Hause. Sie fliegt über den entsprechenden Bereich in unserer Welt, auf dem Bella hier ihren riesigen Kaijū-Arsch geparkt hat. Und dieser *Blitz*«, Niamh hielt das Video an der richtigen Stelle an, »das sind wir.«

Kahurangi nickte. »Gut getroffen.«

Niamh boxte ihn leicht. »Nicht *wir*-wir, sondern *wir* wie in *dieser Planet.*«

Ich drehte mich zu Aparna um. »Ich dachte, dass Bella nicht durchgehen würde.«

»Tut sie nicht«, sagte Aparna und sah dann Niamh an. »Oder?«

Niamh grinste triumphierend. »Ich hatte ja gesagt, dass ich die Eierpampe toppen kann. Und nein, sie geht nicht durch. Aber«, xier zeigte erneut auf den Blitz, »die Verbindung zwischen unseren Welten ist trotzdem offen. Der explodierende Kaijū hat die Barriere durchlässig gemacht. Der Heilungsprozess setzte ein, als die Atomenergie schwand, aber dann setzte sich Bella genau an diese Stelle ...«

»Und sie hat ihren eigenen Atomreaktor dabei«, führte ich den Gedanken fort.

»Richtig.« Niamh nickte. »Normalerweise bleiben die Kaijū nie lange genug an derselben Stelle, um die Barriere zu beeinflussen. Sie wird durchlässig, wenn es eine Explosion gibt, wie die einer Bombe, oder wenn es zu einem langsamen Strahlungsaufbau kommt, wie in Camp Century. Dann können die Kaijū sie passieren, aber sobald sie sich wieder schließt, sitzen sie fest. Das ist denen passiert, die durchgekommen sind. Sie kamen nicht zurück, und da sie nicht an unsere Welt angepasst waren, sind sie gestorben.«

»Aber Bella geht *nicht* durch«, beharrte Aparna. »Sie sitzt nur da.«

»Wie du schon erwähnt hast, hat sie keinen Grund durchzugehen«, stimmte Niamh zu. »Sie bekommt hier alles, was sie braucht. Sie sitzt nur da und strahlt Atomenergie auf die Barriere ab, die deshalb durchlässig bleibt. Und ab und zu«, xier zeigte auf die Störung, »sehen wir *das*.«

»Was löst den Blitz aus?«, erkundigte sich Kahurangi.

»Keine Ahnung«, sagte Niamh. »Wir haben so was noch nie gesehen, weil so was noch nie passiert ist ... eine Atomexplosion gefolgt von einem Reaktor, der auftaucht und eine

Schließung der Barriere verhindert. Wenigstens haben wir das noch nie erlebt. Ich vermute, dass es recht unwahrscheinlich ist, dass am selben Tag ein Kaijū geschwängert wird und ein anderer explodiert, und das nicht weit voneinander entfernt.«

»Ist das wahrscheinlicher als unsere Chance, zum Speisesaal zu kommen, bevor das Abendessen abgeräumt wird?«, fragte ich.

Niamh sah mich an und lächelte dann Kahurangi freundlich an. »Und du? Welche großartigen Forschungen hast *du* heute betrieben, Dr. Lautagata?«

Kahurangi grinste über diesen erneuten Versuch, mich auszuhungern. »Leider nichts so Bahnbrechendes wie ihr«, sagte er. »Ich habe stinkendes Zeug hergestellt, das wir benutzen können, um die Kaijū dazu zu bringen, bestimmte Dinge zu tun oder *nicht* zu tun. Ich habe das jetzt schon so oft gemacht, dass ich Kaijū-Pheromone mittlerweile am Geruch erkenne. Das ist nützlich und eklig.«

»›Nützlich und eklig‹ ist mein nächster Bandname«, erklärte Aparna.

Wir alle sahen sie an.

»Was ist? Darf ich beim Bandnamen-Finden nicht mitmachen?«

»Können wir jetzt bitte gehen?«, drängte ich. »Ich werde wirklich gleich verhungern.«

»Armer Jamie«, verhöhnte mich Niamh. »Das Rumlaufen auf dem Dschungelboden ist wohl echt anstrengend.«

»Du wirst schon noch sehen«, drohte ich. »Ihr *alle*. Die gute Nachricht ist, dass morgen mein Waffentraining ansteht. Kein Rumlaufen, nur Rumballern.«

»Was ist daran gut?«, fragte Kahurangi. »Die Vorstellung, dass du eine Waffe bekommst, ist beängstigend.«

»Wenn du das schon beängstigend findest«, konterte ich, »dann warte, bis ich unterzuckert bin.«

*

»Hast du schon mal eine Waffe benutzt?«, fragte Riddu Tagaq.

»In Videospielen«, sagte ich. »Ist das schlimm?«

»Hattest du je einen Grund, eine Waffe außerhalb eines Videospiels zu benutzen?«

»Nein.«

»Glaubst du, dass du dein Leben durch die Benutzung einer Waffe hättest verbessern können?«

»Nein.«

»Dann ist das nicht schlimm«, sagte Tagaq. »Es gibt Leute, die glauben, dass sie den ganzen Tag lang bewaffnet sein müssen, weil die Welt es irgendwie auf sie abgesehen hat. Zu Hause ist das keine gute Einstellung. Hier ist das außerhalb der Basis leider überlebensnotwendig.«

Wir standen im von Netzen umgebenen Schießstand der Tanaka-Basis vor einem Tisch, auf dem Waffen in einer Reihe lagen, ebenso Magazine und Kugeln und anderes. Einige der Waffen konnte ich zuordnen, die meisten jedoch nicht.

Ich zeigte auf eine, die ich erkannte, eine Pistole. »Bekomme ich eine von denen?«

»Glaubst du, dass du damit zurechtkommst?«

»Ich habe noch nie eine benutzt.«

Tagaq nickte, nahm die Pistole in die Hand, überprüfte sie, lud und entsicherte sie. »Das ist eine Glock 19«, erklärte sie und schoss auf eine rund zehn Meter entfernte Zielscheibe, die wie ein Mensch geformt war. Ich erschrak bei dem Knall und hatte sofort ein Klingeln in den Ohren.

»Was hältst du jetzt davon?«, fragte mich Tagaq eine Minute später.

»Sollten wir nicht Lärmschutzkopfhörer tragen?«, brüllte ich.

»Wenn du im Dschungel Lärmschutzkopfhörer trägst, hörst du nicht, was auf dich zukommt. Beantworte meine Frage.«

»Ich glaube nicht, dass ich für diese Pistole bereit bin.«

»Richtig«, stimmte Tagaq zu. Sie sicherte die Glock, entfernte das Magazin und legte beides auf den Tisch. »Das ist nicht schlimm. Eine Pistole ist keine gute Waffe für diesen Planeten oder die meisten Leute, die hierherkommen. Man braucht Training, um damit etwas zu treffen, und das muss man ständig auffrischen. Die Waffe hat keine große Reichweite und aufgrund der dichten Atmosphäre ist sie hier sogar noch geringer. Geschosse trudeln hier leicht, die Kreaturen bewegen sich sehr schnell. Den meisten Leuten fällt es schwer, auf etwas zu zielen, das ihnen nah ist und sich schnell bewegt.« Sie zeigte auf die Glock. »Wenn dir etwas auf diesem Planeten so nah ist, dass das die richtige Waffe ist, bist du wahrscheinlich eh schon tot.«

»Wenn diese Waffe hier völlig ungeeignet ist, warum zeigst du mir sie dann?«, fragte ich.

»Weil du sie mit dem Wort Waffe assoziierst«, sagte Tagaq. »Und nicht nur du. Jeder. Du benutzt keine Waffen, aber du siehst sie ständig in Filmen, im Fernsehen und in Videospielen. Hauptsächlich Handfeuerwaffen und Gewehre.« Sie zeigte auf eine Art Sturmgewehr, das auf dem Tisch lag. »Das ist das, was du erwartest. Du glaubst, dass du so eine *brauchst*, selbst wenn dir das nicht klar ist. Du bist darauf konditioniert worden, diese Waffen für die bestmöglichen zu halten. Ich muss dir vermitteln, dass andere hier besser sind.«

Ich legte den Kopf schräg und sah sie an. »Das ist dein Ding, oder?«, fragte ich. »Diese ›Du musst mir das glauben‹-Methode.«

»Ich könnte es dir einfach nur erklären«, erwiderte Tagaq. »Danach würdest du allerdings trotzdem die Pistole oder das Gewehr haben wollen. Und nicht nur du. Ich muss das allen abgewöhnen. Diese Welt ist nicht unsere Welt. Das müsst ihr verstehen.«

»Wieder diese Sache mit dem Kopf und mit dem Herz, richtig?«

»Richtig. Wer das nicht begreift, stirbt.«

»Sind denn schon Leute hier gestorben?«

»Natürlich. Und das ist hart. Hart für die Menschen hier, aber besonders hart für die zu Hause.«

»Warum?«

»Weil normalerweise nichts übrig bleibt, was man ihnen schicken könnte.«

Ich dachte darüber nach. »Nimm das nicht persönlich, aber du bist auf Partys nicht so beliebt, oder?«

»Alle reißen sich um mich«, sagte Tagaq. »Vor allem beim Karaoke. Aber das hier ist keine Party. Ich versuche, dein Leben zu retten und dir zu helfen, vielleicht das eines anderen zu retten. Bist du jetzt so weit, dass ich dir die Waffen zeigen kann, die du benutzen solltest?«

»Ja, bin ich«, sagte ich.

»Gut.« Sie verschob mehrere Gegenstände auf dem Tisch so, dass sie eine Gruppe bildeten. Bei einem handelte es sich um eine Schrotflinte. Die anderen waren mir nicht vertraut. »Es gibt zwei grundlegende Definitionen für eine Waffe. Die erste und die, die jeder benutzt, lautet: ein Objekt, das Schmerz oder Schaden zufügt. Die zweite, hier relevantere, lautet: ein Objekt, mit dem man sich verteidigt oder sich einen Vorteil verschafft. Was wissen wir über die Kreaturen hier?«

»Sie sind furchtbar und wollen jeden Menschen fressen, der ihnen begegnet?«

Tagaq schüttelte den Kopf. »Nein. Sie sind furchtbar und wollen *alles* fressen. Nicht nur uns, und vor allem sind wir nicht ihr erstes Ziel. Sie töten und fressen uns, wenn wir es ihnen leicht machen. Aber wenn etwas anderes leichter zu fressen ist, werden sie gern darauf ausweichen. Also tun wir Folgendes: Wir vermitteln ihnen, dass sich ein Angriff auf uns nicht lohnt, aber der auf andere Kreaturen schon.«

Sie holte einen Gegenstand aus der Tasche. »Du weißt noch, was das ist?«

»Das Ultraschallding«, sagte ich.

»Wir nennen das den *Kreischer*«, erklärte Tagaq. »Wirkt gegen Baumkrebse und ein paar andere Viecher. Du bekommst noch einen.« Sie zeigte auf einen Kanister. »Damit riechst du wie ein besonders fieser Kaijū-Parasit.«

»Und das bringt was?«

»Da die meisten Viecher denken, dass du wie eine Kreatur riechst, die sie bei lebendigem Leib auffressen will, ja. Sie werden fliehen, sobald sie dich riechen.«

»Und was halten diese besonders fiesen Parasiten davon, dass ich wie sie rieche?«

»Wahrscheinlich lassen sie dich in Ruhe. Vielleicht versuchen sie rauszufinden, ob du dich mit ihnen paaren willst. Oder sie versuchen, dich zu fressen.«

»Sie fressen ihre eigene Spezies?«

»Alle hier tun das, einschließlich der Kaijū.«

»Das ist nicht gerade beruhigend.«

Tagaq nickte und griff nach einem anderen Gegenstand. »Deshalb haben wir das hier. Bei Benutzung schießen Behälter mit Actinoiden und Stresspheromonen heraus, die die von verletzten Kreaturen nachahmen. Die Behälter öffnen sich beim Aufprall. Wenn etwas auf dich zuläuft, schieß damit.«

»Auf das Vieh?«

»Wenn du willst.«

»Das ist *optional*?«

»Du willst sie nicht umbringen, sondern ihre Aufmerksamkeit erregen. Du sagst ihnen in allen Sprachen, die es auf diesem Planeten gibt: ›Ich bin eine Delikatesse.‹ Sie werden dich vergessen und sich auf die Stelle stürzen, an der der Behälter gelandet ist. Alles andere im Umkreis auch.«

»Und dann werden sie sich gegenseitig fressen und nicht mich.«

»Nicht dich und auch nicht die Leute in deiner Gruppe.«

»Und wenn ich es *auf* sie schieße, werden alle im Umkreis *sie* jagen, oder?«

»Glaubst du, dass du so gut zielen kannst?«

»Gutes Argument.«

»Danke.«

Ich zeigte auf die Gegenstände. »Okay. Kreischer, Parasitenpheromone, Fress-mich-Werfer. Nicht schlecht, aber was ist, wenn nichts davon wirkt?«

Tagaq hob einen Schlagstock.

»Ich soll sie verprügeln?«

Sie drückte auf einen Knopf. »Da drin stecken fünfzigtausend Volt.«

»Okay, das klingt besser.«

»Der Stromstoß ist nur kurz. Wenn möglich, verprügele sie stattdessen mit dem Stock. Die Kreaturen hier fühlen ganz normal Schmerz. Spar dir den Strom für den Notfall auf.«

»Und wenn selbst das nicht reicht?«

Tagaq verzog das Gesicht und nahm die Schrotflinte in die Hand. Sie hatte einen kurzen Lauf. »Das ist deine letzte Hoffnung. Breite Streuwirkung, weil du nicht zielen kannst. Auf kurze Entfernung bringst du damit fast *alles* um und auf größere Entfernung werden die in Pheromone getauchten und aus angereichertem Uran hergestellten Kugeln dafür sorgen, das alles, was zwar getroffen wurde, aber noch lebt, vom Rest der Biester für Nahrung gehalten wird. Das und das Blut. Richte es nie in einem Winkel von weniger als neunzig Grad in Richtung eines Menschen. Mit dieser Waffe werden wir am meisten trainieren.«

»Ergibt Sinn«, sagte ich. »Und wenn das auch nicht reicht?«

»Dann bist du tot.«

»Oh. Ich hatte irgendwie gehofft, da würde noch was kommen.«

»Nein. Du bist tot. Wirst in den Dschungel gezerrt. Bis auf die Knochen abgenagt. Und dann werden die Knochen gefressen. Von dir bleibt nichts übrig. Gar nichts.«

»Das meinte ich, als ich sagte, dass du auf Partys bestimmt unbeliebt bist.«

»Wenn du mit dem Training durch bist und deine erste Mission auf dem Dschungelboden überlebt hast, können wir zusammen ›Total Eclipse of the Heart‹ beim Karaoke singen«, sagte Tagaq. »Bis dahin wirst du lernen.« Sie reichte mir die Schrotflinte. »Wir fangen damit an.«

*

Der Fahrstuhl hielt oben an und ich stand zu meiner Überraschung vor Aparna und Niamh.

»Braucht ihr mich?«, fragte ich.

»Kein bisschen, du egozentrisches Monster«, sagte Niamh und zeigte auf Tagaq. »Wir sind ihretwegen hier.«

»Niamh und ich sollen unser Bodentraining antreten«, erklärte Aparna. »Wir werden nächste Woche Kameras am Nest aufstellen.«

»Wirklich?«, stutzte ich. Dann sah ich Tagaq an, die die beiden leidenschaftslos musterte. »Sei bitte so gründlich mit ihnen wie mit mir.« Das klang wie ein Witz, war aber ernst gemeint.

»Ja«, antwortete Tagaq. Sie sah Aparna und Niamh an. »Ihr braucht Anzüge.«

# 15

»Es läuft folgendermaßen«, sagte Martin Satie, als wir uns Bellas Nest näherten. »Ich setze euch ab, ihr habt zehn Minuten, um eure Instrumente anzubringen und alles andere zu tun. Bei Minute zehn wartet ihr auf mich in der Landezone. Ich komme runter und hol euch ab.«

»Du landest nicht?«, fragte Aparna. Sie und Niamh saßen zusammen mit Ion Ardeleanu im Passagierbereich des Hubschraubers. Ich saß auf dem Co-Piloten-Sitz. Theoretisch leitete Ardeleanu die Mission, aber tatsächlich fungierten er und ich als bewaffnete Leibwächter für Aparna und Niamh, während sie Kameras und Instrumente anbrachten. Sie waren ebenfalls bewaffnet – Riddu Tagaq hatte ihnen die gleiche Einführung gegeben wie mir –, aber nicht so schwer wie Ardeleanu und ich. Sie mussten schließlich Kameras und Instrumente platzieren.

»Dr. Chowdhury, ich lande nur auf dem Dschungelboden, wenn es unbedingt sein muss«, erklärte Satie. »Sonst springt einem schnell so ein Vieh auf den Rücksitz. Also«, er tippte auf sein Headset, »ich halte den Kanal offen und komme sofort, wenn ihr eine Notabholung anfordert. Ich würde es vorziehen, wenn ihr keine brauchen würdet. Die sind chaotisch und gefährlich. Kommt stattdessen zur Landezone. Zehn Minuten, länger müsst ihr nicht durchhalten.«

»Wie läuft das normalerweise?«, hakte Niamh nach. »Kommt es oft zu Notabholungen?«

»Nicht wenn Leute umsichtig vorgehen«, sagte Satie. »Jeder Einsatz ist anders. Ich lande zum ersten Mal in der Nähe eines Orts, an dem es eine Atomexplosion gegeben hat. Ich lande zum ersten Mal in der Nähe einer brütenden Kaijū. Vielleicht spielt das keine Rolle. Vielleicht ändert das alles. Ich weiß es nicht, du weißt es nicht, Dr. Healy und die Doktoren Chowdhury und Ardeleanu wissen es nicht und sogar der hier«, er zeigte auf mich, »hat keine Ahnung. Wenn wir zurückkommen, werden wir alles aufschreiben, damit andere daraus lernen können. Bis dahin werden wir umsichtig vorgehen und keine Notabholung brauchen.«

»Alter, wenn du dir so eine beruhigende Rede vorstellst, solltest du dringend noch mal üben«, kommentierte Niamh.

»Es sollte nicht beruhigend klingen, also ist das in Ordnung.« Satie nickte. »Wir sind da.«

Wir alle sahen aus den Fenstern und entdeckten die berggroße Bella, die am Rand des mit Wasser gefüllten Explosionskraters brütete. Sie war von einer gewaltigen Menge Natalgelee umgeben. Dahinter befand sich ein grüner Teppich, der sich bis zu den umgeknickten Bäumen und darüber hinaus erstreckte. Die Masse aus Moos und Algen hatte sich extrem schnell auf dem verbrannten Boden gebildet und erinnerte uns daran, dass das Leben hier mit Strahlung ganz anders umging.

Ungefähr achtzig Meter südöstlich von Bella gab es ein ebenes Gelände, das gerade groß genug für den Hubschrauber war. Ich musterte Bella, als wir zur Landung ansetzten. Sie schien uns nicht zu bemerken.

»Schläft sie, so wie Edward letztes Mal?«, fragte ich Satie.

»Frag die Experten«, entgegnete er.

»Sie nistet und spart Energie, damit sie weitere Eier produzieren kann«, sagte Ardeleanu. »Wenn sie sich nicht bewegt, fällt es ihren Parasiten leichter, Nahrung zu suchen und zu ihr zurückzukommen. Basierend auf dem Verhalten anderer brütender Kaijū, die über die Jahre beobachtet wurden, würde ich sagen, dass sie uns und den Hubschrauber in Ruhe lassen wird, solange wir sie nicht stören oder sie irgendwie in Not gerät.«

»Wenn sie mich nicht in Ruhe lässt, könnt ihr nach Hause laufen«, erklärte Satie.

»Keine Sorge«, versicherte uns Ardeleanu. Er wandte sich an Aparna und Niamh: »Wir machen es genauso, wie wir gestern geübt haben. Rein, raus und dann ab nach Hause, um uns die Daten anzusehen.«

Die beiden nickten. Wir hatten unsere Übungsstunde gestern auf dem Dschungelboden direkt unterhalb der Basis abgehalten und Stellen markiert, die denen entsprachen, die laut der Aerostat-Aufnahmen optimal zur Platzierung der Kameras und Instrumente geeignet waren. Niamh und Aparna lernten schnell, wie man die Pflöcke für die Instrumente am besten in den Boden schlug, die durchsichtige Abdeckung für die Kamera anbrachte und dann die eigentlichen Instrumentenpakete. Ich lernte noch schneller, wie ich mich am besten mit der Schrotflinte und dem Kanisterwerfer bewegte, was nicht leicht war, da ich nur zwei Hände hatte. Außerdem schleppte ich noch den Elektroschlagstock und einen Brustgurt mit Schrotpatronen, Pheromonkanistern und einigen Sprays mit mir herum. Niamh hatte während der Übung nur einen Blick auf den Brustgurt geworfen und mir mitgeteilt, dass Chewbacca sein Outfit vermissen würde.

»Wir landen jetzt«, sagte Satie, als der Hubschrauber tiefer ging.

»Denkt daran, dass Jamie und ich als Erste rausgehen«, mahnte Ardeleanu. »Dann gebe ich euch beiden ein Signal und ihr holt die Instrumentenpakete aus dem Frachtraum. Jamie wird Satie signalisieren, dass er abfliegen kann, sobald ihr beide alles geholt und den Frachtraum geschlossen habt.« Aparna und Niamh nickten. »Keine Sorge«, wiederholte Ardeleanu.

Die Erde kam uns entgegen, dann schwebte Satie auch schon wenige Zentimeter über dem Boden. »Wir sind da«, sagte er und nickte mir zu. »Pass auf, wo du hintrittst.«

Ich nickte, nahm mein Headset ab, setzte ein deutlich kleineres auf, öffnete die Tür, sprang heraus – und landete hart auf dem Arsch. Das Moos und die Algen hatten den Boden glitschig gemacht. Ich hatte mir das Knie beim Sturz angestoßen und fluchte jetzt schmerzerfüllt. Ich hörte, wie Satie in meinem neuen Headset etwas zu mir sagte, aber wegen des Rotorenlärms verstand ich ihn nicht. Ich entschied, ihn zu ignorieren, kam stattdessen (vorsichtig) hoch, holte meinen Kanisterwerfer und die Schrotflinte, entsicherte beides und humpelte zur Passagiertür. Ich schlug dagegen. Ardeleanu öffnete sie und sprang heraus. Er hatte meinen Ausrutscher gesehen und stellte seine Füße vorsichtig auf den Boden, bevor er seine eigenen Waffen holte.

Wir sahen uns kurz um, doch nichts schoss auf uns zu. Der Hubschrauber jagte allen Kreaturen im Umkreis von hundert

Metern wahrscheinlich eine Mordsangst ein. Ardeleanu winkte Aparna und Niamh zu, die ebenfalls – vorsichtig – ausstiegen und zu dem kleinen Frachtraum direkt hinter dem Passagierbereich gingen. Sie holten zwei Stofftaschen heraus, in denen sich die beiden Instrumentenpakete, ihre Pflöcke und das »Einschlaggerät« befanden. Letzteres war nur der hochtrabende Name für einen Gummihammer. Die Instrumentenpakete steckten in zwei halbkugelförmigen Acrylabdeckungen, die so aussahen wie Tortenglocken. Anstelle von Torten befanden sich jedoch Kameras und andere wissenschaftliche Geräte darin.

Niamh und Aparna schlossen den Frachtraum und streckten den Daumen hoch. Dann entfernten wir uns alle vom Hubschrauber. Satie wartete, bis ich den Daumen hochstreckte, und als er die Geste sah, stieg er hundert Meter auf und verharrte in dieser Position.

»Vorsicht, hier ist es glatt«, sagte Niamh zu mir über das Headset. Ich sah xien an. Dann wandte ich mich an Aparna: »Komm mit.«

»Sicherheit geht vor«, wandte Ardeleanu ein und zog die Parasitenpheromone aus seinem Brustgurt. »Kreischer und Spray.« Ich nickte, holte mein eigenes Spray heraus und besprühte Aparna damit, während er das Gleiche mit Niamh tat. Dann besprühte ich ihn und er mich.

»Wir stinken wie der verdammte Tod«, sagte Niamh.

»Das ist Sinn der Sache«, entgegnete Aparna.

Ich schob das Spray in den Gurt, nahm den Kreischer aus der Tasche, schaltete ihn ein und steckte ihn wieder weg. Ich sah, wie Aparna dasselbe tat, und hielt Ardeleanu meinen hochgestreckten Daumen hin. Er achtete darauf, dass sein und Niamhs Kreischer ebenfalls eingeschaltet waren.

Ardeleanu sah auf seine Uhr. »Das war eine Minute«, sagte er. »Wir haben das bei der Übung in sechs geschafft. Dieses Mal werden wir fünf Minuten fünfundvierzig Sekunden versuchen.« Ich sah, wie Niamh die Augen verdrehte. Xier hatte kein Interesse daran, neue Bestzeiten aufzustellen, folgte Ardeleanu aber trotzdem.

Ich sah Aparna an. »Bereit?«

»Ich werde nicht hetzen, wenn das für dich in Ordnung ist«, sagte sie.

»Ist es«, versicherte ich ihr. »Seien wir schnell, aber nicht dumm.« Wir gingen in die entgegengesetzte Richtung von Niamh und Ardeleanu, zu unserer rund hundert Meter entfernten Position. Wir bewegten uns vorsichtig, da die Algen und das Moos auf dem Weg nicht weniger glitschig wurden.

Unser erstes Ziel war am weitesten entfernt, weil wir uns auf den Landeplatz zuarbeiten wollten. Ich behielt die Umgebung im Blick, zum einen die Landschaft, aus der sich irgendetwas Hungriges jederzeit auf uns stürzen könnte, zum anderen die gewaltige Bella. Es kam mir so vor, als würden wir um die Freiheitsstatue herumgehen, wenn die Freiheitsstatue Flügel gehabt hätte, die sie jederzeit ausbreiten könnte, um in den Himmel aufzusteigen.

Aparna bemerkte meinen Blick. »Sie ist faszinierend, oder?«

»*Faszinierend* ist noch untertrieben.«

Aparna nickte. »Das fühlt sich immer noch nicht real an, richtig? Das alles hier.«

»Auf dem Arsch zu landen fühlte sich sehr real an«, konterte ich.

»Okay, verstehe«, sagte sie. »Aber der *Rest.* Wir stehen an einem Ort, an dem vor zwei Wochen eine Atomexplosion stattgefunden hat. Der Boden ist glitschig, weil hier so viel wächst.« Sie zeigte zur Seite, wo das Natalgelee den Boden bedeckte. Ich konnte die rundlichen Eier darin erkennen. Sie waren so groß wie Bowlingkugeln. Aderartige Wucherungen ragten aus ihnen und erstreckten sich in die Flüssigkeit. »Da drin sind Dinger, die zu etwas wie *ihr* heranwachsen werden.« Sie zeigte auf Bella. »Wenn du mich fragst, dürfte sie physikalisch gesehen gar nicht existieren, und doch ist es so.«

»Du denkst immer noch, dass es die Kaijū nicht geben dürfte?«, stutzte ich. Mir fiel auf, dass Kreaturen von uns wegkrabbelten. Die Kreischer und die Parasitenpheromone erfüllten ihre Aufgabe und erschufen eine Bugwelle aus Viechern, die uns unbedingt ausweichen wollten. Momentan handelte es sich hauptsächlich um Insekten und kleine echsenartige Wesen, die kaum eine Gefahr für uns darstellten. Ich vermutete, dass die richtige Action sich in dem Natalgelee abspielte. Dort fraßen größere Kreaturen Kaijū-Eier und wurden anschließend von den Parasiten gefressen. Die Natur, rot an Zahn und Klaue, wie Tennyson einmal gesagt hatte. Der Kreislauf des Lebens, hatte Mufasa das genannt.

»Ich habe die Zusammenfassung gelesen«, sagte Aparna. »Die wissenschaftliche Erklärung ist solide, aber auch so *umständlich.* Was diese Kaijū tun müssen, um am Leben zu bleiben, ist unfassbar.«

»Zum Beispiel organische Atomreaktoren?«, hakte ich nach. Ich stellte diese Fragen nicht nur, weil ich mich mit Aparna unterhalten wollte, sondern weil ich spürte, dass diese erste Außenmission sie nervöser machte, als sie zugeben wollte. Das Gespräch würde sie davon ablenken.

»Ja, das auch, aber das ist nicht mal das Seltsamste. Das Seltsamste ist, dass sie über Ventilatoren verfügen. Und das

Seltsamste *daran* ist, dass diese Ventilatoren kein Teil von ihnen sind, sondern Parasitenkolonien …« Und dann war Aparna nicht mehr zu halten. Sie erklärte, wie die Parasiten Luft ansaugten und das Innere des Kaijū, einschließlich des Reaktors, kühlten und dass dieser Wärmeaustausch ganz knapp ausreichte und das konstante Ansaugen von Luft dafür sorgte, dass ein Kaijū stets von einer Brise umgeben war, was sie zu einem der wichtigsten Bestäuber auf diesem Planeten machte, und so weiter. Aparna war so vertieft, dass sie gar keine Zeit hatte, nervös zu werden.

Bis wir zu der Stelle kamen, an der wir das erste Instrumentenpaket platzieren wollten, und einen Haufen Baumkrebse fanden, die dort gerade einen Kadaver fraßen.

»Scheiße«, fluchte Aparna und wich zurück.

»Geh weiter«, ermutigte ich sie. »Unsere Kreischer sind eingeschaltet. Die Viecher werden fliehen, wenn wir näher kommen.«

Die meisten flohen tatsächlich. Sie krochen hastig davon, als wir auf sie zugingen. Doch fünf Baumkrebse bewachten weiterhin den Kadaver und wedelten drohend mit ihren Antennen.

Ich kannte das schon. Doch mittlerweile hatte ich dank Riddu Tagaqs Ausbildung gelernt, wie man mit den kleinen Scheißern umging.

Man marschierte auf sie zu, packte sie am mittleren Körpersegment, das sich in ihrem toten Winkel befand, und schleuderte sie mit aller Kraft weg.

Genau das tat ich mit dem ersten, bevor er auf mich reagieren konnte. Ich holte aus und warf ihn. Er flog alarmiert zwitschernd davon. Meine Krebskampffähigkeiten waren unschlagbar.

Seine Kumpel sahen mit ihren Antennen zu, wie er durch die Luft segelte. Dann wandten sie ihre Aufmerksamkeit wieder mir zu.

»Will noch jemand eine Flugstunde?«, fragte ich.

In einem Film wären sie Hals über Kopf geflohen. In der Realität musste ich die restlichen vier auch noch packen und werfen. Und dann musste ich den verwesenden Kadaver wegzerren, damit die Baumkrebse bei ihrer Rückkehr zu ihm krabbelten und nicht zu uns. Nach diesem Erlebnis stank ich schlimmer als zuvor, was wirklich beeindruckend war.

Ich positionierte mich da, wo wir das Instrumentenpaket aufstellen wollten, und breitete theatralisch die Arme aus. »Jetzt liegt es an dir, Dr. Chowdhury«, sagte ich. Aparna befreite sich aus ihrer Starre und machte sich schnell an die Arbeit. Sie öffnete die Tasche, holte den Pflock und den Gummihammer heraus und brachte das Paket an.

Während sie damit beschäftigt war, nahm ich den Kanisterwerfer in die Hand und behielt die Umgebung im Auge. Ich sah nichts, was größer als ein Baumkrebs war. Dass wir uns in einem von einer Atomexplosion geschaffenen Trümmerfeld befanden, hatte auch seine Vorteile, wenn man das denn so sagen kann: Von oben konnte uns nichts angreifen. Damit musste ich mir um eine Dimension weniger Sorgen machen.

»Fertig«, sagte Aparna und stand auf. Das Instrumentenpaket hing nun wenige Zentimeter über dem Boden. Die Kameras befanden sich auf der gleichen Höhe wie ein liegender Mensch.

»Sendet es?«, fragte ich.

Aparna nickte und zeigte auf ein grünes Licht an dem Paket. »Es sendet Signale an den nächsten Aerostat und empfängt auch welche. Wahrscheinlich fangen sie das Signal bereits in Tanaka auf.«

Ich deutete auf das Paket und sah auf meine Smartwatch. »Das hat vier Minuten gedauert. Komm, stellen wir das zweite auf und gehen zum Hubschrauber zurück.«

»Läuft ganz gut bisher«, meinte Aparna.

»Mann, Aparna«, erwiderte ich. »Beschwör es nicht.«

*

Ion Ardeleanu sagte buchstäblich: *Das lief ja besser als erwartet*, bevor er ausrutschte, ins Moos fiel und sich etwas, das so groß wie ein Panther war, aus dem Natalgelee auf ihn stürzte.

Wir sahen es nicht kommen. Ardeleanu ging einen kleinen Hügel hinauf und Niamh war ein Stück über ihm. Aparna und ich konzentrierten uns ehrlich gesagt auf Niamh, nicht Ardeleanu, zum einen weil wir befreundet waren, zum anderen war Ardeleanu dabei, um für Sicherheit zu sorgen, deshalb gingen wir davon aus, dass er selbst sicher war. Im Gegensatz zu uns war dies nicht seine erste Außenmission. Wir dachten, er wüsste, was er tat. Wir waren nicht auf sein Ausrutschen, seinen Sturz und erst recht nicht auf die Bestie vorbereitet, die aus der Flüssigkeit schoss.

Aparna und ich befanden uns zwanzig Meter vor Niamh, als es geschah. Xier war wiederum zehn Meter vor Ardeleanu. Wir waren Niamh so nah, dass xier bemerkte, wie sich unsere Augen weiteten, und sich umdrehte, um nachzusehen, was los war. Xier hielt den Schlagstock in der Hand, ebenso wie Aparna. Seit sie ihre Instrumente platziert hatten, halfen sie uns bei der Absicherung.

Das erwies sich als Glücksfall für Ardeleanu, denn Niamh zögerte nicht. Xier rannte zu ihm, erstaunlicherweise ohne auszurutschen und hinzufallen, und fing an, auf die Kreatur einzuschlagen, die versuchte, Ardeleanu den Hügel hinunter in das Natalgelee zu ziehen. Aparna und ich liefen los, um zu helfen.

Das Vieh hatte sich durch Niamhs Schläge von dem gestürzten Biologen ablenken lassen, wirkte nun jedoch wütend und bewegte sich drohend auf Niamh zu. Das beeindruckte xien jedoch nicht. Xier schlug erneut nach dem Ding, und dieses Mal gab es einen hörbaren Knall, als ein Stromstoß aus dem Schlagstock in das fuhr, was als Gesicht des Dings durchging. Niamh hatte den elektrischen Teil des Schlagstocks eingeschaltet. Die Kreatur wich hastig zurück und schüttelte sich, floh jedoch nicht.

Aparna ging zu Ardeleanu und sah sich seine Wunden an. Ich ging zu Niamh, dier wütend aussah und auf eine Fortsetzung des Kampfs gegen das Vieh zu hoffen schien.

»Alles okay?«, fragte ich.

»Was für eine saudämliche Frage«, erwiderte Niamh, was so viel wie ja hieß.

Die Kreatur musterte uns aus einigen Metern Entfernung.

»Wie sieht's aus?«, rief ich Aparna zu.

»Das linke Bein ist zerfetzt und blutet«, sagte sie.

»Es geht mir gut«, beharrte Ardeleanu und versuchte aufzustehen.

Aparna legte ihm die Hand auf die Brust, um ihn davon abzuhalten. »Es geht ihm kein bisschen gut.«

Ich nickte und kontaktierte Satie über mein Headset. »Chopper zwei, bitte kommen.«

»Du musst mir nicht sagen, was ich schon sehe«, antwortete Satie. »Ihr bekommt eine Notabholung.«

»Danke«, antwortete ich.

Die Kreatur stieß einen Laut aus.

»Ich muss euch leider mitteilen, dass noch weitere dieser Viecher auf dem Weg zu euch sind«, meldete Satie. »Ich sehe sie im Gelee.«

»Verstanden«, sagte ich und hob den Kanisterwerfer. Wie beim Training schoss ich den Kanister an dem Ding vorbei ins Natalgelee hinter ihm. Dort explodierte er mit einem beeindruckenden Knall und hinterließ eine Wolke aus Metallstaub und Pheromonen.

Die Kreatur warf einen Blick auf die Wolke und drehte sich dann entschlossen wieder zu uns um.

»Okay, *das* ist nicht so gut«, bemerkte ich und reichte Niamh meine Schrotflinte. »Wenn sich das Vieh bewegt, schießt du«, wies ich xien an.

»Was denn sonst?«, antwortete xier. Ich ging zu Aparna und Ardeleanu, der immer noch versuchte aufzustehen.

»Ich kann gehen«, versicherte er mir.

»Gott, halt endlich die Klappe«, stöhnte ich und nahm ihm die Schrotflinte und den Kanisterwerfer ab. »Such dir eine Waffe aus«, sagte ich zu Aparna. Sie nahm den Kanisterwerfer. Ich lud meinen eigenen mit einem Kanister aus dem Brustgurt nach und nahm die Schrotflinte. »Der Hubschrauber ist unterwegs.«

»Ich weiß«, antwortete Aparna und deutete mit dem Kinn nach oben. Satie ging gerade in den Sinkflug. »Ich werde ihn nicht allein in den Hubschrauber bringen können.«

»Ich schaff das«, behauptete Ardeleanu.

»Halt die Klappe«, sagten wir beide zu ihm. »Ich schicke euch Niamh, wenn Satie gelandet ist.«

Aparna nickte. Ich ging zurück zu Niamh.

»Das Mistding rührt sich nicht«, sagte xier.

»Ich weiß«, bestätigte ich. »Es wartet auf Verstärkung.« Ich zeigte auf das Gelee, aus dem sich weitere Kreaturen schälten und auf uns zukamen. Ein paar von ihnen ließen sich von dem wunderbar riechenden Kanister ablenken, doch andere stapften weiter in unsere Richtung.

»Gut, dass wir die Instrumentenpakete angebracht haben«, höhnte Niamh. »Jetzt kann die Basis in HD sehen, wie wir gefressen werden.«

Ich nickte. »Geh und hilf Aparna mit Ardeleanu«, sagte ich. Der Hubschrauber war uns nun so nah, dass wir uns kaum noch unterhalten konnten. Niamh ließ sich zurückfallen, sodass ich nun allein vor der Bestie stand. Zwei ihrer Freunde waren zwanzig Meter entfernt, kamen aber näher.

Ich dachte über meine Optionen nach, verstaute die Schrotflinte und nahm den Kanisterwerfer. Die Kreatur schien mich zu beobachten, wollte aber anscheinend ohne ihre Freunde nicht angreifen.

Ich ging aggressiv auf sie zu und brüllte, als wollte ich sie bedrohen. Dann fing ich an, auf dem dichten Moos und den Algen zu schlittern.

Darauf hatte das Vieh gewartet – dass ich das Gleichgewicht verlor, mich ablenken ließ und hilflos war. Es öffnete das Maul und schrie, was ich wegen des knatternden Hubschraubers nicht hören konnte. Dann setzte es zum Sprung an.

Darauf hatte *ich* gewartet. Ich hatte nicht das Gleichgewicht verloren, sondern vor dem gruseligen Vieh nur so getan. Und jetzt war sein Maul weit geöffnet.

Ich schoss den Kanister hinein.

*Glaubst du wirklich, dass du so gut zielen kannst?*, hatte mich Riddu Tagaq gefragt, als ich mich erkundigt hatte, ob man einen Kanister auf eine Kreatur abschießen sollte.

Ich konnte immer noch nicht sonderlich gut zielen.

Aber ich war dem Ding sehr, sehr nah.

Der Kanister explodierte in seinem Maul wie eine Granate, was er natürlich auch war. Das Vieh wurde von den Beinen gerissen und landete zwischen seinen Freunden. Die, als sie den Geruch ihres nun bewusstlosen oder toten Kumpels in die Nase bekamen, mich vergaßen und stattdessen ihn als Mahlzeit vorzogen.

Tagaq hatte recht: Sie fraßen uns, wenn es bequem war. Also mussten wir ihnen etwas geben, das noch bequemer war.

Ich hätte denselben Effekt wohl auch mit der Schrotflinte erzielen können. Aber ehrlich gesagt war der Kanisterwerfer viel befriedigender gewesen.

Weitere Kreaturen kamen aus dem Gelee zu ihrem gefallenen Kameraden. Ich nahm das als Zeichen, den Rückzug anzutreten. Ich sah mich aufmerksam um, bis ich den Hubschrauber und die Tür auf der Co-Piloten-Seite erreichte. Ich öffnete sie und stieg ein. Satie startete, bevor ich mich anschnallen konnte.

»Was habe ich über Notabholungen und ihre Vermeidung gesagt?«, fragte er, nachdem ich mich angeschnallt und das Headset aufgesetzt hatte.

»Tut mir leid«, sagte ich. Ich warf einen Blick in den Passagierbereich. Ardeleanu lag am Boden. Aparna hockte neben ihm und behandelte seine Wunde mit Desinfektionsmittel aus dem Erste-Hilfe-Koffer des Hubschraubers. »Wie geht's ihm?«, erkundigte ich mich.

»Nicht so gut«, antwortete Niamh.

»Sag der Basis Bescheid, dass wir einen Arzt brauchen«, bat ich Satie.

»Hab ich schon vor der Notabholung gemacht«, erwiderte er.

Ich warf einen Blick auf Ardeleanu, der kein Headset trug. Er sagte etwas, das vom Lärm in der Kabine übertönt wurde. Es sah wie *Es geht mir gut* aus. Aparna ignorierte das und behandelte ihn weiter. Sie war hier die Vernünftige. Niamh wirkte immer noch wütend. Wir hatten das zwar nicht gut hinbekommen, aber wenigstens lebten wir noch. Ich verbuchte das als Sieg. Ich drehte mich wieder um, sah aus dem Fenster und atmete lang und zitternd aus. Satie bemerkte es, sagte aber nichts.

Doch einige Minuten später konnte er seine Neugier nicht mehr im Zaum halten. »Hey, ich konnte das nicht richtig sehen«, sagte er, »aber hast du einem dieser Viecher wirklich einen gottverdammten *Kanister* ins Gesicht geschossen?«

# 16

Bei unserer Ankunft stand bereits eine Trage bereit, auf der Ardeleanu in die Krankenstation gebracht wurde. In der Tanaka-Basis gab es zwei Ärzte und zwei Krankenschwestern. Die Ärztin Irina Garin war Chirurgin. Ich vermutete, dass Ardeleanu sie bald besuchen würde. Er wurde eilig aus dem Hubschrauber geholt und weggebracht, obwohl er immer wieder rief, es würde ihm gut gehen, *wirklich*.

»Ich bin froh, dass er in Sicherheit ist, aber sobald es ihm besser geht, werde ich ihm vielleicht eine knallen«, sagte Niamh, während xier ihm nachsah.

»Ich brauch ’nen Drink«, erklärte Aparna.

»Einen?«, stieß Niamh hervor. »Ich brauch ein paar.«

Aparna lächelte. »Das meinte ich, aber ich wollte nicht wie ’ne Säuferin klingen.«

»Scheiß drauf. Nach dem Abenteuer heute werd ich mich so lange besaufen, bis ich einen Lampenschirm als Hut trage.«

»Die erste Runde geht auf mich«, sagte ich. »Danach müsst ihr euch selbst um eure Lampenschirme kümmern.« Wir verabschiedeten uns von Satie und versprachen, ihm einen Drink zu spendieren, wenn er fertig war. Dann gingen wir durch den Tunnel in die Basis, wo fast alle schon auf uns warteten und jubelten.

Kahurangi lief aus der Gruppe und umarmte uns nacheinander. »Schön, dass ihr nicht gestorben seid.«

»Was zum Teufel ist denn hier los?«, fragte ich und warf einen Blick in die Runde.

»Alter, alle haben gesehen, wie ihr drei Ardeleanu gerettet habt.«

»Alle?«

»Na ja, sonst war nicht viel los.«

Ich sah mich um. »Offensichtlich.«

Kahurangi knuffte mich freundschaftlich gegen die Schulter. »Genieß den Sieg, Jamie. Heute seid ihr drei Helden.« Er schob mich leicht in Richtung der Menge. Aparna und Niamh folgten uns. Umarmungen und Rückenklopfer erwarteten uns.

Wie sich herausstellte, hatte Niamh recht. Die Kameras in den Instrumentenpaketen funktionierten, und dank ihrer Positionen hatten sie den Angriff auf Ardeleanu aus unterschiedlichen Perspektiven aufgezeichnet. Der Aerostat lieferte zusätzlich noch einen Blick von oben und schickte alle Aufnahmen in Echtzeit an die Tanaka-Basis. Das Video, das Satie aus dem Hubschrauber gemacht hatte, musste noch übermittelt werden, aber als wir zurück zur Basis kamen, waren wir so was TV-Stars. Alle sahen, wie Aparna ihrem verwundeten Kameraden half, wie Niamh dem Vieh einen Stromstoß ins Gesicht verpasste und ich ihm einen Kanister ins Maul schoss.

»Ich musste erst auf einen anderen Planeten kommen, um viral zu gehen«, merkte Aparna an, als wir uns in der Hütte das Video des Angriffs ansahen. Wir drei durften uns den Nachmittag freinehmen und Kahurangi schwänzte wahrscheinlich.

»Du bist jetzt bei hundertfünfzig Menschen sehr berühmt«, sagte Niamh zu ihr.

»Der Bekanntheitsgrad reicht mir.«

»Was ging in dir vor, als du angefangen hast, auf dieses Vieh einzuschlagen?«, fragte Kahurangi Niamh. Wir waren an dem Punkt des Videos, wo xier das Biest verprügelte, ihm aber noch keinen Stromstoß verpasst hatte.

»Was soll in mir vorgegangen sein? Ich war stinksauer.«

»Du hast sehr viel Wut in dir«, stellte Kahurangi fest.

»Du hast ja keine Ahnung.«

»Was ist mit dir?«

»Ich hab vor allem daran gedacht, dass Satie genervt sein würde«, sagte ich. »Er hatte uns gebeten, keinen Notfall zu verursachen, doch genau das haben wir getan.«

»Du nicht, sondern Ardeleanu.« Kahurangi spulte zurück zu dem Punkt, als der Biologe auf den Arsch gefallen war und die Kreatur ihn scheinbar aus dem Nichts angegriffen hatte.

»Alter, ich bin auch ausgerutscht und hingefallen«, konterte ich. »Direkt als ich aus dem Hubschrauber aussteigen wollte. Mein Knie tut immer noch weh. Er wurde angegriffen, aber das hätte uns allen passieren können.«

»Mir nicht«, warf Niamh ein.

»Nein, deine tief sitzende Wut hätte dich wie ein Schild vor Angriffen geschützt, wenn du gestürzt wärst«, kommentierte ich.

»So sieht's aus.«

All unsere Handys meldeten sich mit einer Nachricht. Aparna sah als Erste auf ihr Display. »Ein Update zu Ardeleanu«, sagte sie. »Ein paar Muskelrisse, aber es wurden keine Sehnen oder Venen beschädigt. Er bekommt eine Ladung Antibiotika und ein paar Krücken und darf bis zum Ende seines Einsatzes nicht mehr an Außenmissionen teilnehmen. Ansonsten geht's ihm gut.«

»Wie er gesagt hat«, bemerkte ich.

Niamhs Augen verengten sich. »Hör auf.«

»Entschuldigung.«

»Und nach dem Abendessen wird es eine Zeremonie und eine Party zu unseren Ehren geben«, fuhr Aparna fort. »Für uns drei, meine ich. Tut mir leid, Kahurangi.«

Der grinste. »Wenn ich bedenke, was ihr für diese Party tun musstet, stört es mich nicht, davon ausgeschlossen zu sein.«

»Was denn für eine ›Zeremonie‹?«, fragte Niamh.

Aparna warf einen Blick auf ihre Nachricht. »Hier steht, dass man uns ›Orden verleiht‹.«

Niamh zog die Augenbrauen zusammen. »Was zum Teufel soll *das* denn heißen?«

*

»Hin und wieder gibt es unter uns Leute, die außergewöhnliche Leistungen in außergewöhnlichen Zeiten vollbringen«, sagte Brynn MacDonald im Speisesaal. Sie stand an dem Tisch, an dem sie gerade ihr Abendessen zu sich genommen hatte. Danach war sie aufgestanden und hatte alle buchstäblich angebrüllt, dass sie den Mund halten und ihr zuhören sollten. Wenn das zur »Zeremonie« gehörte, dann war sie herzlich wenig zeremoniell. »Und was machen wir, wenn das passiert?«

»Wir verleihen ihnen Orden!«, lautete die allgemeine Antwort.

»Ja! Genau! Und heute ist so ein Tag«, fuhr MacDonald fort. »Ihr habt mittlerweile bestimmt alle das Video gesehen, in dem Ion Ardeleanu fast zum Festmahl wurde und drei der neuesten Bewohner der Tanaka-Basis ihn gerettet haben. Die Ehrung soll dieses Ereignisses gedenken. Zu allererst übergebe ich das Wort an meine Kollegin vom Blauen Team, unser aller Freundin Jeneba Danso.«

Es gab Applaus, als sich MacDonald setzte und Danso an ihrem Tisch aufstand.

»Die erste Ehrung des Abends gebührt Ion Ardeleanu«, sagte Danso. Sie zeigte auf den sitzenden Ion Ardeleanu, der daraufhin mithilfe seiner neuen Krücken aufstand. Sie hielt etwas in der Hand, das sich bei genauerer Betrachtung als ein billiger Plastikorden an einem Band erwies. »Unser Chefbiologe hat fünf Einsätze hier in der Tanaka-Basis abgeleistet und dabei Hunderte Spezies entdeckt, identifiziert und klassifiziert. Doch wie wir heute erfahren haben, gibt es eins, was er noch *nicht* entdeckt hatte, nämlich dass all die Kreaturen, die er identifiziert und benannt hat, ihn gern verspeisen würden!«

Alle lachten, und warum auch nicht? Ardeleanu war nicht tot. Scherze fallen leicht, wenn man noch atmet.

»Um seiner Flucht aus den Klauen des Todes zu gedenken und ihn daran zu erinnern, dass er nächstes Mal vorsichtiger sein sollte, darf ich stolz verkünden, dass Ion an diesem Abend der uralte und heilige Orden der Saftigen Zwischenmahlzeit verliehen wird.« Es wurde geklatscht. Danso ging zu Ardeleanu, legte ihm den Orden um den Hals und küsste ihn leicht auf die Wange.

»Das ist ein uralter und heiliger Orden?«, fragte ich Kahurangi, der neben mir am Tisch saß, während ich klatschte.

»Ich vermute, dass sie die uralten und heiligen Orden spontan erfinden«, erwiderte er.

»Danke, Jeneba, und danke, Tanaka-Basis«, sagte Ardeleanu, als der Applaus nachließ. »Ich bin stolz, dass man mich endlich als Leckerbissen würdigt …« Es wurde gestöhnt, wie wenn ein Vater Slangbegriffe benutzt, die er nicht benutzen sollte. »… aber ich hoffe auch, dass sich das nicht wiederholen wird.«

Es wurde wieder geklatscht.

»Moment! Ich habe auch einen Orden zu verleihen. Als ich hinfiel und mich so zum allgemeinen Nahrungsangebot machte, wurde das äußerst unverschämte Vieh schnell von meinem Bein entfernt. Doch danach bedachte mich die mitfühlende Dr. Aparna Chowdhury mit ihrer Fürsorge. Sie beschützte mich vor weiteren Knabberversuchen und versorgte mich auf dem Rückflug zur Basis. Ich habe ihr mehrfach versichert, dass alles in Ordnung sei, worauf sie, wenn ich mich recht entsinne, antwortete: ›Halt die Klappe.‹«

Gelächter kam auf.

»Wie sich herausstellte, hatte sie recht. Nichts war in Ordnung, und das wusste sie. Ich stehe wahnsinnig ungern im Mittelpunkt, selbst dann nicht, wenn ich zum Monsterleckerbissen geworden bin. Aber sie *machte* mich zu ihrem Mittelpunkt, bis ich sicher zu Hause war. Um meine Behandlung – die ich zu verhindern versucht habe, indem ich so tat, als wäre ein zerfetztes Bein nicht weiter schlimm – zu würdigen, verleihe ich mit großer Freude Dr. Chowdhury den uralten und heiligen Orden der Sehr Hartnäckigen Samariterin. Aparna, du musst leider zu mir kommen. Ich bin noch nicht ganz sicher auf den Beinen.«

Es wurde applaudiert und Aparna ging eilig hinüber, erhielt einen billigen Plastikorden und eine Umarmung und setzte sich, so schnell sie konnte, wieder hin. Bei hundertfünfzig Leuten bekannt zu sein war wohl tatsächlich ihre Schmerzgrenze.

Ardeleanu kehrte zu seinem Platz zurück und MacDonald erhob sich von ihrem. »Jetzt bin ich mit einer Verleihung an der Reihe«, sagte sie. »Dr. Niamh Healy ist seit – *Himmel* – knapp zwei Wochen hier. Doch alle, die Zeit mit Dr. Healy verbracht haben, werden mit Freuden bemerkt haben, dass xier sich nichts gefallen lässt. Als der Parasit Ion ansprang, tat Dr. Healy also, was Dr. Healy nun mal tut, sagte: ›Lass den Scheiß‹, und bewies dem Vieh, dass xiem niemand dumm kommen sollte. Mit einem Elektroschlag!«

Applaus.

»Um zu würdigen, dass xier sich weder von Menschen noch von Parasiten irgendwas gefallen lässt, verleihe ich Dr. Healy mit großer Freude den uralten und heiligen Orden des Sprich zu der Hand.«

Weiterer Applaus, während sich Niamh xiesen Orden und eine Umarmung abholte. Dann wandte xier sich der Versammlung zu und hielt den Orden hoch. »Dafür fangt ihr euch eine!«

Der Saal tobte, als xier sich wieder setzte.

Nun stand Tom Stevens auf. »Einigen von euch habe ich ja schon erzählt, wie ich Jamie Gray rekrutiert habe«, sagte er. »Dabei spielten Essenslieferungen und die Suche nach jemanden, der Sachen in der Basis rumschleppen kann, eine Rolle.« Es wurde gelacht. »Ich hatte also Glück, aber ich glaube, Jamie hatte ebenfalls Glück. Wer sonst ist in den ersten zwei Wochen seines Einsatzes von einem Kaijū gejagt worden, knapp einer Atomexplosion entgangen und hat als Gipfel des Ganzen auch noch einem Parasiten einen Kanister ins Maul geschossen? Das ist meine dritte Rotation und ich habe bisher nichts davon getan.« Er sah mich an. »Ich muss zugeben, dass ich neidisch bin, Jamie.«

»Das solltest du auch«, schoss ich zurück. Daraufhin wurde gelacht.

»Jeder, der das Waffentraining mit Riddu Tagaq hinter sich hat – also mittlerweile alle –, kennt ihr Mantra bei Waffen: ›Glaubst du *wirklich*, dass du das tun wirst?‹ Und Jamie hier stand vor einem Parasiten, der das ganzen Außenteam verspeisen wollte, ging auf ihn zu, brüllte ihn an und schoss ihm einen Kanister ins Maul. Ins gottverdammte Maul, Leute.«

»Darüber werde ich mit Jamie noch reden«, warf Riddu Tagaq irgendwo im Speisesaal ein. Lautes Gelächter kam auf.

»Deshalb möchte ich Jamie Gray für seine Gelassenheit unter Druck, für die Zeit, die er dem Außenteam verschafft hat, um Ion ungefährdet zum Hubschrauber zu bringen, und für die Dreistigkeit, mit der der Riddu Tagaq ignoriert hat, den uralten und heiligen Orden des Heilige Scheiße, Jamie hat einem Parasiten einen Kanister ins Maul geschossen verleihen.«

»Die erfinden die Namen definitiv spontan«, sagte Kahurangi zu mir. Ich grinste, bekam meinen Orden und eine Umarmung und bedankte mich bei allen. Dann verkündete MacDonald, dass die Party jetzt offiziell losgehen würde, die Musik setzte ein und die Leute holten sich Getränke. Ich dankte den Leuten, die vorbeikamen, um mir zu gratulieren. Als der Strom nachließ, sah ich mir den Orden genauer an. *Mittelmäßigster Dad der Welt* stand darauf, was in vielerlei Hinsicht nicht gerade zutreffend war, aber es ist der Gedanke, der zählt.

Jemand klopfte mir fest auf die Schulter. Ich drehte mich um und starrte in Riddu Tagaqs regloses, wenig amüsiertes Gesicht.

»Ich kann das erklären«, stieß ich hervor. Das war gelogen. Ich konnte es nicht erklären.

Tagaq hob die Hand. »Die Erklärungen können warten. Wir haben was anderes zu tun.«

»Wirklich?«

»Wirklich«, sagte Tagaq. Dann lächelte sie breit. »Karaoke!«

*

Am nächsten Tag war alles beim Alten. Aparna und Niamh machten sich an die Arbeit und beschäftigten sich mit den Aufnahmen und Daten der Instrumente, die sie angebracht hatten. Wahrscheinlich hatte man entschieden, dass diejenigen, die beim Anbringen der Instrumente fast gefressen worden waren, es verdienten, sie als Erste auszuwerten.

Mir war zwar der uralte und heilige Orden des Was auch immer verliehen worden, aber die Leute brauchten trotzdem jemanden, der Dinge anlieferte, abholte und transportierte, und ich wollte nicht, dass Val dachte, der Ruhm wäre mir zu Kopf gestiegen. Am Tag nach der Party gratulierten mir Leute noch und erzählten mir von den Orden, die ihnen verliehen worden waren. Einen Tag später interessierte das keinen mehr.

Das war in Ordnung. Die Verantwortung, der mittelmäßigste Dad der Welt zu sein, lastete schwer auf mir. Ich musste nicht den ganzen Tag daran erinnert werden.

Am nächsten Tag kam Tom mit seinem Tablet in der Hand auf mich zu, als ich nach dem Mittagessen gerade den Speisesaal verlassen wollte. »Ich möchte klarstellen, dass das nicht meine Schuld ist«, sagte er.

»Das fängt ja schon gut an«, schnaubte ich.

»Unsere ersten Touristen kommen in ein paar Tagen.«

»Ja, ich weiß.« Ich hatte die Liste der VIPs, die in den nächsten drei Wochen zu uns kommen würden, bereits erhalten. Man hatte mir versichert, dass es die übliche Mischung aus hochrangigen Militärs, neugierigen Politikern und Wissenschaftlern, die tatsächlich etwas zu unserer Arbeit beitragen konnten, war.

»Es gab eine Änderung in letzter Minute bei der Gruppe, die diese Woche hier aufschlagen wird. Sie kam gerade von der Honda-Basis rein, die sie wiederum erst kurz davor von zu Hause bekommen hat.«

»Okay, und?«

»Sie haben Dr. Plait gegen einen unserer neuesten Förderer ausgetauscht.«

»Gut, dann babysitte ich eben einen Milliardär. Ich weiß, wie die ticken.«

»Das ist es ja.«

»Verdammt, Tom, drück dich klar aus.«

Er reichte mir sein Tablet. »Bitte denk dran, dass ich nichts damit zu tun hatte.«

Ich nahm das Tablet und sah mir die überarbeitete Besucherliste an.

»Du willst mich verarschen, oder?«, sagte ich.

# 17

Die *Shobijin* glitt ins Dock. Die Luftschiffbesatzung fing sofort an, sie zu sichern und die Vorräte zu entladen, die wir über unsere Nabelschnur zur Honda-Basis und von dort zur realen Welt bekamen. Sobald das Luftschiff leer war, würde es mit wissenschaftlichen Proben und Dingen, die wir in Tanaka besser herstellten konnten und die andere Basen brauchten, zum Beispiel Kanister mit bestimmten Kaijū-Pheromonen, beladen werden.

Hauptsächlich würde die *Shobijin* jedoch mit Abfällen beladen werden, die wir hier weder verwerten, recyclen noch kompostieren konnten. Sie wurden über die Honda-Basis zur Erde gebracht und dort vernünftig entsorgt. Es klang zwar extravagant, Abfall per Luftschiff und durch ein Dimensionstor zu verfrachten, um ihn loszuwerden, aber so war die GEK nun mal. Wir nahmen den Schwur, auf dieser Welt so wenig wie möglich zu hinterlassen, sehr ernst.

Ausnahmsweise brachte die *Shobijin* auf dieser Reise Abfall *nach* Tanaka.

Die Rampe der Tanaka-Basis wurde ausgefahren und die Tür zum Passagierbereich öffnete sich. Da auf diesem Flug hauptsächlich Fracht befördert worden war, hatte man die Kabine der *Shobijin* umgebaut, doch sie bot den Touristen, die uns besuchen wollten, immer noch genug Platz. Der erste tauchte bereits an der Tür auf und ging die Rampe hinunter. Der zweite und dritte und zugleich letzte Tourist folgten ihm.

Rob Affenarsch Sanders. Der ehemalige CEO von Füdmüd.

»Wieso verfickt noch mal kommt *der* hierher?«, hatte ich von Tom am Vortag wissen wollen, als er mir schonend beigebracht hatte, dass Sanders auf dem Weg zu uns war.

»Ich weiß es nicht«, hatte Tom gesagt. »Ich vermute, dass er ein paar dieser Milliarden, die er für den Verkauf von Füdmüd bekommen hat, der GEK gespendet hat. Und jetzt darf er sich hier umsehen.«

»So funktioniert das also? Man wirft der GEK ein paar Millionen in den Rachen und darf dafür die Monster streicheln?«

»Ja, irgendwie schon«, gab Tom zu. Ihm war mein Blick nicht entgangen. »So läuft dieses Spiel nun mal, Jamie. Die Regierungen können nicht alles finanzieren, ohne dass öffentlich bekannt wird, was wir hier tun. Aber Geld von den Überreichen ermöglicht es uns, unsere Arbeit zu machen und geheim zu bleiben.«

»Das ist eine fragwürdige Art der Finanzierung.«

»Es wird noch besser«, sagte Tom. »Ein Teil der Milliardärsgelder sind eigentlich Regierungsgelder. Sie geben einen teuren Exklusivauftrag an die Firma eines Milliardärs, unter der Bedingung, dass ein Teil dieses Geldes hier landet.«

»Milliardäre *waschen Regierungsgelder* für uns?«

»Im Prinzip ja.«

»Ich wiederhole, wie sehr es mich beeindruckt, dass das alles noch geheim ist«, bemerkte ich.

»Richtig«, erwiderte Tom. »Und vergiss nicht, was ich bei unserem ersten Gespräch darüber gesagt habe. Es ist geheim, aber nicht so geheim.« Er zeigte auf sein Tablet. »Manchmal bedeutet es, dass wir Leute einweihen müssen, die wir nicht einweihen wollen.«

Ich sah zu, wie Rob Sanders die Rampe herunterging, und lehnte mich zu Tom hinüber, der mit mir und Brynn MacDonald das Empfangskomitee darstellte. »Ich kann dir nicht versprechen, dass ich ihn nicht an die Baumkrebse verfüttere«, warnte ich.

»Widersteh der Versuchung«, schlug Tom vor. »Es wäre nicht gut, unsere Geldgeber an die Fauna zu verfüttern.«

»Vielleicht nur ein paar Teile.«

»Jamie.«

»Schon gut«, sagte ich. »Ich lasse ihn leben. Vorerst.«

Die drei Touristen kamen zu uns und MacDonald begrüßte den ersten. »Major General Tipton. Schön, Sie wieder auf der Tanaka-Basis zu sehen.« Sie nickte Sanders und dem letzten Touristen zu. »Ich habe gehört, dass Ihre Gruppe eigentlich doppelt so groß sein sollte.«

»Das stimmt«, erwiderte er. »Dr. Gaines vom Energieministerium hätte uns eigentlich begleiten sollen, aber sie bekam in der Honda-Basis einen schweren Asthmaanfall. Es geht ihr zwar wieder besser, aber ihr Team hat trotzdem beschlossen, bei ihr in der Krankenstation zu bleiben.«

»Ich hoffe, sie erholt sich schnell.«

»Da bin ich mir sicher. Und ihr Team wird auf der Basis bestimmt genug zu tun haben.« Tipton zeigte auf Sanders und die andere Person in seinem Team. »Ich möchte Ihnen meinen Assistenten Colonel David Jones und Robert Sanders vorstellen. Sanders repräsentiert Tensorial, einen unserer wichtigsten Rüstungspartner. Er hat diesen Job von seinem Vater übernommen.«

Ich blinzelte, als ich das hörte, und erinnerte mich daran, dass Tom vor ein paar Wochen erwähnt hatte, Sanders käme aus einer Familie, die ihr Vermögen mit Waffengeschäften gemacht hatte. Offenbar war er in den letzten Wochen zu seinen Wurzeln zurückgekehrt.

»Freut mich«, sagte MacDonald. »Das sind Tom Stevens, mein Assistent, und Jamie Gray, der Sie während Ihres Aufenthalts begleiten wird.«

Sanders zeigte auf Tom. »Sie kommen mir bekannt vor«, meinte er.

»Wir waren beide in Dartmouth«, antwortete dieser. »Ich war einige Semester unter Ihnen.«

»Die Welt ist ein Dorf«, sagte Sanders. »Apropos ...« Er drehte sich zu mir um. »Wen haben wir denn da?«

»So sieht man sich wieder«, entgegnete ich.

»Sie kennen Rob?«, fragte Tipton.

»Jamie war einer meiner Mitarbeiter bei Füdmüd«, erklärte Sanders.

»Oh! Sie waren bestimmt sehr zufrieden mit der Ausschüttung Ihrer Firmenanteile, als Uber Ihre Firma aufgekauft hat«, sagte Tipton zu mir.

Ich sah Sanders an. »Leider war ich nicht mehr dabei, als das passierte, und ich hatte auch keine Firmenanteile.«

Tipton schmunzelte. »Das bedauern Sie jetzt bestimmt.«

»Na ja, ich bekam einen Rabatt von fünfzehn Prozent bei Duane Reade, es war also nicht alles schlecht.«

Tipton zeigte auf Sanders. »Dieser Bursche hier ist durch den Verkauf gerade Milliardär geworden. Wenn ich so viel Geld hätte, würde ich mit einem Cocktail in der Hand am Strand von Cancun liegen und nicht für meinen Vater arbeiten wie er.«

»Ich sollte dazusagen, dass ich auch als CEO von Füdmüd schon im Vorstand von Tensorial saß«, erklärte Sanders. »Ich war also nie ganz weg. Und jetzt bin ich hier.«

»Und schwitzen sich den Arsch ab«, bemerkte Tipton. »Es ist seit meinem letzten Besuch nicht kühler hier geworden.«

»Nein, das stimmt«, sagte MacDonald. Sie zeigte auf mich. »Jamie ist Ihr Ansprechpartner, wenn Sie also etwas brauchen …«

»Tut mir leid, dass ich Sie unterbrechen muss, Dr. MacDonald«, sagte Tipton, wodurch ich erfuhr, dass Brynn MacDonald einen Doktortitel in irgendwas hatte. »Man hat mich um eine ausführliche Übersicht des KakKasuak-Ereignisses gebeten …«

»Des was?«

»So nennen wir Ihren explodierenden Kaijū auf der anderen Seite«, erläuterte Tipton. »Ich soll mir einen umfassenden Überblick verschaffen und so schnell wie möglich zurückkehren.« Er nickte Jones zu, der daraufhin ein Klemmbrett mit einigen Seiten aus seiner Tasche holte und es MacDonald reichte. »Hier steht alles, worüber wir informiert werden müssen. Das muss noch heute passieren.«

MacDonald nahm das Klemmbrett und gab es Tom, ohne einen Blick darauf zu werfen. »Wir haben die ganzen Meetings auf morgen gelegt …«

Tipton schüttelte den Kopf. »Ich bitte nochmals um Entschuldigung, Dr. MacDonald, aber wir müssen morgen früh schon wieder auf dem Rückweg sein.« Er hob die Hand, als sie etwas einwerfen wollte. »Ich verspreche Ihnen, dass ich Sie nicht herumschubsen und Ihren Terminplan durcheinanderbringen will. Meine Vorgesetzten haben mir den Auftrag gegeben, und die haben ihn von ihrem Vorgesetzten und der wiederum von ganz oben bekommen.«

»Ich verstehe das nicht«, sagte MacDonald. »Das ist ja nicht der erste Kaijū, der explodiert ist.«

»Stimmt«, erwiderte Sanders. »Aber der erste, den man im kanadischen Luftraum sehen kann.«

Ich dachte an den Blitz, den uns Niamh gezeigt hatte und den eine kanadische Flugdrohne an der Stelle entdeckt hatte, an der Bella auf unserer Seite saß.

»Er stellt keine Bedrohung dar«, betonte MacDonald.

Tipton lächelte. »Das ist bestimmt richtig, aber es ist nur eine Frage der Zeit, bis er von einem Passagierflugzeug oder Touristen ...«

»Es gibt Touristen in Neufundland? Im Oktober? Während einer Pandemie?«, stieß ich hervor.

»... oder von in der Nähe wohnenden Einheimischen entdeckt wird«, fuhr Tipton fort und sah mich ungehalten an. Er wurde wohl nicht so gern unterbrochen, wie er andere unterbrach. »Und bei allem Respekt vor Ihren Leuten hier, Dr. MacDonald, nicht jeder hält eine schwangere Kaijū, die auf der Grenze zwischen unseren Welten hockt, für unproblematisch. Ich bin mir sicher, dass Sie recht haben, aber ich brauche Informationen, mit denen ich andere davon überzeugen kann. Und ich muss sie heute bekommen, weil ich Montagmorgen im Weißen Haus erwartet werde.«

»Im Weißen Haus«, wiederholte MacDonald skeptisch.

»Ich muss dem Stabschef Bericht erstatten und er wird seinen Chef über das Nötigste informieren.«

MacDonald nickte. »Tom wird die Meetings auf heute vorverlegen.«

»Danke«, sagte Tipton. »Und wann können wir die Stelle sehen?«

MacDonald sah mich an. »Martin ist bereit«, erklärte ich. »Wir wollten so früh wie möglich mit der ersten Gruppe dort hinfliegen. Also warum nicht jetzt gleich?«

»Colonel Jones wird hierbleiben, um unser Gepäck zu bewachen und sich mit Mr. Stevens abzusprechen«, sagte Tipton.

»Also gut.« MacDonald nickte mir zu. »Sie gehören dir, Jamie. Wir sehen uns in etwa neunzig Minuten wieder.« Sie, Tom und Colonel Jones gingen los. Jones zeigte bereits auf Punkte, die auf seiner Liste standen.

Ich wandte mich meinen Schutzbefohlenen zu. »Sind Sie schon mal in einem Hubschrauber geflogen?«

»Na klar«, sagte Sanders.

»Und Sie?«, fragte ich Tipton.

Tipton sah mich herablassend an. »Ich bin ein Major General der Luftwaffe der Vereinigten Staaten. Was glauben Sie?«

*

Wir waren nicht mehr weit vom Ziel entfernt. Satie und Tipton, der auf dem Co-Piloten-Sitz saß, redeten ununterbrochen über Hubschrauber. Sanders tippte mir auf die Schulter, nahm sein Headset ab und beugte sich zur mir. Ich nahm mein Headset ebenfalls ab und wurde sofort daran erinnert, wie gut Flugkopfhörer den Lärm eines Helikoptermotors dämpften.

Sanders sagte etwas.

»Was?«, fragte ich.

Sanders kam mir noch näher und brüllte fast in mein Ohr: »Ich hoffe, du nimmst es mir nicht mehr übel, dass ich dich im März gefeuert habe.«

*Du willst jetzt darüber reden? Im Ernst?,* dachte ich, ohne es auszusprechen. »Ich hatte mir von diesem Mitarbeitergespräch etwas anderes erhofft«, sagte ich ihm ins Ohr, als er es mir hinhielt. Wir würden diese Unterhaltung also so führen, da Sanders nicht wollte, dass die anderen uns zuhörten.

»Das verstehe ich«, entgegnete er. »Aber du bist ziemlich gut untergekommen.«

»Ich hätte die Auszahlung der Firmenanteile schon nett gefunden.«

»Ausgezahlt wurden nur Anteile der Klasse A. Du und die meisten anderen Mitarbeiter hatten Klasse B. Die wurden nur gegen Uber-Anteile getauscht.«

»Also wäre ich kein Millionär geworden?«

»Nur wenn du schon einer gewesen wärst. Fühlst du dich jetzt besser?«

»Nein, eigentlich nicht.«

»Hier ist es eh besser«, sagte Sanders. »Ich bin wirklich neidisch auf dich. Du darfst jeden Tag hier verbringen. Ich bin zum ersten Mal hier.«

»Aber du wusstest davon?«

Sandes nickte. »Tensorial und ihre Vorgängerfirmen investieren in Atomenergietechnik. Hast du schon mal von einem radioisotopischen, thermoelektrischen Generator gehört?«

»Einem radio… was?«

»Das ist eine Art Atomenergiegenerator. Wir stellen sie her, die GEK benutzt sie.«

»Tun wir?«

»Nicht in eurer Basis, aber in anderen. Ich will damit nur sagen, dass wir seit Jahrzehnten mit der GEK zusammenarbeiten. Mein Dad hat mir davon erzählt, als ich ein Kind war.«

»Hast du ihm geglaubt?«

Sanders schüttelte den Kopf. »Anfangs nicht. Das ist einfach zu irre, oder? Aber dann begriff ich, dass es real war. Ich sagte ihm, dass ich es sehen wollte.«

»Was meinte er dazu?«

»Dass das erst passieren würde, wenn ich meine erste Milliarde verdient hätte. Also habe ich Füdmüd gegründet.«

»Du hast Füdmüd gegründet, damit du *hierher* kommen konntest?«

»Das war Dads Bedingung.«

»Füdmüd hätte scheitern können.«

Sanders lächelte darüber nur. »Ich wollte nicht *erfolgreich* werden. Ich wollte *aufgekauft* werden.«

»Ich verstehe nicht, was das heißt.«

»Wenn man eine Firma gründet, dann entweder weil man einen Sektor beherrschen oder einer anderen Firma so sehr auf den Sack gehen will, dass sie einen aufkauft. Ich habe Füdmüd gegründet, um Grubhub und Uber Eats auf den Sack zu gehen. Und eine davon hat mich aufgekauft. Für Milliarden.«

Ich dachte darüber nach, was das bedeutete und wie zynisch Sanders an seine Firma herangegangen war. Dann dachte ich an die Vorschläge, die ich ihm vor meiner Kündigung gemacht hatte. Er hatte sie umgesetzt, was schon schlimm genug war, doch er hatte das nur getan, um eine andere Firma so sehr zu provozieren, dass sie seine eigene aufgekauft hatte, obwohl er gar nicht mit ihr konkurrieren wollte.

»Du bist ’ne echte Drecksau«, sagte ich so leise, dass mich der Hubschraubermotor übertönte.

»Was?«

»Ich sagte: Das war ganz schön schlau.«

»So macht man Geschäfte, mein Freund.«

Ich sprach nicht aus, was mir auf der Zunge lag, sondern wechselte das Thema. »Also, warum *hast* du mich gefeuert?«, fragte ich. »Jetzt kannst du ja ganz offen sein.«

»Das ging nicht gegen dich«, erwiderte Sanders. »Erinnerst du dich noch an Qanisha Williams?« Ich nickte. »Sie und ich haben uns über die Pandemie unterhalten und dass sie der Wirtschaft großen Schaden zufügen würde. Sie sagte, dass es hoffentlich nicht so schlimm werden würde. Ich sagte, dass selbst Leute, die diese Woche gute Jobs hätten, sich nächste Woche als Lieferatoren melden würden. Sie glaubte mir nicht. Also machte ich eine Duke-Wette mit ihr.«

»Eine was?«

»Ich wettete einen Dollar. Du weißt schon, wie die Duke-Brüder in *Die Glücksritter.*«

Ich durchwühlte mein Gehirn nach dem Titel. »Der alte Eddie-Murphy-Film?«

»Genau. Ich wettete mit ihr und sagte ihr dann, sie soll die Angestelltenliste aufrufen. Ich suchte wahllos zehn Namen raus. Die Leute habe ich dann ins Büro bestellt und gefeuert.«

»Einschließlich mir.«

»Tut mir leid. Qanisha hat sich für dich eingesetzt. Das solltest du wissen.«

»Wir waren befreundet«, sagte ich. Was stimmte.

»Das meinte sie auch. Ich schlug ihr vor, dich von der Liste zu nehmen und ihren Namen stattdessen draufzusetzen. Das wollte sie nicht.«

»Das hätte ich auch nicht gewollt.« Ich wusste, dass Qanisha nicht nur sich mit ihrem Gehalt versorgte.

»Ich verbot ihr, irgendjemandem davon zu erzählen. Dann sagte ich, wenn die Hälfte der Leute, die ich gerade gefeuert hätte, nächste Woche Lieferatoren wären, würde ich die Wette gewinnen.«

»Und?«

Sanders sah mich selbstzufrieden an. »Sechs von zehn.«

»Du musst sehr stolz auf dich sein«, sagte ich.

»Ich verstehe Menschen eben.«

»Wirklich?«

Bevor Sanders antworten konnte, bat uns Tipton mit einer Geste, die Headsets wieder aufzusetzen. Wir näherten uns unserem Ziel.

»Glaubst du, dass der Pilot landen wird, damit wir ein bisschen rumlaufen können«, fragte mich Sanders, bevor wir die Headsets aufsetzten.

»Kann ich mir nicht vorstellen«, entgegnete ich.

»Wollen wir eine Duke-Wette abschließen?«

»Eigentlich nicht.«

»Ich werd's trotzdem versuchen. Sieh gut zu.« Er setzte das Headset auf, nahm es sofort wieder ab und beugte sich zu mir. »Wie heißt der Pilot noch gleich?«

»Martin«, sagte ich.

»Okay.« Er setzte das Headset auf und schaltete sich ins Interkom, als die auf ihrem Nest hockende Bella vor uns auftauchte.

»Wow, das ist ja ein Riesenvieh«, sagte Tipton, während er Bella betrachtete. »Und sie sitzt seit zwei Wochen einfach nur da?«

»Sie sitzt nicht einfach nur da«, entgegnete Satie. »Sie legt Eier. Der erste Schwung wird nächste Woche schlüpfen. Viele kleine Kaijū werden geboren, ihre Geschwister fressen und dann in den Wald laufen. Dann wird Bella den nächsten Schwung Eier legen. Das wiederholt sich ein paarmal, bis sie irgendwann aufhört.«

»Und währenddessen rührt sie sich nicht?«

»Das muss sie nicht. Sie hat Kreaturen, die ihr alles bringen, was sie braucht.«

»Wie nah werden wir ihr kommen?«, fragte Tipton.

»Hängt von Ihren Nerven ab, General«, erwiderte Satie.

Tipton schmunzelte darüber.

»Wir würden uns hier gern umsehen«, sagte Sanders.

»Davon würde ich abraten«, erwiderte Satie.

»Warum?«

»Das kann Jamie beantworten.«

»Ich bin hier vor einer Woche mit einigen Wissenschaftlern gelandet. Einer wäre beinahe gefressen worden«, sagte ich.

»Das Risiko stört mich nicht«, behauptete Sanders.

»Lässt sich leicht sagen, wenn keiner auf einem rumkaut«, bemerkte Satie.

»Ich gebe Ihnen zehntausend Dollar, wenn wir für fünf Minuten landen.«

»Haben Sie die zehntausend Dollar dabei? In bar?«

»Nein.«

»Dann nein«, erwiderte Satie. »Und was sollten mir zehntausend Dollar hier bringen? Die Kaijū-Erde ist ein sozialistisches Paradies, Mr. Sanders.«

»Hunderttausend Dollar, Martin«, köderte Sanders. »Die werden sofort auf Ihr Konto überwiesen, wenn ich wieder zu Hause bin.«

Satie drehte sich um und sah Sanders an, der seinen Blick leicht lächelnd erwiderte. Er war sich sicher, dass Satie so ein Angebot nicht ablehnen würde. Der wandte sich wieder seinen Instrumenten zu. Sanders sah mich an, als wollte er sagen: *Siehst du?*

Der Hubschrauber sackte plötzlich ab. Ohne Sicherheitsgurte hätten wir an der Decke gehangen. Satie flog uns fast bis auf den Boden, stoppte dann jedoch ein paar Zentimeter über den abgeknickten Bäumen und dem neuen Grün.

Satie drehte sich erneut zu Sanders um. »Na, dann raus«, sagte er.

Sanders sah sich um. Wir waren noch recht weit von Bella entfernt. »Was, hier?«

»Warum nicht?«

»Wenn ich Ihnen hundert Riesen bezahle, will ich in ihrer *Nähe* sein.« Sanders zeigte auf Bella.

»Ich will Ihr Geld nicht«, sagte Satie. »Ich setze Sie nur ab.«

»Ich verstehe nicht.«

»Das ist mir klar. Raus.«

Sanders warf einen Blick auf den Co-Piloten-Sitz. »General Tipton …«

»Sie reden nicht mit ihm, sondern mit mir«, unterbrach ihn Satie. »Er hat weder das Kommando über diese Mission noch über diesen Hubschrauber. Das habe ich. Und ich sage Ihnen, dass Sie aussteigen sollen.«

Sanders war sichtlich verwirrt. »Ich weiß nicht, was hier gerade das Problem ist.«

»Sie haben mich beleidigt, Mr. Sanders.«

»Ihnen Geld anzubieten ist eine Beleidigung?«

»Mir Geld anzubieten ist keine Beleidigung. Davon auszugehen, dass ich käuflich bin, schon.«

Sanders blinzelte und schwieg. Er verstand den Unterschied offensichtlich nicht.

Ich sah aus dem Fenster. In mittlerer Entfernung, außerhalb des Sturms, den die Rotoren verursachten, beobachteten Kreaturen neugierig den Hubschrauber. Sie fragten sich, ob er wohl Nahrung war.

»Bei Ihrem ersten Angebot habe ich nichts gesagt und es als Scherz durchgehen lassen«, sagte Satie. »Ich fliege nicht zum ersten Mal mit Milliardären. Ich weiß, dass Sie alle gern mit Ihrem Geldschwanz rumwedeln, um rauszufinden, wer ihn lutschen wird. Wenn Sie nach dem ersten Mal aufgehört hätten, wäre nichts passiert. Ich hätte das ignoriert. Aber Sie konnten nicht aufhören. Sie wollten unbedingt rausfinden, ab welcher Summe ich bereit sein würde, alle an Bord zu gefährden, einschließlich mir selbst. Sie wollten mir zeigen, wer hier das Sagen hat. Das ist meine Antwort, Mr. Sanders. Ich lasse Sie kostenlos aussteigen. Und ich werde Sie um keine Summe der Welt, weder dieser noch der anderen, wieder einsteigen lassen.«

Sanders starrte Satie an, dann Tipton und mich und schließlich das Fenster und die neugierigen Kreaturen dahinter. Er hatte sie vorher wohl nicht bemerkt.

»Raus. Sofort.« Satie zeigte auf die Tür.

Sanders' Blick kehrte zu ihm zurück. »Ich hab meine Meinung geändert.«

»Sie kapieren es immer noch nicht«, erklärte Satie. »Ob Sie Ihre Meinung ändern, ist völlig egal.«

»Martin ...«

»Dr. Satie, bitte«, flehte Sanders, und so erfuhr ich, dass auch er einen Doktortitel hatte. So langsam fragte ich mich, ob ich der Einzige auf diesem Planeten war, der keinen hatte.

Sanders sammelte sich. »Dr. Satie, ich habe Sie offensichtlich beleidigt und das bedauere ich zutiefst«, sagte er. »Daher möchte ich mich aus tiefstem Herzen und umfassend für meine Worte entschuldigen.«

»Ich nehme Ihre Entschuldigung unter der Bedingung an, dass Sie für den Rest des Ausflugs keinen gottverdammten Laut von sich geben«, entgegnete Satie. »Sie werden weder mit mir noch mit General Tipton oder mit Jamie reden. Sie werden nur *dasitzen*, Mr. Sanders. Nehmen Sie das Angebot an? Sie dürfen nicken, wenn es so ist.«

Sanders nickte.

»Gut, dann sind wir uns einig«, sagte Satie und wandte sich von ihm ab. »Wollen wir uns dann mal das Riesenvieh ansehen?« Er stieg wieder auf und flog weiter auf Bella zu.

Ich musterte den blassen, schwitzenden Sanders.

*Verdammt*, dachte ich. *Ich hätte einen Dollar gewinnen können.*

# 18

Nach dem Ende des Ausflugs war es Zeit für Erklärungen.

»Eins verstehe ich nicht«, sagte Rob Sanders beim ersten Meeting, das wir für ihn, General Tipton und Colonel Jones organisiert hatten. Man merkte Sanders nicht an, dass er noch vor ein paar Stunden von einem Hubschrauberpiloten erniedrigt worden war. So ein Milliardärsego schien gegen psychologische Schäden gefeit zu sein. »Wir wissen, dass die großen Kaijū über organische Atomreaktoren verfügen. Aber als wir heute über Bella geflogen sind und dieses Feld voller Eier betrachtet haben, wurde mir klar, dass ich gar nicht weiß, ob das bei Baby-Kaijū genauso ist.«

»Ja und nein«, antwortete Aparna. Da sie die Daten vom Nest sammelte und es bei diesem Meeting hauptsächlich darum ging, stand sie als Biologin im Mittelpunkt. Abgesehen von ihr und den Touristen waren Brynn MacDonald, Tom Stevens und ich anwesend. Wir saßen in dem sehr kleinen

Konferenzraum des Verwaltungsgebäudes. Ich war nicht nur für die Besucher zuständig, sondern auch wieder mal fürs Catering.

»Das ist vage«, sagte Sanders lächelnd.

Daraufhin schüttelte Aparna den Kopf. »Ganz und gar nicht. Ja, weil sie sogar schon als Embryo im Ei mit den Grundlagen für das ausgestattet sind, was in späteren Lebensabschnitten zum Reaktor werden wird. Nein, weil diese Grundlagen noch keinen Reaktor darstellen. Da müssen erst einige Dinge passieren.«

»Zum Beispiel?«, hakte Tipton nach.

»Hormonelle Veränderungen.«

»Der Kaijū muss in die Pubertät kommen?«, stutzte Sanders.

»Wenn Sie so wollen«, sagte Aparna in einem Tonfall, der erkennen ließ, dass sie selbst das nicht so definieren wollte. »Allerdings sollten wir nicht der Vorstellung erliegen, dass die Entwicklung der Kaijū analog zu der von Säugetieren oder Wirbeltieren generell verläuft. Sie ist deutlich komplexer.«

Sanders nickte. »Bitte erklären Sie das.«

»Also gut. Nur ein Beispiel: Die Entwicklung des Atomreaktors hängt nicht nur vom *Alter* des Wesens ab – deshalb funktioniert die Pubertätsmetapher nicht –, sondern auch von der Anzahl der Parasiten. Wenn ein Kaijū nicht genügend besitzt oder nicht die richtigen, bildet sich keine Atomkammer aus.«

Tipton runzelte die Stirn. »Also brauchen diese Viecher die richtigen Flöhe, um Atomkraft zu entwickeln?«

»Wenn Sie so wollen«, sagte Aparna erneut. »Aber es ist viel komplizierter.« Sie zeigte auf MacDonald. »Als ich hierherkam, sagte uns Dr. MacDonald, dass wir die Kaijū nicht als Tiere, sondern als Ökosysteme betrachten sollten. Inwiefern das korrekt ist, lässt sich schwer erläutern. Die Kreaturen, die wir als ›Kaijū-Parasiten‹ bezeichnen, sind streng genommen keine Parasiten. Einige schon, aber die meisten gehen einen symbiotischen Mutualismus mit ihrem Kaijū ein, während andere in einem nichtsymbiotischen Mutualismus mit ihm leben. Und das betrifft nicht nur den Kaijū, sondern auch die Parasiten untereinander. Es gibt zum Beispiel auch welche, die einen symbiotischen Mutualismus mit ihrem Kaijū führen, aber mit anderen Parasiten einen nichtsymbiotischen. Sie leben *auf* dem Kaijū, aber sie überleben *mithilfe* der anderen Parasiten.«

»Schön und gut, aber was *bedeutet* das?«, fragte Sanders. Offensichtlich überstieg das, was Aparna sagte, seinen Verstand mehr als nur ein bisschen.

»Im Grunde, dass sie die richtigen Parasiten in ihrem Umfeld aufnehmen müssen, um bestimmte Entwicklungsstadien einzuleiten«, erläuterte Aparna. »Ein im Wachstum befindlicher Kaijū kann seine Atomkammer zum Beispiel erst dann entwickeln, wenn er – unter anderem – Parasiten aufgenommen hat, die als inneres Kühlsystem fungieren, die Luft von draußen ansaugen und im Inneren des Kaijū zirkulieren lassen, sodass er sich abkühlen kann. Erst wenn der Kaijū über diese Parasiten verfügt, kann er weiterwachsen. Doch dieses Wachstum setzt den jungen Kaijū unter Stress, da seine Fähigkeit, sein Überleben allein durch metabolische Funktionen zu gewährleisten, rapide abnimmt. Durch diesen Stress werden bestimmte Hormone in seinem Körper freigesetzt und weitere Prozesse ausgelöst, die zum Entstehen und zur Aktivierung der Atomkammer führen.«

»Und wenn er die richtigen Parasiten nicht findet?«

»Dann wird er kein Kaijū. Entweder stirbt er, weil er zu groß wird und dem Quadrat-Kubik-Gesetz zum Opfer fällt …«

An dieser Stelle runzelte Sanders die Stirn, was vermutlich bedeutete, dass er noch nie von diesem Gesetz gehört hatte. »... oder er verharrt auf einer früheren Entwicklungsstufe. Die riesigen Kaijū sind nicht das einzig stabile Stadium dieser Wesen. Sie können problemlos ihr ganzes Leben auf einer früheren Entwicklungsstufe verbringen, wo sie ›nur‹ die Größe eines Elefanten oder eines Tyrannosaurus Rex erreichen. Nur ein geringer Prozentsatz der Kaijū erreicht je die Größe eines echten Monsters.«

»Wenn man also einen Kaijū haben möchte, braucht man Parasiten«, folgerte Tipton.

Aparna nickte. »Und nicht *irgendwelche* Parasiten, sondern sehr *spezifische*, je nach Kaijū-Spezies. Was Bella und Edward, den Kaijū, der sie geschwängert hat, unter anderem so interessant macht, ist, dass sie am falschen Ort sind. Ihre Spezies stammt eigentlich aus dem, was wir in unserer Welt als Mexiko und Mittelamerika bezeichnen würden. Einige der Parasiten, die unerlässlich für ihr Wachstum sind, kommen so hoch im Norden nicht vor. Was bedeutet, dass sie als vollständig entwickelte Kaijū hierhergekommen sind, da sie hier nicht so groß geworden wären.«

»Was bedeutet das für ihre Kinder?«, fragte Sanders. »Werden sie sich voll entfalten können?«

»Hängt davon ab«, sagte Aparna. »Wenn Bella während ihres Wachstums in der Gegend bleibt oder wenn sie Edward nahe kommen, ohne von ihm oder seinen Parasiten gefressen zu werden, könnten sie diese notwendigen Kreaturen vielleicht von ihnen übernehmen und zu großen Kaijū werden. Wenn Edward und Bella weiterziehen, werden sie auf einer früheren Entwicklungsstufe verharren. Allerdings werden die meisten nicht einmal so weit kommen.«

»Weil Sie gefressen werden, meinen Sie.«

»Ja, oder weil sie verhungern. Die Kaijū sind in jedem Stadium Prädatoren, und je größer sie werden, desto näher kommen sie ihrer ökologischen Apexgrenze. Ein Ökosystem kann nur eine bestimmte Anzahl Prädatoren versorgen. Und wenn ein ausgewachsener Kaijū in der Gegend ist, wird alles noch schwieriger.«

»Warum?«, fragte Tipton. »Sie werden atomar betrieben. Sie brauchen nichts mehr zu fressen.«

Aparna schüttelte den Kopf. »Ihre atomaren Prozesse versorgen sie mit Energie, aber sie brauchen trotzdem Nährstoffe für ihre biologischen Systeme. Sie *jagen* noch. Sie jagen andere Kaijū, weniger hoch entwickelte Kaijū. Aus ökologischer Sicht ist aber entscheidender, dass sie über Unmengen Parasiten verfügen, von denen viele ebenfalls jagen, und *jeder einzelne* hat einen Metabolismus. Ein Kaijū ist ein wandelnder, aus Mäulern bestehender Berg. Sie und ihre Parasiten können ganze Landstriche kahl fressen. Und würden es, wenn die Landstriche sich nicht wehren würden.«

»Das Land wehrt sich?«, stutzte Sanders.

»Oh ja«, bestätigte Aparna. »Alles hier ist so tödlich, dass es schon fast albern wirkt. Das liegt daran, dass alles, was kein Kaijū-Parasit ist, sich so entwickelt hat, dass es sich gegen Kaijū-Parasiten wehren kann. Einige jagen sogar die Parasiten. Das ist ein nie endender Kampf. Manchmal gewinnt sogar das Land und vertreibt die Parasiten.«

»Und was passiert dann?«

»Wie gesagt: Die Kaijū sind keine Tiere, sie sind ein Ökosystem«, erklärte Aparna. »Was passiert, wenn man einen wichtigen Teil eines Ökosystems vernichtet? Dann stirbt der Rest wahrscheinlich auch.«

»Dieser heftige Wettbewerb macht diese Version der Erde so interessant für Chemiker«, sagte Kahurangi beim nächsten Meeting, bei dem er Sanders und Tipton die Neuigkeiten aus dem Chemielabor nahebrachte. »Jeder signalisiert jedem, und meistens ist so etwas wie: ›Lass mich in Ruhe, sonst tue ich dir weh.‹«

»Wie unterscheidet sich das von unserer Erde?«, erkundigte sich Tipton.

Kahurangi grinste. »Sie sind lauter. Sie schreien sich praktisch an.«

»Und wie schreien wir zurück?«, fragte Sanders.

»Wir schreien nicht zurück, wir wiederholen nur, was sie sagen. Ich weiß nicht, ob Sie bereits auf dem Dschungelboden waren…«

»Noch nicht«, sagte Sanders trocken. Ja, er hatte den Moment im Hubschrauber offensichtlich überwunden.

»… aber wir benutzen unter anderem Gerüche und Pheromone, die Kaijū-Parasiten nachahmen, um uns alles vom Leib zu halten.«

»Ihre Kollegin Dr. Chowdhury hat uns erzählt, dass manche Kreaturen die Parasiten töten und nicht vor ihnen fliehen«, sagte Tipton.

»Das ist richtig«, erwiderte Kahurangi. »Aber wie zu Hause gibt es Abstufungen. Einige werden von den Parasiten gefressen, also laufen sie weg. Andere wollen die Parasiten fressen, also kommen sie näher. Doch wie alle Prädatoren schätzen sie die Lage erst einmal ein. Wenn sie etwas sehen, das ihnen zu schwierig erscheint, lassen sie es in Ruhe. Wir versuchen, sehr schwierig zu erscheinen. Aber das klappt nicht immer.« Er zeigte auf mich. »Jamie war gerade auf einer Mission, bei der ein Prädator das Risiko eingegangen ist.«

»Davon haben wir schon gehört.« Tipton wandte sich mir zu. »Wie ist das gelaufen?«

»Jamie hat ihm ins Gesicht geschossen«, sagte Kahurangi stolz, bevor ich antworten konnte.

Tipton musterte mich, als müsste er seine Meinung revidieren. »Sie sehen nicht so aus, als würden Sie anderen ins Gesicht schießen.«

»Stille Wasser sind tief«, entgegnete ich nur.

»Also können wir diese Kreaturen mit den richtigen Chemikalien kontrollieren«, sagte Sanders und kehrte damit zum Thema zurück.

»Kontrollieren? Nein«, erwiderte Kahurangi. »Wir reden hier nicht über Kontrolle.«

»Warum nicht?«

»Weil das keine Menschen sind und wir nicht mit ihnen reden. Wenn diese Kreaturen Pheromone oder Gerüche wahrnehmen, ist das nicht so, als würden sie Befehle erhalten. Es sind *Vorschläge.* Wenn wir ein Pheromon benutzen, das einen Kampf-oder-Flucht-Instinkt auslöst, möchten wir, dass die Kreatur flieht, was in neunzig Prozent der Fälle auch passiert. In zehn Prozent der Fälle kämpft sie.«

»Und das geht nicht besser?«

»Wahrscheinlich nicht«, sagte Kahurangi. »Und selbst wenn, könnten wir trotzdem nicht garantieren, dass sie sich jedes Mal so verhalten, wie wir das wollen. Das sind Lebewesen, keine Maschinen. Wir können problemlos mit anderen Menschen reden, richtig? Wir müssen sie nicht mit Chemikalien einsprühen. Wir können einfach mit ihnen *sprechen* und sie verstehen genau, was wir meinen. Aber tun *sie* jedes Mal das, was wir von ihnen wollen?«

»Nicht jedes Mal«, räumte Sanders ein.

»Sehen Sie?«

»Lassen Sie mich das in eine andere Richtung führen. Könnten wir einem Kaijū *Drogen* verabreichen?«

Kahurangi grinste. »Sie wollen, dass ein Kaijū high wird?«

»Ich will gar nichts. Ich möchte nur wissen, ob es theoretisch möglich wäre.«

»Mit Sicherheit, obwohl wir das meines Wissens noch nie gemacht haben.«

»Noch nie?«

»Ich bin neu, deshalb müsste ich nachsehen«, gestand Kahurangi. »Aber prinzipiell sind sie Lebewesen, auch wenn sie atomar betrieben werden. Wir könnten bestimmt Chemikalien entwickeln, die sie in irgendeiner Weise beeinflussen.«

»Und auch die anderen Kreaturen hier.«

»Klar, obwohl jede Spezies anders reagieren wird. Zu Hause gibt es ja auch Medikamente, die bei Erwachsenen wirken, aber nicht bei Kindern und umgekehrt. Aber man müsste schon sehr mutig sein, um einem Kaijū-Parasiten oder gar einem Kaijū eine neue Droge zu verabreichen, deren Wirkung man nicht richtig einschätzen kann.«

»Das tun Sie doch mit den Pheromonen auch«, warf Tipton ein.

Kahurangi grinste erneut. »Ja, aber normalerweise hauen wir dann schnell ab.«

»Gibt es in Ihrem Arsenal aus Gerüchen und Pheromonen etwas, das Kaijū an einen Ort bindet?«, erkundigte sich Sanders. »Bella sitzt auf der fluktuierenden Grenze zwischen unseren Welten. Wenn sie aufsteht, könnte sie auf der falschen Seite landen.«

Kahurangi schüttelte den Kopf. »Wir haben nichts in der Art. Aber soweit ich weiß, wird Bella höchstwahrscheinlich die Barriere nicht durchqueren, und sie hält die anderen Kaijū fern.«

»Wie denn?«

»Wir waren ja gerade bei Pheromonen. Seit Bella nistet, sondert sie eine gewaltige Menge davon ab. Und alle sagen den Kaijū in der Gegend dasselbe.«

»Und was?«, hakte Tipton nach.

»›Kommt mir bloß nicht zu nah.‹«

»Und was passiert, *wenn* sie aufsteht?«, fragte Tipton Niamh beim dritten Meeting des Tages. Darin ging es um Physik und die Arbeit der Physiker rund um das Nest.

»Sie meinen, wird sie dann in unsere Erde vordringen?«

»Das befürchte ich.«

»Selbst wenn sie das könnte, und dazu komme ich gleich, lautet die eigentliche Frage: Warum sollte sie?«

»Weil sie ein dummes Tier ist, das sich beim Aufstehen vielleicht in die falsche Richtung dreht«, sagte Sandes.

»Erstens ist sie kein dummes Tier«, widersprach Niamh. »Und das gilt für all diese Kreaturen.«

»Sie sind nicht *intelligent.*«

»Natürlich sind sie das«, sagte Niamh in einem Tonfall, der verriet, wie enttäuscht xier war, dass etwas so Offensichtliches erklärt werden musste. »Sie halten Bella nicht für intelligent, weil sie nicht an der Börse spekuliert oder einen anderen, völlig irrelevanten Standard erfüllt. Aber sie ist sehr intelligent im Kontext ihrer Bedürfnisse und deren Erfüllung. Momentan hat sie das Bedürfnis, an einem Ort zu bleiben und Eier zu produzieren. Sie muss nicht aufstehen und wird das *nur* tun, wenn sie ein Problem wahrnimmt. Und selbst *wenn* das passiert und sie aufsteht, dann, weil etwas auf dieser Seite der Barriere passiert ist, zum Beispiel weil ein anderer Kaijū in ihr Territorium eingedrungen ist. Und dann ist Ihr Problem mit der Barriere schon so gut wie gelöst.«

»*Das*«, sagte Tipton plötzlich und zeigte auf Niamh. »Genau *das* will ich hören. Erklären Sie es mir.«

»Die Barriere ist eingerissen, als der andere Kaijū explodiert ist«, erklärte Niamh. »Das lag an der großen Menge Atomenergie. Doch solche Dimensionsbarrieren fangen sofort an, diese Löcher zu schließen, egal wie groß sie sind.«

»Warum?«, fragte Sanders.

»Weil die Atomenergie, die diese Barriere durchlässig gemacht hat, nicht länger ausgestoßen wird und die sie umgebende nukleare Aktivität nachlässt. Die Barriere heilt sich auf eine vorhersehbare Weise, die unmittelbar mit den nuklearen Rückständen in dem Gebiet zusammenhängt. Solange man keine neue Energie hinzufügt, schließt sie sich irgendwann ganz.«

»Aber diese schließt sich nicht«, beharrte Tipton.

»Nein, weil ein verdammt großer lebender Atomreaktor auf ihr sitzt«, sagte Niamh. »Bellas Energiesystem ist atomar, und diese Energie sorgt dafür, dass die Barriere durchlässig bleibt. Beziehungsweise durchlässiger, als sie es normalerweise wäre. Aber sobald Bella sich entfernt …«

»Entfernt sich auch ihre Energie.«

Niamh nickte Tipton zu. »Und selbst jetzt reicht diese Energie nicht aus, als dass sie auf unsere Seite vorstoßen könnte. Vielleicht war das anfangs nicht so, als die Hintergrundstrahlung vor Ort noch sehr hoch war. Aber das ist Wochen her und diese Strahlung ist deutlich zurückgegangen. Bella sorgt dafür, dass die Barriere dünn ist, aber nicht dünn genug, um sie oder einen anderen Kaijū durchzulassen.«

»Aber was ist mit diesem Blitz?«, hakte Sanders nach.

»Also, das ist *hochinteressant*«, sagte Niamh enthusiastisch. »Ich hielt den Blitz für einen kurzen Riss zwischen unseren Welten, durch den etwas zu uns hätte gelangen können. Doch dann stellten wir dort Instrumente auf und fanden heraus, was wirklich passiert. Solange Bella dort sitzt und der Barriere Energie *zuführt*, lädt diese sich elektrisch auf. Irgendwann wird ein kritischer Punkt erreicht, die statische Energie macht *plopp* und entlädt sich an beiden Seiten der Barriere.«

Sanders stutzte. »Das ist *statische Elektrizität*?«

»Nein, es ist etwas viel *Seltsameres*«, entgegnete Niamh. »Wir haben so etwas noch nie gesehen, weil ein Kaijū noch nie so lange an einem Strahlungsherd geblieben ist, dass es dazu kommen konnte. Und da ich dier Erste bin, dier das beschreibt, werde ich es den *Healy-Effekt* nennen, und eines Tages, wenn ich das veröffentlichen darf, werde ich einen Nobelpreis bekommen und all die anderen Physik-Postdoktoranden am Trinity College werden damit leben müssen.«

»Da haben Sie uns auf eine interessante Reise mitgenommen«, sagte Sanders mit einem schiefen Lächeln.

»Bitte gönnen Sie mir diesen Moment«, erwiderte Niamh.

»Ich möchte nur sicherstellen, dass ich das auch wirklich verstehe«, sagte Tipton. »Die Barriere zwischen unseren Welten *ist* gerade dünn und diese Kaijū *führt* ihr Energie zu, aber die Barriere ist nicht *so* dünn, dass sie oder ein anderer Kaijū sie überwinden könnte, und wenn ein anderer Kaijū vorbeikommt, wird diese Kaijū sich entfernen, um gegen ihn zu kämpfen, und damit verschwindet die Energie, durch die die Barriere durchlässig wird.«

»Das stimmt.«

»Aber *könnte* sie sich wieder öffnen?«, fragte Sanders. »So weit, dass sie durchkommt?«

»Höchstens wenn sie explodiert«, sagte Niamh. »Und nichts weist darauf hin, dass sie gefährdet wäre.«

»Sie wollen damit also sagen, dass man dafür eine Atomexplosion bräuchte.«

Niamh dachte einen Moment darüber nach. »Nein. Obwohl das auf dieser Seite der Barriere schon zutrifft, da es hier kein konzentriertes, spaltbares Material gibt. Doch wenn Bella auf dieser Seite explodieren sollte, wäre Ihr Problem trotzdem gelöst. Sie wäre tot und andere Kaijū würden die Barriere nur überwinden, wenn es auf der anderen Seite zu einer Explosion käme.«

»Das ist einfach nur seltsam«, murmelte Tipton mehr zu sich selbst.

»Was?«, fragte Niamh.

»Dass etwas *hier* etwas zu Hause spüren kann. Dass es eine andere Erde gibt, die wir durch Atombomben entdeckt haben.«

Niamh lächelte. »Wenn Sie Ihren Kopf endgültig zum Platzen bringen wollen, bedenken Sie Folgendes: Jedes Mal, wenn wir mit Atomenergie spielen, machen wir nicht nur die Barriere zwischen unserer Welt und dieser durchlässiger, sondern die zwischen *allen* potenziellen Erden und unserer.«

Tipton runzelte die Stirn. »Bitte?«

»Zwischen allen«, wiederholte Niamh. »Millionen. Milliarden. Billionen.«

»Woher wissen Sie das?«

Niamh zuckte mit den Schultern. »Reine Mathematik.«

»Wieso sehen wir dann nur die eine?«

Niamhs Grinsen wurde breiter. »Das wird Ihnen gefallen. Weil diese beiden Erden, soweit ich weiß, die einzigen mit atomaren Wesen sind. Die Kaijū sind auf natürliche Weise so geworden. Wir haben unser Gehirn benutzt.«

»Wieso haben wir erst gemerkt, dass es diese Welt gibt, als ein Kaijū zu uns kam?«, fragte Sanders.

»Weil wir uns für schlau halten«, sagte Niamh.

»Wie bitte?«

»Wir halten uns für schlau«, wiederholte Niamh. »Und da wir uns für schlau halten, sehen wir uns nur das an, was wir uns ansehen wollen, und nichts darüber hinaus. Wir haben uns auf die Erschaffung von Atombomben konzentriert, aber nicht darüber nachgedacht, wie Atomenergie sich auf ein Multiversum auswirken könnte. Wir haben ein Multiversum nicht mal bedacht. Das ist nicht Teil unseres Denkmodells.«

»Aber die *Kaijū* haben es bedacht?«, fragte Sanders skeptisch.

»Natürlich nicht«, sagte Niamh erneut mit einem »Ich kann nicht glauben, dass ich das erklären muss«-Tonfall. »Sie bedenken nichts auf diese Weise. Sie sind nicht auf die Idee kommen, das Modell eines Universums zu entwerfen, in dem es alternative Welten geben könnte. Sie haben sich nur im Kontext ihrer Bedürfnisse intelligent verhalten. Sie haben eine Nahrungsquelle gespürt und sind zu ihr gegangen. Sie haben nicht bedacht, dass sie das durch eine Dimensionsbarriere führen würde. Sie drangen in unserer Welt ein, weil ihnen nie der Gedanke kam, dass sie das nicht *könnten.*«

# 19

»Ich möchte Ihnen ein paar Fragen stellen, wenn ich darf«, sagte Brynn MacDonald zu General Tipton, nachdem Niamh den Raum verlassen hatte und sich unsere Meetings dem Ende näherten.

»Natürlich, Dr. MacDonald«, antwortete Tipton.

»Zunächst einmal würde ich gern wissen, welche Erkenntnisse Sie gewonnen haben und was Sie zu Hause berichten werden.«

Tipton warf einen kurzen Blick auf Sanders. »Ich bin mir sicher, dass Ihre Leute wissen, was sie tun«, sagte er. »Daran habe ich nie gezweifelt. Die GEK findet immer gute Leute. Aber dies ist ein ungewöhnliches Ereignis und Sie verstehen sicher, dass wir in der realen Welt besorgt sind. Der letzte Kaijū ist vor Jahrzehnten durchgebrochen und die Welt hat sich seitdem verändert. Dass eine auf der Barriere sitzt, wirkt wie eine Bedrohung, jedenfalls auf den ersten Blick.«

»Und jetzt wirkt es nicht mehr so?«, vergewisserte sich Tom Stevens.

»Richtig«, stimmte Tipton zu. »Diese Präsentationen müssen natürlich mit Daten unterfüttert werden, die ich meinen Wissenschaftlern zu Hause vorlegen kann. Wenn sie zu anderen Schlussfolgerungen kommen, werde ich Sie das wissen lassen und, ehrlich gesagt, ziemlich enttäuscht sein. Aber Sie haben bei der Datenauswertung noch nie Mist gebaut. Würde mich wundern, wenn sich das jetzt geändert hätte.«

»Danke für das Kompliment, General.«

»Gern geschehen, Dr. MacDonald. Sie würden uns natürlich einen Gefallen erweisen, wenn Sie Bella irgendwie dazu bekämen, woanders hinzugehen, damit sich der Riss vollständig schließen kann. Sie mit Pheromonen besprühen oder so. Das machen Sie ja ständig.«

»Wir haben darüber nachgedacht«, sagte Tom. »Aber da es unwahrscheinlich ist, dass sie die Barriere durchbrechen wird, haben wir uns dagegen entschieden. Außerdem sind brütende Kaijū empfindlich.«

»Empfindlich?«

»Bella würde jeden Kaijū, der eine Bedrohung für ihre Eier darstellt, in Stücke reißen. Wenn einer unserer Hubschrauber versuchen würde, sie zum Weggehen zu bewegen, würde sie das als Bedrohung werten und versuchen, ihn zu zerstören. Und wahrscheinlich würde sie ihn verfolgen, *bis* sie ihn zerstören könnte, was sie vielleicht zur Tanaka-Basis führen würde.«

»Wir möchten nicht von Bella zertrampelt werden«, bemerkte MacDonald trocken.

»Daher halten wir es für besser, wenn sie bleibt, wo sie jetzt ist«, fuhr Tom fort. »Wir überwachen sie mit Kameras und anderer Ausrüstung und beobachten sie sogar live aus Hubschraubern. Wenn etwas passiert, das uns Sorgen bereitet, erfahren Sie es als Erster.«

»Wie lange wird sie dortbleiben?«, fragte Sanders.

»Bis sie aufhört, Eier zu produzieren. Sie wird demnächst einen Schwung legen und danach wahrscheinlich noch einen.«

»Also Wochen? Monate?«

»Mindestens noch einen Monat, nehmen wir an.«

»Ich habe gehört, dass Sie sehr neugierig auf diese Wesen sind, Mr. Sanders«, sagte MacDonald.

»Natürlich«, erwiderte er.

»So neugierig, dass Sie meinen Piloten bestechen wollten, damit er in Bellas Nähe landet«, fuhr MacDonald fort. »Sie sollten wissen, dass Dr. Satie kurz nach der Landung einen Bericht über diesen Zwischenfall eingereicht hat. Dazu ist er verpflichtet, sobald sich an Bord etwas Ungewöhnliches abspielt.«

Sanders schien das etwas unangenehm zu sein, aber er ließ sich nicht aus der Ruhe bringen. Er war wieder auf dem Boden und in einem Konferenzraum, einem Spielfeld, mit dem er vertraut war. »Dr. MacDonald, ich sehe ein, dass meine Begeisterung mit mir durchgegangen ist …«

»Das stimmt wohl«, sagte MacDonald. »Bitte erklären Sie mir den Grund.«

»Ich bin zum ersten Mal hier«, erwiderte Sanders, »und sehe all das. Ich war überwältigt und habe falsch reagiert. Das tut mir leid.«

MacDonald musterte Sanders. »Sie wissen, dass der Ruf Ihrer Familie in der Tanaka-Basis nicht gerade der beste ist?«

Sanders schien die Frage zu verwirren. »Äh … nein, das wusste ich nicht.«

»In den Sechzigern, als die GEK ins Leben gerufen wurde, drängte ihr Großvater darauf, die radioisotopischen, thermoelektrischen Generatoren Ihrer Firma zur Energieversorgung der Basen einzusetzen, vor allem auf der ersten Tanaka-Basis. In einem Bericht hieß es zwar, dass die Kaijū hier eine Vorliebe für diese Version eines RTGs hätten, aber Ihr Vorgänger«, MacDonald zeigte auf Tipton, »genehmigte den Einsatz trotzdem, nicht zuletzt, weil Ihr Großvater ihn bestochen hatte. Möchten Sie raten, was als Nächstes geschah?«

»Es gab viele Kaijū-Besucher?«

»Richtig, auch einen mit einem defekten Reaktor, der die Basis zerstörte«, sagte MacDonald. »Die alte Tanaka-Basis lag am Wasser und Kaijū mit einem defekten Reaktor gehen oft zum Wasser, möglicherweise um sich abzukühlen, bevor eine kritische Temperatur erreicht ist. Dieser Kaijū ging zum Wasser und dann zur Basis. Obwohl er hochgradig gefährdet war, konnte er einer möglichen Nahrungsquelle nicht widerstehen. Dutzende Menschen starben, Mr. Sanders. Die RTGs sind übrigens immer noch da, irgendwo unter den Trümmern. Natürlich sind sie nicht mehr aktiv.«

»Ich weiß nicht, was ich darauf antworten soll«, meinte Sanders nach einem Moment. »Außer Ihnen zu versichern, dass ich General Tipton nicht bestochen habe.«

»Das kann ich bestätigen. Ich habe immer noch eine Hypothek und die Studiengebühren für drei Kinder abzubezahlen«, erklärte Tipton.

»Sie kommen mir auch nicht wie jemand vor, der sich bestechen lässt«, entgegnete MacDonald.

»Danke«, sagte Tipton sarkastisch.

MacDonald wandte ihre Aufmerksamkeit wieder Sanders zu. »Aber *Sie* sind jemand, der andere besticht. Wie schon

Ihr Großvater. Also ein letztes Mal, Mr. Sanders: Warum haben Sie versucht, meinen Piloten mit Geld zur Landung zu bewegen?«

»Dr. MacDonald, ich schwöre, dass ich nur neugierig war«, beharrte Sanders und seufzte dann entnervt. »Ich war heute Morgen in der Stimmung, mich wie ein arrogantes Arschloch zu verhalten. Dafür wurde ich bestraft. Das ist in Ordnung. Ich habe meine Lektion gelernt. Hier kommt man mit der Arrogantes-Arschloch-Tour nicht durch. Das hat mir Ihr Hubschrauberpilot klargemacht. Es tut mir leid und ich verspreche, dass das nicht wieder vorkommen wird.«

MacDonald sah erst Sanders an, dann Tipton. »General?«

»Nach zwei Tagen mit ihm kann ich bestätigen, dass er ein Arschloch ist«, erklärte Tipton. »Ich kann auch sagen, dass mich seine Forderung ebenso überrascht hat wie Ihren Piloten. Ich gehe davon aus, dass es sich um eine spontane Idee gehandelt hat.«

»Jamie?« MacDonald wandte sich an mich.

»Hä?«, erwiderte ich überaus schlagfertig.

»Martin sagte, er hätte gesehen, wie du dich kurz vor dem Bestechungsversuch mit Mr. Sanders unterhalten hast. Worum ging es in dem Gespräch?«

Mir kam ein Gedanke, den ich erst einmal beiseiteschob. »Um *Die Glücksritter.*«

MacDonald wirkte verwirrt. »Welche Glücksritter?«

»Es gibt einen Film mit diesem Titel. Aus den Achtzigern.«

»Mit Eddie Murphy«, ergänzte Tom.

»Genau der«, sagte ich.

»Und wieso drehte sich die Unterhaltung um diesen Film?«, fragte MacDonald.

»Weil Rob ein großer Eddie-Murphy-Fan ist. Das ist alles.«

MacDonald warf einen Blick auf Sanders, der zustimmend nickte. »Das stimmt. Der frühe Eddie, nicht der späte. Obwohl *Dolemite Is My Name* ziemlich gut war.«

»Und ihr habt über nichts anderes geredet?«, hakte MacDonald bei mir nach.

»Davor haben wir über Füdmüd geredet, die Firma, die er gegründet hat und für die ich gearbeitet habe, bevor er mich einfach gefeuert hat«, sagte ich. »Er hat versucht, mir zu sagen, dass ich das nicht persönlich nehmen soll.«

»Was hast du davon gehalten?«, fragte Tom.

»Na ja, ich hatte keinen Job und kein Geld und musste die nächsten sechs Monate mitten in einer Pandemie Essen ausliefern. Ist schwer, das nicht persönlich zu nehmen.«

»Hast du ihm das gesagt?«

Ich sah Sanders an. »Er weiß, dass ich ihn für ein Arschloch halte.«

MacDonald nickte. »Also gut«, sagte sie und wandte sich an Sanders. »Herzlichen Glückwunsch, das war Ihre erste Abmahnung. Eine zweite wird es nicht geben, Mr. Sanders. Wenn Sie sich noch einmal danebenbenehmen oder GEK-Mitarbeiter behindern, werde ich Ihnen das Leben zur Hölle machen. Das kann ich Ihnen garantieren, egal wie viel Geld und Einfluss Ihre Familie hat. Und Sie werden diese Welt ganz sicher nie wieder betreten. Ist das klar?«

»Ja«, antwortete Sanders. »Danke. Tut mir leid.«

»Gut.« MacDonald sah auf ihre Smartwatch. »Wir haben bis zum Abendessen noch ein paar Stunden Zeit; wenn Sie also sonst nichts benötigen, General, schlage ich eine Pause vor. Ich würde mich freuen, wenn Sie und Mr. Sanders mit mir zu Abend essen würden.«

»Das klingt wunderbar, vielen Dank«, erwiderte Tipton.

MacDonald nickte. »Dann bis achtzehn Uhr dreißig«, sagte sie. »Jamie wird Sie beide in Ihrer Unterkunft abholen.« Alle standen auf und verließen den Raum. Nur ich blieb zurück und räumte die Snacks auf. Ich stellte alles auf einen Servierwagen und machte mich auf den Weg zum Speisesaal.

Unterwegs sah ich Tipton und Sanders, die sich miteinander unterhielten. Ich schob den Wagen auf sie zu. Tipton wirkte aufgebracht und stach Sanders den Finger in die Brust. Als er mich sah, brach er das Gespräch mit Sanders ab, nickte mir zu und ging.

»Alles okay?«, fragte ich Sanders.

»Heute kriege ich von allen Seiten auf den Deckel«, schnaubte er.

Ich nickte. »Was hat der General gesagt?«

»Dass seines Wissens nach noch nie ein Zivilist auf dieser Seite des Zauns etwas Dümmeres getan hat als ich heute und dass es der GEK egal ist, wessen Sohn ich bin oder wie viel Geld ich habe. Es gibt genug Milliardäre, die eure Organisation finanzieren würden, weil ihr die scheiß Godzillas habt. Nerds mit Kohle würden Schlange stehen, um die zu sehen. ›Scheiß Godzillas‹ ist übrigens ein Zitat.«

»Glaub ich sofort«, sagte ich. »›Nerds mit Kohle‹ wahrscheinlich auch.«

»Stimmt.« Sanders lächelte reumütig. »Nicht mein bester Tag heute.«

»Es ist nicht schlimm, mal ein bisschen Bescheidenheit zu lernen«, erklärte ich.

»Keine Ahnung«, sagte Sanders. Dann fiel ihm etwas ein. »Du hast eben für mich gelogen. Über unser Gespräch vor der versuchten Bestechung.«

»Ich habe nicht gelogen«, widersprach ich. »Ich habe nur ein paar Dinge ausgelassen.«

»Warum hast du das getan?«

»Warum nicht?«

»Zum einen, weil du mich für ein Arschloch hältst.«

»Du *bist* ein Arschloch«, betonte ich. »Aber sie hatten schon lange genug auf dir rumgehackt. Es reichte. Ich glaube, du hast es kapiert.«

»Ich habe heute jedenfalls einiges gelernt«, stimmte Sanders zu. »Dieser Ort ist nicht so, wie ich erwartet hatte. Na ja, vielen Dank.«

Ich nickte erneut. »Was hast du jetzt vor?«

»Gute Frage«, sagte Sanders. »Wir können ja hier nicht viel machen. Wahrscheinlich gehe ich in meine Unterkunft und starre bis zum Abendessen die Wand an. Warum?«

»Man könnte sagen, dass dein Tag bis jetzt enttäuschend verlaufen ist, richtig?«

»Ja. Und?«

»Ich kann das ändern.«

»Wie?«

»Ich muss mich zuerst um das hier kümmern«, erwiderte ich mit einem Blick auf den Wagen. »Dann machen wir einen Spaziergang.«

*

»Werden wir deswegen keinen Ärger bekommen?«, fragte Sanders, als wir die Treppe zum Dschungelboden hinunterstapften. Wir hätten den Fahrstuhl nehmen können, aber nach ein paar Wochen Schlepperei auf der Basis und sechs Monaten Essensauslieferung in mehrstöckige Gebäude ohne Aufzug im East Village störten mich Treppen nicht mehr.

Sanders atmete jedoch schon etwas schwer. Dabei ging es abwärts.

»Nein, keine Sorge«, versicherte ich. »Nach dem ursprünglichen Terminplan wären wir morgen eh hierhergekommen. Da der vom Tisch ist, wurde auch dieser Ausflug gestrichen. Ich habe ihn einfach wieder auf den Plan gesetzt.«

»Wir hätten Tipton Bescheid geben sollen«, meinte Sanders.

»Ach was. Der war schon so oft hier, dass er den Ausflug garantiert schon gemacht hat.« Wir erreichten das Ende der Treppe und ich trat an die verriegelte Tür. »Für dich ist das alles neu. Bereit?«

»Bereit«, sagte Sanders atemlos. Ich entriegelte und öffnete die Tür, schaltete den Kreischer in meiner Tasche ein und betrat den Dschungelboden.

»Das ist fantastisch«, staunte Sanders, während er sich umsah.

»Das ist es«, stimmte ich zu.

»Ist es sicher?«

»*Sicher* ist ein Wort, das wir hier nicht oft verwenden«, erwiderte ich. »Aber es ist so sicher wie möglich. Aber bitte entfern dich nicht zu weit von mir, okay?«

Sanders grinste. »Dann bist du also mein Leibwächter.«

»So was in der Art«, stimmte ich erneut zu.

Wir entfernten uns von der Tür und gingen auf die Bäume zu. Als wir näher kamen, schaltete ich den Kreischer in meiner Tasche aus. Ungefähr zehn Sekunden später tauchte der erste Krebs hinter einem Baum auf und richtete seine Antennen auf uns.

»Whoa«, machte Sanders. Und dann streckte der Vollidiot wirklich seine Hand nach dem Krebs aus. Ich schaltete den

Kreischer wieder ein, woraufhin das Tier floh. »Hast du das gesehen?«

»Ja, hab ich«, sagte ich.

»Was war das?«

»Wir nennen sie *Baumkrebse.* Nicht sehr kreativ, ich weiß.«

»Sind sie gefährlich?«

»Sie sind giftig.« Nach meiner ersten Begegnung mit einem hatte ich erfahren, dass das Krebsgift für Menschen ziemlich harmlos ist. Es tut weh und man leidet einen Tag lang, aber man stirbt wahrscheinlich nicht daran. Deshalb benutzte Riddu Tagaq sie so gern, um Neuankömmlinge zu Tode zu erschrecken. Das verriet ich Sanders in diesem Moment jedoch nicht.

»Also hätte ich wohl nicht versuchen sollen, einen anzufassen«, sagte er.

Ich schaltete den Kreischer aus. »Mach, was du willst«, antwortete ich und zeigte auf den Baum, hinter dem der Krebs erneut auftauchte. Dieses Mal wich Sanders vor ihm und auch ein wenig vor mir zurück.

Ich ging gelassen einen Schritt in die andere Richtung, weg von Sanders und dem Baum. »Vorsicht.«

»Warum?«

»Weil sie im Rudel unterwegs sind.« Ich zeigte auf den Baum. Dort krochen drei weitere Krebse in unser Sichtfeld.

»Okay, ich glaub, ich hab genug gesehen«, verkündete Sanders. Er nahm den Blick nicht von den Baumkrebsen, die, wie ich ehrlich zugeben muss, allerdings ihre Antennen auch nicht von ihm nahmen.

Ich entfernte mich einen weiteren Schritt von Sanders und dem Baum. »Rob?«

»Ja?«

»Wieso wolltest du am Nest landen?«, fragte ich. »Was war der *wahre* Grund?«

»Hab ich doch schon erklärt«, beharrte er. Es tauchten weitere Krebse auf. Sie zwitscherten untereinander.

»Nein«, sagte ich. »Du hast gelogen, und als ich gefragt wurde, habe ich davon abgelenkt, damit die anderen deine Lüge glauben. Aber *ich* glaube sie nicht.«

»Warum nicht?« Sanders sah mich an, als er das sagte, worauf ein Krebs die Gelegenheit nutzte und vom Baum zu Boden krabbelte. Er klopfte vorsichtig mit einem Bein darauf, als wollte er überprüfen, ob der Untergrund fest genug war. Sanders bemerkte die Bewegung aus dem Augenwinkel und schenkte dem Baum voller Krebse wieder seine volle Aufmerksamkeit.

»Weil du eine deiner verdammten Duke-Wetten mit mir abschließen wolltest«, sagte ich. »Du warst fest davon überzeugt, dass Martin tun würde, was du willst. Was bedeutet, dass du das wahrscheinlich geplant hattest. Was wiederum bedeutet, dass du einen Plan hattest.«

»Das sind eine Menge Vermutungen«, kommentierte Sanders.

»Okay, wie du willst.« Ich wandte mich ab. Hinter mir hörte ich ein leises Ploppen. Einer der Krebse hatte den Baum verlassen und war nun am Boden.

»Warte!«

Ich drehte mich um. Sanders warf mir einen kurzen, panischen Blick zu. Nun waren schon drei Krebse am Boden und einer ging langsam, aber entschieden auf ihn zu.

»Das bleibt unter uns«, forderte Sanders.

Ich konnte nicht umhin, seinen Drang, zu verhandeln, obwohl er glaubte, dass er gleich gefressen werden würde, zu bewundern. »Ich höre«, sagte ich.

»Ich wollte eine Probe holen«, antwortete er.

Ich runzelte die Stirn und bemerkte, dass der vorderste Krebs Sanders so nah war, dass er ihn hätte anspringen können. Ich schaltete den Kreischer wiederholt ein und aus. Der Krebs hielt inne und stellte sich verwirrt auf die Hinterbeine.

»Was soll das heißen, du wolltest eine Probe holen?«, hakte ich nach.

»Ich habe eine Spritze dabei«, erklärte Sanders. »Ich hab ihnen gesagt, die wäre für mein Insulin.«

»Du bist Diabetiker?«, fragte ich, während ich erneut auf den Kreischer drückte.

»Nein, das hab ich nur behauptet.«

»Wo ist die Spritze jetzt?«

»In meiner Tasche.«

Ich schaltete den Kreischer an und aus. »Zeig sie mir.«

Sanders holte ein Päckchen aus der Tasche seines Overalls, in dem eine Spritze lag. Die Nadel war sehr klein. Ich lachte.

»Was ist?«, fragte Sanders.

»Die hättest du niemals in Bella stechen können.«

Sanders wirkte verärgert – zumindest so verärgert, wie man wirken kann, wenn man gerade in Panik gerät. »Die war nicht für Bella gedacht.«

In meinem Gehirn machte es klick. »Ah, verstehe«, sagte ich und drückte erneut auf den Kreischer. Die Krebse wirkten langsam genervt, aber vielleicht bildete ich mir das auch nur ein. »Du wolltest den Eiern eine Probe entnehmen.«

»Ja«, bestätigte Sanders.

»Aber wir verfügen bereits über Genmaterial der Kaijū.«

Sanders schüttelte den Kopf. »Nicht auf der anderen Seite. Wir haben nur *Daten* über die Genetik. Nicht die Genetik.«

»Und du dachtest, du könntest das *einfach so* auf dem Rückweg an allen vorbeischmuggeln?«

»Ich habe die Insulinflasche«, sagte Sanders.

Der erste Krebs hatte keine Lust mehr zu warten und sprang Sanders an. Er schrie und wich zur Seite aus. Der Krebs flog an ihm vorbei. Ich stellte den Kreischer auf volle Leistung, noch während er sich in der Luft befand. Er landete und kroch mit den restlichen Krebsen hastig davon.

Ich trat vor Sanders. »Du wolltest also in der Nähe eines lebenden Kaijū landen, zum Natalgelee spazieren, in dem es massenhaft solche Viecher gibt«, ich zeigte in die Richtung, in die die Baumkrebse verschwunden waren, »nur viel, *viel* schlimmer, unbemerkt eine Probe entnehmen und sie zur anderen Seite mitnehmen.«

»Ja, so kann man es zusammenfassen«, sagte Sanders.

Ich schaltete den Kreischer aus. Die Krebse lugten hinter dem Baum hervor.

»So ein Selbstbewusstsein zu haben muss *großartig* sein«, kommentierte ich.

»Rückblickend erkenne ich die Schwächen dieses Plans«, räumte Sanders mit einem Blick auf die Krebse ein.

»Ja, da gibt es so einige«, stimmte ich zu und schaltete den Kreischer wieder ein. Die Krebse flohen. Sanders' Miene hellte sich langsam auf, als er endlich erkannte, dass die synchronen Reaktionen der Krebse seltsam waren. Ich lächelte und holte den Kreischer aus der Tasche. »Der hält sie fern. Solange ich ihn nicht abschalte.«

»Du hast mich absichtlich hierhergebracht«, erkannte er. Seine Augen verengten sich.

»Allerdings«, gab ich zu.

»Warum?«

»Weil ich dich besser kenne als die anderen und neugierig war. Und auch weil du so arschig zu mir warst. Ich wollte den Spieß umdrehen.«

»Okay, gut gemacht«, sagte Sanders. »Das ist dir definitiv gelungen.«

»Ich bin noch nicht fertig«, erklärte ich, während ich mit dem Kreischer wackelte und ihn in die Tasche steckte, bevor Sanders auf die Idee kommen konnte, ihn mir abzunehmen. Das konnte er ohnehin nicht – ich war fitter als er, schließlich trug ich Sachen –, aber ich wollte ihn gar nicht erst in Versuchung kommen lassen.

»Was willst du denn noch?«, fragte Sanders.

»Deine Bestrafung steht noch aus«, sagte ich.

Sanders' Augen weiteten sich. »Das kannst du doch nicht tun.«

Ich musterte ihn. »Dich hier zurücklassen, damit die Baumkrebse Sie fressen? Das wäre nicht sehr subtil. Ich *könnte* das natürlich, und man würde mir auch glauben. Du warst ja sogar so dumm, dass du neben einer Kaijū landen wolltest. Ich könnte behaupten, du wärst einfach in den Wald gelaufen und es wäre nur ein abgenagtes Skelett übrig geblieben, und kein Mensch würde daran zweifeln.« Das stimmte natürlich nicht. Die Baumkrebse würden ihn nicht töten, sondern ihn nur mit Haut und Haaren fressen, wenn er bereits tot wäre. Das verriet ich ihm allerdings natürlich nicht. »Aber dann wärst du tot und könntest nichts mehr *lernen.*«

Sanders verdrehte die Augen. »Mein Gott, hör mit dem Filmschurkengequatsche auf und sag's mir einfach.«

»Du hast deine Kaijū-Erde-Privilegien verloren«, erklärte ich. »Dies ist dein erster und einziger Ausflug.«

»Das kannst du nicht tun«, beharrte Sanders. »MacDonald hat das zu entscheiden.«

»Das bleibt unter uns«, sagte ich. »Außer du willst, dass ich MacDonald alles erzähle.«

»Dann würde dein Wort gegen meins stehen.«

»Na ja, aber MacDonald hat dich bereits auf dem Kieker, also würde ich gewinnen. Aber zur Sicherheit ...« Ich griff in die Brusttasche des Overalls, in der der Kreischer nicht steckte, und zeigte Sanders mein Handy. Es zeichnete den Ton auf. »Die Datei wurde bereits in mein Benutzerkonto in unserer lokalen Cloud hochgeladen. Also versuch nicht, es mir abzunehmen.«

»Du willst also, dass ich nie wiederkomme.«

»Ja, das reicht mir«, bestätigte ich. »Oder ich könnte MacDonald die Audiodatei geben und dann würde sie dir sagen, dass du nie wiederkommen wirst, *und* dich des Schmuggels beschuldigen, oder wie auch immer die Anklage lauten würde – keine Ahnung, aber das wäre bestimmt interessant. Es gibt hier bestimmt Geheimtribunale, weil ...« Meine Geste schloss diese ganze Welt ein. »Ihre Entscheidung.«

»Du bist wirklich ein Arschloch«, sagte Sanders.

»Was soll ich sagen? Ich hab vom Besten gelernt«, antwortete ich. »Komm jetzt. Du wirst beim Abendessen erwartet.«

»Moment«, hielt Sanders mich zurück und ich spürte, wie er seine Fassung zurückgewann. »Diese Runde hast du gewonnen. Okay. Gut gemacht. Aber ... wenn du das *nicht* tust, wird es sich für dich lohnen.«

»Verführerisch«, entgegnete ich, »aber nein! Ich geh jetzt und schalte den Kreischer ab. Du kannst mitkommen. Oder es lassen.« Ich ging los. Nach einer Sekunde folgte mir Sanders. Ich ließ den Kreischer die ganze Zeit an. Baumkrebse bringen einen zwar nicht um, aber sie sind echt ätzend.

Als wir die Tür erreichten, schielte Sanders die Treppe hinauf. »Gibt es keinen Fahrstuhl?«, fragte er.

»Nein«, sagte ich. »Es gibt keinen.«

# 20

Die beiden Touristenbesuche nach diesem dramatischen ersten verliefen angenehm entspannt. Es handelte sich um Wissenschaftler und Politiker, mit nur einem Milliardär darunter, der sich zum Glück benehmen konnte und dem ich nicht vortäuschen musste, dass ich ihn an die Baumkrebse verfüttern würde. Wie verlangt spielte ich den Kreuzfahrtdirektor und sorgte dafür, dass alle auf ihre Kosten kamen. Ich beantwortete ihre grundlegenden Fragen, sorgte dafür, dass sie stets zur rechten Zeit am rechten Ort waren, und meldete mich einmal sogar freiwillig für ein Karaokeduett von »Under Pressure« mit einer schüchternen Nobelpreisträgerin in Chemie. Man braucht allerdings definitiv keinen Nobelpreis, um den Babysitter für Nobelpreisträger zu spielen.

Wenn ich nicht den Kreuzfahrtdirektor geben musste, kehrte ich in meine Rolle des Lastenträgers zurück, weil Val den Löwenanteil unserer Arbeit ableisten musste, solange ich

Besucher herumführte. Sie beschwerte sich nie über meinen anderen Job und die zusätzliche Belastung, die für sie damit verbunden war. Trotzdem fühlte ich mich schuldig.

Dass ich nicht nur Sachen, sondern auch ein schlechtes Gewissen mit mir herumtrug, fiel auf. »Du übernimmst dich«, warnte Tom. »Du hast gerade mal einen Monat deines Einsatzes hinter dir. Wenn du so weitermachst, hast du dich in fünf Monaten kaputt geschuftet.«

Ich dachte darüber nach. »Ich bin erst seit einem Monat hier?«

»Seit einem Monat und einer Woche.«

»Wow.«

Tom grinste. »Fühlt sich länger an, was?«

»Nicht länger«, sagte ich. »Eher, als wär ich nie woanders gewesen.«

Tom nickte. »Die Zeit vergeht hier anders. Wir sind vom Rest der Menschheit abgeschnitten und fast nichts von dem, was auf ihrer Welt passiert, kommt hier an. Erinnerst du dich noch an Nachrichten? Wann hast du das letzte Mal an COVID gedacht? Oder an die Wahl?«

»Na ja, ich *habe* gewählt«, erwiderte ich. Die GEK hatte den Amerikanern auf der Tanaka-Basis mit dem Luftschiff, das auch Sanders hergebracht hatte, Briefwahlbögen geschickt. Die hatten wir zusammen mit den Touristen zurückbefördert.

»Klar, aber *denkst* du noch an die Wahl?«

»Eigentlich nicht«, gab ich zu. »Ich bin sogar irgendwie überrascht, dass sie noch nicht durch ist.«

Tom nickte erneut. »Das meinte ich. Zeit bedeutet hier so gut wie gar nichts. Du wirst im März nach New York zurückkehren und die ersten zwei Wochen Nachrichten aufholen und dich regelmäßig fragen: ›Die haben *was* gemacht?!‹«

»Ich weiß nicht, ob ich mich darauf freuen soll.«

»In den letzten paar Jahren war es schon schlimm, das stimmt. Aber: Auch hier *gibt* es Zeit und du solltest dir deine besser einteilen. Es gibt hier sehr wenig extrem Dringendes, das nicht warten kann.«

Ich sah Tom schockiert an. »Wo ist denn deine protestantische Arbeitsmoral hin, junger Mann? Du hast Wirtschaft studiert!«

»Ich weiß, ich weiß. Ich bin eine Schande für den Kapitalismus. Aber ich werde deine Arbeitsbelastung ein wenig senken und meine ein wenig erhöhen, damit wir beide uns ein bisschen besser fühlen.«

»Du wirst etwas für mich tragen?«, fragte ich.

»Bist du irre?«, erwiderte Tom. »Ich werde dir ersparen, neue Instrumentenpakete am Kaijū-Nest anzubringen. Diese Mission werde ich übernehmen.«

»Wirklich?« Nach drei Wochen waren die Akkus der meisten Instrumente fast leer, bei manchen kam es auch zu Ausfällen oder Störungen. Wieder andere sendeten nutzlose Bilder, weil sie von irgendwelchen Kreaturen umgeworfen worden waren. Die Wissenschaftler hatten verbesserte Instrumentenpakete hergestellt. Sie sollten angebracht werden, sobald die letzten Touristen abgereist waren und das Dimensionstor in der Honda-Basis geschlossen war, damit es gewartet werden konnte. »Warum tust du das?«

»Ich würde am liebsten sagen, weil ich so ein netter Kerl bin und mir Sorgen um dich mache. Aber eigentlich hat mir Riddu Tagaq mitgeteilt, dass ich mein Boden- und Waffentraining auffrischen muss. Wenn ich anschließend auf eine Mission gehe, wird der Zeitraum zwischen den Auffrischungen länger.«

»Das hat mir keiner gesagt«, erwiderte ich.

»Du wurdest zertifiziert, *um* an einer Mission teilnehmen zu können, das war also impliziert.«

»War es nicht, kein bisschen.«

»Dann Glückwunsch, Jamie, du musst erst nach zwei weiteren Einsätzen zum Auffrischungskurs. Und wenn ich an der Mission teilnehme, die ich dir erspare, dann gilt das auch für mich. Außer du möchtest unbedingt dabei sein.«

»Nein, mach ruhig. Ich möchte, dass du mitfliegst. Und während du das tust, werde ich hier Sachen tragen.«

»Wie ich sehe, ignorierst du meinen Rat«, sagte Tom.

»Nein, nein, ich habe ihn mir angehört und lange und intensiv darüber nachgedacht«, beteuerte ich. »Und dann habe ich ihn abgelehnt.«

»So dankst du mir meine Hilfsbereitschaft?«

»Wenn du mir helfen willst, kannst du gern ein paar Sachen für mich abliefern. Schwere Sachen.«

»Lieber nicht.«

»Feigling.«

*

»Verdammt, der Livestream ist schon wieder abgebrochen.« Niamh starrte wütend auf einen Monitor im Physiklabor. Darauf war nichts zu sehen.

»Welcher Stream?«, fragte ich. Man hatte mich ins Physiklabor geschickt, um Ausrüstung abzuholen und ins Lager zu bringen. Die Labors auf der Tanaka-Basis waren klein und alles, was gerade nicht benötigt wurde, kam ins Lager, bis es benötigt wurde.

»Der vom Kaijū-Nest.« Niamh zeigte auf den Monitor.

»Ist doch klar, dass der abgebrochen ist«, sagte ich. »Sie tauschen dort gerade die Instrumente aus.« Es war ein

Dienstagnachmittag. Einen Tag zuvor waren die letzten Touristen zur Erde zurückgekehrt und die Honda-Basis hatte ihr Dimensionstor für zwei Wochen geschlossen. Solange war die Kaijū-Erde auf sich gestellt.

Niamh korrigierte meinen Irrglauben sofort. »Nein, das stimmt nicht. Oder es sollte zumindest nicht stimmen. Die einzelnen Instrumentenpakete werden beim Tauschvorgang abgeschaltet, aber der Stream läuft über den Aerostat, der mit eigenen Kameras und Instrumenten ausgestattet ist. Der *Aerostat* wird nicht ausgetauscht, trotzdem ist sein Stream abgebrochen.«

»Passiert das oft?«

»Es passiert immer öfter. Ein Aerostat ist wie jede andere Maschine empfindlich und sollte eigentlich regelmäßiger gewartet werden.« Ich grinste. »Was?«, fragte Niamh, als xier es bemerkte.

»Du beschwerst dich über den Aerostat, als hättest du nicht erst vor sechs Wochen erfahren, dass es so was überhaupt gibt.«

»Die Zeit vergeht hier eben anders, Alter.«

»Tom hat mir das vor ein paar Tagen auch schon gesagt.«

»Außerdem habe ich recht«, fuhr Niamh fort. »Seit Bella ihren Arsch dort platziert hat, beobachten wir sie mit demselben Aerostat. Das ist eine lange Zeit. Wenn wir den Stream vom Aerostat verlieren, kommen wir nicht an die Daten der Instrumentenpakete ran.«

»Du verlierst die Daten?«

»Nein, die werden lokal aufgezeichnet, wenn die Verbindung fehlschlägt. Aber irgendwann ist der Speicher voll und *dann* verlieren wir Daten.« Dieser Umstand machte Niamh mürrisch. Xier hatte schließlich beim Anbringen der Instrumente geholfen und fühlte sich verantwortlich dafür.

Ich nickte. »Wann ist der Stream abgebrochen?«

»Gerade«, sagte Niamh. »Ich habe ihn mir angesehen und darauf gewartet, dass ich die Verbindung zu den neuen Instrumenten testen kann. Der Hubschrauber hatte schon alle abgesetzt und sie hatten angefangen, den ganzen Scheiß auszutauschen. Dann kamst du rein und hast mich abgelenkt, und als ich wieder hinsah, war der Stream weg.«

»Tut mir leid.«

»Das will ich hoffen.« Xier starrte auf den Monitor. »Normalerweise fällt er nur ein paar Sekunden aus, aber das dauert jetzt schon deutlich länger. Das ist ärgerlich. Ich brauche mehr Daten, und zwar von einem Instrumentenpaket, das nicht mit Parasitenrotz beschmiert ist.«

»Ich gehe am Verwaltungsgebäude vorbei«, bot ich an. »Soll ich Bescheid sagen, dass der Stream ausgefallen ist? Sie haben Funkkontakt zu Chopper eins und könnten unsere Leute bitten, sich das mal anzusehen.«

»Ist bestimmt nichts Ernstes«, erwiderte Niamh. »Was heißen soll: *Ja*, beschwer dich im Verwaltungsgebäude, damit sie von dir genervt sind und nicht von mir.«

»Schon dabei«, sagte ich.

In der Verwaltung stieß ich auf Aparna und Kahurangi. »Der Aerostat-Stream ist ausgefallen«, teilte mir Aparna mit.

»Ich weiß. Niamh hatte mich gebeten, mich darüber zu beschweren.«

Kahurangi zeigte auf Brynn MacDonalds Büro. »Es gibt noch ein Problem. Sie können Chopper eins nicht erreichen.«

Ich runzelte die Stirn. »Seit wann?«

»Seit wir uns darüber beschweren wollten, dass der Aerostat-Stream ausgefallen ist.«

»Also noch nicht so lange.«

»Nein, aber es ist seltsam, dass der Stream ausfällt und ein Hubschrauber gleichzeitig nicht erreichbar ist«, sagte Kahurangi.

»Vor allem in der Nähe einer Kaijū«, fügte Aparna hinzu.

Ich nickte. Den Zusammenhang hatte ich noch gar nicht hergestellt. Jemand oder etwas hatte Bella vielleicht so sehr gestört, dass sie ihre Brutstarre unterbrochen hatte. Wenn das stimmte, war das eine sehr schlechte Nachricht für den Aerostat, den Hubschrauber und alle auf der Mission, unter anderem Kahurangis und Niamhs Kollegen vom Blauen Team.

Und Tom Stevens, fiel mir dann ein.

MacDonald kam mit düsterer Miene aus ihrem Büro. Sie wollte etwas zu Aparna und Kahurangi sagen, sah dann mich und hielt inne.

»Ich weiß von dem Stream und dem Hubschrauber«, erklärte ich ihr.

»Dann geh bitte zum Flugfeld und rede mit Martin Satie«, bat sie. »Leise und diskret. Das Flugfeld verfügt über ein eigenes Funkgerät, vielleicht lässt sich Chopper eins von dort kontaktieren.«

»Und wenn nicht?«, fragte ich.

»Eins nach dem anderen«, erwiderte MacDonald. Sie wandte sich an Aparna und Kahurangi: »Bitte erzählt erst mal niemandem davon.«

»Niamh Healy weiß, dass was nicht stimmt. Ich habe gerade mit xiem gesprochen.«

»Wir werden mit Niamh reden«, sagte Kahurangi.

»Das werden wir nicht lange geheim halten können«, warnte Aparna. »Wir greifen nicht als Einzige auf den Aerostat-Stream zu. Ion wird bald wieder im Labor sein und nach den Daten suchen.«

»Wegen des Aerostats mache ich mir keine Sorgen«, sagte MacDonald. »Sie stürzen gelegentlich ab. Aber dass Chopper eins sich nicht meldet, bereitet mir Kopfschmerzen.« Sie sah mich an. »Wieso stehst du hier noch rum? *Geh.*«

Ich hatte es so eilig, dass ich beinahe Hut und Handschuhe vergessen hätte.

Martin Satie schien sich nicht zu wundern, dass ich zu ihm wollte. »Du kommst aus der Verwaltung?«, fragte er.

»Ja«, sagte ich.

»Sie können Chopper eins auch nicht erreichen.«

»Nein. Der Aerostat-Stream ist ebenfalls ausgefallen.«

»Seit wann?«

»Seit der Kontakt zu Chopper eins abgebrochen ist.«

»War auf dem Stream davor irgendetwas Besonderes zu sehen?«

»Das weiß ich nicht. Ich habe mit Dr. Healy gesprochen. Xier hatte ihn sich kurz zuvor angesehen, hat mir aber von nichts Ungewöhnlichem berichtet.«

Satie nickte. »Okay. Dann mal los.«

»Was?«

»Wir vermissen einen Hubschrauber und einen Aerostat in der Nähe einer Kaijū«, erklärte Satie. »Jemand muss ich das ansehen. Und du hast Augen im Kopf.«

»Du hast auch Augen«, sagte ich. »Ich muss wieder an die Arbeit.«

»Verstehe.« Satie nahm sein Handy aus der Tasche und tippte eine Nachricht ein. »Okay.«

»Was war das?«, fragte ich.

»Ich habe Dr. MacDonald geschrieben und ihr gesagt, dass ich dich kurz ausleihe.«

»Und sie weiß, was das bedeutet?«

Satie sah mich an. »Dr. MacDonald hat dich hierhergeschickt, anstatt mir zu schreiben. Sie will das diskret regeln. Sie will aber auch Antworten. Wenn ich ihr sage, dass ich dich ausleihe, weiß sie, dass ich ihr Antworten besorgen werde. Doch jemand, der ihr über die Schulter sieht, wenn die Nachricht eintrifft, wird daraus keine Rückschlüsse ziehen können. Ich leihe mir ständig Leute aus.«

»Verstanden«, sagte ich.

»Dachte ich mir.«

»Was, glaubst du, ist passiert?«

»Keine Ahnung. Deshalb fliegen wir ja hin. Aber wenn wir die Kaijū da rumlaufen sehen, weiß ich genau, was wir tun werden.«

»Und was?«

»Hoffen, dass sie uns nicht sieht, bevor wir uns verpissen können. Wenn sie aufgestanden ist, muss irgendwas sie unglaublich wütend gemacht haben. Wenn sie uns sieht, wird sie uns in den Boden rammen.«

*

»Sag mir, was du siehst«, bat Satie, als wir über der Stelle kreisten.

Ich sah Folgendes:

Chopper eins als Wrack am Boden nahe dem Seeufer, brennend und qualmend.

Den Boden nahe der Absturzstelle und dem Kaijū-Nest. Er war übersät von Dschungelbewohnern. Selbst wenn jemand den Hubschrauberabsturz überlebt hätte, wäre er ihnen längst zum Opfer gefallen.

Unsere Freunde waren tot.

Das meldete ich Satie.

Er nickte. »Okay«, antwortete er. »Sag mir jetzt, was du nicht siehst.«

»Ich sehe den Aerostat nicht.«

»Was noch?«

»Ich sehe Bellas Eier nicht.«

»Was noch?«

»Ich sehe Bella nicht.«

Sie war weg. Ihre Eier waren weg. All ihre Parasiten und Begleitwesen waren weg.

Alles war weg.

»Das ist nicht normal«, sagte ich.

»Richtig«, stimmte Satie zu. »Warum nicht?«

Aus folgendem Grund: Wenn ich die Stelle betrachtete, an der Bella gesessen hatte, sah es nicht so aus, als wäre Bella aufgestanden und gegangen.

Wenn ich die Stelle betrachtete, an der Bella gesessen hatte, sah es so aus, als wäre Bella nie da gewesen.

# 21

»Wo ist sie hin?«, fragte Brynn MacDonald. Wir hielten uns im Konferenzraum des Verwaltungsgebäudes auf: Brynn, Jeneba Danso und Aparna, Niamh und Kahurangi, zusammen mit Martin Satie und mir. Satie und ich waren dort, weil wir vor Ort gewesen waren und alles berichtet hatten. Meine Freunde waren da, weil hauptsächlich sie mit den Daten von dieser Position arbeiteten und nach dem vermeintlichen Tod ihrer Kollegen als Laborleiter fungierten.

Man kann ehrlich sagen, dass wir alle, auch die gesamte Belegschaft der Basis, unter Schock standen. MacDonald und Danso hatten alle nach unserer Rückkehr über den vermeintlichen Unfall informiert. Zu diesem Zeitpunkt hatte die Gerüchteküche ohnehin schon gebrodelt, obwohl meine Freunde nichts preisgegeben hatten. Da war es besser gewesen, alles offenzulegen.

Die Basis trauerte. Da sie ziemlich klein war, kannte jeder jeden und wir hatten gerade fünf aus diesem Kreis verloren. Aber hier im Konferenzraum hatten wir wenigstens etwas zu tun und konnten uns ablenken.

»Wir wissen es nicht«, sagte Aparna auf MacDonalds Frage. Ihr Laptop warf ein Bild auf den großen Wandbildschirm im Konferenzraum. Es handelte sich um eine Karte »lokaler« Kaijū, die einige Hundert Kilometer der nahe gelegenen Labrador-Halbinsel einschloss. »Bella war markiert und gechippt, und selbst ohne den wahrscheinlich abgestürzten Aerostat empfangen wir Signale der anderen. Es gibt einen kleinen toten Winkel, in dem sich die Bilder des fehlenden Aerostats nicht mit denen der anderen überlappen. Daher ist nicht ausgeschlossen, dass sie sich dort aufhält. Aber dann hätten Martin und Jamie sie eigentlich sehen müssen.«

»Wir haben nichts gesehen«, betonte Satie und ich nickte. Nachdem wir die Stelle von oben ausführlich gefilmt hatten, waren wir in einem großen Kreis über die Umgebung geflogen und hatten Bella gesucht. »Sie ist nicht da. Es gibt keine Hinweise darauf, wo sie hingegangen sein könnte.«

»Sie kann fliegen«, merkte Danso an. »Sie muss keine Spuren hinterlassen oder einem Weg folgen wie einige andere Kaijū.«

Aparna nickte. »Sie hätte vielleicht keine Spuren hinterlassen, aber sie wäre auf unserer Karte aufgetaucht, egal wohin sie geflogen wäre. Selbst im Südwesten, wo es die wenigsten Aerostats gibt, hätten wir ihr Signal wenigstens ein paar Minuten lang auffangen müssen.«

»Ihr Peilsender könnte abgefallen sein«, wandte Kahurangi ein. »Wie bei dem Kaijū, den wir gesehen haben, als wir zur Basis gekommen sind.«

»Kevin«, sagte ich.

»Ja, genau«, stimmte Kahurangi zu. Er lächelte dabei nicht. Zum ersten Mal kamen uns die so gewöhnlichen Namen der Kaijū nicht lustig vor.

»Also glaubst du, dass sie aus dem Nest davongeflogen ist und ihren Peilsender verloren hat«, erwiderte Satie zu Kahurangi.

»Ich weiß es nicht, aber es wäre möglich.« Er nickte Aparna zu. »Sie sagte, es gäbe einen Fleck, den wir nicht einsehen können. Wenn er dort abgefallen wäre, würde das einiges erklären.«

MacDonald sah Satie an. »Wann können wir einen neuen Aerostat in die Gegend bringen?«

»Wir können den, der südwestlich des fehlenden schwebt, jederzeit dorthin manövrieren«, sagte er. Satie leitete in der Tanaka-Basis alles, was mit Luftfahrt zu tun hatte, und dazu gehörten auch die Aerostats. »Aber sie bewegen sich nur sehr langsam. Selbst der nächste wird den ganzen Tag brauchen, um diese Position zu erreichen.«

»Wir brauchen vorher Antworten.«

»Ich kann sie nicht beschleunigen«, sagte Satie. »Aber wir könnten in der Zwischenzeit die *Shobijin* wie einen Aerostat nutzen. Sie wird gerade nicht benötigt. Wir bringen die entsprechenden Instrumente an der Unterseite an und lassen sie an Ort und Stelle schweben, bis der richtige Aerostat angekommen ist.«

MacDonald sah Danso an, die daraufhin nickte. »Dann machen wir es so«, entschied sie.

Aparna hob die Hand. »Es gibt noch ein Problem.«

»Welches, Dr. Chowdhury?«

»Es wäre möglich, dass Bella sich in unserem toten Winkel versteckt oder dass ihr Peilsender abgefallen ist«, räumte

Aparna ein, »aber das erklärt nicht, wo ihre Eier geblieben sind. Sie sind weg. Alle.«

»Andere Kreaturen könnten sie gefressen haben, nachdem Bella weg war«, schlug Danso vor.

»Das würden sie bestimmt tun, aber *nicht so schnell.*« Aparna wandte sich mir zu. »Du sagtest, du hättest weder Eier noch Natalgelee gesehen.«

»Richtig«, bestätigte ich. Satie nickte. »Wir waren ziemlich hoch, deshalb haben wir vielleicht nicht alles gesehen. Aber an der Stelle, an der Bella war, war nichts zu erkennen. Keine Bella. Keine Eier.«

»Bella würde ihre Eier nur im Notfall oder aufgrund einer aktiven Bedrohung verlassen«, sagte Aparna zu MacDonald und Danso. »Wir wissen, dass ihre Spezies ein solches Brutverhalten zeigt. Aber wenn sie ihre Brutposition verlassen hat, dann ohne Eier. Die konnte sie nicht mitnehmen.« Sie zeigte auf den Bildschirm. »Bella wird vermisst, was seltsam ist. Aber dass ihre Eier alle fehlen, ist unmöglich.«

Danso sah Niamh an. »Außer«, sagte sie auffordernd.

»Außer wenn Bella die Dimensionsbarriere durchbrochen hat«, beendete Niamh Dansos Gedanken.

»Wäre das möglich?«

»Es *sollte* nicht möglich sein«, erwiderte Niamh langsam. »Die Barriere blieb durchlässig, weil sie dort gebrütet hat, aber nicht so durchlässig, dass sie hätte hindurchgehen können. Und ihr körperlicher Zustand hat sich seit Beginn der Brutzeit nicht verändert. Unsere Daten liefern uns keinen Hinweis darauf. Und selbst wenn sich etwas in ihrem Inneren verändert hätte«, Niamh zeigt auf Aparna, »hat sie recht. Die Eier wären immer noch da. Die Eier hätten nicht mitkommen können.«

»Warum nicht?«, erkundigte sich Kahurangi.

»Weil sie noch keinen eigenen kleinen Atomreaktor entwickelt haben«, erläuterte Niamh.

»Aber Bellas Parasiten wären mitgekommen«, wandte MacDonald ein. »Und die verfügen auch über keinen biologischen Atomreaktor.«

»Wenn sie an ihr hingen, als sie die Barriere durchquerte, wären sie natürlich mitgekommen«, erwiderte Niamh. »Sie sind praktisch Passagiere. Doch Bellas Eier sind nicht mehr mit ihr verbunden. Sie wären nicht mit ihr auf die andere Seite gelangt und hier auch nicht mit ihr losgeflogen.«

»Die Frage lautet also nicht: ›Wo ist Bella?‹, sondern: ›Wo sind ihre Eier?‹«, folgerte MacDonald.

»Richtig.«

»Okay, wo *sind* ihre Eier?«

»Keine Ahnung«, sagte Niamh, überlegte es sich dann jedoch anders. »Nein, das stimmt nicht. Ich habe eine Ahnung, aber sie gefällt mir nicht.«

»Ich höre.«

»Dir wird sie auch nicht gefallen.«

»Raus damit.«

»Bella und ihre Eier sind durch die Dimensionsbarriere gelangt.«

»Du hast gerade gesagt, dass sie nicht durchgekommen wäre«, hielt Danso dagegen.

»*Sie* nicht«, bestätigte Niamh. »Und ihre Eier auch nicht. Jedenfalls nicht ohne Hilfe.«

»Spuck's aus, Dr. Healy«, forderte MacDonald.

»Ich versuche wirklich nicht, Zeit zu schinden«, entgegnete Niamh. »Ich versuche nur, die logistischen Aspekte dieser Sache in meinem Kopf zusammenzubringen. Aber egal wie, wir wissen, dass die Bedingungen auf dieser Seite der

Dimensionsbarriere es Bella und ihren Eiern momentan nicht erlauben, sie zu durchqueren. Also müssen diese Bedingungen auf der *anderen* Seite erfüllt worden sein. Ich weiß nur nicht, wie.«

»Zum Beispiel mit einer Atomexplosion«, sagte Kahurangi.

»Alter, wenn gerade auf dem platten Land in Kanada Atombomben explodieren, sind wir alle am Arsch.«

»Wenn es keine Atombombe ist, was dann?«, wollte ich wissen.

»Keine *Ahnung*«, wiederholte Niamh. »Das Durchqueren der Dimensionsbarriere erfordert eine gewaltige Menge Atomenergie, die entweder spontan freigesetzt wird oder sich langsam aufbaut.« Xier zeigte auf die Karte, die noch auf dem Bildschirm zu sehen war. »Auf der anderen Seite gibt es an der Stelle, an der Bella ist oder *war*, nichts. Da ist ein Wald. Keine Städte oder Straßen. Keine Menschen. Und definitiv nichts, was die Kraft hätte, Bella und ihre Eier auf die andere Seite zu ziehen.«

»Also ergibt es keinen Sinn, dass sie in unsere Welt gelangt sein soll«, sagte MacDonald.

»Das ist richtig«, stimmte Niamh zu, »aber es ist trotzdem das Einzige, womit wir erklären können, was wir hier sehen.«

»Außer uns entgeht was«, wandte Kahurangi ein. Er zeigte auf Aparnas Computer. »Darf ich?«

Sie nickte. Kahurangi nahm den Laptop und öffnete den geschützten Ordner, der für das Meeting angelegt worden war und in dem sich Saties Flugvideo befand. Kahurangi sprang zu der Stelle, an der die Hubschrauberkamera freien Blick auf den Boden und die Kreaturen hatte, die dort ausschwärmten.

»Was sehen wir da, Dr. Lautagata?«, fragte Danso.

»Ich habe mir das Video vorhin angesehen und etwas, das ich nicht ganz einordnen konnte, hat mich daran gestört«, erklärte Kahurangi. »Es ist mir gerade klar geworden. Da sind so viele Kreaturen unterwegs, aber keine greift eine andere an.«

»Okay. Und?«

»Vielleicht liege ich ja falsch, aber ein paar dieser Viecher dienen den anderen doch normalerweise als Beute, oder?« Er sah Aparna an.

Sie betrachtete den Bildschirm und versuchte, die verschiedenen Spezies zu erkennen. »Das stimmt.«

Kahurangi nickte und zeigte erneut auf den Bildschirm. »Das wäre so, als würden in unserer Welt Alligatoren hilflose Babygazellen am Ufer ignorieren. Das passiert nur, wenn die Alligatoren denken, dass es sich lohnt, auf etwas viel Besseres zu warten.« Er sah mich an. »Du hast einen Kanisterwerfer abgefeuert. Du weißt, wie diese Biester auf einen geplatzten Kanister reagieren. Sie lassen alles stehen und liegen und laufen hin.«

»Mehr oder weniger«, sagte ich. »Aber das ›Weniger‹ sollten wir nicht vernachlässigen.«

»Das ist keine exakte Wissenschaft«, stimmte Kahurangi zu. »Aber vom Prinzip her funktioniert es.«

»Heißt das, dass hier Pheromone im Spiel sind?«, fragte MacDonald. »Und wenn ja, was hat das mit dem zu tun, das Dr. Healy angesprochen hat?«

»Keine Pheromone«, erklärte Kahurangi. »Pheromone sind nur ein Teil dessen, was wir in die Kanister füllen. Der andere sind Actinoide. Die Fauna hier steht unglaublich auf die. Und natürlich ist Uran ihr Favorit.« Er hielt das Video an. »So verhält sie sich, wenn eine Menge davon in der Nähe ist, oder wenn sie das glaubt.«

»Gibt es denn auf der anderen Seite an dieser Stelle so viel Uran?«, überlegte Niamh.

»Keine Ahnung, müsste ich mir auf einer Karte ansehen«, sagte Kahurangi.

»Und du schimpfst dich Geologe.«

Kahurangi lächelte. Es war das erste ehrliche Lächeln, das ich bei diesem Meeting sah. »An diesem Ort ist es erst vor ein paar Wochen zu einer Atomexplosion gekommen«, erklärte er. »Also werden die Kreaturen hier noch immer von ihr angezogen. Das ist ja einer der Gründe, aus denen Bella unserer Ansicht nach dort ihr Nest gebaut hat. Ihre Parasiten finden dort genug Nahrung für sich selbst und sie. Doch diese Aktivität lässt darauf schließen, dass etwas anderes passiert ist. Etwas, das entweder unmittelbar mehr Actinoide in diese Gegend gebracht hat oder den Kreaturen zumindest vorübergehend den Eindruck vermittelt hat, dass es so wäre.«

»Was könnte das sein?«, fragte MacDonald.

»Ich bin mir nicht sicher«, antwortete Kahurangi. »Aber was auch immer es war, ich würde darauf wetten, dass es nichts Natürliches war. Es stammte von uns. Von Menschen. Zwar kein Atomkrieg«, er nickte Niamh zu, »aber Menschen hatten damit zu tun.«

»Interessantes Timing«, sagte Satie.

Ich verstand, was er meinte, und wandte mich an MacDonald und Danso: »Wie lange werden wir mit der anderen Seite nicht kommunizieren können?«

»Die Honda-Basis schließt das Tor normalerweise für einige Wochen«, erwiderte Danso.

»Kann man das abkürzen?«

»Man kann nicht einfach einen Schalter umlegen«, sagte sie. »Sie bauen alles auseinander, was gewartet werden muss. Damit haben sie schon angefangen. Selbst in einem Notfall würde es einige Tage dauern, bis alles wieder zusammengebaut und funktionstüchtig ist.«

»Das ist schon irgendwie ein Notfall«, hielt Niamh dagegen.

»Wir brauchen einen größeren Notfall, um sie dazu zu bringen, sich zu beeilen.«

Niamh war fassungslos. »Eine gottverdammte Kaijū auf der anderen Seite ist nicht *groß* genug?«

Danso zeigte auf Aparna. »Dr. Chowdhury hat uns von den toten Winkeln hier berichtet. Die müssen wir zuerst ausschließen. In dieser Situation sollten wir nicht verfrüht Alarm schlagen.«

»Moment«, sagte ich. »Camp Century ist doch nicht der einzige Ort, an dem Leute auf diese Seite kommen. Es gibt auch Tore auf anderen Kontinenten.«

»Ja«, bestätigte MacDonald.

»Können wir denen nicht sagen, dass sie eine Nachricht zur anderen Seite schicken sollen?«

MacDonald schüttelte den Kopf. »Unser Aerostat-Netzwerk ist nicht so gut ausgebaut. Es deckt den lokalen Bereich ab, der in unserem Fall diesen Teil von Nordamerika umfasst. Wenn wir eine Nachricht nach Europa, Asien oder Australien schicken müssen, senden wir sie zuerst von Camp Century zur anderen Seite. Dort wird sie dann weitergeleitet.«

»Wir müssen doch irgendwas tun können.«

»Wir könnten die *Shobijin* benutzen«, schlug MacDonald vor. »Sie zur GEK-Basis in Europa schicken. Aber das würde letztendlich nicht schneller gehen, und wir brauchen das Luftschiff hier. Egal was wir tun, es wird mindestens eine Woche vergehen, bis wir der anderen Seite eine Nachricht übermitteln können.«

»*Wenn* Bella dort ist, werden sie das bis dahin gemerkt haben«, sagte Aparna. Was stimmte. So ein Kaijū fiel früher oder später auf.

»Wir brauchen trotzdem Antworten«, beharrte Danso. »Schon allein um unseretwillen. Wir müssen rausfinden, was unseren Leuten zugestoßen ist. Und wir müssen irgendwie rausfinden, was passiert ist und warum.«

»Funktionieren die Instrumentenpakete?«, fragte ich.

»Vielleicht«, erwiderte Niamh. »Je nachdem. Den alten geht der Saft aus und die Fauna hat sie schon ziemlich verbeult. Aber sie sollten funktionieren, wenn das Missionsteam sie nicht schon abgeschaltet hatte. Die neuen müssten einwandfrei funktionieren, wenn sie erst mal aktiviert wurden. Die alten Instrumente, die bereits im Hubschrauber waren, sind wahrscheinlich beim ...« Niamh hielt inne, um das, was passiert war, nicht aussprechen zu müssen. »Jedenfalls bekommen wir die Daten erst, wenn die *Shobijin* sie empfängt und an uns weiterleitet. *Falls* die Instrumente senden.«

Ich sah Satie an. »Wann ist die *Shobijin* so weit?«

»Das wird noch ein paar Stunden dauern«, sagte er.

Ich nickte und stand auf. »Dann mal los.«

Er grinste, was auch er an diesem Tag zum ersten Mal tat. »Das sage ich sonst immer.«

»Was habt ihr vor?«, erkundigte sich MacDonald.

»Wir brauchen Antworten«, erwiderte ich und nickte Danso zu. »Und uns bleiben noch ein paar Stunden Tageslicht. Deshalb werde ich mich auf die Suche machen.«

»Vor Ort?«, hakte MacDonald nach.

»Ja.«

»An einer Stelle, in der es vor Viechern, die dich fressen wollen, nur so wimmelt?«, ergänzte Kahurangi.

»Ja. Willst du mitkommen?«

»Von Wollen kann keine Rede sein, aber ich *komme* mit«, sagte er. »Du wirst nämlich jemanden brauchen, der dir den Rücken freihält. Ich muss nur kurz ins Labor. Ich hab an ein paar neuen Pheromonrezepten gearbeitet. Die solltest du ausprobieren.«

»Wirst du sie nicht mit mir ausprobieren?«

»Nein, ich werde als Kontrollgruppe fungieren.«

Ich blinzelte. »Echt jetzt?«

Kahurangi grinste und schüttelte schmunzelnd den Kopf. »Tut mir leid«, beteuerte er. »War ein schlimmer Tag. Ich musste einfach dein verdutztes Gesicht sehen.«

# 22

»Das ist das neue Zeug«, sagte Kahurangi zu mir, als wir uns dem Ziel näherten. Er beugte sich von der Rückbank des Hubschraubers vor und reichte mir eine Flasche, die auch Sonnenmilch hätte enthalten können.

Ich nahm sie. »Was ist das?«

»Willst du dich nicht überraschen lassen?«

»Eher nicht.«

Kahurangi nickte. »Diese Pheromone sollten alle glauben lassen, dass du ein Kaijū bist.«

Ich runzelte die Stirn. »Was soll mir das bringen? Diese Viecher haben Parasiten. Große. Einige sind so groß wie ich.«

»Das stimmt«, sagte Kahurangi. »Aber Bellas sind bei ihr. Also fast alle. Und die anderen Kreaturen werden mit dir umgehen wie mit einem Berghang. Sie werden dich ignorieren.«

»Bist du dir da sicher?«, fragte ich.

»Ich hab das Zeug an den Baumkrebsen vor der Basis ausprobiert. Sie schienen mich nicht mal wahrzunehmen.«

»Ja, aber Baumkrebse bringen einen nicht um.«

»Wenn sie es könnten, schon«, hielt Kahurangi dagegen.

»Und wenn es Parasiten in der Nähe gibt?«, fragte ich. »Welche, die Bella zurückgelassen hat, als sie wohin auch immer verschwunden ist?«

»Ich vermute, dass du sie verwirren wirst. Sie werden sich dir nähern, aber da du kein Kaijū bist, werden sie dich ignorieren und nach dem richtigen Kaijū suchen, den es irgendwo in der Nähe geben muss.«

»Das *vermutest* du?«

»Ich wollte das demnächst testen«, sagte Kahurangi. »Jetzt muss das der Test werden.«

»Das erfüllt mich nicht gerade mit Zuversicht«, erwiderte ich.

»Deshalb habe ich auch das mitgebracht.« Er hielt eine zweite Flasche hoch. »Dieses Zeug kennst du bereits und hast es schon benutzt. Und den hier habe ich außerdem noch dabei.« Er hob einen Kanisterwerfer an.

»Seid ihr zwei bereit?«, fragte Satie.

Ich sah Kahurangi an. Er nickte.

»Wir sind bereit«, bestätigte ich.

»Verschwendet keine Zeit«, sagte Satie. »Beeilt euch mit der Suche. Ihr bringt alles, was ihr findet, zum Hubschrauber, und dann fliegen wir zurück. Die *Shobijin* wird heute Abend hier eintreffen und das Datensammeln übernehmen. Was auch immer hier passiert ist: Ich will nicht, dass es noch mal passiert.«

»Wir beeilen uns«, versprach ich. Satie nickte, dann gingen wir in den Sinkflug. Der Hubschrauber hing knapp über dem Boden, als Kahurangi und ich ihn verließen, unsere Sprühflaschen und Waffen nahmen und ein Instrumentenpaket aus dem Frachtraum holten. So würde wenigstens ein Instrumentenpaket Daten senden, egal was mit den anderen passiert war. Ich zeigte Satie meinen hochgestreckten Daumen und er flog gerade so hoch, dass wir nicht vom Sturm, den die Rotorblätter verursachten, mitgerissen wurden. Er wollte sicherstellen, dass wir schnell fliehen konnten.

»Okay, halt still«, bat Kahurangi und sprühte mich mit seiner Kaijū-Tarnung ein.

Bei dem Geruch musste ich würgen. »Mein Gott, das ist ja widerlich«, sagte ich.

»Würde nicht funktionieren, wenn's nach Rosen riechen würde«, erwiderte er und sprühte mich weiter von oben bis unten und von vorne und hinten ein. Als er fertig war, reichte er mir das Spray. »Jetzt ich.« Ich sprühte ihn ebenfalls mit dem Pheromon ein. Und er würgte ebenfalls.

»Wenn das nicht funktioniert, schmecken wir wenigstens nicht gut, falls sie uns fressen«, kommentierte ich, als ich ihm das Spray zurückgab.

Er steckte es ein. »Wohin?«

»Ich weiß noch, wo Aparna ihre Instrumente platziert hat«, sagte ich. »Fangen wir da an.« Ich ging in Richtung des ersten Pakets.

Wir fanden es einige Minuten später, zusammen mit seinem Ersatz. »Sag mir, dass ich mir das, was ich da sehe, nicht einbilde«, sagte Kahurangi zu mir.

Ich schüttelte den Kopf. »Du bildest es dir nicht ein.« Beide Instrumentenpakete waren zerschmettert worden. Der Inhalt war zerstört. »Die Festplatten fehlen«, stellte ich fest, als ich genauer hinsah.

»Sie könnten einfach nur verstreut worden sein«, erwiderte Kahurangi. »Hier dürfte sich mittlerweile einiges in der Gegend verteilt haben.«

»Glaubst du wirklich, dass die örtliche Fauna hierfür verantwortlich sind?«, fragte ich ihn.

»Ich weiß es nicht«, gab er zu. »Ich weiß nur, dass die Instrumentenpakete alles aushalten sollten, was der Planet ihnen antun kann, und dass sie konstant verbessert werden. Aber es wäre möglich, dass sie einfach zerstampft worden sind.«

An der nächsten Stelle stießen wir auf den gleichen Anblick. Die Instrumentenpakete waren zerstört worden, die Festplatten fehlten.

»Okay, hast recht, das ist *definitiv* kein Zufall«, sagte Kahurangi.

»Bringen wir das neue Paket hier an«, schlug ich vor. Kahurangi nickte und machte sich an die Arbeit, während ich Wache hielt. Normalerweise hätten wir jetzt schon die Aufmerksamkeit des hiesigen Viehzeugs auf uns gezogen. Die Kreaturen wären entweder wegen der Prädatorenphenomone geflohen oder hätten uns trotzig beäugt. Doch dieses Mal belästigten uns nur Stechinsekten, die uns immer wieder ins Gesicht (und andere Bereiche) fliegen wollten. Nichts anderes verfolgte uns und oder wich uns aus. Sie ließen uns einfach … in Ruhe.

»Ich werd bekloppt«, meinte ich, als mir das auffiel. »Dein Cocktail funktioniert, Alter.«

»Bis jetzt zumindest«, räumte Kahurangi ein, während er mit dem Paket rang. »Das ist schon die zweite Version. Die erste war ein ziemlicher Fehlschlag.«

»Wie meinst du das?«

»Sie haben mich nicht ignoriert, sondern wurden stinksauer. Ich glaube, ich hab ihnen signalisiert, dass der Kaijū angegriffen wurde oder so. Ich hab's gerade noch bis zur Treppe geschafft. Das war so, als würde man von einer Zombiehorde aus Baumkrebsen verfolgt.«

»Danke, dass du die Kanister nicht vertauscht hast«, sagte ich.

»Gern geschehen«, erwiderte Kahurangi. »Gib mir nur nie einen Grund, dich mit der ersten Version zu besprühen.«

Ich lächelte und warf einen Blick zu der Stelle, an der Bella gesessen hatte. Im gleichen Moment ... blitzte etwas grell auf.

»Whoa«, entfuhr es mir.

Kahurangi hob den Kopf. »Was ist denn?«

»Ich weiß es nicht.« Ich kontaktierte Satie über mein Headset. »Hast du was gesehen?«

»Abgesehen davon, dass ihr beide so trödelt, dass ihr zu Snacks werden könntet? Nein.«

»Behalt die Stelle, an der Bella saß, im Blick«, bat ich.

»Wonach suche ich?«

»Du wirst es wissen, wenn du's siehst.«

»Seid ihr bald fertig?«

»Wir müssen uns noch zwei Stellen ansehen«, antwortete ich.

»Dann verschwende keine Zeit mit mir und geh«, sagte Satie und unterbrach die Verbindung.

»Erledigt«, sagte Kahurangi und warf einen Blick zu der Stelle, an der Bella gesessen hatte. »Was war denn da?«

»Ich dachte, ich hätte einen Blitz gesehen.«

»Es ist Tag.«

»Ich weiß«, erwiderte ich. »Deswegen denke ich nur, dass ich einen gesehen habe. Ich könnte ihn mir auch eingebildet haben.«

»Behalten wir die Stelle auf dem Weg trotzdem im Blick«, entschied Kahurangi.

»Das wirst du machen«, erwiderte ich. »Ich werd Viecher im Auge behalten, die versuchen könnten, uns zu fressen. Für den Fall, dass deine neuen Pheromone sich abnutzen.«

An der nächsten Stelle fanden wir nur das alte Instrumentenpaket. Es war erstaunlicherweise nicht zerstört worden.

»Wo ist das andere?«, fragte Kahurangi.

Ich sah mich um und entdeckte etwas einige Meter entfernt. »Komm mit«, sagte ich. Wir gingen zu dem Ding. Es war das neuere Instrumentenpaket. So wie anderen war es zerschmettert worden.

Im Gegensatz zu den übrigen steckte jedoch eine Kugel darin.

»Hallöchen.« Ich zeigte sie Kahurangi, der einen Blick darauf warf und unsere Gefühle in einem Wort zusammenfasste.

»Scheiße«, fluchte er.

»Glaubst du, dass Riddu Tagaq jemanden mit einer Waffe, die Kugeln abfeuert, hierherlassen würde?«, fragte ich.

»Nein. Schrotflinte? Ja. Gewehr? Nein. Sie hält nicht viel von unseren Zielfähigkeiten.«

»Du hattest also recht«, sagte ich. »Jemand ist rübergekommen und hat auf dieses Ding geschossen.«

Kahurangi nickte. »Und hat wahrscheinlich den Aerostat zum Absturz gebracht. Und Chopper eins. *Scheiße.*« Er wandte sich angewidert ab.

Ich drehte mich um und ließ das zerstörte Instrumentenpaket fallen. Dabei entdeckte ich aus dem Augenwinkel etwas Glänzendes. Ich ging darauf zu.

»Wo willst du hin?«, erkundigte sich Kahurangi.

»Okay, ich *habe* gerade was gesehen«, meldete Satie in meinem Headset. »Was zum Teufel war das?«

Ich ignorierte beide und hockte mich neben einen umgestürzten Baum. Ein Gegenstand lag halb bedeckt von Moos und Algen am Boden. Ich hob ihn auf.

Es war ein Handy.

Ein Handy, das anscheinend absichtlich hier platziert worden war, denn die Kamera war auf die Stelle gerichtet, an der Bella gesessen hatte.

»Hallöchen«, sagte ich erneut, aber leiser.

»Jamie?«, fragte Kahurangi, als er neben mich trat.

Ich drehte mich um und zeigte ihm das Handy.

»Was macht das hier?«

»Ich glaube, es wurde absichtlich hier platziert«, antwortete ich und versuchte, es einzuschalen. Nichts. Es war tot. Ich öffnete einen Funkkanal zum Hubschrauber. »Martin«, sagte ich.

»Ich habe diesen Blitz gesehen«, wiederholte Satie.

»Okay«, bestätigte ich. »Nächste Frage: Hast du ein Handyladegerät an Bord?«

»Was?«

»Ein Ladegerät.«

»Willst du jemanden anrufen?«

Ich sah mir den unteren Rand des Handys an. »Am besten ein Ladegerät mit USB-C.«

»Chopper zwei verfügt über zwei USB-Anschlüsse und ich habe ein Kabel mit mehreren Enden, unter anderem auch USB-C. Warum?«

»Wir sind hier in zwei Minuten fertig. Halt dich bereit.« Ich schaltete ab und sah Kahurangi an. »Ich weiß schon, was wir an der letzten Stelle finden werden, aber wir müssen auf Nummer sicher gehen«, erklärte ich.

Er nickte. »Okay.«

Wir eilten zur letzten Position und fanden zwei zerstörte Instrumentenpakete. Wir blieben nicht mal stehen, sondern überzeugten uns nur davon, dass sie tatsächlich kaputt waren, bevor wir zum Landeplatz zurückkehrten. Satie wartete bereits auf uns. Wir sprangen in den Hubschrauber und er stieg sofort auf.

Er zeigte auf die Konsole zwischen seinem Sitz und dem des Co-Piloten, auf dem ich mich gerade anschnallte. Ich setzte das Cockpit-Headset auf. »Kabel und Ladegerät sind da drin«, sagte er und warf einen Blick auf das Handy, als ich es herausholte und anschloss. »Wieso musst du dein Handy so dringend aufladen?«

»Das ist nicht meins«, sagte ich.

»Wem gehört es?«

Ich schüttelte den Kopf. »Keine Ahnung. Aber ich wette, dass der Besitzer so schlau war, alles aufzuzeichnen, was da unten passiert ist. Und ich hoffe, er war auch schlau genug, was anderes zu tun.«

»Was?«

»Den Sperrbildschirm abzuschalten.«

*

»Das ist keine leichte Kost«, warnte ich alle im Konferenzraum.

Es wurde genickt. Die Gruppe von zuvor war erneut zusammengekommen. Allen war klar, dass ich etwas gefunden hatte, aber nur Kahurangi und Satie wussten, was. Ich öffnete den Laptop, verband ihn mit dem Wandbildschirm und rief das erste Video auf. Tom Stevens war auf dem Standbild zu sehen. Er stand vor der Kamera, die er bereits aufgestellt hatte. Neben ihm lag ein Instrumentenpaket am Boden.

Ich startete das Video.

»Ich glaube, ich habe nicht viel Zeit«, sagte Tom in die Kamera. »Nach der Landung, als wir die Instrumente platziert haben, haben wir einen Knall gehört und gesehen, wie der Aerostat von etwas getroffen wurde. Im nächsten Moment wurde auch der Hubschrauber getroffen. Dann sahen wir Leute, die wie Soldaten aussahen. Sie tauchten von der anderen Seite mit Ausrüstung auf und liefen in Bellas Richtung. Sie sahen uns und einige schossen. Wir sind weggelaufen. Sie jagen uns nicht, aber ich glaube, dass sie uns umbringen werden. Ich weiß nicht, wer sie sind oder woher sie kommen. Mein Handy ist auf Bella gerichtet. Ich werde es laufen lassen. Hoffentlich finden sie es nicht. Hoffentlich findet es jemand von Tanaka. Ich weiß nicht, was ich sonst noch sagen soll. Ich werde jetzt gehen.«

Er nahm das Instrumentenpaket, stand auf und ging entschlossen aus dem Bild.

Einige Sekunden später tauchte eine Person auf, die Tarnkleidung trug und ein nach Militär aussehendes Gewehr dabeihatte. Die Person schrie Tom an, er solle stehen bleiben. Der Soldat ging weiterhin brüllend aus dem Bild. Ich hielt das Video an.

»Ab jetzt ist der Ton ziemlich leise«, sagte ich. »Ich werde die Lautstärke hochdrehen.« Alle nickten. Ich machte den Ton lauter und startete das Video wieder.

Die Umgebungsgeräusche waren viel lauter, aber die Stimmen waren trotzdem kaum zu hören.

Als Erstes sagte Tom: »Ich bin unbewaffnet.«

Der Soldat knurrte etwas Unverständliches, worauf Tom erwiderte: »Ich komme von der Tanaka-Basis. Wer sind Sie und wieso sind Sie hier? Wo kommen Sie her?«

Eine unverständliche Antwort.

»Wir sind zu Forschungszwecken hier. Weshalb sind Sie hier?«, fragte Tom.

»Er macht das absichtlich«, sagte Niamh.

»Was?«, stutzte MacDonald.

»Deutlich reden. Überbetont. Er will sicherstellen, dass alles, was er sagt, aufgezeichnet wird.«

MacDonald schien antworten zu wollen, aber da sagte Tom wieder etwas, nämlich: »Wie sind Sie durchgedrungen? Woher wussten Sie, was hier ist?«

Eine geknurrte Antwort.

»Ich möchte nur verstehen, was hier vorgeht«, sagte Tom.

Der Soldat murmelte etwas, als würde er mit sich selbst reden, dann klang seine Stimme aggressiver.

»Ich kann das Instrumentenpaket nicht auseinandernehmen«, erklärte Tom. »Wir versiegeln sie an der Basis und sorgen dafür, dass sie sehr schwer zu zerstören sind, damit keine Daten verloren gehen. Wieso soll ich es auseinandernehmen?«

Gebrüll folgte, und dieses Mal konnte ich deutlich das Wort *Scheiße* hören.

»Ich will mich nicht mit Ihnen streiten«, beteuerte Tom. »Ich sage Ihnen nur, was ich tun kann und was nicht.«

Weiteres Gemurmel.

»Okay, ich werde das Paket hier hinlegen und mich von ihm entfernen«, sagte Tom.

Stille, dann der dumpfe Knall eines Gewehrschusses.

»Wie bereits gesagt sind die sehr stabil«, erläuterte Tom.

Noch ein Knall.

»Ich möchte jetzt zu meinen Teamkollegen gehen«, bat Tom nach einem Moment. »Ich weiß, dass sie Angst haben. Ich habe auch Angst. Sie haben unsere Daten zerstört und dafür gesorgt, dass wir nicht mit unserer Basis reden können. Wir können Sie nicht von dem abhalten, was Sie hier tun wollen. Wir werden Ihnen keinen Ärger machen.«

Gemurmel, dann tauchte der Soldat einige Sekunden später im Bild auf. Er ging rückwärts, das Gewehr auf Tom gerichtet, und sagte etwas in sein Headset.

»Okay, was zum Teufel soll ich mit dem Kerl machen?«, fragte er. Da er nun näher am Mikrofon war, konnten wir ihn gut verstehen. »Uns wurde gesagt, dass hier kein Schwein sein würde. Uns wurde gesagt, dass wir längst weg sein würden, bevor jemand kommt. Jetzt stehe ich mit diesem Arsch hier und andere aus meiner Einheit kümmern sich um seine Freunde.«

Er stand da und lauschte in seinen Kopfhörer.

»Ja, aber genau das meine ich«, erwiderte der Soldat auf etwas, das die Person am anderen Ende gesagt hatte. »Wir haben den Hubschrauber schon abgeschossen. Wir müssen mit diesen Arschlöchern *gar nichts* machen. Wir ziehen ihnen die Klamotten aus und jagen sie in den Dschungel. Die werden längst tot sein, wenn ihre Freunde auftauchen. Warum sollten wir Munition verschwenden?«

Eine weitere Pause, dann ein Seufzer.

»Mein Gott, wenn's sein muss«, stöhnte der Soldat. »Dafür bekommen wir mehr Geld. Und einen Bonus, weil wir den Hubschrauber abgeschossen haben.«

Alle drehten sich zu Satie um, der grimmig zuhörte. Diese Stelle kannte er bereits.

»Ja. Ja. Okay. Na gut«, sagte der Soldat und verließ das Bild.

Einige Sekunden später flehte Tom: »Sie müssen das nicht tun.«

Ein dumpfer Gewehrschuss. Dann noch einer.

Abgesehen von ein paar leisen Schluchzern war es still im Raum. Alle wussten, was gerade außerhalb des Bilds passiert war.

Der Soldat kehrte unerwartet ins Sichtfeld zurück und sah sich um.

»Das Arschloch will wissen, ob es beobachtet wurde«, sagte Niamh.

Bevor er das Handy entdecken konnte, bekam er ein Problem: Die Dschungelbewohner, die von dem Lärm und dem Blutgeruch angezogen worden waren, versammelten sich. Der Soldat hob drohend sein Gewehr und verließ hastig das Bild. Einige Sekunden später tauchten die Gliedmaßen der ihn verfolgenden Kreaturen auf.

»Ich hoffe, sie haben ihn erwischt und gefressen«, bemerkte Danso.

»Ihr habt Tom dort nicht gefunden?«, fragte MacDonald mich und Kahurangi.

Wir schüttelten den Kopf.

»Wir haben keine Überreste gesehen und auch keine Eindringlinge, wer auch immer die sind«, antwortete ich und hielt das Video an. »Der Soldat hatte recht. Die Kreaturen werden alles, was sie finden konnten, auf die Bäume gebracht haben.«

MacDonald nickte bedrückt.

»Was zum Teufel machen die hier?«, wollte Danso wissen. »Wieso sind sie hier?«

»Das kann ich beantworten«, sagte ich, während ich die Videodatei schloss und eine andere öffnete. »Es gibt ein paar Videos, zwischen dem, was wir gesehen haben, und dem, was ich euch gleich zeige«, erklärte ich. »Das Handy teilt Videos automatisch in Fünf-Minuten-Blöcke ein. Das ist gut, weil wir nicht das ganze Video verloren haben, als der Akku leer war.« Ich schaltete das Video ein.

»Was sehen wir da?«, erkundigte sich MacDonald.

Ich zeigte auf einige fassgroße Objekte, die im Abstand von jeweils ein paar Metern im Bild standen. »Diese Dinger.«

»Was ist das?«

»Ich weiß es nicht. Aber ich glaube, damit wurde ein Bereich um Bella und ihre Eier abgeriegelt.«

»Okay, aber warum?«, fragte Danso.

»Deswegen«, sagte ich und zeigte auf das Video.

Dort leuchteten die fassartigen Dinger plötzlich auf. Dann gab es einen Blitz, der die Sensoren der Kamera überlastete, und einen Knall, als wäre dieser Blitz irgendwo eingeschlagen.

Als der Sensor sich erholt hatte, waren Bella, ihre Eier, die Fässer und alle Eindringlinge verschwunden.

»Okay«, entfuhr es Niamh, als das Video abbrach, »was für eine Scheiße war *das* denn?«

# 23

Mein Tag war lang, anstrengend und unglaublich herzzerreißend gewesen. Nach einem Abendessen, das ich kaum geschmeckt hatte, beschloss ich, früh schlafen zu gehen. Das führte zu einigen schlaflosen Stunden, in denen ich mir die Ereignisse des Tages immer wieder durch den Kopf gehen ließ und die Topfpflanze anstarrte, die Sylvia Braithwhite mir geschenkt hatte.

»Das klappt nicht«, sagte ich zu der Pflanze. Sie hatte bestimmt Mitleid mit mir, antwortete jedoch nicht.

Meine Zimmertür öffnete sich. Niamh kam herein. »Hey.«

»Schon mal von Klopfen gehört?«, sagte ich.

»Kommt mir bekannt vor. Ich hab's nur nicht gemacht.«

»Ich hätte schlafen können.«

»Heute Nacht schläft niemand.«

»Oder mir einen runterholen.«

»Das macht heute Nacht garantiert niemand.«

»Stimmt auch wieder.«

»Wir brauchen dich im Wohnzimmer.«

»Was ist los?«

»Wir brauchen deine Hilfe.«

»Bei was denn?«

»Wenn du aufstehst und ins Wohnzimmer kommst, wirst du's schon sehen.« Niamh verschwand aus dem Türrahmen, ließ die Tür aber offen, sodass das Licht aus dem Wohnzimmer hereinfiel. Ich blieb eine Minute lang liegen, um Niamh zu beweisen, dass xier mir nichts zu befehlen hatte, dann stand ich auf und ging ins Wohnzimmer. Meine Mitbewohner hatten überall Dokumente und Laptops ausgebreitet.

»Lasst mich raten, ich soll hier aufräumen«, höhnte ich.

»Na ja, du *trägst* zwar Dinge«, erwiderte Kahurangi, »aber darum geht es nicht.«

»Wir brauchen deinen Rat«, erklärte Aparna.

»Nicht so sehr deinen Rat. Du sollst uns nur zuhören und uns sagen, wenn du denkst, wir hätten sie nicht mehr alle«, fügte Niamh hinzu.

»Okay«, sagte ich und setzte mich an den Tisch. »Worum geht's?«

Aparna setzte sich ebenfalls. »Bella muss auf diese Seite des Zauns zurückkehren. Am besten noch heute.«

»Warum?«

»Weil wir glauben, dass sie sonst explodieren wird.«

»Du meinst, wie eine Atombombe?«

»Ja.«

»In *Kanada*?«

»Ja.«

»Es wird ... *nicht ganz einfach*, sie hierherzubringen«, sagte ich nach einem Moment.

»Kein Scheiß«, schoss Niamh zurück und setzte sich ebenfalls. »Aber wir haben vielleicht eine Idee. Na ja, so was in der Art.«

Ich hob die Hand. »Warte mal kurz«, bat ich Niamh. Dann wandte ich mich an Aparna: »Erklär mir, warum Bella explodieren wird. Ich dachte, es geht ihr gut.«

»Es *ging* ihr gut«, betonte Aparna. »Hier. Aber sie ist nicht hier. Sie ist *drüben.* Und dort, auf unserer Erde, sieht ihre Umwelt völlig anders aus. Die Atmosphäre ist dünner und sauerstoffärmer. Und es ist viel, viel kälter. Es ist Ende Oktober in Labrador. Da friert alles.«

»Und das beeinflusst die Kaijū?«

Kahurangi neigte den Kopf. »Das stimmt. Aber es beeinflusst ihre Parasiten noch viel stärker.«

»Sie sterben bereits.« Aparna nahm ihren Laptop und zeigte mir eine Datei, als wollte sie, dass ich das alles lese. »Um genau zu sein, sterben die Parasiten ab, die für ihre Kühlung und Luftzufuhr sorgen. Diese Parasiten kommen bei vielen Kaijū-Spezies vor, deshalb wissen wir eine Menge über sie. Zum Beispiel, dass sie extrem kälteempfindlich sind. Sobald die Temperatur unter zehn Grad Celsius fällt, fangen sie an abzusterben.«

Ich sah Aparna verständnislos an.

»Das sind fünfzig Grad Fahrenheit«, erläuterte sie und versuchte, nicht genervt zu klingen.

»Kapiert«, sagte ich.

»Es geht nicht nur um die Temperatur«, fügte Kahurangi hinzu. »Ein Kaijū und all seine Parasiten sind an eine dichtere Atmosphäre mit mehr Sauerstoff gewöhnt. Stellt euch vor, ihr würdet auf sechstausend Meter Höhe versuchen, einen Marathon zu laufen. So fühlt sich für sie die Erde an.«

»Also bringt der Sauerstoffmangel sie ebenfalls um.«

»Nicht direkt, aber er verlangsamt alle Prozesse«, sagte Niamh. »Und das beeinträchtigt die Kaijū. Also Bella.«

»Bella gehört zu einer fliegenden Kaijū-Spezies«, erklärte Aparna. »Fliegende Kaijū haben besonders komplexe Luftstromsysteme. Die ermöglichen ihnen unter anderem das Fliegen. Diese Luftstromsysteme sind unmittelbar mit der Kühlung des inneren Reaktors verbunden. Wenn man die Parasiten, die diese Luftstromsysteme kontrollieren, beeinträchtigt oder tötet …«

»Macht Bella bum«, schloss ich.

Aparna nickte. »Genau.«

»Heute Nacht.«

»Innerhalb eines Tages.«

»Und woher wissen wir das?«

»Da komme ich ins Spiel«, sagte Niamh. »Obwohl du mir geholfen hast.«

»Habe ich?«, fragte ich überrascht.

»Nur ein bisschen, also lass dir das nicht zu Kopf steigen.«

»Okay. Schon besser.«

Niamh lächelte. »Euch beiden, dir und Kahurangi, ist vor Ort der Blitz aufgefallen. Martin Satie auch. Das ist die gleiche Art Blitz, die wir zuvor gesehen haben, nur *viel* stärker – ihr habt ihn sogar bei Tageslicht gesehen –, und er tritt häufiger auf. Wir empfangen Daten von dem einen Instrumentenpaket, das ihr angebracht habt, also vielen Dank dafür …«

»Gern geschehen.«

»… und außerdem von der *Shobijin*. Bei diesem Blitz handelt es sich um eine Entladung, die von Prozessen in Bellas Reaktor ausgelöst wird, kombiniert mit der Energie von, was für einen Scheiß auch immer sie benutzt haben, um Bella auf die andere Seite der Barriere zu ziehen.«

»Der Blitz wird stärker und tritt häufiger auf«, sagte Kahurangi. »Niamh glaubt, das liegt daran, dass Bellas Reaktor immer heißer und immer stärker beansprucht wird.«

»Ja, richtig«, bestätigte Niamh. »Aber das ist nicht alles. Unmittelbar vor dem Auftreten eines Blitzes ist die Dimensionsbarriere zwischen den Welten um dünnsten. Diese Blitze sind so stark, dass diese Barriere mathematisch betrachtet unmittelbar vor dem Blitz kaum noch da ist.«

»Kaum noch?«, wiederholte ich.

»Sie *ist* noch da«, betonte Niamh, »aber ich wette, dass sie sich leicht durchbrechen lässt. Ein bisschen mehr Energie und jemand könnte einfach hindurchkommen.«

»Oder durchgeschickt werden«, sagte ich und dachte an Bella.

»Siehst du?«, wandte sich Niamh an Kahurangi. »Ich hab dir doch gesagt, dass Jamie nicht ganz beschränkt ist.«

Ich sah Kahurangi an. »Du hast mich *beschränkt* genannt?«

»Hab ich nicht«, widersprach Kahurangi.

Niamh fuhr fort, als hätte xier Kahurangis halbherzige Verteidigung gegen seine Abwertung meiner Person nicht bemerkt. »Das Problem ist, dass die zunehmende Häufigkeit und Kraft dieser Blitze auf eine Überhitzung von Bellas Reaktor schließen lassen. Und dann, ihr wisst schon.«

»Gibt es ein Muster bei der Häufigkeit und ansteigender Stärke dieser Blitze?«

»Eine sehr gute Frage«, lobte Niamh. »Du übertriffst wieder einmal Kahurangis Einschätzung von dir.«

Ich sah Kahurangi an. »Alles gelogen«, flüsterte er.

»Es *gibt* ein Muster«, erklärte Niamh. »Die Stärke nimmt zu, während die Zeit zwischen den Blitzen abnimmt. Ich habe das grafisch dargestellt und kann mit Sicherheit sagen, dass etwas in rund sechzehn Stunden passieren wird.«

»Was?«

»Du hast Aparna gehört.«

Ich nickte. »Welche Rolle spielen die Fässer, die Bella abgeriegelt haben, dabei?«

Niamh wirkte angewidert. »Diese Scheißdinger.«

»Jetzt bin ich dran«, sagte Kahurangi. »Ich hab nämlich eine Theorie.«

»Er hat eine *Hypothese*«, schnaubte Niamh. »Das ist nicht dasselbe.«

»Du bist nur sauer, dass ich deine Metapher weitergeführt hab.«

»Ich bin sauer, weil das eine scheiß Idee ist und du als Geologe ein sehr guter Physiker bist.«

»Kinder«, mahnte ich.

»Eigentlich nur ein mittelmäßiger Physiker.« Damit schloss Niamh xiese Ausführungen ab.

Ich sah Kahurangi an. »Und?«

»Niamh hat den Blitz als etwas beschrieben, das ähnlich einer statischen Aufladung funktioniert.« Kahurangi starrte Niamh an, als wollte er xien provozieren, ihm zu widersprechen. Das tat xier nicht. »Das ist nicht *genau* das Gleiche, aber als Metapher funktioniert es. Ich habe mir auf dem Video angesehen, wie die Fässer aktiviert wurden und Bella und ihre Eier mitnahmen, und musste an Elektromagnete denken, die einen elektrischen Strom erzeugen. Ich vermute, dass hier etwas Ähnliches passiert, nur dass kein Storm erzeugt, sondern die Membran zwischen unseren Welten eingerissen wird, ohne dass eine nukleare Reaktion nötig ist.«

»Kack Hypothese«, grummelte Niamh.

»Aber alle uns zur Verfügung stehenden Daten passen dazu«, entgegnete Kahurangi.

»Diese Daten bestehen aus einem zehnsekündigen Video.«

»Außerdem zieht es die Kreaturen dorthin, als wäre der Boden mit Uran bestäubt worden.«

»Und unsere Beweise lassen darauf schließen, dass die Barriere durchlässiger wird, als sich mit Bellas Reaktor erklären lässt«, fügte Aparna hinzu.

»Ah, so läuft das also«, sagte Niamh. »Du schlägst dich auf seine Seite.«

»Die Daten sind auch auf unserer Seite.«

Niamh stieß den Atem aus.

»Du ... bist nicht wirklich sauer auf Kahurangi, oder?«, fragte ich.

»Natürlich nicht. Ich bin nur angepisst, weil er vor mir auf eine vernünftige Hypothese gekommen ist.« Niamh kniff die Augen zusammen und sah Kahurangi an. »Lausiger, mickriger Chemiker.«

Kahurangi grinste.

»Wie lautet denn der Plan?«, sagte ich und nickte Aparna zu. »Du hast uns erklärt, dass Bella sterben wird, wenn sie nicht hierher zurückkehrt, und ein großes Stück von Kanada mit in den Tod reißen wird.« Mein Blick glitt zu Niamh. »Du sagst, dass es in weniger als einem Tag so weit sein wird.« Ich zeigte auf Kahurangi. »Und du glaubst, dass wir sie nur mit den gleichen Fässern zurückholen können, mit denen sie überhaupt erst auf die andere Seite gelangt ist.«

Kahurangi blinzelte. »Das habe ich nicht gesagt.«

»Aber du hast es *impliziert*«, erwiderte ich. »Diese Fässer sind bestimmt momentan nicht aktiv, aber Bellas Reaktor sorgt dafür, dass die Barriere durchlässig bleibt. Noch sie ist jedoch nicht durchlässig genug. Wenn sie zurückkommen sollen, müssen die Fässer aktiviert werden.«

»Klar«, sagte Niamh. »Das ist ein Problem. Und dann gibt es noch all die anderen.«

»Zum Beispiel, dass wir nicht auf die andere Seite kommen«, ergänzte Aparna.

»Und selbst wenn, würde dort ein Begrüßungskomitee auf uns warten«, fügte Kahurangi hinzu.

»Ihr meint die Leute, die Bella entführt und unsere Leute ermordet haben«, sagte ich.

»Ja, die.«

»Selbst wenn wir auf die andere Seite könnten, würden MacDonald und Danso das nicht erlauben«, merkte Aparna an.

Ich nickte. Nach unserem letzten Meeting hatten die beiden beschlossen, eine dringende Nachricht an die Honda-Basis zu schicken, sie über die Ereignisse bei uns zu informieren und um einen schnellstmöglichen Zusammenbau des Tors zu bitten. Selbst wenn Honda sich darauf einließ, würden einige Tage vergehen. In der Zwischenzeit hatten MacDonald und Danso Bellas ehemaliges Nest für uns gesperrt. Nur die Besatzung der *Shobijin* durfte sich bis zum Eintreffen des Aerostats dort aufhalten.

»Wir haben zuletzt in den Sechzigern so viele Leute verloren wie heute«, hatte MacDonald gesagt. »Diese Angreifer waren zum Töten ausgebildet und taten das ohne Skrupel. Wir können nicht riskieren, dass sie erneut auf unsere Mitarbeiter treffen.«

MacDonald und Danso hatten natürlich recht. Selbst wenn wir zur anderen Seite kämen, würden die Killer dort schon auf uns warten. So ein Unterfangen wäre dumm und selbstmörderisch.

*Aber* wenn ein paar von uns das nicht taten, würde Bella explodieren und mit ihr ein Teil von Labrador. Ein größtenteils unbewohnter Teil allerdings.

Solange sie dort *blieb.*

»Kann Bella da drüben fliegen?«, fragte ich Aparna.

»Nicht gut«, erwiderte sie nach einem Moment.

»Also *ja.*«

»Sie will momentan nicht fliegen«, sagte Kahurangi. »Sie hat Eier.«

»Sie *will* nicht fliegen, aber sie *wird* fliegen, wenn sie sich das Gefühl hat, bedroht zu werden oder in Gefahr zu sein, richtig?«, hakte ich nach. »Zum Beispiel, wenn sie glaubt, dass sie langsam erstickt, und ihr immer heißer wird, weil ihre Kühlparasiten in der kalten, sauerstoffarmen Umgebung absterben.«

»Auf der anderen Seite gibt es aber nicht viel, oder?«, fragte Aparna.

»Die Tanaka-Basis befindet sich praktisch an der gleichen Stelle Wie Happy Valley-Goose Bay in Labrador. Da leben rund zehntausend Menschen«, erwiderte ich. »Außerdem gibt es dort eine kanadische Militärbasis. Beide liegen in unmittelbarer Nähe eines Flusses und eines Meeresarms.«

Aparna nickte. »Und Bella wird nach Wasser suchen.«

»Suchen?«, erwiderte Niamh. »Sie ist doch schon am Wasser.«

»Auf der anderen Seite muss nicht zwangsläufig welches sein«, sagte ich. »Und wenn sie sich an ihrem momentanen Aufenthaltsort unwohl fühlt, wird sie ihn verlassen wollen. Und das einzige Licht im Umkreis von hundert Kilometern mit einer großen Wasserfläche daneben könnte sehr reizvoll sein.«

»Wir werden nicht gut dastehen, wenn eine kanadische Militärbasis von einer Kaijū angegriffen wird«, räumte Kahurangi ein.

»Die dann *explodiert*«, ergänzte Niamh. »Und zehntausend Kanadier umbringt.«

»Wie wahrscheinlich ist es, dass sie losfliegt?«, fragte ich Aparna.

»Ich weiß es nicht«, sagte sie. »Wir waren noch nie in einer solchen Lage. Aber Kahurangi hat recht. Sie wird sich nur in Bewegung setzen, wenn sie sich dazu gezwungen sieht. Wenn sie das also tut, wird sie in absehbarer Zeit explodieren.«

»Und was passiert, wenn wir sie zurückholen? Wird sie dann auch in die Luft fliegen?«

»Wenn sie wieder hier ist, werden ihre Parasiten nicht mehr absterben und wieder für Luftzirkulation sorgen«, erklärte Aparna. »Wenn wir sie rechtzeitig herbringen, wird sie überleben. Sie wird sich eine Weile unwohl fühlen, aber sie wird überleben. Glaube ich.«

»Interessiert uns das?«, wandte Niamh ein. »Ob sie überlebt?«

»Wir sind immerhin die Gesellschaft zur Erhaltung der Kaijū-Monster«, erinnerte ich xien.

Alle starrten mich einen Moment an.

»Das ist so typisch, dass du uns den Namen um die Ohren haust«, sagte Niamh schließlich.

»Tut mir leid«, entgegnete ich, obwohl das nicht stimmte. »Also sind wir alle dafür, Bella zurückzuholen?«

»Abgesehen von dem winzigen Problem, dass wir nicht auf die andere Seite kommen«, stellte Kahurangi fest.

»Und auf unserer Seite nicht zu Bellas ehemaligem Nest«, fuhr Aparna fort.

»Außerdem werden die Soldaten uns mit Freuden ermorden, *falls* wir auf die andere Seite kommen«, warf Niamh als Letztes ein.

»Deshalb wolltet ihr, dass ich mir das alles anhöre«, sagte ich. »Ihr wisst, was zu tun ist. Das verraten euch die Daten.

Ihr habt nur jemanden gebraucht, der es ausspricht. Also spreche ich es aus. Ihr habt recht. Ihr seid nicht verrückt. Bella muss wieder auf unsere Seite. Noch *heute*. Und da sie das nicht selbst tun kann, müssen wir ihr helfen. *Wir*, weil ich mir sicher bin, dass *ihr* nicht noch mehr Leute gefährden wollt. Oder um eine Erlaubnis bitten wollt, die wir nicht bekommen werden. Richtig?«

Alle sahen sich untereinander an und dann mich.

»Also ich hatte nicht *unbedingt* vor, heute Abend mein Leben für eine Kaijū aufs Spiel zu setzen«, erklärte Kahurangi. »Aber ich könnte bereit sein, mein Leben für eine Kaijū und zehntausend Kanadier aufs Spiel zu setzen.«

»Jetzt wissen wir, was dich motiviert«, antwortete ich. »Zehntausend Kanadier.«

»Ich bin dabei«, sagte Aparna nur.

Ich nickte.

»Also, ich will mich wirklich nicht drücken«, beteuerte Niamh. »Ich bin dabei. Warum nicht? Aber dieser schöne Teambildungsmoment ändert *nichts* daran, dass wir nicht wissen, wie wir auf die andere Seite oder zu Bellas scheiß Nest kommen sollen.«

»Ihr drei konzentriert euch auf die erste Frage«, entschied ich. »Ich kümmere mich um die zweite.«

*

Martin Satie trat aus der Hütte, die er sich mit dem Rest seines Luftfahrtteams teilte. Sein Gesicht und die Schnelligkeit, mit der er die Tür geöffnet hatte, verrieten mir, dass er noch wach gewesen war.

»Ich hab dich schon erwartet«, sagte er.

»Wirklich?«, fragte ich.

Er nickte. »Ich bin dabei.«

»Du ... weißt doch gar nicht, was ich fragen will.«

»Doch«, widersprach Satie. »Natürlich nicht wortwörtlich, aber ich kenne dich. Ich kenne deine Freunde. Ich wusste, dass euch das alles keine Ruhe lassen würde. Und so war es auch. Ihr braucht einen Piloten. Also braucht ihr mich. Ich bin dabei.«

»Ich weiß nicht, was ich sagen soll.«

»Wie wäre es mit ›Entschuldigung‹?«

»Warum sollte ich mich entschuldigen?«, stutzte ich.

»Weil ich dachte, dass du früher kommen würdest, und deshalb wach geblieben bin«, entgegnete Satie. »Dabei hätte ich ein Nickerchen machen können.«

# 24

»Seht euch das mal an«, sagte Aparna in unseren Headsets, als wir uns dem Schauplatz näherten.

Das ganze Nest wurde in ein sanftes, goldenes Licht getaucht. Dessen Intensität nahm zu, bis es den von uns erwarteten Blitz gab. Dann verschwand das Licht kurz und baute sich vor dem nächsten Blitz erneut auf. Die Unterseite der *Shobijin*, die über dem Nest hing, warf das Leuchten gedämpft zurück.

»Die Taschenlampen hätten wir uns also sparen können«, schnaubte Kahurangi. In unseren Rucksäcken hatten wir nicht nur Taschenlampen, sondern auch Pullover, Kanister mit unterschiedlichen Pheromonen, Erste-Hilfe-Koffer und alles, was man für eine Notversorgung brauchte, Proteinriegel und Wasser, Kreischer, Elektroschlagstöcke und Schrotflinten. Die Projektilwaffen wurden nach Können verteilt. Ich bekam den Kanisterwerfer, weil ich diesen Ruf nun mal weghatte.

»Die werden wir brauchen«, sagte Niamh. »Im Notfall können wir jemanden damit schlagen.«

»Du wirkst angespannt«, bemerkte Kahurangi.

»*Natürlich* bin ich angespannt«, erwiderte Niamh schnippisch. »Der Plan ist dämlich.«

»Du findest ihn nur dämlich, weil es meiner ist.«

»Nicht *nur* deswegen, aber *auch* deswegen.«

Ich überließ die beiden ihrem Gezanke und wandte meine Aufmerksamkeit Satie zu. »Du weißt, was du zu tun hast?« Ich sagte das hauptsächlich zu meiner Beruhigung, nicht weil ich daran zweifelte.

Er nickte im Licht der Armaturen. »Ich warte, bis ihr durchgegangen seid, falls das klappt. Wenn ihr alle durchgeht, fliege ich zurück zur Basis. Wenn nur ein paar durchgehen, nehme ich den Rest mit zurück nach Tanaka. Wenn keiner durchkommt, warte ich auf euren Funkspruch, dann nehme ich euch mit zur Basis. Wenn ihr alle durchgeht, werde ich MacDonald und Danso sagen, was ihr vorhabt. Wenn nur ein paar durchgehen, wird einer der Zurückgebliebenen das übernehmen.«

»Die werden nicht lustig finden, was du hier tust«, mahnte ich.

»Die finden das jetzt schon nicht lustig«, erwiderte Satie. »Ich habe den Funkkanal zur Basis seit dem Start nicht geöffnet. Wahrscheinlich versuchen sie schon seit unserem Abflug, mich zu kontaktieren. Die Besatzung der *Shobijin* ist garantiert auf der Suche nach uns.«

»Denk dran, ihnen zu sagen, dass sie sich zurückziehen sollen. Das Luftschiff könnte Bella verstören, wenn sie wieder hier auftaucht.«

»Ich sag's ihnen. Ob sie auf mich hören, ist eine andere Frage.«

»Tut mir leid, dass du Ärger bekommen wirst.«

»Ihr bekommt mehr Ärger. Ich fliege euch nur.«

»Trotzdem vielen Dank.«

»So machen wir das nun mal«, sagte Satie. »Oder so sollten wir es machen. Ich habe hier auch Freunde verloren, genau wie ihr. Sie würden wollen, dass wir Bella von denen zurückholen, die dafür verantwortlich sind.«

»Da bin ich mir sicher.«

»Wenn du ein paar von denen abknallen willst, hätte ich nichts dagegen.«

Ich grinste. »Das musst du mit Kahurangi klären. Er hat die Schrotflinte.«

»Wenn es so weit kommt, werde ich nicht die Schrotflinte benutzen«, erklärte Kahurangi. Er hatte uns zugehört, weil wir uns auf einem offenen Kanal im Passagierbereich von Chopper zwei unterhielten. »Ich habe etwas anderes für uns vorbereitet.«

»Das reicht mir«, sagte Satie. Wir waren jetzt fast am Ziel. »Ich setze euch ab.«

Er brachte uns nach unten und machte dabei einen Bogen um die *Shobijin.* Als wir sie auf unserem Sinkflug passierten, warf ich einen Blick auf das Luftschiff. Die Besatzung winkte uns hektisch durch die Fenster zu. Ich winkte zurück.

Nachdem der Hubschrauber uns abgesetzt und wieder aufgestiegen war, sprühten Kahurangi und ich zuerst Aparna und Niamh und dann uns selbst mit dem »Ich bin ein Kaijū«-Pheromon ein. Wir verteilten es auch großzügig auf unseren Rucksäcken.

»Mann, dieser Scheiß ist *eklig*«, sagte Niamh zu Kahurangi.

»Ist nicht meine Schuld«, wiegelte er ab. »Ich bin nicht für die Kaijū-Biologie verantwortlich. Ich nutze sie nur aus.«

»Wie wäre es mit ein wenig Genmanipulation? Sorg dafür, dass die Kaijū gut riechen. Diese ganze Erdversion riecht nach nassem Hund.«

»Weißt du, was gut riecht? Das Pheromon, das die Kaijū und ihre Parasiten in den Killermodus versetzt. Also wenn du Orangen riechst, solltest du weglaufen.«

»Das werd ich mir merken.«

»Solltest du.« Kahurangi packte das Spray in seinen Rucksack, schwang ihn sich über die Schulter und sah sich um. »Das ist fantastisch.«

Das stimmte. Am Boden stellte sich heraus, dass das sanfte Leuchten von Tausenden, vielleicht sogar Millionen winziger Lichtpartikel verursacht wurde, die in der Luft schwebten und im Einklang miteinander heller wurden.

»Sie sehen aus wie Glühwürmchen«, staunte Aparna.

»Nicht wie Glühwürmchen«, korrigierte Niamh. »Sieh genauer hin.«

Das taten wir. Die Punkte waren gar keine Punkte, sondern elliptische Ringe, deren Größe und Form sich konstant veränderten. Sobald ich mich bewegte, bewegten sie sich mit mir.

Niamh nickte, als ich das ansprach. »Sie bewegen sich nicht mit dir«, sagte xier.

»Sie sind dreidimensional«, stellte ich fest.

»Sie haben wahrscheinlich mehr als drei Dimensionen, aber du siehst nur die.«

»Ein bisschen pedantisch.«

»Ein bisschen physikalisch korrekt«, berichtigte Niamh. »Und sie werden größer, je näher sie der Stelle sind, an der Bella ist. War. Sein sollte.«

Xier hatte recht. Die leuchtenden Löcher nahmen nach und nach mehr Raum ein und verströmten ihr Licht entsprechend diffuser, je größer sie wurden.

»Sie sind dort, wo die Barriere dünner wird«, erläuterte Kahurangi.

Niamh nickte und strich mit der Hand durch eins davon, ohne einen Effekt auszulösen. »Es sind aber nicht genug.«

»Noch nicht«, stimmte Kahurangi zu.

Alle Löcher blitzten und gingen aus.

»*Jetzt* brauchen wir eine Taschenlampe«, bemerkte Aparna.

Das Leuchten setzte wieder ein, allerdings sehr schwach.

»Also gut«, sagte Niamh resigniert zu Kahurangi. »Wo sollen wir den dämlichen Test deiner dämlichen Hypothese durchführen?«

Kahurangi zeigte auf die Stelle, an der Bella hätte sitzen sollen. »Der Effekt scheint dort am stärksten aufzutreten. Versuchen wir es da.«

Wir gingen gemeinsam los. Die Kreaturen um uns herum benahmen sich so, als gäbe es uns nicht. Nur die Insekten versuchten wie immer, uns bis auf den letzten Blutstropfen auszusaugen.

»Das sieht gut aus«, sagte Kahurangi schließlich. Wir standen an einer Stelle, an der die Spektrallöcher fast unterarmlang, aber kaum sichtbar waren. »Sie scheinen nicht größer zu werden. Wollen wir es hier versuchen oder hat jemand Einwände?«

Aparna und ich hatten keine. »Ich habe so *einige*«, erwiderte Niamh.

»Dann lass sie raus«, forderte Kahurangi, während er seinen Rucksack abnahm, öffnete und in ihm herumkramte.

»Erstens, oder besser gesagt, *erneut*, muss ich betonen, dass das keine Hypothese ist, sondern eine Vermutung«, sagte Niamh. »Die wiederum auf einer Ahnung beruht, die sich nur darauf gründet, dass du dir wahllos eine Idee aus dem Arsch gezogen hast.«

»Ja«, stimmte Kahurangi zu. Er nahm eine kleine Stofftasche aus seinem Rucksack.

»Zweitens ist das schlechte Wissenschaft. Was wir hier gleich tun, ist kein Experiment, sondern eine Séance. Das ist wie homöopathische Physik, und ich bereue sehr, dass ich hier bin und bei der Sache mitmache, nur weil ich dachte, wir müssten irgendwas tun.«

»Okay.« Kahurangi zog den Reißverschluss der Tasche auf und griff hinein.

»Drittens und aus den schon genannten Gründen werde ich dich für immer hassen, wenn das tatsächlich funktioniert.«

»Ist notiert«, sagte Kahurangi. »Streck die Hand aus.«

Niamh schnaubte, folgte der Anweisung jedoch. Kahurangi ließ vier kleine, zylindrische Objekte auf xiese Handfläche fallen.

Urantreibstoffkügelchen.

»Das ist so albern«, nörgelte Niamh.

»Wir wissen, dass die Barriere bei nuklearen Reaktionen durchlässig wird und sogar verschwindet«, erklärte Kahurangi. Er holte vier weitere Zylinder aus der Tasche. »Wir vermuten außerdem, dass diejenigen, die Bella entführt haben, das ohne eine echte nukleare Reaktion, *aber* mithilfe von nuklearem Material tun konnten.« Er zeigte auf mich und ich streckte die Hand aus. »Wir wissen, dass die Barriere momentan dünner ist, als sie es sein sollte, wenn nur Bellas Energie auf sie einwirken würde. Also hält die Wirkung noch an.« Er legte mir die kühlen grauen Zylinder auf die Handfläche. »Es ist also durchaus logisch, daraus zu schließen, dass ein gereinigter nuklearer Treibstoff große Auswirkungen auf die Barriere haben könnte. Vielleicht sogar so große, dass wir sie durchqueren können.«

Niamh verzog das Gesicht. »Ich hasse das.«

»Aber du hattest keine bessere Idee.«

»Ja, es ist schlimm, dass ich mich von *echter Wissenschaft* so einschränken lasse.«

»Wenn das nicht klappt, haben wir's wenigstens versucht«, sagte Kahurangi. Er nahm vier weitere Zylinder heraus und reichte sie Aparna.

»Versichere mir bitte, dass mir nicht die Hand abfallen wird, wenn ich sie nehme«, bat sie.

Kahurangi lächelte. »Das sind unbenutzte Treibstoffkügelchen. Wenn sie benutzt worden wären, könnten sie tödlich sein. Aber in der kurzen Zeitspanne, in der wir sie brauchen, kannst du sie bedenkenlos in der Hand halten.«

Aparna sah Niamh an. »Kahurangi hat zwar einen Knall, aber das stimmt ausnahmsweise«, versicherte xier ihr.

Sie nickte, streckte die Hand aus und nahm die Treibstoffkügelchen entgegen. Dann holte Kahurangi die letzten vier Zylinder heraus und legte sie kurz auf den Boden, damit er die Tasche zurück in den Rucksack stecken und ihn schließen konnte. Er schwang sich den Rucksack über die Schulter, nahm die vier Zylinder in die Hand und stand auf.

»Alle bereit?«, fragte er.

»Wofür?«, fragte Niamh. »Hier mit den Treibstoffkügelchen rumzustehen und darauf zu warten, dass unsere Hand in unsere Heimatwelt schlüpft?«

»Vom Prinzip her, ja.«

»Uuuuuungh, das ist *grausam.*«

»Ich weiß.«

»Wirklich *grausam.* Es würde mich nicht wundern, wenn sie mir deswegen den Doktortitel entziehen würden.«

Aparna wandte sich an Niamh: »Ich kann kaum glauben, dass ausgerechnet ich das sage, aber du nörgelst momentan wirklich wahnsinnig viel.«

»Das macht *schlechte Wissenschaft* mit mir! Jetzt weißt du's!«

»Okay, es reicht«, mahnte ich. »Das ist eine irre und möglicherweise furchtbare Idee, die wahrscheinlich nicht funktionieren wird, und wenn dem so ist, werden wir in die Basis zurückkehren und vor unsere wütenden Chefinnen treten. Bis dahin lasst uns hoffen. Einfach nur hoffen. In Ordnung?«

»Soll mir recht sein«, antwortete Kahurangi.

Aparna nickte. Niamh verdrehte die Augen, nickte aber ebenfalls.

»Schön«, sagte ich und ballte die Hand, in der ich die Zylinder hielt, zur Faust. »Fistbump, Leute.«

Kahurangi grinste und hob die Faust.

»Ich find euch super, ihr Kaijū-Freaks«, sagte Aparna in einer Anspielung auf den Film *Pitch Perfect*, die ich, wie ich voller Stolz sagen kann, sogar verstand. Dann hob sie die Faust.

Niamh seufzte, machte aber mit. Einen Sekundenbruchteil lang berührten sich unsere vier Fäuste.

Die Welt blitzte auf wie bei einem Feuerwerk.

»Ich *fasse* diese *Scheiße* nicht!«, brüllte Niamh. Dann krachte es so laut, als wäre der Blitz in einen Mammutbaum eingeschlagen.

Aparna zeigte nach oben und bewegte ihren Mund. *Seht mal.* Wir sahen nach oben.

Eine riesige, gleißend helle Lichtsäule schoss scheinbar aus dem Nichts in den Himmel. Ganz unten konnten wir schwach einen Umriss erkennen, der wie Bellas Maul aussah. Die Dimensionslöcher um uns herum wurden heller und größer und in ihrer Mitte konnten wir eine andere Welt sehen.

Die Barriere war gefallen. Wir konnten hindurchschreiten.

Wind blies uns entgegen, als die heiße Luft der Kaijū-Erde in die kältere, dünnere Atmosphäre der Menschenerde gesogen wurde. Dort kondensierte sie sofort und bildete eine Wolke aus Dampf.

Ich sah mich um und entdeckte einige Meter von uns entfernt ein dampfendes Loch, das groß genug für uns war. Ich lief darauf zu.

»Kommt!«, schrie ich, obwohl ich mich selbst kaum hören konnte. Ich hoffte, dass die anderen drei mir folgten, hatte jedoch keine Zeit, das zu überprüfen.

Ich war fast am Übergang, als die Lichter plötzlich ausgingen. Das dampfende Loch wurde sofort kleiner und schloss sich rasch.

Ich schloss die Augen und sprang.

Schon war ich hindurch und fiel stolpernd auf einen weichen Untergrund, der meinen Sturz abmilderte.

Und dann wurde ich von Niamhs Fuß am Kopf getroffen. Xier war ebenfalls gesprungen. Aparna und Kahurangi folgten Niamh, doch beiden gelang es, mich nicht zu treten.

»Tut mir leid«, sagte xier.

Ich winkte ab. »Schon gut.« Dann sah ich mich um.

Das Loch war verschwunden.

»Geht's allen gut?«, fragte ich.

»Gut?«, konterte Kahurangi. »Mir geht's fantastisch. Wir haben's geschafft. Es hat geklappt!« Er öffnete die Faust und zeigte seine Treibstoffkügelchen.

»Es hat *nicht* geklappt«, sagte Niamh. »Wir sind hier, weil Bellas Atomrülpser die Barriere eingerissen hat.«

Kahurangi nickte. »Und wegen der Treibstoffkügelchen.«

»Das Loch tauchte einige Meter von deinen scheiß Treibstoffkügelchen entfernt auf, du Spinner.«

»Zählt trotzdem.«

Niamh hob die Hand. »Ich will nicht mehr darüber reden.«

»Hey«, unterbrach sie Aparna. »Seht mal, wo wir sind.«

Wir sahen uns um. Die mehr als hundert Meter große Bella ragte neben uns empor. Auf ihrem Körper wimmelten und krochen Lebewesen – ihre Parasiten, ihr persönliches Ökosystem. Eine Brise kam auf, als Bellas Körper Luft einsog. Wir waren von einer dicken, galertartigen Masse umgeben. Natalgelee.

»Wir sind in *Schleim* gelandet«, jammerte Niamh mit einem Blick nach unten.

Ich stand auf. Der Gelee klebte zum Glück nicht an mir. Ich griff in meine Tasche, holte mein Handy heraus und überprüfte zum ersten Mal, seit ich im September auf die Kaijū-Erde gekommen war, ob ich Netz hatte.

Ich hatte keins.

Das war nicht sonderlich überraschend. Wir waren in den Wäldern von Labrador und die nächste Siedlung war hundert Kilometer entfernt. Die Bäume brauchten kein Netz. Trotzdem schade. Dies wäre genau der richtige Zeitpunkt für einen Einsatz der königlich-kanadischen berittenen Polizei gewesen.

Ich sah auf die Uhr. 2:20 morgens.

»Es ist kalt«, klagte Aparna und holte ihren Pullover aus dem Rucksack. Wir folgten ihrem Beispiel und nahmen zusätzlich noch die Waffen heraus, die wir auch gleich überprüften und luden.

»Wir sind um zwei Uhr zwanzig durchgekommen«, sagte ich zu Aparna.

Sie nickte, weil sie wusste, weshalb ich ihr die Zeit nannte. Wir mussten herausfinden, wie viel Zeit zwischen Bellas Entladungen verging.

»Ist noch jemandem ein bisschen schwindelig?«, fragte Kahurangi.

»Du bist die Atmosphäre auf der anderen Seite gewohnt«, erwiderte Aparna. »Atme einfach.«

»Okay, kapiert.«

Wir sahen uns um. Der fast volle, im Westen hängende Mond strahlte Bella an. Wir waren ihr zu nah, um noch mehr zu erkennen, aber ich hörte leise Geräusche in der Ferne.

»Ich glaube, wir sind an Bellas Rückseite gelandet«, sagte ich. »Also auf der anderen Seite ihrer Entführer, meine ich.«

»Glück gehabt«, meinte Niamh. »Wäre blöd gewesen, genau vor den Leuten aufzutauchen, die wir überraschen wollen.«

»Wie machen wir das denn jetzt?«, erkundigte sich Aparna. »Die Fässer holen, sie einschalten und Bella zurückbringen?«

Wir alle sahen Kahurangi an.

»Wieso seht ihr *mich* an?«, fragte er.

»Du hast uns hierhergebracht«, sagte ich.

»Hat er *nicht*«, widersprach Niamh.

Kahurangi hob die Hände. »Ich hab mich nur darauf konzentriert, wie wir hierherkommen.« Er zeigte auf mich. »Ich dachte, Jamie wollte einen Plan für danach ausarbeiten.«

Ich wollte darauf antworten, doch im gleichen Moment kam ein Mann, der irgendeine Ausrüstung dabeihatte, um Bella herum. Er machte einige Schritte auf uns zu, bevor er aufsah und die vier Menschen vor sich entdeckte.

Wir starrten uns gegenseitig volle zehn Sekunden lang an.

»Verdammte Scheiße«, sagte er schließlich. »Wer seid ihr denn?«

# 25

»Darf ich Ihnen meinen Ausweis zeigen?«, fragte Niamh. Gleichzeitig näherte xier sich blitzschnell dem Neuankömmling und berührte ihn mit dem Elektroschlagstock.

Er versteifte sich, gurgelte überrascht und fiel bewusstlos auf den Waldboden.

Wir anderen starrten ihn schockiert an.

Niamh stutzte. »*Was* ist?«

»Du hast Aggressionsprobleme«, sagte Kahurangi nach einem Moment.

»Wenn ich Aggressionsprobleme hätte, wäre er tot.«

»Bist du *sicher*, dass er nicht tot ist?«, fragte Aparna.

»Ich kann ihn beim Atmen winseln hören«, konterte Niamh.

Wir alle starrten weiterhin den Bewusstlosen an.

Niamh seufzte, sah zum Himmel, als wollte xier Gott um Geduld bitten, und sah dann wieder uns an. »Was soll ich sagen? Dieses Arschloch hätte uns auffliegen lassen können.

Wir haben keine scheiß *Dimensionsbarriere* durchquert, nur um uns vom ersten Vollidioten verpfeifen zu lassen. Ich hab ihm einen Schock versetzt. Das musste sein. Und ganz ehrlich finde ich es richtig Scheiße, dass ihr mich deswegen anmacht.«

»Darum geht's nicht«, sagte ich. »Aber wir müssen uns jetzt Gedanken um diesen bewusstlosen Kerl machen.«

»Wie meinst du das?«

»Wenn wir ihn hierlassen, werden Bellas Parasiten ihn zu Aufschnitt verarbeiten.«

Niamh zuckte mit den Schultern. »Scheiß drauf.«

»Niamh!«, fuhr Aparna xien an.

»Er würde *das Gleiche* mit uns machen.«

»Siehst du, das meinte ich mit Aggressionsproblemen«, sagte Kahurangi.

»Vielleicht muss ich noch ein bisschen Wut verarbeiten, weil dein Plan funktioniert hat«, gestand Niamh. »Also gewissermaßen. Aber ich hab *recht*, was dieses Arschloch betrifft.«

»Das bestreite ich nicht«, räumte ich ein. »Aber vielleicht sollten *wir* uns nicht auf das Niveau gesichtsloser Handlanger einer bösen Organisation begeben.«

Niamh seufzte erneut. »Das *bestreite* ich ja gar nicht«, sagte xier. »Aber wir können das doch nicht mit jedem Scheißkerl machen, der uns vor den Schlagstock läuft. Wir werden die ganze Nacht nur irgendwelche Körper rumschleppen. Bis wir damit fertig sind, ist Bella explodiert.«

»Kümmern wir uns erst mal um diesen Typen. Den Rest lassen wir auf uns zukommen.«

»*Den Rest auf uns zukommen lassen* ist genau unser Problem«, entgegnete Niamh.

»Wir hätten uns wirklich einen besseren Plan im Vorfeld überlegen sollen«, stimmte Aparna zu.

»Es kommt mir so vor, als würdet ihr mir die Schuld geben«, sagte ich.

»Ein bisschen schon«, bestätigte Kahurangi.

Ich zeigte nach vorn. »Na gut. Schleppen wir den Kerl erst mal zu den Bäumen da hinten. Dann sprühen wir ihn mit dem ›Ich bin ein Kaijū‹-Pheromon ein, damit ihn die Parasiten in Ruhe lassen.«

»Gute Idee«, sagte Niamh. »Und wenn er aufwacht, riecht er auch noch beschissen.«

»Ich bin für bessere Pläne offen«, konterte ich.

»Ich habe keinen, also los.«

»Macht ihr beide das«, sagte Kahurangi. »Ich brauche bei was anderem Aparnas Hilfe.«

»Bei was denn?«, fragte Niamh.

»Bei der Vorbereitung eines Plan B. Damit wir nicht ständig Leute zu den Bäumen schleppen müssen.«

»Gut.« Niamh sah mich an. »Willst du die Arme oder die Beine?«

»Entscheide du«, antwortete ich. Niamh nahm die Beine. Ich zog den Kerl an den Armen hoch. Schließlich trug ich Dinge.

»Was machst du da?«, wollte Niamh wissen, nachdem wir ihn zu den Bäumen gebracht und eingesprüht hatten. »*Beklaust* du das arme Schwein?«

»Ich *beklaue* ihn nicht«, beteuerte ich, während ich seine Taschen durchsuchte.

»Jaja, aber wir machen fifty-fifty.«

Ich zog das Handy des Typen heraus. »Na bitte«, sagte ich und schaltete es ein. Es wartete auf einen Fingerabdruck. Ich nahm seine Hand und holte mir einen. Er murmelte etwas, als ich das tat. Ich tätschelte seine Wange. Er lächelte selig und kehrte an den Ort zurück, an dem sein Gehirn gerade war.

»Ich dachte, hier draußen hätten wir kein Netz«, bemerkte Niamh.

»Richtig«, bestätigte ich und zeigte xiem das Display. »Aber es gibt WLAN. Offenbar hat dieser seltsame Ort ein eigenes Intranet.«

»Willst du eine E-Mail schicken?«

»Nein«, sagte ich, während ich seine Apps nach einer zum Teilen von Dateien durchsuchte. Ich fand und öffnete sie. »Ich suche nach Geheimplänen. Und ich glaube, ich hab welche gefunden.«

Niamh sah mir über die Schulter. »Das wird nur nützlich sein, bis du das Handy ausmachst und dich von dem Fingerabdruck entfernst.«

Ich gab xiem das Handy. »Halt mal.« Ich holte mein eigenes aus der Tasche. »Ich werde keine E-Mail verschicken. *Aber* ich werde diese Dateien per NFC übertragen.«

»Du bist ja ein richtiger Computernerd«, sagte Niamh ein wenig sarkastisch.

»Hey, ich *hab* schließlich mal bei einem Tech-Startup gearbeitet«, erwiderte ich. »Ein bisschen was hab ich da gelernt.«

»Dann beeil dich«, drängte Niamh. »Sonst muss ich dem armen Schwein hier noch einen Schock versetzen.«

Als die Dateien übertragen worden waren, schaltete ich das Handy ab und warf es tief in den Wald. »Komm«, sagte ich zu Niamh. »Wir müssen los. Die anderen werden den Kerl hier bestimmt bald vermissen. Wir sollten nicht mehr hier sein, wenn sie anfangen, ihn zu suchen.«

Wir gingen los und sahen, wie Kahurangi und Aparna auf uns zukamen.

»Wir haben Stimmen gehört«, erklärte Aparna. »Wir glauben, dass die anderen ihren Kumpel suchen.«

Ich sah zu Bella hinauf und entdeckte den Lichtstrahl einiger Taschenlampen. »Okay«, sagte ich. Wir entfernten uns von dem bewusstlosen Handlanger und den Taschenlampen seiner Kumpane.

Wir versteckten uns einige Hundert Meter entfernt im Wald, und während die anderen Wache hielten, ging ich die heruntergeladenen Dateien durch. »Hier«, sagte ich. »Das sind Anweisungen zu diesen Fässern. Sie beschreiben sie als *Transdimensionsportal.*«

»Alter, das haben sie aus *Doom Eternal* geklaut«, warf Kahurangi ein.

»Das seh ich auch so.«

»Eine böse Urheberrechtsverletzung.«

»Ich glaube nicht, dass sie das hier verkaufen wollen«, entgegnete ich und las weiter. »Anscheinend benötigt das wahnsinnig viel Energie und muss deshalb vor der Aktivierung warmlaufen. Diese Dinger, die wie Fässer aussehen, sind Kondensatoren. Sobald das System genug Energie aufgenommen hat, gibt es sie an die Komponenten am oberen Fassrand ab. Damit wird die Barriere zwischen den Welten aufgehoben.«

»Wie genau funktioniert das?«, fragte Niamh.

»Das steht hier nicht. Das ist keine wissenschaftliche Abhandlung, sondern eine Anweisung für Leute, die damit arbeiten sollen, ohne sich ins Jenseits zu befördern.« Ich drehte das Display um, damit die anderen es sehen konnten. »Zum Beispiel: ›Nähern Sie sich nie den Kondensatoren. Das ist gefährlich und könnte für Sie mit einem Stromstoß von einhunderttausend Volt enden.‹«

»Das ist ... gut zu wissen«, sagte Aparna.

»Aber ernsthaft, das ist keine gute Konstruktion«, merkte ich an.

»Wenn die Kondensatoren aufgeladen werden, muss etwas sie aufladen«, folgerte Kahurangi. »Also steht hier irgendwo ein Generator. Und wahrscheinlich wird sich dort der Schalter für die Entladung befinden.«

»Also finden wir ihn, entladen die Kondensatoren und bringen Bella nach Hause«, entschied Aparna.

Ich nickte und blätterte das Dokument durch, bis ich eine grobe Konstruktionszeichnung fand. »Das sollte ein Generator sein«, sagte ich. »Da wir ihn nicht sofort gesehen haben, ist er bestimmt auf Bellas anderer Seite, zusammen mit dem Lager oder was sie dort errichtet haben.«

»Also gehen wir und legen den Schalter um«, beschloss Niamh.

»Der wird bestimmt bewacht.«

»Warum? Glaubst du wirklich, dass diese Arschlöcher mit Besuchern rechnen?«

»Vielleicht haben sie das nicht, aber jetzt wird einer vermisst, weil eine Person, die anonym bleiben soll, ihm einen fetten Stromschlag versetzt hat«, erklärte ich.

»Ich verstehe das Argument, auch wenn ich die Tat an sich immer noch für notwendig halte«, verteidigte sich Niamh. »Das bedeutet aber nur, dass wir unseren Plan schnell umsetzen müssen.«

»Da bin ich ganz deiner Meinung.«

»Warum sagen wir ihnen nicht einfach Bescheid?«, fragte Aparna.

»Bitte?«

»Ich weiß, dass wir sie für schlechte Menschen halten ...«

»Es *sind* schlechte Menschen«, rief ihr Kahurangi ins Gedächtnis. »Sie haben unsere Freunde ermordet.«

»Das weiß ich«, räumte Aparna ein. »Ich hab's nicht vergessen. Aber ich glaube auch, dass sie, als sie Bella hergeholt haben, nicht wollten, dass sie explodiert. Ich glaube nicht, dass sie ahnen, in welcher Gefahr sie schweben, selbst wenn ihnen andere Menschen egal sind. Ich halte es für möglich, dass sie Bella zurückschicken werden, wenn wir ihnen sagen, was los ist.«

»Glaubst du das *wirklich*?«, hakte Niamh nach.

»Ich bin mir nicht sicher«, gab Aparna zu. »Aber ich fand, wenigstens einer von uns sollte den Gedanken aussprechen, bevor wir handeln. Wir sollten zumindest erwägen, dass diese Menschen, selbst wenn sie böse sind, rational handeln.«

»Ich bewundere deinen Optimismus«, kommentierte ich.

»Ja, ich bewundere ihn, aber ich glaube auch, dass diese Leute uns bei der erstbesten Gelegenheit abschlachten werden«, ergänzte Niamh. »Lasst uns einfach zum Generator gehen.«

Kahurangi nickte. »Ich sehe das wie Niamh.«

»Okay«, sagte Aparna. »Es war trotzdem wichtig, es auszusprechen.«

Wir gingen entgegen dem Uhrzeigersinn durch den Wald um Bella herum. Dabei entdeckten wir das Lager der Menschen. Scheinwerfer erhellten eine Reihe von Schiffscontainern, die der Besatzung als Basis dienten bei, was auch immer sie taten. Ungefähr ein Dutzend Menschen waren draußen damit beschäftigt, Bella und dem Natalgelee Proben zu entnehmen. Andere waren zwischen den Containern zu sehen. Es gab sogar einen richtigen kleinen Wohnwagen. Ich nahm an, wer immer diese Operation leitete, würde sich darin aufhalten.

Kahurangi zeigte nach vorn. »Ich glaube, da drin ist der Generator.«

Ich folgte seiner ausgestreckten Hand zu einem Frachtcontainer, der ein wenig abseits der anderen stand. Seine Türen waren geschlossen. Ein dickes Kabel wand sich heraus und führte zu einer großen, im Freien stehenden Kiste, die wiederum mit dem ersten Fass des Transdimensionsportals verbunden war.

Keine anderen Kabel kamen aus dem Container. Der Rest des Lagers wurde von etwas anderem mit Energie versorgt. Alles wies also darauf hin, dass es sich tatsächlich um unseren gesuchten Generator handelte.

»Könnt ihr Wachen in der Nähe sehen?«, fragte ich. Ich sah keine, aber es schadete nicht, mir das von den anderen bestätigen zu lassen. Niemand sah Wachen. Der, der dem Container am nächsten war, hielt sich zehn Meter von ihm entfernt auf und ging in die entgegengesetzte Richtung.

»Sind wir bereit?«, fragte ich.

»Sollen wir alle gehen?«, entgegnete Aparna.

Niamh sah sie an. »Willst du hierbleiben?«

»Eigentlich nicht.«

»Wir gehen alle«, sagte ich. »Eins.«

Bella regte sich, hob ihren monströsen Kopf und schrie.

»Zwei«, flüsterte ich völlig überfordert.

Ein Lichtstrahl schoss erneut aus ihr hervor in den Himmel, gefolgt von einem hallenden Krachen. Der Strahl endete abrupt einige Dutzend Meter über ihr, an der Stelle, an der er in die Kaijū-Erde eindrang und dort ein Loch in den Himmel riss.

Die Welt um uns herum leuchtete schwach. Der Portaleffekt, der auf der anderen Seite so stark war, fiel hier kaum auf, nur wenn Bella so viel Energie auf einmal abgab. Bella selbst war von einem dichten Nebel umgeben, denn die heiße, feuchte Luft der Kaijū-Erde fuhr durch die weitaus größeren Dimensionslöcher in ihrer Nähe und kollidierte mit der eiskalten, dünnen Luft auf dieser Seite.

Sie sah in diesem Moment aus wie all die Kaijū, die man aus Filmen kennt. Riesig. Wütend. Furchteinflößend.

*Urtümlich.*

Bellas Schrei endete und der Lichtstrahl verschwand. Die Welt leuchtete nicht mehr und alle Löcher verschwanden. Ich überlegte sogar, einen Blick auf meine Smartwatch zu werfen und mir das Intervall zwischen Bellas Eruptionen zu merken.

»Drei«, sagte ich mit Blick auf die Uhr.

Alle anderen liefen los.

*So hatte ich das nicht gemeint*, dachte ich, und rannte dann los, um zu ihnen aufzuschließen.

Die Tür zum Generatorcontainer war nur angelehnt. Licht drang heraus. Wir traten ein, und als alle im Inneren waren, schloss ich so leise wie möglich die Tür.

Eine Lichtleiste verlief unter Decke an den Wänden entlang. Ein langes, modern aussehendes Objekt stand am Boden. Auf einem Display wurden Zahlen angezeigt und es war per USB-C mit einem Laptop verbunden.

»Das ist der Generator?«, stutzte Aparna.

»Ich glaube schon«, sagte ich mit einem Blick auf das Display, das die Ausgangsspannung und einige andere Daten anzeigte.

»Das sieht nicht aus wie ein Generator, sondern wie ein aufgeblasenes iPhone.«

»Das riecht auch nicht wie ein Generator«, kommentierte Niamh.

»Du hast recht«, stimmte Kahurangi zu. »Ich hatte bei Außeneinsätzen oft mit Dieselgeneratoren zu tun. Das ist keiner. Sonst würden wir kein Wort verstehen.«

»Er produziert aber Energie«, sagte ich. »Das steht zumindest auf dem Display.«

»Steht auf dem Display auch was über die Entladung der Kondensatoren?«, fragte Niamh.

»Nein.« Ich sah zum Laptop hinauf. »Aber vielleicht da.« Auf dem Bildschirm war ein Fenster mit den aneinandergereihten Kondensatoren zu sehen. Es gab einige Dutzend. Wenn man mit dem Mauszeiger über sie glitt, wurde der Ladestand angezeigt. Sie waren bei fünfundneunzig Prozent und mehr.

Rechts unten in diesem Fenster befand sich ein großer roter Knopf mit der Aufschrift: *Kondensatoren entladen.*

»Wie praktisch«, meinte ich und zeigte den anderen diesen Knopf.

»Worauf wartest du?«, drängte Niamh. »Mach schon.«

»Ich will nur kurz sicherstellen, dass ich auch nichts übersehe«, entgegnete ich.

»Sieht ziemlich simpel aus.«

»Hey, willst *du* auf den Knopf drücken?«

»Wenn du's in diesem Jahrzehnt nicht mehr schaffst, vielleicht schon.«

Ich drückte den Kondensatoren-entladen-Knopf.

Ein Dialogfenster ging auf. *Wirklich entladen?*

»Ach, scheiß drauf«, sagte ich und klickte auf *Ja.*

Nichts geschah.

»Und?«, fragte Kahurangi.

Ich hob die Schultern. »Es passiert nichts.«

»Du hast den Knopf gedrückt?«

»Hab ich«, sagte ich. »Und bestätigt hab ich's auch.«

»Scheiße.«

Jemand klopfte an der Containertür.

Wir alle zuckten zusammen und starrten die Tür an.

Es wurde noch einmal geklopft.

»Rückblickend betrachtet hätte einer von uns vielleicht Wache halten sollen«, bemerkte Aparna.

Ein weiteres Klopfen, dann sagte eine Stimme: »Letztes Klopfen vor dem Tränengas.«

»Wir kommen«, antwortete ich.

Alle sahen mich an.

»Was ist?«, erwiderte ich. »Ist euch Tränengas lieber?«

»Wir könnten den Container auf der anderen Seite verlassen«, überlegte Kahurangi.

»Wir sind auch auf der anderen Seite«, sagte die Stimme.

»Sprich so was doch nicht aus«, zischte Niamh Kahurangi zu.

»Im Ernst, kommt raus, bevor wir euch erschießen müssen«, forderte die Stimme.

»Wir haben's echt nicht drauf«, bemerkte Aparna. Da konnten wir nicht widersprechen.

Wir verließen den Container mit erhobenen Händen. Fünf Männer mit Militärgewehren erwarteten uns. Sie nahmen uns schnell die Waffen und Rucksäcke ab und zwangen uns, mit hinter dem Rücken verschränkten Händen am Boden zu knien.

»Wer von euch hat Dave einen Stromschlag verpasst?«, fragte der Mann vor uns.

»Das war ich«, gestand Niamh.

»Ganz schön gemein. Er ist neu. Gerade mal eine Stufe über einem Praktikanten.«

»Tut mir leid. Ihr seht alle wie die Kerle aus, die meine Freunde ermordet haben.«

Der Mann lächelte. »Ich würde euch auch ermorden, wenn man uns nicht befohlen hätte, das erst mal nicht zu tun.«

»Wer hat das befohlen?«, wollte ich wissen.

»Ich«, sagte eine Stimme hinter uns.

Ich drehte mich um.

Es war Rob Sanders, weil es natürlich niemand anders sein konnte.

# 26

»Nur damit ihr Bescheid wisst: Wir haben vor, euch zu fesseln und an die Kaijū-Parasiten zu verfüttern«, sagte Sanders zu uns. Unsere Rucksäcke und Waffen lagen in einer Reihe vor ihm. Einer seiner Lakaien hatte ihm einen Klappstuhl besorgt, auf dem er nun Platz nahm. Der Lakai kehrte zu den anderen zurück, die ihre Waffen auf uns richteten. »Wir können euch *natürlich* nicht am Leben lassen. Aber wenn ihr meine Fragen beantwortet, werden wir euch vielleicht schmerzlos in den Tod schicken und nicht zusehen, wie die Parasiten euch bei lebendigem Leib auffressen.«

»Haben Sie das geübt?«, konterte Niamh. »Das klingt so, als hätten Sie das geübt. Oft. Vor dem Spiegel.«

»Dr. Healy«, sagte Sanders mit einem Blick auf Niamh. »Sie waren schon bei unserer letzten Begegnung unhöflich. Es überrascht mich nicht, dass Sie das auch weiterhin sind. Und nein, das war spontan. Und entspricht der Wahrheit. Also, erste Frage: Wie sind Sie hierhergekommen?«

»Mit Treibstoffkügelchen«, antwortete ich.

»Wie bitte?«

»Treibstoffkügelchen aus Uran«, erklärte ich. »Meine liegen in meinem Rucksack.«

Sanders runzelte die Stirn und durchwühlte meinen Rucksack, bis er zwei davon fand. »Du verarschst mich«, sagte er mit einem Blick auf die winzigen grauen Zylinder.

»Frag Dr. Lautagata«, sagte ich.

»Ich bin davon ausgegangen, dass es ein Feld gibt, das sich durch gereinigte Actinoide anregen lassen würde«, erläuterte Kahurangi. »Wir haben welche eingepackt und konnten so auf die andere Seite überwechseln.«

»Und wie genau hat das funktioniert?«

»Wir haben sie in einem Hexenzirkel hochgehalten«, bemerkte Niamh.

Sanders bat mich mit einem Blick um Bestätigung. Ich zuckte mit den Schultern. »Wir standen dicht zusammen, haben die Hände mit den Treibstoffkügelchen gehoben und konnten durchgehen.« Ich erwähnte nicht, dass wir durch ein Loch gegangen waren, das einige Meter entfernt von uns durch die Atomenergie, die Bella ausgestoßen hatte, entstanden war. Diese Information erschien mir überflüssig.

Sanders sah Aparna an. »Sie sind die Einzige hier, die mir nicht wie ein Klugscheißer vorkommt«, meinte er. »Stimmt das?«

Aparna nickte. »Was Jamie sagt, ist richtig.«

»Und Ihre Chefinnen waren damit einverstanden?«

»Wir haben sie nicht gefragt«, antwortete ich.

»Kann ich verstehen«, sagte Sanders. »Das war *extrem* gewagt.«

»Wir mussten unbedingt hierherkommen«, erklärte Aparna.

Sanders musterte sie. »Und warum?«

»Weil Sie Bella zurückschicken müssen. Sie stellt eine Gefahr für Sie und sich selbst dar.«

Sanders lächelte. »Ach, Sie meinen wegen der Atomrülpser?«

Aparna verzog das Gesicht bei dieser Bezeichnung. »Ja.«

»Wir wissen alles darüber. Wir sind nicht besorgt.«

»Sie sind *nicht besorgt*, dass eine Kaijū explodieren könnte?«, fragte Kahurangi ungläubig.

»Wir hoffen sogar darauf«, entgegnete Sanders. »Mann, wir haben gerade eine Kaijū hierhergeholt. Habt ihr irgendeine Ahnung, wie *illegal* das ist? Wenn sie explodiert, wird sie alle Spuren vernichten, die wir hier hinterlassen. Einschließlich sich selbst. Es wird nur ein Krater übrig bleiben.«

»Und Blitzbrände und nuklearer Fallout«, merkte Kahurangi an.

Sanders tat den Einwand ab. »In einem Nationalpark, den eh niemand besucht.«

»Bella könnte sich in Bewegung setzen«, mahnte Aparna. »Wenn ihre Schmerzen oder ihre Verwirrung zu groß werden, könnte sie diesen Ort verlassen. Wenn sie das tut und in Richtung Goose Bay aufbricht, könnten Tausende Menschen sterben.«

Sanders grinste breit. »Was *noch* besser wäre«, sagte er. »Da gibt es eine kanadische Militärbasis. Ein Atomangriff auf Kanadas Militär? In Labrador? Scheiße, das würde alle vor Rätsel stellen. Sie würden monatelang nach dem Schuldigen suchen. Wahrscheinlich werden sie irgendwann beschließen, dass China dahintersteckt, weil warum nicht? Ein Atomangriff auf Nordamerika, während einer Pandemie, direkt vor den US-Wahlen ... direkt vor *dieser* US-Wahl. Das wird *großartig*. Ausnahmezustand in den USA, zusammenbrechende Aktienmärkte. Ich habe schon Shortseller am Start.«

»Ein Ausnahmezustand und eine zusammenbrechende Wirtschaft sind eine nette Gelegenheit für dich«, sagte ich sarkastisch.

»Sei nicht sauer, weil *ich* einen Plan habe, Jamie«, schoss Sanders zurück. »Das ist jedenfalls mehr, als du hattest. Dachtest du, du könntest Bella einfach mit ein paar Mausklicks auf meinem Laptop zurückschicken?«

»Vielleicht«, erwiderte ich, erkannte aber, wie lächerlich das klang.

Sanders griff in sein Hemd und zog etwas Winziges heraus, das an einer Kette hing. »USB-Sicherheitsschlüssel, mein Freund. Die Kondensatoren entladen sich nur, wenn er im Laptop steckt. Im Ernst, das ist eine ganz normale CEO-Sicherheitsvorkehrung.«

»Wieso sind die Fässer überhaupt noch aktiv?«, fragte Niamh.

»Fässer?« Sanders wirkte verwirrt.

»Entschuldigung, Ihr *Transdimensionsportal.«* Niamh spuckte das Wort förmlich aus.

»Das ist ein guter Name«, prahlte Sanders. »Ich habe ihn mir selbst ausgedacht.«

»Der ist aus *Doom,* verdammte Scheiße«, knurrte Kahurangi.

»Du neigst dazu, dich aus Science-Fiction-Klassikern zu bedienen«, merkte ich an.

»Ich habe keine Ahnung, wovon ihr beide redet«, sagte Sanders. »Um auf Ihre Frage zurückzukommen, Dr. Healy, das Portal ist aus Sicherheitsgründen noch aktiv. Wenn Bella sich danebenbenommen hätte, bevor wir einschätzen konnten, ob sie explodieren würde, hätten wir sie zurückschicken können. Wir brauchen das Portal jetzt nicht mehr. Wenn ich hier fertig bin, werde ich es abschalten lassen. Dann ist Bella endgültig hier gestrandet.«

»Wie funktioniert das?«, hakte Niamh nach. Sanders hatte eigentlich Antworten von uns hören wollen, aber er war ein egozentrischer Scheißkerl und hörte sich gern selbst reden. Wir waren unabhängig voneinander auf die gleiche Idee gekommen und stachelten ihn immer wieder zum Schwadronieren an.

»Gefällt es Ihnen?«, fragte Sanders Niamh.

»Ich möchte es *verstehen.*«

Sanders warf einen kurzen Blick auf seine Uhr. »Wenn man bedenkt, wie wenig Zeit Sie noch haben, ist das wenig zielführend.«

»Ich möchte wissen, wie Sie auf die Idee gekommen sind, den Prototyp gebaut haben und es geschafft haben, das alles hier«, xiese Geste schloss das ganze Lager ein, »in ein paar Wochen aufzubauen. Und mit *Sie* meine ich all die Wissenschaftler, die Sie beschäftigen, weil Sie dazu natürlich nicht in der Lage sind.«

»Autsch«, sagte Sanders. »Ich habe ein Ingenieursdiplom.«

»Du hast einen Bacherlor an einem College gemacht, das deiner Familie verpflichtet ist«, konterte ich. »Wahrscheinlich hat man dich einfach durchgewunken und dafür einen neuen Gebäudeflügel als Spende erhalten.«

Sanders' Augen verengten sich. »Ich könnte euch alle schon jetzt an die Parasiten verfüttern.«

»Dann würden Sie keine Antworten auf Ihre Fragen bekommen«, warf Aparna ein.

»Ich kriege ohnehin keine Antworten!«, sagte Sanders. »Ihr wollt mich zum Schwadronieren bringen, wahrscheinlich, um länger leben zu können. Ja, ich *weiß*, wie das funktioniert. Ich habe *Die Unglaublichen* gesehen.«

»Das Transdimensionsportal«, forderte ihn Niamh auf. »Bitte schwadronieren Sie als Nächstes darüber.«

»Wir hatten es natürlich schon.«

»Seit wann?«

»Seit den 1960ern, wenn Sie es genau wissen müssen.« Sanders wandte sich an mich: »Erinnerst du dich an das kleine Drama in der Tanaka-Basis? Als deine Chefin mir einen Vortrag darüber halten musste, welche Rolle meine Familie bei der Zerstörung der alten Tanaka-Basis gespielt hat? Sie lag richtiger, als sie ahnte. Dieser Kaijū war nicht zufällig in der Nähe der Basis. Wir haben ihn dort hingelockt.«

»Also habt ihr schon früher GEK-Mitarbeiter umgebracht«, sagte ich.

»Wir wussten nicht, dass der Reaktor des Kaijū missgebildet war«, entgegnete Sanders. »*Dafür* kann man uns nicht die Schuld in die Schuhe schieben.«

»Nein, aber dafür, dass ihr den Kaijū an einen Ort gebracht habt, wo er Dutzende Menschen töten konnte.«

»Wenn du meinst«, gab Sanders in diesem Punkt nach, der ihn ohnehin nicht sonderlich zu interessieren schien. »Wir haben versucht, ihn in eine frühere Version des Portals zu locken, das wie dieses hier von den RTGs meiner Familie angetrieben wurde.« Sanders zeigte mit dem Daumen über seine Schulter auf den Generatorcontainer. »Dieser RTG ist ein Polonium-210-Prototyp. Er erzeugt sehr schnell unglaubliche Energiemengen. Perfekt für diesen Einsatz geeignet. Der Treibstoff ist jedoch schnell verbraucht.«

»Sie haben das schon mal versucht?«, fragte Aparna.

»Es hat nicht funktioniert«, erwiderte Sanders. »Wir konnten die Dimensionsmembran einreißen, aber nichts hindurchbringen. Wir brauchten eine länger anhaltende

Durchlässigkeit, aber die bekamen wir nicht hin. Bis jetzt. Dass der erste Kaijū explodierte und Bella sich an den Kraterrand setzte und mit ihrem Reaktor dafür sorgte, dass die Barriere durchlässig blieb?« Sanders küsste seinen Daumen und Zeigefinger wie ein zufriedener Chefkoch. »Perfekt. Meine Familie wartet seit Generationen darauf.« Er zeigte auf die Umgebung. »Dieses Lager ist seit Jahren einsatzbereit. Wir tauschen die Komponenten natürlich regelmäßig aus. Wir mussten nur auf den richtigen Moment warten.«

»Ja, okay, aber *warum?*«, hakte Kahurangi nach. »Was bringt Ihnen die Kaijū hier? Sie können sie nicht zähmen. Sie können ihr keine Energie abzapfen. Sie überlebt hier nur ein paar Tage. Was soll das?«

Sanders lächelte. »Dr. Lautagata, ich hätte gedacht, dass gerade Sie das verstehen.«

»Tue ich nicht.«

»Dann helfe ich Ihnen. Welcher Rucksack gehört Ihnen?« Kahurangi zeigte auf seinen. Sanders durchwühlte ihn und holte eine Sprühflasche heraus. »Was ist das?«

»Kaijū-Pheromone.«

»Die Sie benutzen, um die Parasiten fernzuhalten.«

»Hauptsächlich.«

Sanders zeigte auf uns alle vier. »Deshalb riecht ihr alle wie fermentierte Trainingshosen.«

»Ja.«

»Sie interessieren sich also mehr für das, was Sie aus dem Kaijū *herausholen* können, als für den Kaijū selbst«, folgerte Sanders. Er roch an der Düse der Sprühflasche, verzog das Gesicht, stellte die Flasche auf den Boden und durchwühlte den Rucksack weiter. »Für Sie ist ein Kaijū nicht einfach ein Kaijū. Er ist eine Ansammlung von Verbindungen, Gerüchen und Pheromonen, mit denen Sie experimentieren, um das gewünschte Ergebnis zu erzielen.« Er nahm etwas aus dem Rucksack, das wie eine Fernbedienung aussah, musterte es fragend und legte es hin. »Das tue ich auch. Nur nicht mit Gerüchen und Pheromonen.«

»Sie wollen den Reaktor«, erkannte Aparna plötzlich.

Sanders lächelte sie an. »Dr. Chowdhury ist eindeutig die Schlauste von euch. Ja. Meine Familie beschäftigt sich seit dem Zweiten Weltkrieg mit Atomenergie und deren Erzeugung. Stellt euch nur vor, wie wir die Konkurrenz hinter uns lassen könnten, wenn wir Atomreaktoren nicht mehr *bauen* müssen, sondern *wachsen* lassen könnten. Sicher. Effektiv. Organisch. Mit Wind und Sonne allein werden wir nicht weit kommen, wisst ihr? Mir sind die Kaijū egal. Ich will nur rausfinden, wie ihre Körper die Reaktoren herstellen.«

Er sah mich an. »*Du* hättest das längst erkennen können. Du hast mich doch erwischt, als ich versucht habe, Kaijū-Genmaterial rauszuschmuggeln.«

»Ich wusste nicht, dass Plan B so aussehen würde«, konterte ich.

»Ich bin froh, dass du nicht darauf gekommen bist«, sagte Sanders. »Aber das bringt mich zu der Frage, wie ihr überhaupt rausgefunden habt, dass wir hier sind. Meine Leute haben auf eurer Seite doch als Erstes den Aerostat beseitigt.«

»Und den Hubschrauber«, fügte ich hinzu.

»Mit dem Hubschrauber hatten wir nicht gerechnet«, räumte Sanders ein. »Oder mit euren Leuten. Wir dachten, es würde reichen, den Aerostaten und die Instrumentenpakete zu zerstören. Aber selbst der Hubschrauberabsturz hätte sich durch einen Angriff von Bella erklären lassen. Was ist passiert?«

»Sie waren schlampig«, sagte Niamh.

»Offensichtlich, aber wobei?«

»Du erinnerst dich an Tom Stevens«, entgegnete ich.

»Der Typ, der sagte, wir wären zusammen in Dartmouth gewesen?«

»Genau der. Deine Leute haben ihn ermordet.«

»Das wird beim Ehemaligentreffen nicht so gut ankommen, aber sprich weiter.«

»Davor hat er eine Kamera versteckt«, sagte ich. »Wir haben deine Leute beobachtet. Und die Fässer gesehen.«

»Das Transdimensionsportal«, berichtigte mich Sanders.

Ich ignorierte das. »Also wussten wir, dass es keinen Unfall oder einen Kaijū-Angriff gegeben hatte. *Wir* wissen es. Unsere Leute wissen es. Und sobald das Tor in der Honda-Basis wieder in Betrieb ist, werden es die Menschen auf dieser Seite auch wissen.«

Sanders sah einen der Männer an, die ihre Waffen auf uns richteten. Es war der, der nach Daves Stromschlag gefragt hatte. »Sie hatten mir versichert, dass es keine Spuren vor Ort gibt.«

»Das dachte ich ja auch«, erwiderte der Mann. Jetzt erkannte ich seine Stimme aus Toms Video.

»Offensichtlich war das ein Irrtum«, fuhr Sanders ihn an. »Das macht alles komplizierter.«

»Es gibt keine Verbindung zu Ihnen und Ihrer Firma«, versicherte der Mann. »Wir tragen neutrale Kleidung. Am Portal gibt es kein Firmenlogo. Niemand wird das herausfinden.«

»Aber ihr habt das schon einmal getan«, hielt ich dagegen. »Deine Firma, meine ich. Die GEK wird irgendwann zwei und zwei zusammenzählen.«

»Nein, das wird sie nicht«, widersprach Sanders beinahe geistesabwesend. »Niemand hat ihnen gesagt, was wir da getrieben haben. Das lief zwischen uns und dem Energieministerium.«

»Dann weiß man *dort* Bescheid«, sagte ich.

Sanders grinste mich höhnisch an. »Weißt du, wer gerade das Sagen in den Vereinigten Staaten hat? Glaubst du, dass *die* das interessiert? Vor allem, wenn ich ihnen die Gelegenheit biete, den Ausnahmezustand zu verhängen und die Wahl abzusagen? Junge, für den Scheiß krieg ich die Freiheitsmedaille des Präsidenten.«

Ich knirschte mit den Zähnen. »Es macht mich krank, wie recht du damit hast«, knurrte ich.

»Ich weiß«, erwiderte Sanders beschwichtigend. »Aber ich glaube nicht, dass es so weit kommen wird. Beweise hin oder her, wir können dafür sorgen, dass sich das nicht zu uns zurückverfolgen lässt.« Er wandte sich Aparna zu. »Wir haben in den letzten Stunden genetisches Material aus Bellas Eiern entnommen. Und wir haben einige intakte Eier mitgenommen, um die Kaijū in einer sicheren Umgebung aufzuziehen. Wir werden ihre Entwicklung begleiten können.«

»Das wird Ihnen nichts bringen«, sagte Aparna.

»Ich weiß«, antwortete Sanders. »Schließlich haben Sie mir erklärt, dass Parasiten eine große Rolle bei der Entwicklung der Kaijū spielen, und die Forschungen unserer Firma haben das ebenfalls ergeben. Umso wichtiger war es, Bella hierherzuholen. Wir haben ihre Parasiten bereits geerntet, das Genmaterial sowie komplette Kreaturen.«

»Und sie haben keinen von Ihnen gefressen?«, fragte Niamh.

»Ein paar haben es versucht, aber die kältere und dünnere Luft macht sie träge«, erklärte Sanders. »Sie klammern sich hauptsächlich an Bella, um von ihrer Wärme zu profitieren.«

»Was Ihrer Drohung, uns an sie zu verfüttern, ein wenig den Schrecken nimmt.«

»Wir werden euch zu den Parasiten bringen, dann klappt das schon.« Sanders sah erneut auf die Uhr. »Und zwar bald, denn nach unserer Schätzung wird Bella in wenigen Stunden explodieren.«

»Die Kanadier wissen garantiert schon, dass Sie hier sind«, warf Kahurangi ein.

»Natürlich, Sie haben uns ja die Genehmigung erteilt«, erwiderte Sanders. »Sie glauben, dass wir hier Funkinterferometrie betreiben. Wir haben Ihnen vor einer Woche erklärt, dass sie heute möglicherweise sehr helle Lichter sehen werden und dass sie zu unserer Arbeit gehören, deshalb werden sie keinen Verdacht schöpfen.«

»Und die scheißgroße Kaijū?«, höhnte Niamh.

»Wir dürfen Gebäude errichten, solange sie sich zurückbauen lassen, ohne Spuren zu hinterlassen. Sie halten Bella für so ein Gebäude.«

»Das wird niemand glauben«, sagte Aparna.

»Es würde niemand glauben, wenn wir das mitten in Montreal versuchen würden. Aber wir sind sechzig Meilen von der nächstgrößeren Siedlung entfernt, in Labrador, während einer Pandemie. Wir liegen nicht mal an den Flugrouten. Ich glaube nicht, dass euch klar ist, wie perfekt dieser Ort für unser Vorhaben geeignet ist.«

»Ihr werdet aber Spuren hinterlassen«, hielt ich dagegen. »Ist bei einer Atomexplosion kaum zu verhindern.«

»Das stimmt«, räumte Sanders ein. »Aber alle werden glauben, dass wir mit in die Luft geflogen sind. In Wirklichkeit ist ein Frachthubschrauber auf dem Weg hierher. Er wird den Laborcontainer, mich und meine Leute mitnehmen. Er sollte gleich da sein. Als ihr kamt, haben wir gerade alles zusammengepackt.« Sanders schlug mit der flachen Hand auf seinen Oberschenkel und stand auf. »So, dann wollen wir den Sack mal zumachen.«

»Willst du uns keine weiteren Fragen stellen?«, fragte ich.

»Nein, nicht nötig«, antwortete Sanders. »Ich dachte, das wäre nötig, aber ich weiß jetzt, wie ihr hergekommen seid, dass niemand ahnt, dass ihr hier seid, und dass ebenfalls niemand meine Firma oder mich verdächtigt, irgendwas damit zu tun zu haben. Ihr werdet sterben und verdampft werden. Was muss ich sonst noch wissen?«

»*Wir* haben noch Fragen«, sagte Aparna.

»Da bin ich mir sicher, aber so funktioniert das nicht. Ich hoffe jedoch, dass euch meine Monologe gefallen haben.«

»Haben sie«, bestätigte Kahurangi. »Und dem GEK-Hauptquartier werden sie bestimmt auch gefallen.«

Sanders hielt inne. »Wie bitte?«

Kahurangi deutete mit dem Kinn auf das Ding am Boden, das wie eine Fernbedienung aussah. »Das nimmt schon die ganze Zeit alles auf, was Sie sagen, und schickt es an ein Gerät, das ich auf Bella versteckt habe. Erst mal werden die Aufnahmen dort gesammelt. Es gibt aber einen Totmannschalter.« Er zeigte auf einen roten Knopf an der Fernbedienung. »Wenn ich *diesen* Knopf nicht mindestens einmal pro Stunde drücke, wird alles gesendet.«

»Das ist eine niedliche Drohung in einer Gegend ohne Netzabdeckung«, konterte Sanders.

»Ihr habt WLAN«, merkte ich an.

»Nur lokal«, sagte er. »Und woher weißt du das?«

»Weil ich mit Daves Handy eure geteilten Dateien runtergeladen und sie auf dasselbe Gerät hochgeladen habe.«

»Das mit nichts verbunden ist«, rief Sanders uns ins Gedächtnis. »Ihr blufft.«

»Herrgott noch mal«, fuhr Niamh ihn an. »Haben Sie noch nie von *Satelliten* gehört, Sie Arschloch? Ihr Kumpel Elon hat gerade ein paar Tausend hochgeschossen.«

»Wir sind *nicht* befreundet«, erklärte Sanders, als müsste er sich rechtfertigen.

»Mein Gerät sendet an die Iridium-Satelliten«, führte Kahurangi aus. »Die sind alt und langsam, aber zuverlässig. Und sie werden alles in«, er sah auf seine Uhr, »fünf Minuten empfangen.«

Sanders bückte sich und hob die Fernbedienung auf. »Dieser Knopf?« Er zeigte auf eine rote Scheibe auf der Fernbedienung. Er drückte darauf. »Schlechter Monolog«, sagte er zu Kahurangi. »Sie sollten Ihr Geheimnis *erst* enthüllen, wenn es zu spät ist.«

Kahurangi lächelte. »Ihnen ist aber schon klar, dass das nur mit meinem Fingerabdruck geht?«

Sanders runzelte die Stirn und betrachtete die Fernbedienung. »Was?«

»Das sind doch die simpelsten Sicherheitsvorkehrungen«, entgegnete Kahurangi.

Sanders reichte ihm die Fernbedienung. »Drücken Sie den Knopf.«

»Oder was?«, schoss Niamh zurück. »Werden Sie ihn sonst umbringen? Die Karte haben Sie schon gespielt, Mann.«

Sanders wandte sich an xien: »Wie wär's, wenn Ihnen jemand in den Bauch schießt und er Ihre Schmerzensschreie hört, bis er es nicht mehr aushält und auf den Knopf drückt?«

»Uh, da hab ich aber Angst«, kommentierte Niamh. »Und Sie können mich am Arsch lecken.«

»Wie Sie wollen.« Sanders sah seinen obersten Handlanger an. »Würden Sie bitte?«

»Hey, hey«, warf Kahurangi ein. »Hier wird niemand in den Bauch geschossen. Geben Sie mir die Fernbedienung.« Er streckte die Hand aus. Sanders legte die Fernbedienung hinein.

Kahurangi sah uns alle an. »Das war's dann wohl«, sagte er.

»Sieht so aus«, antwortete ich.

»Ich will nur sagen, egal was passiert, ich froh bin, euch alle kennengelernt zu haben.« Er sah zu Sanders auf. »Nicht *Sie*«, stellte er klar. »*Sie* können meinetwegen verbrennen. Aber du, Jamie. Du, Aparna. Du, Niamh. Ich bin dankbar für eure Freundschaft.«

»Und ich für deine«, erwiderte Aparna.

»Ich auch«, stimmte ich zu.

»Ich wollte eigentlich nicht so schnulzig abtreten«, sagte Niamh, »aber ja, ihr seid die Besten.« Xier sah Sanders an. »Wieder nicht Sie. Sie sind das Letzte.«

»Schlimmer geht's nicht«, bekräftigte Aparna.

»Das schlimmste Ungeheuer in der Geschichte«, schoss ich hinterher.

»Ich kann euch immer noch in den Bauch schießen lassen«, warnte Sandes. »Euch *allen.*«

»Ach ja, richtig«, warf Kahurangi ein. Er drückte den Knopf und warf Sanders die Fernbedienung zu. »Übrigens hab ich gelogen.«

»Sie haben was?«

»Er hat gelogen«, wiederholte ich. »Und ich auch.«

»Wir haben *alle* gelogen«, sagte Aparna.

»Nicht, als wir sagten, dass wir Freunde sind«, erklärte Niamh Sanders. »Das sind wir. Und nicht, als wir sagten, dass Sie ein Arschloch sind. Das sind Sie.«

»Was ich über die Fernbedienung gesagt hab, war gelogen«, fuhr Kahurangi fort. »Zum einen nimmt sie nichts auf. Das ist nur eine Fernbedienung.«

»Zweitens ist sie mit keinem Gerät verbunden, das Daten an einen Satelliten sendet«, sprach Aparna weiter.

»Stimmt, das war auch gelogen«, merkte Kahurangi an.

»Drittens gibt es keinen Totmannschalter«, fügte ich hinzu. »Du hast es mit dem Knopfdruck aktiviert.«

»Was aktiviert?«, fragte Sanders.

»Sie haben uns erklärt, dass die Parasiten hier träge sind und sich an Bella klammern«, sagte Kahurangi. »Ich habe eine Pheromonbombe platziert, die sie wecken wird.«

Eine leichte, nach Orangen und Zitronen riechende Brise mischte sich in den Geruch nach Kiefern und Erde.

»Was soll das heißen, dass Sie sie geweckt haben?«, hakte Sanders nach.

»Ich habe Ihnen mal gesagt, dass Pheromone keine perfekte Sprache sind«, erwiderte Kahurangi. »Und das stimmt. Diese Pheromone sagen jedoch etwas Einfaches sehr laut. Nämlich: ›Wir werden angegriffen. Bringt alles um, was sich bewegt.‹ Sie haben diese Bombe gezündet. Und *wir* haben den Parasiten die Zeit verschafft, die sie brauchten, um hierherzukommen.«

»Scheiße«, entfuhr es Sanders' Handlanger.

Ich drehte den Kopf und sah eine Flut von Parasiten, die sich von Bella gelöst hatten. Ein paar von ihnen stürmten auf uns zu.

Ich sah zu Sanders hoch, der sie mit offenem Mund anstarrte.

Ich sprang auf und riss ihm den USB-Schlüssel vom Hals.

Ich drehte mich zu meinen Freunden um.

»Lauft«, sagte ich.

# 27

Wir stoben auseinander, als die Parasiten uns erreichten.

Die Männer, die ihre Waffen auf uns gerichtet hatten, vergaßen uns. Wir waren keine angsteinflößenden, auf sie zurasenden Außerirdischen, wir waren nur ein paar unbewaffnete Menschen, die ihnen nichts tun würden. Die Männer fuhren herum und schossen mit ihren Gewehren auf die Parasiten.

Wie sich herausstellte, hatte Riddu Tagaq recht. Es war schwer, ein sich schnell bewegendes Ziel mit einer winzigen Kugel zu treffen.

Zwei der Männer gingen sofort brüllend und kämpfend zu Boden. Die anderen folgten unserem Beispiel und liefen los.

Als ich einen Blick zurückwarf, sah ich, wie Rob Sanders zusammenzuckte und sich umsah.

*Was sucht er denn?*, fragte ich mich.

Er sah mich, lief hinter mir her und hielt nur kurz an, um Kahurangis Schrotflinte aufzuheben.

*Ach richtig, ich habe ja seinen Schlüssel*, fiel mir ein.

Dann lief ich weiter, auf Bella zu und damit allen entgegen, die von ihr weglaufen wollten.

Währenddessen preschten die Parasiten um mich herum und an mir vorbei. Das »Ich bin ein Kaijū«-Pheromon klebte noch an mir und ich hoffte, auch an meinen Freunden.

Sanders' Leute liefen davon, schlugen Haken und schrien, wenn die Parasiten sie erwischten. Aus dem Augenwinkel sah ich, wie ein Parasit mit einem Menschen zusammenprallte und ihn zu Boden warf. Sekunden später sprangen ihn weitere Parasiten an. Ich achtete nicht darauf, was danach geschah.

Ich sah zu Bella hinauf, die etwas tat, womit ich nicht gerechnet hatte.

Sie *bewegte* sich.

Ihr Körper, der sich nur geregt hatte, um atomare Schreie auszustoßen, erbebte und zitterte. Die Parasiten, die sie noch nicht verlassen hatten, strömten davon, als Bellas Bewegung ihre Ruhe störte.

Kahurangi hatte uns das zuvor erklärt. *Aparna und ich haben die Pheromonbomben dort platziert, wo Bella Luft aufnimmt*, hatte er gesagt, als wir zum Generator gingen. *Die Pheromone werden in sie gesogen und erreichen jeden Teil ihres Körpers. Ihre Parasiten werden zuerst darauf reagieren, aber sie schließlich auch.*

*Und dann?*, hatte ich gefragt.

*Komm ihr nicht in die Quere*, hatte er geantwortet.

Ich lief schneller auf Bella zu.

Der Schrot traf mich am Hinterkopf und am Rücken, bevor ich den Knall der Schrotflinte hörte.

Sanders war so weit weg, dass sein Schuss keinen großen Schaden anrichtete, dennoch tat es weh und brachte mich aus dem Rhythmus. Ich stolperte und fiel zu Boden. Sanders nutzte die Zeit, um zu mir zu gelangen.

»Gib mir meinen Schlüs...« Weiter kam er nicht, denn er musste den Dreckklumpen ausspucken, den ich ihm gerade ins Gesicht geworfen hatte. Ein kleiner Stein lag in der Nähe. Ich hob ihn auf und warf ihn ebenfalls. Sanders fluchte, als er am Kinn getroffen wurde, und hob die Hand, um die sehr leichte Verletzung abzutasten.

»Echt jetzt?«, hörte ich ihn ungläubig fragen, aber den Rest bekam ich nicht mehr mit, weil ich wieder loslief.

Als ich weiterrannte, bemerkte ich, dass bei dem Sturz etwas mit meinem linken Knöchel passiert war. Er fühlte sich heiß und empfindlich an und es wurde mit jedem Schritt schlimmer.

Ich sah auf und erkannte, dass Bella nun direkt vor mir aufragte. Zwischen ihr und mir gab es nichts mehr. Und ich erkannte etwas anderes.

Sie sah mich an.

Diese großen, leuchtenden, unwirklichen Augen waren um ihren Kopf rotiert und starrten mich nun aufmerksam an.

Ich erstarrte, weil man so was wohl gelegentlich tut, wenn man Beute ist.

»Ich habe noch eine Patrone, Jamie«, rief Sanders hinter mir. »Zwing mich nicht, sie abzufeuern.«

Ich drehte mich zu ihm um. »Ich hab Neuigkeiten für dich, Rob. Du bist gerade mein geringstes Problem.« Ich zeigte nach oben. Er folgte mir mit dem Blick und bemerkte, dass Bella uns beide ansah.

»Ach du *Scheiße*«, entfuhr es ihm.

Ich hob warnend die Hand. »Lauf nicht weg.«

»Warum denn nicht?«

»Weil das eh nichts bringen würde«, erwiderte ich.

Wir starrten wie gebannt auf Bella.

Die beschloss, uns genauer zu betrachten.

Ich weiß nicht, wie ich die Geometrie beschreiben soll, die nötig war, damit eine mehr als hundert Meter große Kreatur ihren Kopf zu uns herunterschwenken konnte. Aber das geschah. Bellas Kopf war so groß wie ein großzügig gestaltetes Vorstadthaus und ihr Augen glitten umher, bis sie uns fanden. Auf ihrem Kopf wimmelte es von Parasiten, die sich noch nicht von ihr gelöst oder zum Angriff hatten bewegen lassen.

»Scheiße«, entfuhr es Sanders erneut.

»*Halt den Mund*«, warnte ich.

Bellas Augen teilten sich, damit sie uns beide einzeln ansehen konnte.

Während sie das tat, fühlte ich die Hitze ihrer Organe, die durch ihr Parasitennetzwerk nach draußen befördert wurde. Es war beinahe unerträglich, als stünde man vor einem Hochofen, dem eine Überhitzung drohte.

Aber da war noch etwas anderes. Etwas an der Haltung, die Bella einnahm, während sie uns betrachtete. Sie wirkte …

Erschöpft. Müde. Überfordert.

Traurig.

Vielleicht interpretierte ich zu viel hinein, weil ich wusste, dass sie an einen Ort gebracht worden war, an den sie nicht gehörte. Es ist möglich, dass mein Gehirn einem idiotischen Trugschluss erlag, um irgendwie die Hoffnung aufzubringen, dass dieses monströse Wesen mit dem hausgroßen Kopf mich weder fressen noch zertrampeln würde. Alternativ konnte es durchaus sein, dass ich gerade in eine Psychose verfallen war. In diesem Moment kamen mir all diese Möglichkeiten realistisch vor.

Das änderte nichts daran, dass ich in dieser Sekunde am liebsten die Hand auf Bella gelegt hätte, um ihr zu sagen, dass alles wieder gut werden würde.

»Armes Mädchen«, flüsterte ich ihr zu.

»Willst du mich verarschen?«, sagte Sanders hinter mir. Er hatte mich offensichtlich gehört.

Ich drehte mich zu ihm um. »Halt die Schnauze, Rob«, fuhr ich ihn an. »Du hast sie hierhergebracht. Du hast sie an einen Ort gebracht, an dem sie nur sterben kann. Du *willst*, dass sie stirbt. Und wofür? Damit du und deine Familie ein Monopol auf einen bioindustriellen Vorgang bekommen.«

»Die Welt braucht endlos verfügbare bionukleare Energie …«

»Alter, tu nicht so, als würdest du das für *die Welt* machen«, schoss ich zurück. »Dir ist die Welt scheißegal. Diese und ihre.« Ich zeigte auf Bella. »Tom Stevens sagte mir mal, die GEK hätte die Aufgabe, die Kaijū vor den Menschen zu schützen. Wir haben Witze darüber gemacht, wer von uns die wahren Ungeheuer sind. Aber letztendlich waren das keine Witze, oder?«

Sanders warf einen nervösen Blick auf Bella, die uns immer noch musterte, und wandte sich wieder mir zu. »Gib mir den Schlüssel, Jamie, dann schicke ich sie zurück«, sagte er. »Ich habe von ihr alles bekommen, was ich brauche. Gib mir den Schlüssel und ich werde das Portal hochfahren. Sie kann zurückgehen. Du kannst zurückgehen. Ihr *alle* könnt zurückgehen.«

»Was ist aus dem Plan geworden, uns an die Parasiten zu verfüttern?«, fragte ich.

»Den Teil kann ich abändern.«

»Du hast mit einer Schrotflinte auf mich geschossen.«

»Niemand ist unfehlbar.«

»Und du würdest uns trotz allem, was wir wissen, am Leben lassen? Du weißt, dass man uns nach diesem Wissen fragen wird.«

»Ich glaube, dass ich euch vier motivieren kann, eine für alle vorteilhafte Version der Ereignisse zu erzählen.«

»Jetzt bietest du uns Geld an«, sagte ich.

»Nicht nur Geld«, entgegnete Sanders. »Aber Geld *ist* ein Teil des Pakets.«

Ich lächelte. »Das ist verführerisch, aber mir fällt gerade ein, dass du in diesem Moment mit dir selbst eine Duke-Wette darüber abschließt, ob ich wirklich so blöd bin, dein Angebot anzunehmen.«

Sanders lächelte. »Das hast du nicht vergessen.«

»Nein.«

»Hast du vergessen, dass ich noch die Schrotflinte habe?«

Ein Sturm aus superheißer Luft fuhr aus Bella und warf uns beide um. Bellas Kopf verschwand und erhob sich weit in den Himmel.

Sanders stand auf und richtete die Schrotflinte auf mich. »Jamie Gray«, sagte er. »Bringen wir's hinter uns.«

Bella schrie, ein Strahl schoss aus ihr und die Welt färbte sich golden.

Ich sah auf und entdeckte das Dimensionsloch, das hinter Sanders entstanden war. Nebel wirbelte um ihn herum und nahm ihm die Sicht.

Ich warf mich zur Seite, als er den Abzug betätigte. Er verfehlte mich.

Als ich mich umdrehte, sah ich, wie etwas auf mein Gesicht zuraste.

Ein Parasit.

*Mein Pheromon ist verflogen*, erkannte ich.

Der Parasit sprang über mich auf Sanders' Brust.

Er brüllte vor Überraschung und Entsetzen, als der Parasit ihn in das Loch stieß. Ich verlor ihn im Nebel aus den Augen.

Irgendwo auf der anderen Seite des Nebels hörte Sanders auf zu brüllen und fing an zu kreischen.

Ich stand auf, belastete vorsichtig meinen Knöchel und sah in dem Moment auf, als Bellas Strahl erstarb. Das Loch um ihn herum wurde langsam kleiner und etwas kam hindurch, das den Nebel aufwirbelte.

Ein Hubschrauber. Chopper zwei.

»Heilige Scheiße, *Martin Satie*!«, rief ich und winkte ihm auf einem Bein hüpfend zu.

Bella entdeckte Chopper zwei und schlug nach ihm. Satie wich ihr aus und ging auf Abstand.

Bella richtete sich zu voller Größe auf.

Sie streckte sich.

Und dann *ging* sie los. Auf mich zu.

Ich beschloss, mir später um die Schmerzen in meinem Knöchel Sorgen zu machen. Ich entfernte mich in einem Winkel von neunzig Grad von Bellas Route.

Ihr erster Schritt führen sie aus der Begrenzung der Fässer.

Der zweite zerquetschte die meisten der Container, die Sanders' Leute als Labors benutzt hatten.

Beim dritten machte sie ein Geräusch, das wie ein Düsentriebwerk klang.

Bella schlug mit ihren gewaltigen Flügeln und hoffte, in der dünnen Atmosphäre unseres Planeten Auftrieb zu bekommen.

Schließlich fand sie ihn.

Bella flog los.

Ich sah zurück zum Boden. Drei Umrisse liefen auf mich zu: Aparna, Niamh und Kahurangi.

»Alles okay?«, fragte Kahurangi, der mich als Erster erreichte.

»Mein Knöchel ist im Eimer, sonst ist alles in Ordnung«, sagte ich. Aparna und Niamh blieben vor uns stehen. Ich zeigte ihnen Sanders' USB-Schlüssel. »Wir können die Kondensatoren jetzt entladen.«

»Das ist toll, aber es gibt ein winziges Problem«, wandte Niamh ein. »Unser Vogel hat das Nest verlassen.«

»Je länger sie da draußen ist, desto schwieriger wird es, sie zurückzubringen«, erklärte Aparna.

»Ich hab eine Idee.« Ich wandte mich an Aparna. »Wie lang war Bellas Intervall dieses Mal?«

»Etwas über zwanzig Minuten«, sagte sie.

»Wird ihr Flug das Intervall beeinflussen?«

»Sie strengt sich sehr an und verbraucht viel Energie. Es wird viel kürzer sein.«

»Wie viel kürzer?«

»Das weiß ich nicht.«

»Rate.«

»Höchstens zehn Minuten.«

Niamh sah auf. »Scheiße, ist das Chopper zwei?« Satie ging gerade neben uns in den Sinkflug.

Ich gab Kahurangi den USB-Schlüssel. »Geh mit Niamh zum Generator und haltet euch bereit.«

Er nahm den Schlüssel. »Wofür?«, brüllte er, als Chopper zwei lauter wurde.

»Bella zurückzuschicken«, brüllte ich zurück. »Wir werden sie zu euch bringen.«

Kahurangi grinste. »Du bist verrückt und ich liebe dich.«

Er zeigte Niamh den Schlüssel, dann liefen beide gemeinsam in Richtung des Generators.

Satie schwebte so dicht über dem Boden, dass Aparna und ich einsteigen konnten, sie hinten, ich vorne auf den Co-Piloten-Sitz. »Hatten wir uns nicht darauf geeinigt, dass du zurückfliegen würdest?«, fragte ich Satie, als ich mich angeschnallt und das Headset aufgesetzt hatte.

»Ich hab entschieden, mich dem Ärger später zu stellen«, antwortete Satie. »Und dann ist mir aufgefallen, dass unsere Bella bei jedem Rülpser ein großes Loch reißt. Ich wollte rausfinden, wie groß. Das hab ich geschafft.«

»Du weißt, was wir jetzt tun werden, richtig?«

»Ich dachte schon, du würdest nie fragen«, entgegnete Satie.

»Ich hab noch nicht gefragt.«

»Klar hast du das, du hast die Frage nur schlecht formuliert. Dann machen wir uns mal auf die Suche nach unserer Lady. Dr. Chowdhury, wir haben ungefähr zehn Minuten, korrekt?«

»Mittlerweile weniger«, sagte Aparna.

Satie riss den Hubschrauber dem ersten Morgenlicht entgegen und verfolgte Bella.

*

»Sie ist nicht sehr schnell«, bemerkte Satie, als wir uns ihr näherten, während sie schwerfällig in Richtung Nordwesten flog. Dort lag Goose Bay, wie wir befürchtet hatten.

»Die Luft trägt sie nicht gut«, erklärte Aparna. »Sie kompensiert das mit ihren Luftstromsystemen, aber die funktionieren bestimmt auch nicht mehr richtig. Es ist fast ein Wunder, dass sie überhaupt fliegen kann.«

»Du willst damit sagen, dass sie jede Sekunde vom Himmel fallen könnte«, schloss ich aus Aparnas Worten.

»Das würde mich nicht wundern.«

»Das ist nicht gut«, kommentierte Satie. »Sie wird nicht dort hinlaufen können, wo wir sie brauchen.«

»Was hast du vor?«

»Seien wir erst mal höflich«, sagte Satie. Er flog vor Bella, und als die Entfernung zu ihr groß genug war, blieb er in der Luft stehen und wendete den Hubschrauber ihr zu.

»›Wer zuerst ausweicht‹ zu spielen, soll höflich sein?«, fragte Aparna nervös.

»Für mehr Höflichkeit reicht die Zeit nicht«, sagte Satie.

Bella flog direkt auf Chopper zwei zu, wich ihm aber im letzten Moment aus. Wir wurden von den Turbulenzen ihrer Flügel und Luftstromsysteme hin und her geschleudert. Satie brachte den Hubschrauber in eine stabile Lage und folgte Bella, die erneut nach Nordwesten flog.

»So viel zu dem Thema«, sagte er.

»Du hast nicht das vor, was ich denke?«, hakte ich nach.

»Ich weiß nicht, was du denkst, aber ja, das hab ich wahrscheinlich vor«, erwiderte Satie.

Ich drehte mich zu Aparna um. »Du bist angeschnallt, oder?«

»Ich dachte schon, aber jetzt bin ich mir nicht mehr sicher«, antwortete sie.

Ich nickte. »Das ist die richtige Einstellung.« Ich sah zu Satie. »Okay, hau rein.«

Im Licht der Instrumente sah ich Satie grinsen. Er zog Chopper zwei höher und raste dann im Sturzflug auf Bellas Kopf zu.

»Oh, das gefällt mir nicht«, verkündete Aparna. »Das gefällt mir ganz und gar nicht.«

»Jaaaa«, stimmte ich zu, während ich versuchte, mich nicht einzunässen.

Chopper zwei flog so dicht über Bellas Kopf hinweg, dass seine Landekufen über ihre Haut schrammten. An einem Punkt fühlte es sich so an, als hätte sich eine Kufe verhakt und wir würden nach vorne kippen und sterben, doch dann befreite sie sich mit einem Ruck. Bella stieß einen Schrei aus.

»Wir haben ihre Aufmerksamkeit«, stellte ich fest.

»Aber das reicht nicht«, sagte Satie und brachte den Hubschrauber so dicht vor Bellas Gesicht, dass der Heckrotor nur Zentimeter von ihrer Haut entfernt war.

Die Schreie verrieten mir, dass das Bella wütend machte. Ich sah auf den Monitor, um herauszufinden, was hinter uns vorging.

»*Zähne*«, stieß ich hervor.

»Schon dabei«, entgegnete Satie und ließ uns plötzlich und auf sehr gefährliche Weise nach unten sacken.

Bella folgte uns. Sie war genervt und wollte es uns heimzahlen.

»Jetzt fliegt sie nicht mehr langsam«, bemerkte ich, als ich sah, dass sie sich uns näherte. Ich hoffte, dass ich nicht völlig panisch klang.

»Wie viel Zeit noch, Dr. Chowdhury?«, fragte Satie.

»Sie ist bereit«, erwiderte Aparna. »Es geht gleich los.«

Die schwachen Lichter des zerstörten Lagers tauchten vor uns auf.

»Ich hoffe, eure Freunde sind bereit«, sagte Satie zu mir.

»Sie werden bereit sein«, versprach ich. »Hoffentlich kriegen wir das Timing hin.«

»Äh, Leute«, warnte Aparna. »Seht mal auf den Monitor.«

Ich richtete den Blick darauf. Bella holte weiter auf. Ihr Maul war geöffnet und sie schrie. In ihr baute sich etwas Helles auf.

»Ich glaube, wir haben keine Zeit mehr«, sagte ich.

»Fast da«, erwiderte Satie.

»Fast wird nicht reichen«, erklärte ich ihm.

Satie tauchte ab und flog so dicht über den Boden, dass er nur Zentimeter von ihm entfernt zu sein schien. Um uns herum färbte sich die Welt golden. Auf dem Monitor wurde die Welt hinter uns dunkel, als Bellas Strahl den Boden aufriss und Erde und Dreck in den Himmel schleuderte.

»Festhalten«, sagte Satie. Er riss uns so weit hoch, dass Bellas Atem über den Kreis der Kondensatoren fegte. Eine breite, grelle Lichtwand schoss neben Chopper zwei hoch. Sie war wunderschön und so nah, dass ich sie fast hätte berühren können. Der Versuch hätte mich allerdings umgebracht.

Wir hatten den Kreis hinter uns gelassen und der Strahl brach ab. Vor uns tauchten unglaublich schnell sehr große Bäume auf. Aparna und ich schrien. Satie riss den Hubschrauber im letzten Moment hoch und schwebte über den Baumwipfeln. Er wendete Chopper zwei.

Bella und ihre Eier waren verschwunden.

Nicht nur verschwunden.

Es sah aus, als wären sie nie da gewesen.

Ich starrte auf die Stelle, an der Bella nicht war. »Es hat funktioniert. Wir haben's geschafft.«

»Seht mal«, sagte Aparna und zeigte aus dem Fenster. Kahurangi und Niamh liefen auf die Kondensatoren zu. Sie schleppten unsere Rucksäcke.

»Guter Schuss«, lobte ich sie, als sie angeschnallt und mit aufgesetzten Headsets im Hubschrauber saßen.

»Du hast uns nicht gesagt, dass ihr über die scheiß Baumwipfel anfliegen würdet«, maulte Niamh. »Ich konnte Kahurangi erst im letzten Moment das Signal geben. Wir hätten es beinahe verpasst.«

»Ja, aber das habt ihr nicht.«

»Wie habt ihr Bella dazu gebracht, euch zu folgen?«, wollte Kahurangi wissen.

»Wir haben sie wütend gemacht«, sagte Aparna.

Kahurangi nickte. »Hat gut geklappt.«

»Hoffen wir mal, dass Kaijū kein gutes Gedächtnis haben«, bemerkte Satie. »Sonst wird Chopper zwei nach unserer Rückkehr kein schönes Leben haben.«

»Glaubst du, dass es ihr gut geht?«, fragte ich Aparna. »Ich meine Bella. Ihre Intervalle waren ja inzwischen sehr kurz.«

»Ich weiß es nicht«, antwortete sie, »aber ich glaube schon. Ich weiß es nur nicht sicher. Doch ich weiß, dass sie dort, wo sie hingehört, eine Chance hat. Hier hatte sie keine.«

»Wir haben unseren Job gemacht«, sagte Kahurangi. »Wir haben eine Kaijū beschützt.«

»Vielleicht«, fügte Aparna hinzu.

»Ich glaube, *vielleicht* reicht dieses Mal.«

»Was ist aus diesem Arschloch Sanders geworden?«, erkundigte sich Niamh.

»Das Gleiche, was aus allen anderen hier geworden ist«, erwiderte ich. »Nur auf der anderen Seite der Barriere.«

*

Wir landeten um fünf Uhr morgens auf der kanadischen Militärbasis Goose Bay, buchstäblich mit den letzten Tropfen im Tank von Chopper zwei. Da wir unangemeldet landeten, in keinem Flugplan auftauchten und aus dem Nichts zu kommen schienen, empfing uns eine beeindruckend waffenstarrende kanadische Militärpräsenz.

»Nett«, kommentierte Niamh mit einem Blick auf die Mündungen. »Wie sind eigentlich kanadische Militärgefängnisse so? Ich frage das für einen Freund.«

»Ihr kommt nicht ins Gefängnis«, versicherte Satie.

»Was sollen wir denen denn sagen?«, fragte Aparna.

Satie sah sie an. »*Du* wirst ihnen gar nichts sagen. Das gilt für euch alle. Überlasst mir das.«

»Gern«, entgegnete Kahurangi. »Aber wieso sollten sie auf dich hören?«

»Weil ich was zu sagen habe.«

»Es interessiert sie, dass du Pilot bist?«

»Er hat auch einen Doktor«, wandte ich ein.

»Beides wird sie nicht interessieren«, erklärte Satie. »*Aber* ich bin auch Colonel in der Royal Canadian Air Force, und das wird sie interessieren.«

»Warum?«, fragte ich.

»Zum einen, weil ich einen höheren Rang als der Kommandant dieser Basis habe.«

»Sieh mal einer an«, sagte Niamh bewundernd. »Und da hängst du die ganze Zeit mit uns in den Slums rum.«

»Das hat damit nichts zu tun«, antwortete Satie. »Ich bin der offizielle kanadische Verbindungsoffizier bei der GEK. Ihr könnt MacDonald und Danso fragen, wenn ihr zurück seid.«

»Wieso fliegst du dann Chopper zwei?«, wollte ich wissen.

»Weil das Leben als Verbindungsoffizier *langweilig* ist«, sagte Satie. »Der Hubschrauber macht viel mehr Spaß. So, ihr bleibt hier sitzen und seid still. Ich mache mein Ding.« Er verließ den Hubschrauber und ging zu dem ranghöchsten Soldaten. Er zog seine Brieftasche und holte eine Karte heraus.

Er zeigte sie dem Soldaten.

Der Soldat salutierte vor Satie.

Die anderen Soldaten ebenfalls.

# 28

Wir mussten in kein kanadisches Militärgefängnis. Wir mussten in gar kein Gefängnis.

Doch wir konnten auch nicht sofort zur Tanaka-Basis zurückkehren.

Erstens, weil das nicht ging. Das Tor in der Honda-Basis war immer noch abgeschaltet, und das würde auch noch eine Weile so bleiben. Satie – Colonel Satie, sollte ich sagen – hatte unsere Informationen an die Besatzung der *Shobijin* übermittelt, die sie an die Basis weiterleitete, allerdings erst nachdem Chopper zwei die Dimensionsbarriere überwunden hatte. Als er die andere Seite erreicht hatte, verließ die *Shobijin* hastig das Gebiet.

Das war auch gut so, denn als Bella auf ihrer Seite auftauchte, setzte sie den umliegenden Dschungel in Brand. Eine Woche lang blieb unklar, ob es ihr gelingen würde, ihre Organfunktionen wiederherzustellen und ihre Parasiten an sich zu binden. Dann setzte sie sich, presste einen letzten Schwung Eier heraus und brütete noch einige Wochen.

Sie überlebte. Wir hatten sie tatsächlich beschützt.

Zweitens kehrten wir nicht sofort zurück, weil die GEK den Zwischenfall untersuchen musste und wir die Hauptzeugen waren. Nachdem wir die Militärbasis Goose Bay verlassen hatten, verbrachten wir zwei Wochen in einem Hotel in St. John, wo wir Zoom-Meetings mit GEK-Vorgesetzten und verschiedenen anderen Interessenvertretern abhielten, erklärten, was Rob Sanders warum getan hatte und wie das mit Tensorial, der Firma seiner Familie, und deren Vorgängern zusammenhing. Unterstützt wurden wir dabei von Dave Berg, alias Dave-knapp-über-einem-Praktikanten, der in erster Linie überlebt hatte, weil er bewusstlos und voller Kaijū-Pheromone war. In Anbetracht dessen vergab er Niamh den Stromschlag.

Es stellte sich heraus, dass die GEK-Leute von den neuen Informationen über die Zerstörung der ersten Tanaka-Basis nicht völlig überrascht waren. Man hatte immer schon den Verdacht gehegt, dass die Familie Sanders nicht ganz ehrlich gewesen war. Diese Informationen überraschten jedoch den Vertreter des amerikanischen Energieministeriums. Möglicherweise hatte dieser allerdings gerade andere Sorgen. Die US-Wahl war nicht durch eine plötzliche Atomexplosion verhindert worden, sondern hatte stattgefunden. Deshalb würde dieser Mann wahrscheinlich in einigen Monaten seinen Job los sein. Er schien der GEK gestatten zu wollen, den Zwischenfall so zu regeln, wie sie es für richtig hielt.

Die GEK regelte ihn wie immer – indem sie dafür sorgte, dass es ihn offiziell nie gegeben hatte.

Die Mission, Bella hinüberzuholen, wurde vertuscht, indem man an der offiziellen Version festhielt, dass Wissenschaftler dort mit einer neuen Methode der Funkinterferometrie experimentiert hatten.

Was furchtbar schiefgegangen war.

Und mit einer Explosion geendet hatte.

Was bei Funkinterferometrienprojekten hin und wieder passiert.

»Das passiert *nie*«, hatte Niamh eingeworfen, da xier sich mit Astrophysik auskannte. Aber xier wurde überstimmt.

Der Tech-Milliardär Rob Sanders, der das Projekt wegen seiner Hingabe an Wissenschaft und Forschung finanziert hatte, war vermeintlich bei der Explosion ums Leben gekommen. Die Leiche wurde jedoch nicht gefunden, weil sie vermutlich von Labrador-Wölfen verschleppt worden war.

»Labrador-Wölfe?«, hatte Kahurangi gefragt. »Die gibt's?«

»Die gibt's«, hatte Aparna ihm versichert.

Tensorial hatte offiziell zwar weder etwas mit Sanders' Aktivitäten noch denen der Firma, die über Jahre hinweg an der GEK beteiligt gewesen war, zu tun, doch nach dem Regierungswechsel im Januar verkündete das Justizministerium, dass Tensorial, ihre momentanen und früheren CEOs und die gesamte Familie Sanders unter Verdacht stünden, jahrzehntelang in betrügerischer Absicht Geschäfte mit dem Energie- und dem Verteidigungsministerium betrieben zu haben. Der Firma stand eine lange und unangenehme Gerichtsverhandlung bevor.

Das war nicht gerade befriedigend, aber was soll's?

Während unserer Abwesenheit gedachte man in der Tanaka-Basis all derer, die bei Sanders' Bella-Entführung ihr Leben verloren hatten. Die Geschichte, mit der das den Familien erklärt wurde, kam der Wahrheit ziemlich nah: Während sie die Tiere erforschten, die sie beschützen sollten, waren sie von

Wilderern angegriffen und ermordet worden. Die GEK zahlte den Hinterbliebenen eine wie immer großzügige Abfindung und trauerte aufrichtig um die Getöteten.

Wir erfuhren, dass alle in der Tanaka-Basis mit angehaltenem Atem auf Informationen darüber gewartet hatten, ob wir noch am Leben waren. Als sie erfuhren, dass es so war, feierten sie zusammen und schworen, uns umzubringen, weil wir ihnen so große Sorgen bereitet hatten.

Sie brachten uns bei unserer Rückkehr nicht um. Stattdessen erklärten sie den Tag zum Feiertag. Es wurde gegessen, getrunken, getanzt und Karaoke gesungen.

Dann nahmen wir unsere Arbeit wieder auf. Aparna ging zurück ins Biologielabor, Kahurangi ins Chemielabor, Niamh ins Physiklabor und Satie … konnte erst mal gar nichts tun, weil es ziemlich kompliziert war, einen Hubschrauber zurück zur Kaijū-Erde zu bringen. Doch danach fungierte er wieder als Pilot.

Ich machte mit dem Tragen von Dingen weiter.

MacDonald bot mir vorübergehend Toms Job an, mit der Aussicht, ihn permanent übernehmen zu können. Ich lehnte ab. Zum einem fühlte es sich falsch an, in seine Rolle zu schlüpfen, zum anderen hatte Val meinetwegen schon ein paar Wochen lang für zwei arbeiten müssen. Außerdem mochte ich meinen Job. Sachen zu tragen tat meinem Gehirn überraschend gut.

Also tat ich das ohne größere Komplikationen während des restlichen Einsatzes.

Was sich ehrlich gesagt merkwürdig anfühlte. Nach so einem dramatischen Anfang kam uns alles, was nach unserer Rückkehr in der Basis passierte, harmlos vor. Niamh brachte es auf den Punkt: »Ich warte auf die Katastrophe«, und wir alle stimmten zu.

Es gab keine Katastrophe. Bis zu dem Tag im März, als wir mit bunten Hemden und Getränken in der Hand das Blaue Team erneut begrüßten und uns von der Tanaka-Basis verabschiedeten.

Ich hielt mich an die Tradition und hinterließ dem Mitglied des Blauen Teams, das mein Zimmer übernehmen würde, ein Geschenk und eine Willkommensnachricht.

*Hallo, wer auch immer du bist.*

*Wenn du zum ersten Mal hier bist, willkommen. Wenn du schon mal hier warst, willkommen zurück. Als ich vor sechs Monaten und einer gefühlten Ewigkeit hier ankam, wurde mir eine Topfpflanze geschenkt. Ich reiche sie an dich weiter. Sie ist größer als bei meiner Ankunft und bereits umgetopft. Möglicherweise musst du das auch tun, bevor du sie weiterreichst.*

*Diese Pflanze bekam ich von jemandem, der diese Welt für immer verlassen hat. Sie sagte, es wäre Zeit für sie, in die reale Welt zurückzukehren. Ich verstehe, was sie meint – diese Welt ist so seltsam! –, aber ich finde, sie ist ebenso real wie die andere. Diese Pflanze ist real. Die Menschen hier sind real. Die Bindungen und Freundschaften, die wir hier eingehen, sind auch real. Es ist surreal, wie real diese Welt ist und sein kann.*

*Dies ist deine Pflanze, aber ich werde zurückkehren. Und wenn es so weit ist, hoffe ich, dass wir uns kennenlernen, dass wir gemeinsam essen und Karaoke singen, dass wir über Pflanzen reden und vielleicht Freunde werden. Ich freue mich darauf, dich kennenzulernen.*

*Bis dahin – sei nett zu unserer Pflanze.*

*Jamie Gray*

Aparna, Kahurangi, Niamh und ich verabschiedeten uns am Baltimore-Washington-Flughafen, der nicht mehr so leer war wie bei unserer Abreise. Die Menschen waren inzwischen geimpft und nahmen, vielleicht zu optimistisch, das Reisen wieder auf. Aparna war auf dem Weg zu ihrer Familie in Los Angeles, Kahurangi war auf dem Weg nach Neuseeland und Niamh nach Irland, wo beide einige Wochen in Isolation verbringen würden, bevor sie Freunde und Familie sehen durften.

»Darauf freue ich mich«, hatte Niamh gesagt. »Zwei Wochen schlafen, Essen vom Zimmerservice und die Nachrichten anschreien.« Wir hatten uns umarmt und versprochen, durch den Discord-Kanal des Goldenen Teams in Verbindung zu bleiben.

Brynn MacDonald war das letzte GEK-Mitglied, das ich vor meiner Weiterreise sah. Sie winkte mich heran und sagte, ich sollte mich nach einem neuen Assistenten für sie umsehen. »Wir können Tom nicht ersetzen«, sagte sie, »aber ich brauche trotzdem jemanden, der seine Aufgaben erledigt.« Ich versprach, dass ich mich darum kümmern würde.

Dann war ich wieder zu Hause in meinem furchtbaren Apartment im East Village, das nicht so furchtbar war wie in meiner Erinnerung. Brent und Laertes waren da.

»Wir haben dich vermisst«, begrüßte mich Brent.

»Ich fand die Ruhe schön«, brüllte Laertes aus dem anderen Zimmer, wo er mit einem Computerspiel beschäftigt war.

»Hast du seit meiner Abreise das Zimmer mal verlassen?«, brüllte ich zurück.

»Man nennt das *Quarantäne*, Jamie. Schlag's nach.«

»Er hat das Zimmer verlassen«, versicherte mir Brent.

»Ich kacke gelegentlich«, fügte Laertes hinzu.

»Das hat mir gefehlt«, sagte ich ehrlich.

Brent grinste. »Das ist gut«, erwiderte er. »Wir haben beim Thai bestellt und das Essen sollte bald da sein. In der Zwischenzeit kann ich dir von unseren letzten sechs Monaten erzählen.«

»Will ich das wirklich wissen?«, fragte ich.

Brent machte eine abwägende Geste.

Es klopfte an der Tür.

»Das ging schnell«, meinte Brent und wollte aufstehen.

Ich bat ihn mit einer Geste, sitzen zu bleiben. »Ich mach das«, sagte ich. »Ich habe Bares fürs Trinkgeld.«

»Reib uns unsere Armut ruhig unter die Nase«, schrie Laertes.

»Ich liebe dich auch«, sagte ich, bevor ich meine Maske aufsetzte und die Tür öffnete.

»Pad Thai, Tom-kha-gai-Suppe und, oh mein Gott, du bist Jamie Gray«, entfuhr es der Lieferantin an der Tür.

Ich sah genauer hin. »Qanisha Wiliams?«

»Oh mein Gott, Jamie«, sagte Qanisha. Sie stellte das Essen ab und streckte die Hand aus. Dann fiel ihr ein, dass immer noch Infektionszeit war, und sie zog sie wieder zurück. »Es tut mir *so* leid. Letzten März. Als du gefeuert wurdest. Ich hab dir nichts gesagt. Ich hätte dich warnen sollen. Aber das hab ich nicht. Ich hatte Angst. Es tut mir so leid.«

»Schon gut«, versicherte ich. »Ich weiß, was passiert ist. Was Rob Sanders getan hat. Die Ein-Dollar-Wette, zu der er dich gezwungen hat.«

»Ich musste ihm den Dollar sogar geben«, erzählte Qanisha. »Glaubst du das?«

»Oh ja«, sagte ich nachdrücklich.

»Hast du gehört, was Rob passiert ist?«

»Hab ich.«

»Sie glauben, dass er von *Wölfen* gefressen wurde«, erzählte Qanisha. »Wie abgefahren ist das denn?«

»Es könnte noch abgefahrener sein«, merkte ich an.

»Ich wüsste nicht, wie.«

»Wie geht's dir sonst, Qanisha?«, fragte ich.

»Na ja, siehst du ja.« Sie blickte an sich herab. »*So.* Nachdem Rob Füdmüd verkauft hatte, haben die neuen Besitzer alle rausgeworfen. Sie wollten weder die Firma noch die Mitarbeiter, nur die Kundenliste. Und dann kam die Pandemie und es gab keine Jobs und mir blieb nur das.«

»Verstehe«, sagte ich. »Kommt mir bekannt vor.«

Qanisha lächelte, doch dann wirkte sie niedergeschlagen. »Ich weiß nicht, ich schätze, das ist Karma, was? Ich hatte solche Angst, meinen Job zu verlieren, dass ich nichts getan habe, als Rob zu dir und den anderen so scheiße war. Aber dann hab ich meinen Job trotzdem verloren und sieh mich an.« Sie zeigte auf das Essen. »Ich bringe dir dein Pad Thai.«

»Das ist nicht Karma«, entgegnete ich. »Du bist bösen Menschen begegnet und hattest Pech. Das hätte jedem passieren können.«

»Ja, okay, und dieses Mal ist es mir passiert.« Qanisha lächelte erneut. »War trotzdem schön, dich zu sehen, Jamie.« Sie wandte sich ab.

»Warte«, sagte ich und griff nach meiner Brieftasche.

»Nein, kein Trinkgeld«, erwiderte Qanisha. »Das könnte ich von dir nicht annehmen. Nicht nach dem, was ich getan habe.«

»Das ist kein Trinkgeld«, sagte ich und reichte ihr eine Visitenkarte.

Sie nahm sie und warf einen zweifelnden Blick darauf. »Was ist das?«

»In der Organisation, für die ich arbeite, ist eine Stelle frei geworden«, erklärte ich. »Ich glaube, du wärst perfekt dafür geeignet.«

# ANMERKUNGEN DES AUTORS UND DANKSAGUNGEN

Mein Plan für 2020 sah vor, im März, nach einem Urlaub mit Freunden, einen neuen Roman anzufangen. Der Roman, den ihr gerade lest, entstand im Februar und März 2021.

Was also geschah mit dem Roman, den ich im März 2020 schreiben wollte?

Na ja, der fiel 2020 zum Opfer, was wahrscheinlich niemanden überrascht.

Ich muss euch bestimmt nicht daran erinnern, wie 2020 war, aber falls ihr das komplett ausgeblendet haben solltet: Pandemie und Proteste, Brände, Wahlen und Korruption, Isolation und viele andere Schrecklichkeiten. Außerdem war ich im November und Dezember krank. Ich bin mir ziemlich sicher, dass es COVID war, auch wenn alle Tests dagegensprachen. Jedenfalls verwandelte es mein Gehirn in Pudding und meine komplexesten Gedanken bestanden einen Monat lang aus Sätzen wie: »Ich mag Käse.«

Währenddessen hätte ich einen Roman schreiben sollen, einen dunklen, melancholischen, komplexen und ambitionierten – anders gesagt: nicht der Roman, den man schreiben *möchte*, wenn die Welt um einen herum zusammenbricht.

Ich schrieb den Roman trotzdem: zehntausende Worte, die als Sätze und Absätze Sinn ergaben, aber sich nicht gut zu Kapiteln oder gar einem übergreifenden Handlungsstrang zusammenfügen ließen. Das war ein Roman, auf den man sich konzentrieren musste, und wie sich herausstellte, fiel mir das 2020 schwer.

Aber dann kam 2021. Neues Jahr! Ein Neuanfang voller Ehrgeiz! Nach meiner Krankheit Ende des Jahres war mein Kopf endlich wieder so frei, dass ich Dinge zusammenfügen konnte. Ich fing am 4. Januar mit dem Schreiben an, brachte zum Aufwärmen ein paar Hundert Worte zu Papier und noch ein paar mehr am 5. Januar, doch dann kam der 6. Januar und das war's. Aufstände können einen ziemlich ablenken. Ich hatte das nicht gewusst. Ich hatte das vorher nicht wissen *müssen.* Aber ich weiß es jetzt. So viel also zum Schreiben im Januar.

Zwei Wochen nach der Amtseinführung eines neuen Präsidenten, nachdem der alte nach Florida abgeschoben worden war, damit er dort die Wolken anschreien konnte, versuchte ich es noch einmal. Ich schrieb dreitausendvierhundert Worte an einem Tag, *gute* Worte, Worte, die nicht nur als Sätze und Absätze Sinn ergaben, sondern auch als Kapitel und übergreifender Handlungsstrang. Das fühlte sich gut an. *Ich* fühlte mich gut. Ich war auf dem richtigen Weg mit diesem Buch. Ich beendete meinen Arbeitstag und wollte am nächsten Morgen weitermachen.

Doch als ich meinen Computer einschaltete, fand ich die Seiten nicht mehr, die ich am Tag zuvor geschrieben hatte.

Zum ersten Mal seit Jahren hatte mein Computer meine Arbeit verschlungen. In einer Welt von automatisch abspeichernden Textverarbeitungsprogrammen und Dokumenten, die ebenso automatisch in die Cloud hochgeladen werden, hatte ich geglaubt, dass es praktisch unmöglich wäre, eine Datei zu verlieren, vor allem eine, die ich manuell beschissene *zweimal* abgespeichert hatte, bevor ich das Dokument schloss.

Aber so war es nun mal und die dreitausendvierhundert Worte – gute Worte, Worte, die mir gefielen – waren weg.

Und das war der Moment, in dem ich so etwas wie eine Eingebung hatte: Ich würde den Roman nicht schreiben.

Das lag nicht nur an den dreitausendvierhundert Worten. Ich hätte sie an einem Tag neu schreiben und einfach weitermachen können. Es lag vor allem an diesem speziellen Roman und meinen Schwierigkeiten, ihn im weltpolitisch schlimmsten Jahr meines Lebens zu schreiben. Es war der falsche Roman im falschen Jahr, und zu diesem Zeitpunkt hasste ich ihn und ich hasste, wie ich mich einen Großteil des Jahres deswegen gefühlt hatte, während ich versuchte, ihn in einer auseinanderfallenden Welt zusammenzufügen.

Ich musste mit dem Roman aufhören.

Was ein Problem war, da ich unter Vertrag stand, und den Roman, *äääääh*, jetzt hätte abgeben sollen. Und es war auch ein Problem, weil ich mir über Jahre hinweg den Ruf erarbeitet hatte, ziemlich zuverlässig zu sein. Wenn man mir einen Abgabetermin nannte, hielt ich ihn ein. Möglicherweise gab ich das Manuskript um sieben Uhr morgens am letzten Tag, bevor er hätte verschoben werden müssen, ab, aber ich gab es ab.

Dieses Mal würde ich den Abgabetermin nicht nur verpassen, sondern komplett vergeigen. Das Buch, an dem ich arbeitete, *war schon angekündigt*. Es gab schon einen Umschlag.

Das Marketing arbeitete an einer Kampagne. Und ich sagte nur: »Vergesst es. Ich bin raus. Tschüss.«

Diesen Moment könnte man wohl als berufliche Sinnkrise bezeichnen. Was war ich denn als Autor, wenn nicht zuverlässig?

An diesem Punkt kamen mir zwei Gedanken. Der erste beschäftigte sich mit dem Konzept der Versunkenen-Kosten-Falle, bei der Leute mit etwas weitermachen, mit dem sie längst hätten aufhören sollen, weil sie bereits so viel Zeit, Geld und Mühe investiert haben und das alles nicht »verschwenden« wollen. Der zweite war ein Zitat des Videospieldesigners Shigeru Myamoto, das sich zwar auf Games bezieht, sich aber auf vieles anwenden lässt, auch das Schreiben: »Ein verschobenes Spiel wird irgendwann gut. Ein schlechtes Spiel ist für immer schlecht.« Was ich so interpretiere, dass es manchmal besser ist, innezuhalten, neu zu bewerten und zu korrigieren, als sich aus Angst (auch der vor Abgabeterminen) stur voranzukämpfen. »Zuverlässig« ist keine Entschuldigung für »schlecht«.

Also schickte ich meinem Lektor Patrick Nielsen Hayden eine E-Mail, in der ich ihm erklärte, warum ich den Roman nicht mehr schreiben konnte. Das war vermutlich die schwierigste berufliche E-Mail, die ich je geschickt habe (bis dato). Patrick soll seine Sicht dieses E-Mail-Austauschs selbst erzählen, aber ich kann von meiner Seite nur sagen, dass er mitfühlend und verständnisvoll war. 2020 war nun mal ein krasses Jahr, Leute. Der Roman wurde aus der Vorschau genommen und wir würden uns überlegen, wie es nun weiterging.

Der Roman war einfach so weg. Ich musste ihn nicht mehr schreiben. All die mentale Energie – und Angst –, die sich fast ein Jahr lang aufgestaut hatte, verpuffte einfach.

Ich war ... erleichtert! Und ich war glücklich.

Und da sagte mein Gehirn: *Oh, hey, wir denken nicht mehr über dieses alte Ding nach? Dann kann ich dir ja von dem anderen Ding erzählen, mit dem ich gespielt habe, während du beschäftigt warst. UND HIER IST ES VON VORNE BIS HINTEN. Danke. Liebe Grüße. Tschüssi.*

Auf einmal stand das Konzept und die gesamte Handlung von *Die Gesellschaft zur Erhaltung der Kaijū-Monster* vor meinem geistigen Auge.

Also schrieb ich, einen Tag nachdem ich meinem Lektor eine Mail geschickt hatte, in der praktisch stand: »Ich kann diesen Roman nicht schreiben. Ich bin vor Angst und Schmerz gelähmt. Was soll nur aus meiner Karriere werden?«, eine zweite, in der ihm sagte: »Ach was, vergiss es, ich habe eine neue, echt coole Idee und du kriegst den Roman im März.«

Schriftsteller. Also echt.

Als Autor bin ich dankbar für *diesen* Roman, weil die Arbeit daran mich wieder aufgebaut hat. *GEK* ist keine – und das meine ich *kein bisschen* abwertend – groß angelegte, tiefsinnige Symphonie in Romanform. *GEK* ist ein Popsong. Der Roman ist einfach und eingängig, drei Minuten mit einer hübschen Melodie, die ihr mitsingen könnt, und dann ist er vorbei und ihr macht – hoffentlich mit einem Lächeln auf den Lippen – mit eurem Tag weiter. Wir alle brauchen ab und zu einen Popsong, vor allem nach einer dunklen Zeit.

*Was ist mit dem anderen Roman?*, wollt ihr wissen? *Machst du mit dem irgendwann weiter?* Wisst ihr, ich glaube schon. Die *Idee* ist gut und in der Zukunft, wenn mein Gehirn sich sortiert hat und die Welt sich sortiert hat, werde ich vielleicht zu ihm zurückkehren. Er verdiente meine volle Aufmerksamkeit, aber ich war nicht in der Lage, sie ihm zu geben. Wenn sich das ändert, werde ich es vielleicht noch mal versuchen. Ich halte euch auf dem Laufenden.

In der Zwischenzeit habt ihr diesen Roman – für mich der richtige Roman zur richtigen Zeit. Er erinnerte mich daran, dass ich gern Bücher schreibe und mit euch allen teile. Allein deshalb bin ich froh, dass es ihn gibt, und dass ihr ihn in Händen haltet.

Nach dieser Einleitung nun zu den Danksagungen:

Zuerst natürlich ein herzliches Dankeschön an meinen Lektor Patrick, ohne den es dieses Buch nie gegeben hätte. Wirklich. Ein guter Lektor sieht sich nicht nur die Worte an, sondern auch den Autor. Ich bin dankbar, dass Patrick mich sieht, mich versteht, mich motiviert, wenn ich es brauche, und mich zurück auf den rechten Weg führt.

Ich bedanke mich auch beim gesamten Team bei Tor, das an diesem Buch beteiligt war: Molly McGhee, Rachel Bass, die Korrektoren Sara und Chris von ScriptAcuity Studio, Peter Lutjen, Heather Saunders und Jeff LaSala.

Und noch ein besonderes Dankeschön an meine Publizistin bei Tor, Alexis Saarela, nicht für dieses Buch (obwohl sie das sicherlich super machen wird), sondern für mein vorheriges Tor-Buch. *Schicksal – Das Imperium der Ströme 3* kam heraus, als COVID gerade hochkochte und all meine Lesungen abgesagt wurden, weil die ganze Welt zum Erliegen kam. Innerhalb einer Zeitspanne, die mir wie wenige Tage erschien, verlegte Alexis zusammen mit dem Rest des PR-Teams von Tor alle Lesungen ins Internet. Das war eine gewaltige Herausforderung, aber sie zahlte sich aus. Die Lesungen waren gut besucht und der Roman wurde ein Bestseller. Ich möchte, dass sie und die ganze PR-Abteilung wissen, wie dankbar ich für die Arbeit bin, die sie in diesen schwierigen Zeiten für mich und alle anderen Tor-Autoren geleistet haben.

Ich danke auch Steve Feldberg und seinem Team bei Audible für die Hörbuchversionen meiner Romane. Außerdem herzlichen Dank an Bella Pagan und Georgia Summers und das ganze Team von Tor UK.

Natürlich danke ich ebenfalls meinen Agenten Ethan Ellenberg, Bibi Lewis und Ezra Ellenberg, die mich in den USA und weltweit vertreten. Vielen Dank auch an Matthew Sugarman und Joel Gotler für ihre Arbeit an den Film- und Fernsehrechten.

2020 fiel mir das Schreiben aus den oben genannten Gründen schwer. Im Dezember kam mir der Gedanke, dass ich meine Kreativität vielleicht einfach anders ausleben sollte, um meinen Motor wieder anzuwerfen. Also schrieb ich eine Idee für ein Weihnachtslied namens »Another Christmas« auf und fragte meinen Freund, den Musiker Matthew Ryan, ob er vielleicht Lust hätte, das mit mir zusammen aufzunehmen. Das hatte er. Das Ergebnis verbesserte meine Stimmung in dieser dunklen Jahreszeit enorm und bewies mir, dass ich immer noch Dinge erschaffen konnte. Ich danke ihm und werde diesen Song immer genießen.

Wie immer danke ich meiner Familie: meiner Tochter Athena, die selbst zu einer fantastischen Autorin heranreift, und meiner Frau Kristine. Krissy sah mir beim Kampf mit dem früheren Roman 2020 zu und ich weiß, dass es schwer für sie war, weil sie erkannte, dass ich etwas, das ich normalerweise gut kann, einfach nicht schaffte. Deshalb machte sie sich Sorgen. Es ist nicht schön, wenn der Partner Probleme mit der Arbeit hat.

Doch sie war die ganze Zeit über wunderbar und motivierend, weil sie eine tolle Partnerin ist und so ungefähr der beste Mensch, den ich kenne. Und als ich den anderen Roman zur Seite legte und mit *GEK* anfing, feuerte sie mich an, las die Kapitel und wartete immer auf das nächste, das ich ihr natürlich nur zu gern gab. Ich habe schon öfter erwähnt, dass sie der Grund ist, warum ihr überhaupt Bücher von mir lesen könnt. Dieses Mal trifft das ganz besonders zu. Ich schulde ihr wirklich alles.

Einen haben wir noch: Danke *euch*. Ich bin froh, dass ihr meine Sachen lest.

Zuletzt noch eine lustige Begebenheit: Ich habe dieses Buch an dem Tag beendet, an dem die Ereignisse im Buch ebenfalls enden. Das war nicht so geplant. Aber es ist cool, dass es passiert ist.

– John Scalzi
20. März 2021